甄嬛傳

肆

流潋紫 ——著

作家出版社

目次

狂风落尽深红色，
绿叶成阴子满枝。

我的神志并没有晕去，我的身体被夺门奔入的槿汐慌乱抱在了怀里，她忙同温实初一同把我放到床上。温实初满面痛悔："嬛妹妹，是我不好，我不该这样突然告诉你的，我……"

　　我迷茫张口，心神剧痛之下声音粗嘎得连自己也不相信，只问："他为什么会死？好端端的，为什么会翻船，连尸身也找不到？"

　　温实初的声音有些低迷的潮湿："已经找到清河王所乘的那艘船的残骸，那船的龙骨和寻常船只并没有分别，但船底木材却并非用铁钉钉结，而是以生胶绳索胶缠在一起，在江河中一经行驶，生胶绳索断开，船便沉没了。"

　　我想起那一日在灞河边送他离开，河浪滔滔，船只无恙而行。我泪眼迷离："这船应是官府调遣的，原该不会这样！"

　　"不错。去时坐的那艘船并没有问题。据造船的工匠说，船身虽然与他们所造的那艘相像，可是船底却不是了。可见是船停在腾沙江岸边时被人调了包。"

我越听越是心惊："谁要害他？是谁要害他！"

温实初搂住我不让我挣扎，急痛道："事情已经发生了，是谁做的也不可知。现在宫里已着人去知会清河王的生母，但在找到清河王尸首之前，皇上的意思是秘不发丧。"

我的情绪激动到无法克制，只要稍稍一想玄清已不在人世……我的腹中隐隐作痛，我几乎不能去想。我惶然地激烈摇头："我不相信！我不相信！尸首都没有找到，他是不会死的！"

温实初死死搂住我的身体："嬛儿，你要镇定一点。腾沙江的水那么急，泥沙滚滚之下，尸体就算找到也认不出来了。"

我痛得冷汗涔涔，不自觉地按住小腹，槿汐一壁忙不迭为我擦汗，一壁忍不住埋怨温实初："温大人这个时候还说这些做什么。娘子怀着身孕，这样的事情即便要说也得挪到娘子生产完了再说。温大人一向体贴娘子如同父兄，怎么这个时候倒犯了糊涂呢？"

温实初用力一顿足，道："我不忍心瞧她为了等那个等不回来的人这样吃力。"他握着我手臂的力气很大，声音却愈加温柔，那样温柔，几乎让人想依靠下去，"你虽然伤心，但有些事不得不打算起来。若你执意要生下这个孩子，七日失魂散我会照旧让你服下去，由槿汐她们报你病故。然后带你离开这里，咱们找个地方清清静静地过日子。"他的眼里隐约有泪光，温然闪烁，"嬛妹妹，我会待你好，把你的孩子当作是我自己的孩子一样爱护。你相信我，清河王可以做到的，我也可以做到。"

我泪流满面，全身的气力在得知玄清死讯的那一瞬间被骤然抽光，软弱而彷徨。他的话，我充耳不闻，只痴痴地流泪不已。

槿汐愁容满面道："温大人现在和娘子说这个也是枉然，只怕娘子一句也听不进去，等娘子清醒些再说吧。"

浣碧哭泣着爬到我的床头，一把夺过温实初握着的我的手臂，搂在自己怀里。浣碧悲痛不已，痛哭着向温实初斥道："你如何能把王爷的孩子当作自己的孩子？你如何能做到王爷可以做到的事情？你如何能和他比！"说罢不再理会面红耳赤的温实初，抱着我的手哀哀恸哭，仿若一只受伤的小兽："长姐，我只要能看看他就好了，只要每天看着他笑——不！不用每天，偶尔就好，哪怕他不是对着我笑，我也心满意足。"她的哭诉字字尖锐扎在我心上，扎进又拔出，那种抽离的痛楚激得我说不出话来，她哭道，"可是他死了，我以后，我这辈子，再也见不到他了……"

浣碧的哭声几乎要撕裂我的心肺。这一辈子，两情缱绻，知我、爱我的男人，我竟然再也见不到了，见不到这个与我约定"执子之手，与子偕老"的男人了！

我胸中一痛，身子前倾几乎又要呕出血来。槿汐慌忙捂住浣碧的嘴，唯恐她再说了叫我伤心，转头向温实初使眼色道："浣碧姑娘方才的药洒在身上了，温大人给看看有没有烫伤吧。"

温实初忙着掀起浣碧的裤腿儿，她的小腿上烫了一串晶亮的水泡。她也不呼痛，也不管温实初如何为她上药，只一味哀哀哭泣。

温实初忙得满头大汗，一壁帮浣碧上药包扎，一壁与槿汐强行灌了我安神药让我休息。

醒来时已经是夜半时分，我昏昏沉沉醒转过来，身上出了一层又一层冷汗，黏腻地依附着身体。我几乎以为是在做梦，只是梦到温实初向我说起玄清的死讯罢了。然而浣碧的哭声几乎是在同一瞬间传到我的耳朵里，她呜咽的抽泣似孤魂野鬼的哀叹，幽幽不绝如缕。叫我记得，玄清是真真切切不在人世了。

我微微睁眸，眼中流不出一滴泪来，唯有泪水干涸带来的灼热痛楚，提醒着我的失去和伤心。

槿汐见我醒来，忙端了一碗汤药来，道："温大人说娘子方才太激动已经动了胎气，断断不能再伤心。娘子先把安胎药喝了吧，温大人明日会再来看娘子。"我茫然地就着她的手一口口吞下药汁，喝完，只倚着墙默默出神。

秋日的谨身殿里，我因思念胧月而伏地痛哭，他自身后扶起我，声音温和如暖阳，漫天漫地挥落了蓬勃阳光下来："没事了。没事了。"

河水滔滔，十年修得同船渡。他说："此刻一起坐着，越过天空看云、说着话，或是沉默，安静享受片刻的平静吧。"

他的手心贴在我的手背上，掌纹的触觉，是温暖而蜿蜒的。他说："我总是相信心有灵犀的。"

他的声音有沉沉的愁绪和坚定："我会等你，等你心里的风再度吹向我。只要你愿意，我总是在你身后，只要你转头，就能看见。"

萧闲馆里推窗看去，满眼皆是怒放的、他为我精心培植的绿梅。

夜雨惊雷，雨水自他的脸上滑落。他怀抱着我，几乎不能相信，喃喃道："嬛儿……是你么？"

他答得郑重而坚定："在我心目之中，你便是我的天地人间。"

他说："我总以为，这一辈子，能留得住的，也只有那枚小像了。"

他深情款款地写："陌上花开，可缓缓归矣。"

"即便前途未卜，这也是我最真切的心意。"他语带哽咽，"嬛儿，这世间，我只要你。"

他用力点点头，语气坚如磐石："等我回来，我便和你再也不分开了。"

泥金薄镂鸳鸯成双红笺的合婚庚帖。玄清左手握住我的手，右手执笔一笔一画在那红笺上写：

玄清　　甄嬛

终身所约，永结为好。

我提笔续在玄清的字后：愿琴瑟在御，岁月静好。

合婚庚帖还没有用上，所有的美好和盛大都已在前方等待，只消他回来……他却永远回不来了。腾沙江冰冷的江底，他的尸骨沉溺到底，他再也回不来了。

他睡觉时微蹙的眉头，他深深琥珀色的眼睛，他夹着我的鼻子说话时的俏皮，他微笑时那种温润如玉的光彩，他说那些深情的话时认真执着的表情。

我再也见不到了！

　　　　小妹子待情郎呀——恩情深，你莫负了妹子——一段情，你见了她面时——要待她好，你不见她面时——天天要十七八遍挂在心！

阿奴的歌声依稀还在耳边，可是玄清，哪怕我把你一天十七八遍挂在心，你也不会回来了。

转眼瞥见案几上的"长相思"，七弦反射着清冷微光，我心内大恸。"长相思"还在，"长相守"却是一个永远也奢望不到的绮梦了！

这样呆呆地抱膝而坐，任它星移月落，我不眠不休、水米不沾。不知过了多久，浣碧的哭泣仿佛已经停止了，温实初来了几次我也恍然不觉。

这一次，却是槿汐来推我的手，她端着一碗浓黑的汤药，那气味微微有些刺鼻，并不是我常吃的那几味安胎药。

槿汐的容色平静得看不出一点情绪的波澜："这药是奴婢求了温大人特意为娘子配的，有附子、木通和鳖甲，都是活血化瘀的良药。更有一味红花，娘子一喝下去，这腹内的烦恼就什么都没有了。反正奴婢瞧娘子的样子，不吃不喝、不眠不休，这条命也是不要的了。不如让腹内的孽障早走一步，别随娘子吃苦了。"

我听她平静地讲着，仿佛那只是一碗寻常的汤药，而不是要我腹中骨肉性命的落胎药。药汤的气味刺鼻得让人晕眩，槿汐的语气带了一点点蛊惑："这药的效力很大，一喝下去孩子必死无疑。不过不会很痛的，温大人的医术娘子是知道的。"她把药递到我唇边，"娘子请喝吧。"

我死命地别过头去，双手紧紧护住自己的小腹。我怎么能喝？这是我和清的孩子，我不能让他被红花灌出我的身体……我的孩子。

我惊惧地一掌推开槿汐手中的药汁，以母兽保护小兽的姿态，厉声道："我不喝！"

药汁倾地时有凌厉的碎响。浣碧几乎是冲了过来，一把抱住我的双腿凄厉呼道："长姐！你不能不要这孩子！"她伏地大哭，"这是王爷唯一留下的骨肉，你不能不要他！"

我的左手轻轻抚摩过浣碧因伤心而蜡黄消瘦的脸颊。腹中微微抽搐，我沉缓了气息，静静道："槿汐，这碗落胎药我不会喝。我要这个孩子！"微冷的空气被我深深吸入胸腔，"不仅这个孩子，还有我的兄长家人，我都要保住他们。"再没有泪意，所有的眼泪在得知他死讯的那一日全部流完了，"清死了。再没有人保护我，我就得保护自己，保护我要保护的所有人。"

槿汐面露喜色，深深拜倒，沉声道："这才是奴婢认识的甄嬛。"

呼吸间有锥心的焦痛，每一次呼吸，都是一次割裂般的痛楚。可是再难再痛，我依旧要活下去。为了我未出世的孩子，我不能死；为了我的父母兄妹，我不能死；为了死得无辜的玄清，我不能死。

我要活着，一定要好好活下去。

脑中像有一根雪亮的钢针狠狠刺入又缓缓拔出。那样痛！然而越是痛，我越是清醒。我已经不是曾经会因为伤心而颓废自弃的甄嬛了。

我安静坐正身子，接过浣碧换过来的安胎药，我仰头一气喝下，眸光似死灰里重新燃起的光亮。我沉静道："你放心，我容不得自己去死。"

槿汐淡淡微笑道："娘子可曾听见温大人这几日的深情劝说？若要和温大人在一起安安稳稳过一辈子也是不错的。"

我摇头："槿汐，你最明白我，又何必要来试我？我是不会和温实初在一起的。"我的心头凄厉得分明，"我的哥哥神志不清被困在岭南，我甄氏一族没有人来照顾，从前清会为我去做的事情如今我都要一力扛起来。"

我轻轻道,"槿汐,我要做的事温实初帮不了我,我也不要依靠他一辈子,我只能依靠自己。"

槿汐的笑容愈发明澈:"娘子心意已决就不会是一个人,奴婢和碧姑娘必定追随娘子。可不知娘子要怎么做?"

我一字字道:"清死得蹊跷,我不能不理会。他去滇南之前曾和我说过,滇南乃兵家重地,又是大周一半粮草所在,赫赫向来虎视眈眈,常有细作混入。他的意外是滇南乱民所致还是赫赫所为都不得而知,更或许还和宫里有关。但无论是哪一种,凭我眼下一己之力根本无法为他报仇。"我的思路异常清晰,"我肚子里这个孩子注定了是遗腹子,可是清河王一脉不能因我而终止。这个孩子,我一定要给他一个名分好好长大。还有我的父兄,从前我步步隐忍只为能保他们平安,可是如今哥哥生生被人逼疯了……佳仪又近在眼前,我不能眼睁睁瞧着他们……"

我没有再说下去。槿汐已经明白:"娘子要做到这些,天下只有一个人可以帮娘子……"

"不错。"我的目光在瞬间凌厉如刀锋,唇齿间没丝毫温度,连我的心,也是没有温度的。

我默然无语。玄凌,这个记载着我曾经欢乐与荣耀、痛苦与绝望的名字,这个本以为再也不会重遇重逢的名字,重又唤起我对被埋葬在深宫幽歌、情爱迷离的那段胭脂岁月的记忆。那一度,是我生命里最好的华年。

大周后宫中婉转承欢的宠妃,一朝也沦落为青灯中的缁衣弃影。如今重因这个名字而在内心筹谋时,我才骤然惊觉,我的命数,终究是逃不出那旧日时光里刀光剑影与荣华锦绣的倾覆的。

我抑制住心底无助的苍茫,缓缓道:"清告诉我,他曾在梦里唤我的名字。虽然没有十分把握,但我会尽力去做。我要用他的手、他的权来报仇,来保护我要保护的。"

槿汐深深抽了一口凉气,道:"这条路险之又险、难之又难,娘子可想清楚了么?"

我轻轻一噓，冷道："你以为我还有路可以退么？"我抑制不住心头的悲切，"他已经死了，我这一己之身还有什么可以顾忌的？"

浣碧猛地抬头，眸中闪过一轮精光，惊道："小姐要和皇上重修旧好么？只是小姐若和皇上值此相会，纵有几夕欢愉可以瞒天过海，但若惊动宫里，有人动了杀机，咱们只能坐以待毙。"

心中有犀利的痛楚翻涌不止。我平一平气息，缓缓吐出两字："回宫！"

浣碧语气微凉："眼下回宫中是最好的法子，只是小姐要怎么做？诚如小姐过去所说，大周的废妃都是老死宫外，无一幸免。"她的语气心疼而不忍，"皇帝这样对小姐，小姐还能在他身边？况且小姐一旦回宫，是非争斗必定更胜从前，其中的种种难捱，小姐不是没受过。"

我低首，轻轻冷笑出声："要斗么？我已经是死过一次的人了，怎么还会害怕这样的斗。即便要斗死在宫中，只要保得住我要保的人，我什么都不怕。"我停一停，"要重修旧好不过是个盘算。如何做得不露痕迹、做得让他念念不忘才是最要紧的事。"

浣碧泪痕中微见凌厉："浣碧此生是不嫁之身，小姐去哪里我便跟去哪里。"

我沉默着不再作声，一口一口吞下槿汐为我拿来的食物。滚烫的粥入口时烫得我几乎要落下泪来。然而，我不会再哭。

槿汐服侍我服下一剂安神药，轻声道："娘子好好睡一觉吧，睡醒了要筹谋的事多着呢。"

我闭眼，我要好好地睡一觉。此觉醒来，恐怕再也不会有好睡了。

温实初来时，我也不对他细说，彼时我正对镜自照，轻声道："我很难看，是不是？"

他微微惊愕，不明白我为何在此时还有心情关注自己的容颜是否姣好，然而他依旧道："你很好看，只是这两天气血不足脸色才这样黯淡。"

我淡淡道："我有着身孕，气血不足对孩子不好，劳烦你开些益气补血的药给我。还有，从前的神仙玉女粉还在么？"

他更吃惊："好好的怎么想起神仙玉女粉来了？"

浣碧在旁道："小姐决意要把孩子生下来，可是小姐现在这样憔悴支离，生下来的孩子怎么会好看呢？所以要吃些益气补血的吃食，再用神仙玉女粉内外兼养。"

温实初静默片刻，喜道："你肯好好的就最好。益气补血尤以药膳为佳，我会每日配了来给槿汐。"他的声音沉沉而温暖，"这些都交由我去做，你安心调养就是。"

我淡淡道："那些益气补血的药膳要见效得快才好，我最讨厌见着自己病快快的样子了。"见温实初离去，我向浣碧和槿汐道："先不要叫他知道。"

两人低低应了一声"是"。浣碧轻声道："若温大人知道小姐有这个打算，只怕要跳起来拦着小姐了。"

我低低"嗯"一声："何必叫他自寻烦恼。"

因着槿汐说"桃花可以悦泽人面，令人好颜色"，彼时又是春上，百花盛开，庭院里一株老桃树开得灿若云霞，于是槿汐与浣碧日日为我捣碎了桃花敷面。温实初让槿汐摘了杏花和槐花来熬粥，又日日滚了嫩嫩的乌鸡让我吃下。

玄凌一向爱美色，这也是我赖以谋划的资本。以色事他人，再不甘，也要去做。

如此十余日后，哪怕心的底处已经残破不堪，容色到底也是恢复过来了。

我黯然想道，原来人的心和脸到底是不一样的，哪怕容颜可以修复，伤了的心却是怎么也补不回来了，任由它年年岁岁，在那里伤痛、溃烂、无药可救。

浣碧有时陪我一起，会有片刻的怔怔，轻轻道："小姐那么快就不伤心了么？"

我恻然转首："浣碧，我是没有工夫去伤心的。"我低头抚摩着小腹，"在这个孩子还没有显山露水的时候，我要把所有的事情都办妥。"

浣碧叹息一声道："我明白的。"

夜间槿汐服侍我梳洗，柔声道："今日浣碧姑娘的话娘子别太放在心上。"

我道："我清楚的。她的难过并不比我少。"

槿汐轻轻叹了一声，道："娘子的伤心都在自己心底呢。有时候，说不出来的伤心比说得出来的更难受。"

我黯然垂眸："或许浣碧觉得，我的伤心并不如她，我对清的感情也不如她。槿汐，有的时候甚至连我自己也这样觉得。"

槿汐拢一拢我的鬓发，语气和婉贴心："浣碧姑娘的伤心是为了自己再看不到王爷，而娘子，却是伤心得连自身都可以舍弃了。"

夜色似冰凉的清水浒在脸上，我苦笑道："槿汐，你看我又一味伤心了。"我屏息定神，"这不是我能伤心的时候。你得和我一起想想，这宫里有没有能在皇上面前说得上话的人？"

槿汐默默凝神片刻，眼中忽然闪耀过明亮的一点精光。她的声音执着而坚毅："唯今能在皇上面前说得上话的只有李长，他从小陪伴皇上长大，最清楚皇上的性子。娘子如今要设法回宫，就一定要有碰得上皇上的机会。"

我神志清明如闪电照耀过的大地："你的意思我清楚，我要回宫，必定得要人穿针引线。我本来是思量着能否找芳若。"

槿汐思虑片刻，道："不可。芳若如今在太后身边侍奉而不是在皇上身边行走，一则传递消息不方便，二则不能时时体察皇上的心意，万一提起的时候不对便容易坏事。"

我的容色在烛光下分外凝重："不是芳若，那便只有李长。我在宫中时虽给了李长不少好处，可如今我落魄至此，回宫的机会微乎其微，李长为人这样精明，怎会愿意出手帮我？"

槿汐神色冷清而理智："即便李长不肯帮，咱们也一定想法子要他帮。不仅安排娘子与皇上见面需要他，以后种种直至回宫都需要他。"我很久没有见到这样的槿汐了，我甚至觉得，这样在宫中时就事事为我谋划的槿汐才是我最熟悉的槿汐。她道："皇后若知道娘子怀着身孕回宫是一定要想尽办法阻拦的，或许还会把娘娘怀孕的消息瞒了下来。太后如果不知道娘子有孕，那么对娘子回宫的态度也就会模棱两可。即便太后知道了，关心子嗣要把娘娘接回宫去，皇后若使出什么法子要耽搁下来也不是不能。而宫中的美人繁花似锦，皇上若一时被谁迷住了忘记了娘子，奴婢说是一时，只要有一时皇上对娘子的关心放松了，那么皇后就有无数个机会能让娘子'无缘无故'没了这个孩子。如果真到了那个时候，娘子是经历过的，皇上有多么重视子嗣，没了肚子里这个孩子，娘子真是连葬身之地也没有了。"她的声音带着一丝决绝，"所以，娘子现在在宫外，要让皇上想起来要见娘子，将来要让皇上时时刻刻惦记着要把娘子接回宫去，时时刻刻惦记着娘子和娘子腹中的孩子，最好的办法就是有一个皇上近身的人可以随时提醒皇上。那个人——就是李长。而收买李长最好的办法，不是金帛也不是利益。"

我隐约猜到了些什么，心下不禁漫起一点惶恐，原本是一点，但是随着槿汐脸上那种凄清而无奈的笑意越来越深，我的惶恐也一点一点扩散得大了，我紧紧地握住她的手："槿汐，你要做什么……"

槿汐的手那样凉，我的手是温暖的，却温暖不了她的手。我恍惚记起从前在太后宫，太后抄佛经常用的那支毛笔是玉做的笔杆，坚硬而光滑，冷意就那样一点一点沁出来。冬日里握着写上片刻，就要取手炉来取暖。槿汐嘴角漫起一点心酸的笑意："内监是身子残缺的人，不能娶妻生子是一辈子最大的苦楚。所以他们常常和宫女相好，叫作'对食'①，就当聊胜于无，也算是安慰彼此的孤苦。"

———————————

① 对食：原意是搭伙共食。指宫女与宫女之间，或太监与宫女之间结为"夫妇"，搭伙共食。

我身上一个激灵，几乎不敢置信："槿汐，我不许你去为我做这样的事。"

槿汐的身影那样单薄，她淡淡道："这是最好的打算了。奴婢虽然已经年近四十，但也算不得十分老。李长垂老之辈不喜年轻宫女，亦要个能干的互为援引。何况奴婢与李长是同乡，刚进宫时多受他照拂，多年相识，他也未必无意，奴婢愿意尽力一试。"

我几乎想也不想就要拒绝："槿汐，你跟着我已是受尽了旁人没受过的辛苦，现下还要为了我……"我说不下去，更觉难以启齿，只得道，"'对食'是宫中常见的事，内监宫女私下相互照顾。只是他终究不是男子，你……"

槿汐缓缓拨开我的手，神色已经如常般镇定了，她道："这条路奴婢已经想得十分明白了，娘子再劝也是无用。槿汐身为奴婢，本是卑贱不得自由之身，如今就当求娘子给奴婢一个自己做主的机会吧。至于以后……不赌如何知道。万一幸运，李长就是奴婢终身的依靠了。"

槿汐的容色白得几乎如透明一般，她缓缓站起身子，轻轻拂一拂裙上的灰尘，转身向外走去。

我惊呼道："槿汐，你去哪里……"

槿汐转身微微一笑："李长在宫外有座外宅，奴婢知道在哪里，也有把握能见到他。"

我清楚她这一去意味着什么，苦劝道："槿汐，你实在不必这样为我。咱们总还有别的法子，是不是？"

槿汐只是一味浅浅地笑："娘子回宫本就对李长无害，若得宠，更是对他有益，再加上奴婢，娘子放心就是了。"她拨开我拉着她的手，轻轻道，"娘子说自己是一己之身，没有什么不可抛弃。那么奴婢早就是一己之身，更没有什么可以害怕。"

她再不理会我，慢慢走到屋外。月亮如惨白的一张圆脸，幽幽四散着幽暗惨淡的光芒。屋外群山如无数鬼魅怪异地耸着的肩，让人心下凄惶不已。

我第一次发现，槿汐平和温顺的面容下有那么深刻的忧伤与哀戚。她缓缓离去，一步步走得极稳当，黯淡月光下她的身影被拉得又细又长。那么漆黑的影子，牢牢刻在了我心上。

长夜，就在这样的焦灼与无奈中度过。槿汐在天明时分归来，她的神色苍白，一点笑容仿佛是尘埃里开出来的沾染着风尘的花朵，轻轻道："该办的事都已经办妥了，娘子放心。"

我心慌意乱地扶住她："我让浣碧下了鸡汤面，你先热热地吃一些。"

槿汐的笑容实在微弱："我告诉李长，世上的事千回百转，还是什么人该回到什么人身边去。此刻我肯了，娘子却只剩一个人了。若能事成，皇上和娘子在一处，我与他也就顺理成章在一处了。所以今晚入夜时分李长会亲自来拜访，娘子且好好想要怎么说吧。"

我含泪道："我知道，你且去休息吧。天都亮了。"

槿汐疲倦地笑一笑："奴婢想去眠一眠。"

我忍着泪意，柔声道："好。你去吧。"

眼见槿汐睡下，我睡意全无，只斜靠在床上，默默无语。浣碧心疼道："小姐为槿汐担心了一夜，也该睡了。"她脸色红了又青，"小姐方才觉着了吗？槿汐仿佛很难过呢。"

我忙按住浣碧的手，道："昨晚的事不要再提，免得槿汐伤心难堪。"

浣碧微微红了眼圈，低声道："晚上李长过来，只怕槿汐难堪。"

我怅然想起的，是槿汐昨夜离开前哀戚而决绝的面容，她的"一己之身"又是为何呢？槿汐的故事她从来没有对我说过，也不会轻易提起，各人都有各人的往事啊！

是夜，李长如期而至。他一见我便已行礼如仪："奴才给娘娘请安。"

我扬手请他起来，又叫浣碧看茶，苦笑道："我早已经不是娘娘了，李公公这样说是取笑我么？"

李长胸有成竹："奴才这么称呼娘娘必定是有奴才的缘故，也是提前恭贺娘娘。"

我端详他："公公这话我就不懂了。"

李长眼珠一转，道："槿汐昨日来找奴才虽没有说什么，但奴才也隐约猜到一些。今日见娘娘虽居禅房却神清气爽、容光焕发，奴才就更有数了。"

果然是个人精！我笑意渐深，道："公公此来又是为何呢？"

李长道："奴才是来恭贺娘娘心愿必可达成。"

"公公何出此言？"

"奴才在皇上身边多年，皇上想些什么也能揣测几分。当年皇上盛宠与娘娘容貌相似的傅婕好……"

我打断李长："傅婕好是与我容貌相似呢还是与别人相似，李公公可不要糊弄我。"

"奴才不敢。"他躬身道，"傅婕好死后皇上为什么连一句叹息都没有，就像没事人似的。傅婕好貌似那一位与娘娘有几分相似，皇上初得之时宠得无法无天。然而也因傅婕好之死，奴才始知娘娘在皇上心中之重。"他的目光微微一沉，道，"娘娘可知道皇上为什么会沉迷于五石散，娘娘又可知道皇上服食了五石散后抱着傅婕好的时候喊的是谁的名字？娘娘又可知道，皇上病重昏迷的时候除了呼唤过纯元皇后之外还喊了谁？若不是心志薄弱，以皇上的修养、自幼的庭训，又怎会沾染五石散这样的东西。纵然傅婕好要以此固宠，皇上也不至于被迷惑。"李长低眉敛容，"当年若非娘娘不肯向皇上低头，皇上怎么会舍得要娘娘出宫，如今也总在昭仪一位了……"

我森森打断，齿间迸出的语句清洌如碎冰："从前的事，不必再提了。"

李长微微蹙眉，看向我道："娘娘的意思……"

我知道他疑心了，亦晓得自己失了分寸，忙转了愁困的神色："总是我当年太过任性，然而我家中得罪，我又有何面目再侍奉皇上。离宫这几年，我亦十分想念皇上。种种情由，还请李公公代为转圜。"

李长叹气道："娘娘当年是奉旨去甘露寺修行，如今却在这里。奴才明白，必定是甘露寺的姑子们叫娘娘受了不少委屈。荒山野岭的，娘娘受苦了。"

"其实日子苦些又怕什么，只是心里更不安乐。"我泪眼汪汪望着李长，唏嘘道，"若此生还有福气见皇上和帝姬一面，我死也瞑目了。如此种种，还望公公成全。"我停一停，"只是世事无常，皇上身边的新宠不少，只怕早忘了我这个人了……"

李长忙道："娘子言重了。其实奴才若没有几分把握，也不敢来见娘娘。"他停一停，"其实自娘娘离宫修行之后，皇上心里也十分惦记。可是皇上天子之威，是绝不肯低头来迁就娘娘的。娘娘冰雪聪明，往细里想就明白。若不是皇上默许，即便有太后赞成，那两年芳若能这样频频来看娘娘么？"

我轻声道："皇上也只不过病中叫了我的名字而已。"

李长垂着眼睑道："皇上病重的时候，从没唤过纯元皇后以外的人，娘娘可是头一个，那一日清河王也在，可惊了一跳。这是皇上对娘娘的旧情，也算是最要紧的旧情。"

清河王，这个名字瞬间拨动了我的心弦，纵使在极痛之中，亦泛出一丝幽细的甜蜜来。

我静一静神，温实初是从来不会骗我的，然而即便他从不骗我，有些事我也一定要确认一番。我深深吸一口气，或许……我还可以不用按眼下的计划走下去。

我挤出一抹轻微的笑容："既有人证也好，找王爷来问一问就知道是不是公公诓我了。"

李长的神情倏然被冻住，喉头溢出一丝呜咽："不瞒娘娘说，王爷若还在，一定愿意作证的。只可惜王爷他是再回不来了！"他略略几句将玄清的死讯提过，又道，"这是宫中秘事，皇上的意思又是秘不发丧，本不该说的。可奴才心里头想着，若是娘娘知道，在皇上面前也好安慰几句。毕竟为了六王爷的死，皇上也是伤心的。"

他到底是死了！哪怕我早就知道，如今听李长证实，心口亦是剧烈一痛，痛得几乎要弯下腰来。槿汐眼见不对，忙捧了茶上来道："娘娘累了，喝口茶再说吧。"又捧了一杯到李长面前，轻声道："你只喝涮了两次的茶水的。"

李长默默接过，也不言语，只把目光有意无意拂过槿汐的脸庞，恍若无事一般。

滚热的茶水流淌过喉咙如火灼一般，我极力抑制住心神，强自镇定道："王爷年纪轻轻的，真是可惜了。"

李长叹道："是啊！可怜清河王一脉，到这里生生给断了。"

清河王这一脉……我下意识地把手搭在小腹，只是无言。

李长的年纪也不小了，总有五十出头，这样面容愁苦地耷拉下眉毛，越发显出老态。我心下不忍，偷偷望了槿汐一眼，她却是面无表情，安然立在我身旁。

李长叹了口气道："年前半个月的时候，皇上纳了名御苑中驯兽的女子为宫嫔，虽然按宫女晋封的例子一开始只封了更衣，可两个月来也已经成了选侍。位分其实倒也不要紧，顶了天也是只能封到嫔位的。只是驯兽女身份何等卑微，如何能侍奉天子？为了这件事，太后也劝了好几回了，皇上只不听劝，对那女子颇为宠幸。或许娘子与皇上相见之后，皇上也会稍稍收敛一些。"

我吃惊道："那女子果真是驯兽的？"

李长忧心道："驯兽女叶氏，原本是御苑里驯豹的女子，整日与豺狼虎豹为伍，孤野不驯，可皇上偏偏喜欢她。"

我只能笑："皇上眼光独到。"

李长愁眉不展，焦心道："五石散的事还可以说是傅婕好引诱，可这位叶选侍得宠……太后病得厉害无力去管，只能吩咐了敬事房不许叶氏有孕。"李长长长地叹息了一句，"奴才眼瞧着，皇上是想着娘娘的，娘娘也是孤苦，不如……"李长低头片刻，笑道，"其实娘娘想见一见皇上也不是不能，前两日正说起正月里要进香的事，从前皇上都在通明殿里了此仪式的，今年奴才就尽力一劝请皇上到甘露寺进香吧。"

我用绢子点一点眼角，唏嘘道："难为公公，只是这事不容易办，叫公公十分费心。"

李长夹一夹眼睛，笑道："且容奴才想想法子，未必十分艰难。"

我半是感谢半是叹息："李公公，眼下我真不晓得该如何回报你这片心。"

李长笑得气定神闲："奴才是帮娘娘，也是帮奴才自己。"说罢叩一叩首，道，"天色晚了，娘娘早点歇息吧。有什么消息奴才会着人来报。"

我"嗯"了一声，道："浣碧去送一送吧。"

槿汐前走两步，轻声道："浣碧姑娘服侍娘子吧。奴婢正要出去掌灯，就由奴婢送公公出去吧。"

李长微微一笑，向槿汐道："外头天那么黑，我自己下去就是。"说着从怀中掏出一包银子塞进她手里，"这个你先用着。过两日我着人送些料子来，你身上的衣裳都是前几年的样子了。"

芙蓉帐暖

次日傍晚时分便有人来，槿汐道："是李长私宅里的总管。"

那人磕头道："公公叫奴才说给娘子，后日正午，有龙吟甘露的吉兆，娘子若有心，可以盛装去看。"说罢又指着桌上的几件华衣首饰，"这些是公公叫奴才带来给娘子的。"

那人走后，我随意翻一翻桌上的衣衫，只上面几件珍珠纹花的衣衫是按着我的尺寸做的。我招手让槿汐过来，取出下面几件姜黄、雪青、蔚蓝的缠枝夹花褙子，感叹道："也算李长有心，只怕这衣裳是他昨日回去后就叫绣工连夜赶出来的。衣裳的尺寸正合你的，连颜色、花样都是你素日喜欢的。"

槿汐微微一笑，那笑容亦淡得像针脚一般细密，道："也就如此吧，好与不好都是命。"她把衣裳首饰理一理，"方才李长府里的总管说要娘子盛装，送这些东西来也是这个意思。"

我微微颔首，心底却哀凉如斯："李长的意思我晓得，他是希望我盛装一举赢得皇帝的心。"嘴角漫起一缕连自己也不能察觉的冷笑，"只是未免落了刻意了。"

槿汐默默良久，锦绣珠光，映得我与她的面容皆是苍白。

槿汐淡淡道："那日听李长说起皇上对娘子的心意，真是闻者亦要落泪的。"

"当真情深一片么？"我漠然微笑，"这样总把别人当作影子的情深，伤了自己又伤了别人，有什么可要落泪的。"指甲划过掌心有稀薄的痛楚，"我是纯元皇后的影子，那么傅婕妤是纯元皇后的影子还是我的影子？她更可怜，可怜到做了一个人的影子还不够，死了连一句惋惜都没有。皇上既然宠她，又这样待她凉薄，凉薄之人施舍的所谓真情，槿汐，你会感动么？"

槿汐温和的目光锁在我身上，轻声道："可是李长说的一刹那，娘子眉心微动，难道真的什么念头都没转么？"

我仔细体味自己的心思，轻声道："当时确是动容，然而转过念头，也只觉得不过尔尔。"我敛容，淡然道，"先把你伤得体无完肤，再施一点无济于事的药物，有什么意思。"

槿汐凝神片刻："无论有没有意思，只消皇上有这个心，咱们就能事半功倍。"

这日起得早，不过淡淡松散了头发随意披着，早起用前两日就预备好的玫瑰水梳理了头发，青丝间不经意就染了隐约的玫瑰花气味。

浣碧认真帮我梳理着头发，一下又一下。我闭着眼睛，感觉梳齿划过头皮时轻微的酥栗。忽然，浣碧手一停，低身伏到我膝上，声音微微发颤："小姐，我害怕。"

我的手拂过她松松绾起的发髻，轻声道："怕什么？"

浣碧的发丝柔软如丝缎，叫人心生怜意："我怕小姐今朝不能成功，但要是成功了，以后的路只怕更险更难走。我前思后想，总是害怕。"

浣碧的手微微发凉，冒着一点冷汗。我沉住自己的心神，反手握住浣碧的手，定定道："除了这条路，我没有别的路可以走。所以，我只会让自己一直走下去。"

害怕么？我未尝不害怕。只是如果害怕有用的话，天下的事只消都把自己捂在被子里昏睡逃避就能解决。人生若能这样简单，也就不是人生了。

我穿上平素穿的银灰色佛衣，并不着意打扮。

浣碧担心："会不会太素了些？小姐既下了心思，总要细心打扮些才是。"

我微笑："皇上在宫里头浓艳素雅都看得多了，有什么稀奇。我便是要这样简净到底。"

槿汐扶正镜子，道："出居修行，任何修饰在这山中都显得太突兀了。娘子眼下正好。"

我不语，只拣了一串楠木佛珠，点了一支檀香，安静跪在佛龛前。外头已经隐隐闻得礼乐之声，浣碧在旁冷然道："是皇帝上甘露寺的仪仗，可真是显赫得不得了！"

心下几乎要沁出血来。

清，你走了。我所有的美梦和希冀都已一地狼藉。

清，佛不能度人，我只能自己度自己，靠一己之身去保全。

所以，请你原谅我，原谅我的不得已，原谅我要再度回到他身边去。

良久，也不知过了多久，只觉得两颊湿凉一片。却是槿汐的声音："有小内监过来报信，皇上快到凌云峰了，娘子也请准备着吧。"

默默起身，用经文的梵音压抑住心底的戾气，思来想去，淡淡而温暖的神情是最相宜的。恍惚想起昔年冬天去倚梅园争宠的路上，那时失子失宠，再难过，心里也总是有对玄凌的期盼。而此刻，当真是半分也没有了。人生种种，千回百转，唱念做打，都不过是场戏罢了。而身在其中的戏子，是不需要任何感情的。

举目见五色九龙伞迎风招扬，玄凌扶着李长的手沿路而上，在看见我的一瞬，目光分明晃了几晃，驻步不前。

我微微一笑，向身边的槿汐道："槿汐，我又发梦了。总好像四郎就在我眼前。"

槿汐背向玄凌，伸手扣一扣我的衣襟，心疼道："娘子昨晚又没睡好，不如去歇一歇吧。"她转身，骇然瞧见玄凌站在面前，失声叫道："皇上……"

我依旧是恍惚的神情，益发显得整个人飘忽如在梦中："槿汐，我想得多了，难道你也在发梦么？"

槿汐死命地掐一掐我的手："娘子，的确是皇上。奴婢不敢欺骗娘子。"

"是么？"我淡淡地扬一扬嘴角，伸手去抚玄凌的脸，缓缓道，"四郎，我每天都要见他许多次呢。"

我脚下一软，已经站立不住，槿汐惊叫着要来扶我，玄凌一步上前已经伸臂把我抱在怀里，轻轻唤："嬛嬛……"

嬛嬛，这也是旧日的称呼了啊！

我唤他"四郎"的时候并没有真心，而他这样唤我的时候，又有几分呢？

这样的重逢，既是乍然，亦在算计之中。这么些年没有见了，这样突然见了，只觉得他仿佛老了些，目光亦有些浮了，不像那些年里，总是深沉的。

他眼中的我，必定也不似从前了吧。

毕竟，我与他，都不是旧时人了啊！

我缓缓闭上双目，明明已经是无情了啊。这样突然相见，心中竟还有一丝微微的抽痛——毕竟，他是胧月的父亲啊！

他的怀抱中有龙涎香迷离的气味，我一时不习惯，被呛得咳嗽了两声。玄凌斥向李长道："方才甘露寺的姑子不是说昭仪因病才搬到这里住着，现下已经大好了。怎么朕瞧昭仪还是病恹恹的？"

李长急得抹汗："奴才也是头一回和皇上过来，怎么晓得莫愁师太……昭仪还病着呢。"

玄凌一时不好发作，看向槿汐道："你方才说昭仪昨晚又没睡好，什么叫又没睡好？"

槿汐的语气有些悲切，哽咽道："当初娘子……昭仪被人说成是肺痨赶出甘露寺，冰天雪地地出来那病就重了。其实也不是肺痨，只是昭仪生育之后月子里没调养好落下的病根，一直咳嗽着。本来吃着药到春天里已经大好了，于是在这里静养。只不过昭仪自出宫之后就一直想念皇上与帝姬，神思恍惚，夜里总睡不好。"

玄凌顾不上说什么，一把将我打横抱起走向内室，李长一迭声地在后面道："槿汐、小厦子，快帮忙扶着，也不怕皇上累着。"

温热的水从喉中流入，我咳了两声，睁开眼来迷茫望着眼前的一切。我半躺在玄凌臂弯中，他焦灼的神情随着我睁开的眼帘扑进眼中。

他握紧我的手，无限感叹与唏嘘尽化作一句，道："嬛嬛，是朕来了。"

我怔怔片刻，玄凌，他亦是老了，眼角有了细纹，目光也不再清澈如初。数年的光影在我与他之间弹指而过，初入宫闱的谨慎，初承恩幸的幸福，失宠的悲凉，与他算计的心酸，到出宫的心灰意冷。时光的手那么快，在我和玄凌之间毫不留情地划下冷厉而深不可测的鸿沟。

我与他，一别也已是四年了。

岁月改变了我们，唯一不变的，是他身上那袭明黄色的云纹九龙华袍，依旧灿烂耀眼，一如既往地昭示他九五之尊的身份。

我几乎想伸手去抓住这明黄。唯有这抹明黄，才是能够要到我想要的啊！

我微微伸出的手被他理解为亲昵的试探，他牢牢抱住我，叹息道："嬛嬛，你离开朕那么久了。"

长久的积郁与不可诉之于口的哀痛化作几近撕心裂肺的哭声，我倒在他的怀中啜泣不已："四郎、四郎——我等了你这样久！"泪水簌簌的余光里，李长拉过槿汐的手，引着众人悄悄退了出去。

我知道，我只有这一次机会。唯有这一次，要他做到对我念念不忘。

小衣被解开的一瞬间，在陌生而熟悉的接触中，心里骤然生出尖锐的抵抗和厌恶。我下意识地别过头去——这张床榻，岂是玄凌能碰的。

我与玄清——哪怕禅房中的这张床榻简陋如斯，亦是属于我和清的，怎能容得我与其他的男子在此欢好呢？

我情急生智，含糊地在玄凌耳边笑道："这里不好。"

我朝着南窗下午睡时用的一张一人阔的长榻努了努嘴儿。玄凌"唉"的一声轻笑，将我拥了过去。

窗外的桃枝孤零零伸着寂寞的丫杈。不过是一年前，春深似海的时节，玄清与我在窗下写着合婚庚帖。

终身所约，永结为好。

琴瑟在御，岁月静好。

他死了，所有的岁月静好都成了虚妄。任凭花开花落，我的生命里，已经再没有春天。

我悲哀地闭上眼睛，幻出一抹看似满意的笑容。

玄凌伏在身边缓缓喘息片刻，沉沉睡去。

其实他沉睡中的背影，不仔细去看是与玄清有几分像的。这样微微一想，眼泪已经几乎要落了下来。

玄清，玄清，哪怕穷尽我一生也再无法与你相见了。

估摸着玄凌快要睡醒了，方才任由泪水恣肆滑落，一滴一滴滴落在玄凌的背心。我的手抚上玄凌的右臂，他的右臂是这样光洁，带一点已久不习武的男子的微微松乏的皮肉。而玄清，他的右手臂上有那样狰狞的刺青，你完全想象不出来，他这样温润如玉的男子，竟会有这样凌厉的刺青，唯有最亲密的人才可以看得到。

玄凌的叹息满足而轻微，翻身抱住泪眼迷蒙的我，吻着我的脸颊："嬛嬛，为什么哭？"

情欲，不过是人的一种欲望而已。肉体的结合于玄凌来说算得了什么呢？尤其是对于一个拥有天下女人的男人，一夕之欢之后，他可以完全否认，可以完全把你忘在脑后。

而男人，尤其是他在满足地力竭后，是最容易说话、最容易被打动的。这才是我要把握的时机。

我枕在他手臂上，垂泪道："人人都说嬛嬛当年任性离宫，错到无可救药。唯有嬛嬛自己知道，也是到了今天才知道，当时这样做，真真是半分错也没有。"玄凌眉头蹙起，眼中的冷色渐渐凝聚得浓重。我假作不知，动情道，"从前嬛嬛总以为四郎对我是半分情意也没有了，不过因为我是胧月的母亲、长得与纯元皇后有几分相似才要我留在宫中。嬛嬛这样倾慕四郎，却实实被那一句'莞莞类卿'给伤心了。"我渐渐止泪，道，"出宫四年，嬛嬛无时无刻不在想，若四郎还对我有一分，不，只要一点点情意，嬛嬛都可以死而无憾了。如今嬛嬛离开四郎已经四年，四年未见，四郎还惦记着我好不好，因为听甘露寺的姑子说我因病别居，还从甘露寺赶到凌云峰。嬛嬛只要知道四郎对我有一点真心，这四年别离又有何遗憾呢？如果能早知道，嬛嬛情愿折寿十年……"

他的手压在我的唇上，半是心疼半是薄责："嬛嬛，朕不许你这样胡说！"

眼中的泪盈盈于睫，将落未落。我练习过无数次，这样含泪的情态是最惹人心生怜爱的，亦最能打动他。

他果然神色动容，抚着我的鬓发道："嬛嬛，甘露寺四年，你成熟柔婉了不少，没那么任性了。"他拥住我，"若非你当年那般任性意气用事，朕怎么舍得要你出宫——你才生下胧月三天，于是朕废去你的名位，让你好好思过。若有名位在，你怎知道离宫后的苦楚。"玄凌看一看我，唏嘘道，"你也真真是倔强，恨得朕牙痒痒。你晓得朕为了你发落了多少嫔妃，连如吟——你不晓得如吟长得有多像你？"

傅如吟么？她是像我呢还是像纯元皇后？我没有问出口，像谁都不要紧，不过是用一个影子替代另一个影子罢了。何况他再宠爱傅如吟，不是也未曾为她的惨死落一滴泪么？

然而我口中却是一点懵懂的好奇："如吟是谁？她很像我么？"

玄凌吻一吻我的额头，轻笑道："像谁都不要紧，已经过去了，再没有她这个人了。"

我不语，一个他宠爱了一年的女人，因为他的过分宠爱而成为众矢之的的女人，被他这样轻轻一语抹去，不是不悲凉的。

我伏在他肩头，啜泣道："是谁都不要紧，嬛嬛只要四郎在这里。四郎，我多怕这一生一世都再也见不到你了，还有胧月……我们的胧月。"

玄凌温柔地扶着我的肩，低笑道："朕不是一直抱着你么？胧月很好，你不晓得她有多乖巧可爱，敬妃疼得不得了。"他微微蹙眉，"只可惜朕不能带她出来给你看。"

我含情凝睇，泣道："只要是四郎亲口告诉我胧月都好，我就很放心了。"我沉默片刻，哀哀道，"其实没有嬛嬛这个生母，胧月也可以生活得很好。"

玄凌凝视我须臾，叹道："其实当年你若不出宫，胧月有你这个生母照顾自然更好。只是如今托付给敬妃，亦不算所托非人。"

泪水的滑落无声无息，只是落在他手背上时会有灼热的温度溅起。"嬛嬛久病缠身，在甘露寺备受苦楚，未尝不是当年任性倔强的报应。嬛嬛虽然离开紫奥城，然而心心念念牵挂的无一不是紫奥城中的人。芳若来看望时我甚至不敢问四郎近况如何，只怕芳若会告诉我四郎已有新人在侧，全然忘了嬛嬛，嬛嬛不敢问……只能每日诵经百遍，祈求四郎与胧月安康长乐。"我凝噎不止，良久才能继续道，"如今能与四郎重会，已是嬛嬛毕生的福气了……"

他伸手温柔地拭去我的泪珠，轻怜蜜爱："嬛嬛，朕在来时想，只要你对朕还有一丝情意，只要你知道你从前错了，朕都可以原谅你。嬛嬛，你不仅没有让朕失望，朕甚至觉得，当初或许朕并不该任由你出宫。"

我默然:"四郎,当年我并非有意冒犯先皇后的。"

他轩一轩眉毛,目光中含了一丝清冷之色:"过去的事你已经受了教训,朕是天子,不会再与你计较这事。"他的目光温软了几分,"若不是你为此离宫四年,朕又怎晓得竟会如此牵挂你。本来正月进香之事在通明殿就可完成,若非李长提了一提到甘露寺上香可以散心,朕也不能借机来看你一次。其实朕在甘露寺时也正犹豫要不要见一见你,只怕你还是倔强如初。哪知一问才晓得你因病别居在凌云峰,虽说是好了,可是你生胧月的时候是早产,又未出月而离宫,只怕是当年落下的病,哪怕不合礼制朕也要来看一看你了。"

我含悲而泣:"四郎这样的情意,嬛嬛越发要无地自容了。"我的手指抚过他的眉、他的眼,蕴了欣慰的笑意柔声道,"嬛嬛无论病与健,都日日诵经祝祷四郎平安如意,如今看到四郎如此健朗,嬛嬛也就安心了。"

我说的话,仿佛有许多柔情蜜意在里头。眼色里有柔情,语气里也是柔情。而我心底,却在凝视他时生出轻微的嘲笑,是嘲笑他,也嘲笑自己。

他俯身抱一抱我,将脸埋于我青丝之间:"嬛嬛,你可知道这些年宫里出了多少事,朕连一个说贴心话的人也没有。"他的声音微微悲戚,"你晓得么?六弟回不来了。"

我轻轻拍着他的背,咬牙忍住将落的泪水。他是天下的君王,然而亦有这样多的烦心事。玄清之死,他与我一样,也是悲痛的吧。

"六王是四郎的手足,想必四郎十分伤心。只是伤心归伤心,四郎是天下至尊,一言一行皆关系到天下苍生,不能不珍重自己的身子。"

玄凌抬起头来,面有悲色:"其实六弟去之前朕已经晓得有不少赫赫细作混入滇南,又有乱民伺机闹事。只是朕要他微服去体察民情不能大肆张扬,所以没有安排他以亲王仪仗出行,也不便派人暗中保护。若是朕能放一放政事,以他的安危为先,也不至于如此了。"

我瑟瑟齿冷,心头瞬时如被冰雪覆住一般。我极力忍耐着,头痛得几乎要裂开一般——是他,竟然是他!又是因为他!哪怕他也是无心,可是我所有的未来、所有的美梦、所有的希望，再度因为他而破灭。

床头的针线筐里搁着一把剪刀，冷眼瞧去，竟有一丝雪亮的寒光。只要我，我伸手过去拿到一击插进玄凌心口，他就会死了，跟着我腹中孩子的生父一起死了。

然而这样的杀机只是一瞬。若他死了，我的孩子也保不住了。甚至我的父母兄妹、胧月、槿汐，甚至连敬妃也会被牵连。我要报复他，不一定要用让他死这个法子，太得不偿失，亦不够叫他痛苦。

越是疼痛，越是要忍耐。我收住冷厉的目光，温言道："四郎也不想的，毕竟是自己的手足兄弟啊。六王一向闲云野鹤，能为大周政事有所裨益，总是一位贤王了。"

玄凌伏在我怀中，沉沉疲惫道："是朕不好，没有为他的安危考虑周全。嬛嬛，你知道么？从小父皇最疼的人就是六弟，最宠爱的是他的母妃舒贵妃，六弟什么都比我强、比我好。朕和母后在父皇心里虽然仅次于六弟和舒贵妃，可是父皇眼里只有他们，从不把朕放在眼中。嬛嬛，你明白那种屈居人下的感受么？那种眼睁睁看着天下只有他比你好的感受。"

"所以除了他，你就是最好的了，是么？"我心头凄楚，喃喃自语。

"嬛嬛。"玄凌看我，"你在自言自语什么？"

"没有。"我和婉微笑，"嬛嬛只是觉得六王并没有那样好，先帝疼爱六王并非因为六王什么都好，只是因为舒贵妃的缘故爱屋及乌罢了。而且就算六王小时候多么优秀，如今看来亦只在诗书闲游一道精通罢了。"我停一停，极力压制住自己因言不由衷带来的激痛，道，"何况既然身在君王之位，时时处处总是要以天下为先的。"

他悲叹："嬛嬛，唯有你最体贴朕的心意。六弟的死讯传来之后，朕也十分难过，立即命滇南各府在腾沙江一带打捞寻找，可惜一无所获。再怎么样，六弟和朕有从小一起长大的情分，母后抚养他这么多年，他也一直安分守己，并无出格之处。"

我低低道："六王对四郎是很忠心的。"

玄凌掩面片刻，已经镇静下来："终究已经是过去的事了。六弟的身后事朕自有安排，大周的一个亲王不能就这般不明不白没了。"他顿一顿，"六弟的死多半与赫赫少不了牵连，因此六弟的死讯必定要瞒下来，将来若要对赫赫动兵先发制人，这是最好不过的借由。"

我忍住心底的悲恸与恨意，低首绵顺道："皇上好计谋。"

玄凌起身从衣中取出一枚錾金玫瑰簪子，那是玄凌旧年赏赐中我的爱物了。那玫瑰花的样子精致华美，细腻入微。更好在无其他琐碎点缀，华贵而简约。因着心爱，戴得久了，连簪身都腻了一点经手抚摩的光滑。

"当年朕下旨废去你所有名位，循例你的所有饰物与衣衫都要充入内务府重新分给位分低微的宫嫔。可是不知为什么，朕当时竟下旨把你所有的东西都封在棠梨宫中。"他停一停，眼中闪过一丝悲伤，"朕在你走后去过一次棠梨宫，除了'长相思'，你什么都没有带走，连这枚簪子也搁在了妆台上。"

我掩面唏嘘："'长相思'是当年皇上亲手所赐。除了相思，别的身外之物嬛嬛有什么不能舍弃的呢？"

玄凌伸手用簪子绾起我的长发，温柔道："嬛嬛，朕曾命你落饰出家，如今为了朕，再度妆饰吧。"

我举手正一正簪子，锋锐的簪身缓缓划过头皮，我抬手婉媚一笑："四郎说什么，嬛嬛都是愿意的。"

玄凌扶着我素白的肩，半是无奈半是慨叹："只是嬛嬛，世事不可转圜。既然你已经离宫，只怕朕也不能再接你回宫了。大周开国以来，并无废妃再入宫闱的先例。"

我神色哀婉如垂柳倒影，切切道："能有今日已是非分之福。只要四郎记得我，嬛嬛不会计较名分。"言罢，如柳枝一般柔软伏倒在玄凌怀中，"嬛嬛只有一事祈求，嬛嬛身为废妃，能再侍奉四郎已是有幸，实在不愿宫中诸位妃嫔因今日之事而多起争端。"

玄凌轻笑："还说自己是废妃么？方才当着李长与槿汐的面朕称你什

么？虽然不能颁册受封，这些年你在朕心里就当是从没离开过，你还是朕的昭仪。"

这些年的一切，当真就能一笔勾销么？我冷笑，宫中四年，宫外四年，我与玄凌注定是要纠缠不清了。

玄凌依旧道："至于宫中，你不愿多生事端，朕也不愿多生事端，朕连皇后面前也不会提起。以后你的起居，朕会让李长一应安排好。"

我依依不舍："只要四郎记得嬛嬛，哪怕嬛嬛以后在此一生孤苦修行，也是甘之如饴。"

玄凌抬一抬我的下巴："嬛嬛如此善解人意，朕怎舍得叫你孤苦一生呢？"他想一想，"太后病重未愈，朕就下旨让甘露寺每月举行一次祝祷，朕亲来上香就是。"

我扭着身子低声微笑："太后洪福，很快就会凤体康健。"

玄凌的唇一点一点沿着我的脸颊滑落至锁骨："朕就让甘露寺为先帝做法事，再后就祈祷国运昌隆……嬛嬛，你瘦了许多，然而容貌更胜从前……"他的声音逐渐低迷下去，嘴唇悄无声息地覆上我唇角的凄迷冷笑。

李长再度来请安时带上了不少的衣食用具，满脸堆笑，道："奴才所言如何？皇上心里可惦记着昭仪呢，一回宫就打发了奴才拣好的来奉与娘娘。"

我彼时正在梳妆，恬淡微笑道："有劳公公了。只是如何帮着皇上瞒住宫里，就是公公的本事了。"

李长忙不迭道："奴才一定尽力而为。"

我默然不语，哪怕瞒得再好，玄凌每月来一次甘露寺，即便以祝祷之名，皇后她们并不是坐以待毙的傻子，很快也会发觉的。我的手有意无意抚摩过小腹，泛起一丝淡漠的微笑，只需要一两个月，瞒住后宫中的人一两个月就好。

我转首去看李长，亲切道："我兄长之事想必槿汐已经和你说了。我刚与皇上重逢，并不方便开口请求皇上，这件事就要有劳公公适时在皇上面前提一提了。"

李长恭顺应了一声，笑道："奴才省得。这事若是娘娘来开口，就会让皇上觉得上番相会之事娘娘是有所图谋的。所以奴才已经寻了个机会提起过，皇上爱屋及乌，自然关怀娘娘的兄长，虽说甄公子还是戴罪之身，却已派人从岭南接公子入京医治了，想来不日后就能顺利抵京。"

我按住心头的惊喜，慢条斯理地戴上一枚翠玉银杏叶耳坠，笑道："那么我该如何谢公公的盛情呢？"

李长"哎哟"一声，忙俯下身子道："娘娘是贵人，奴才怎么敢跟娘娘要赏。"

我嗤笑一声，悠悠道："以我今时今日的地位，即便你开口向我要什么我也未必给得起，你又何必急着推托呢。"

李长笑而不答，只悄悄打量了我身边的槿汐两眼，捧起一叠衣裳道："这些是皇上叫奴才挑了京都最好的裁缝铺子新裁制的，因皇上回去后说娘娘那日穿的佛衣别有风味，所以也叫奴才选了银灰色的纱绡为娘娘做宽袖窄腰的衣衫。"

我笑一笑，叫浣碧收起，道："皇上有心。"我转脸看身边的槿汐，不动声色道："今日你穿的这件雪青褙子倒很合身，点枝迎春花也是你喜欢的。"槿汐看一眼李长，微微有些局促。

李长忙笑道："槿汐穿什么都没有娘娘好看。"

我莞尔道："哪里是好看不好看的事，是公公有心了。"

李长呵呵一笑："奴才不过是略尽绵力罢了。"他欠身，"奴才打心眼儿里为娘娘高兴呢。"

我任由浣碧梳理着发髻，闭目轻声道："李长，连我自己都觉得讶异，竟然可以这样顺利了。"

李长的话语带着轻快的笑音："这才可见娘娘的隆宠啊，皇上也是真心喜欢娘娘呢。"他停一停，"两个彼此有情意的人，只要一点点机会都可以在一起的，何况娘娘与皇上有这么多年的情分在呢。"

彼此有情意的人？我几乎要从心底冷笑出来，不过是一场筹谋罢了。费尽了心机与谋算，何来真情呢？

然而浮现到唇角的笑却是温婉："一时喜欢又有什么用。若要让皇上对我心心念念，靠公公的地方还多着呢。"

我维持的柔和端庄的笑容在李长离去后瞬即冷寂下来。浣碧晓得我心情不好，寻了个由头出去了，只留下槿汐陪我。

我的心情烦乱而悲恸，顺手拔下头上的金簪，恨恨用力插在木质的妆台上，冷言不语。

槿汐唬了一跳，忙来看我的手："娘娘仔细手疼！"

"娘娘？"我微微冷笑，心底有珍贵的东西已经轰然碎裂，不可收拾，良久，才轻声道，"槿汐，你知道清为什么会死？"

槿汐目光倏然一跳，仿佛抖擞的火苗，轻声道："奴婢不知。"

心痛与悲愤的感觉化到脸颊上却成了淡漠微笑的表情，一字一字说得轻缓而森冷："清坐的船只是被人动了手脚不错，可是玄凌……"我收敛不住唇齿间冷毒的恨意，"明明知道滇南一带并不安定，偏偏让他微服而去，才有今日之祸！"我紧紧握着一把梳子，密密的梳齿尖锐扣在掌心，"槿汐，我好恨——"

槿汐把我的脸搂到怀里，不忍道："事已至此，娘娘别太苦了自己才好。"

我按住小腹，冷冷道："从前把这个孩子归到他名下，我总也有些不忍。可是现在，半分不忍也没有了。槿汐，他虽然无心，可是若不是他……"我的哽咽伴随着恶心和晕眩一同袭来，一时说不出话来。

槿汐的目光中有凛冽的坚韧，按住我的手，镇定道："爱也好，恨也好，这条路也要照样走下去，不是么？"

"是。可是恨少一点，自己也好过一点。"我欲哭无泪，眸中唯有干涩之意，"清的死与玄凌有关，可是我连浣碧都不能说。万一她的气性上来，只怕比我还要克制不住。"

槿汐扶住我的肩，拔出妆台上的金簪，端正为我插好，轻轻道："娘娘做得对，这件事告诉浣碧姑娘只会乱了大局，不如不说。反正有无这件事，娘娘都要回宫保全下清河王这一脉。与皇上重会之事做得很好，却也只是第一步。于娘娘来说，最痛最难挨的时候已经过去了，以后的日子里即便再苦，也要熬下去。若有片刻的软弱，只会叫敌人有可乘之机。"她拣了一朵粉色复瓣绢花簪在鬓边，"娘娘现在要做的就是拢住皇上的心，所以再苦再痛，也要娇艳如花。"

逝者已矣，所有的苦痛都要活着的人来承担。

我安静举眸，铜镜的光泽昏黄而冰冷，镜中人面桃花相映红，而我的眼神，却冷漠到凌厉。

如此一个多月之中，玄凌又寻机来看了我两三次，两情欢好，愈见深浓。谈笑里说起宫中事，玄凌欢喜道："徐婉仪有了两个多月的身孕呢。自从蕴蓉生了和睦帝姬之后，宫中鲜有喜讯了。说也奇怪，朕也并没有太宠幸她几回，就这样有了身孕，倒是蕴蓉和容儿半点儿动静也没有。"

　　我只作无意："这样的事也看天命的，是徐妹妹好福气呢。"

　　玄凌感慨："宫中一直难有生养，如今燕宜有了，朕晋了她从三品婕妤之位，也盼她能为朕生下一位皇子。宫中已有四位帝姬，皇子却只有一个，漓儿又不是最有天资的。"

　　我微笑道："皇上正当盛年，必然还会有许多聪颖俊秀的小皇子的。"

　　然而徐婕妤一事，我听在耳中倒也喜忧参半。忧的是玄凌被徐氏身孕羁绊，只怕出宫来看我的机会更少；喜的是宫中有人有孕，皇后她们的目光自然都盯在徐氏身上，我更能瞒天过海拖延一段时日。

　　身形即将明显，我与槿汐谋划再三，大约已经成竹在胸。

于是那一日李长照例送东西来时，我的恶心呕吐恰恰让他瞧见了。

李长微微踌躇，很快已经明白过来，不由得喜形于色，忙跪下磕头道："恭喜娘娘。"

我微微红了脸色，着槿汐取了一封金子来，笑盈盈道："除了槿汐和浣碧，公公可是头一个知道的呢。"

李长忙躬身道："恕奴才多嘴问一句，不知娘娘的身孕有多久了？"

槿汐掰着指头算道："不前不后，恰好一个半月。"

李长想一想，喜道："可不是皇上头一次上凌云峰的时候。奴才可要贺喜娘娘了。"李长微微抿嘴一笑，似是有些欣慰，"娘娘这身孕有得正是时候，娘娘可知道徐婕妤也有了三个月的身孕么？"

我慵懒微笑，闲闲饮一口茶盅里的桂花蜜："我与徐婕妤都有了身孕，怎么叫我的身孕就正是时候呢？"

李长神色一黯，略有些不自然："娘娘不知道，这事晦气着呢！徐婕妤刚因身孕晋封婕妤没几天，钦天监夜观星相，发现有二十八星宿北方玄武七宿中危月燕星尾带小星有冲月之兆。娘娘细想，徐婕妤闺名中有一个燕字，又住北边的殿阁，那么巧有了身孕，应了带小星之象。这危月燕自然是指怀着身孕的徐婕妤。宫中主月者一为太后，二为皇后。如今太后病得厉害，皇后也发了头风旧疾，不能不让人想到天象之变。皇上又一向仁孝，是而不得已将徐婕妤禁足。皇上这两日正为这事烦心着呢，若知道娘娘的身孕岂有不高兴的？"

我与槿汐互视一眼，俱是暗暗心惊，暗想此事太过巧合，危月燕冲月之兆，玄凌即便不顾忌皇后，也不能不顾忌太后。

我缓一缓神色，只问："太后身子如何？"

李长忧心道："天一冷旧疾就发作了，加之滇南报来六王的死讯，六王是太后抚养的，太后难免伤心，病势眼瞧着就重了，到现在还一直病得迷迷糊糊呢。"

我心中有数，微微垂下眼睑："不省人事？"

"是。偶尔醒来几次，又有谁敢告诉太后这事叫她老人家生气呢。"

我低头拨一拨袖口上的流苏，轻声道："皇上知道我有孕了难免会高兴过头，公公得提点着皇上一些。皇后头风发作，又有徐婕好危月燕冲月之事，宫中诸事烦乱，我的身孕实在不必惊动了人。"我瞧他一眼，"你是有数的。"

李长沉吟片刻，旋即道："奴才省得，只皇上晓得即可。只是娘娘既然有了身孕，皇嗣要紧，总要请太医来安胎的。"

槿汐早已思量周全，娓娓向李长道："娘娘现在身份未明，许多事情上都尴尬，更怕张扬起来。倒是太医院的温实初大人与娘娘曾有几分交情，不如请他来为娘娘安胎。"

李长哪有不允的，一迭声地应了，又道："从前娘娘生育胧月帝姬就是温大人照顾的，皇上一向又赞温大人妙手仁心、忠心耿耿，必定会应允的。"

我微笑道："公公在皇上身边久了，自然知道怎么说才好。我就在这荒山野岭之中安安静静待产就好了。"

李长笑吟吟道："娘娘说笑话了，皇上怎么会让娘娘在这里待产呢，必定要接到宫里去好好养着的。"

我微微冷下脸来，愁眉深锁："公公这就是笑话我了。我如今是妾身未明，皇上宠幸几回不过转眼就忘了，我哪里敢存什么盼头。公公若说回宫养着，我既是废妃出宫的，哪里还有回去的理，我只盼能平安抚养这孩子长大就是。"

李长蓦地跪下，磕了一个头道："娘娘这话从何说起呢。娘娘怀的是凤子龙孙，又是皇上亲口唤您为昭仪的。如今徐婕好因天象一事被禁足，皇上又一向重视皇嗣之事，一定会珍而重之。"

"皇上如今能这样待我已经是我最大的福分了，哪里还敢多奢求什么呢。若是皇上能让我腹中的孩子有个名分，哪怕只以更衣之分回宫，我也感激涕零了。"

李长慌忙摆手："娘娘有着身孕呢，千万伤心不得的。娘娘和皇嗣要紧，奴才会想法子和皇上说的。"

槿汐忙忙向他使了个眼色，道："一要着紧地办，二要别走漏了风声才好。娘娘只身在外头，万一被人知晓有了身孕，不晓得要闹出多少事来呢。"

李长思忖着道："你好好伺候娘娘，回头我就回了皇上指温大人来为娘娘安胎。"说罢急匆匆告辞回宫去了。

这日午后，我因着身上懒怠，睡到了未时三刻才起来。浣碧服侍着我梳洗了，梳了灵蛇髻，又取了支玳瑁云纹挂珠钗簪上，垂下两串光彩灿烂的流苏。她又选了件淡粉色挑花纱质褶裙出来，道："这颜色倒衬外头的景致，皇上若来了，瞧见也欢喜。"

我微微蹙眉，满腹愁绪化作良久的默默无声："他走了才这些日子，我总在热孝之中。别的事没有办法，这些颜色的衣裳能不穿就不穿吧。"

浣碧闻言黯然，她转头的瞬间，我才瞧见她埋在发丝里的一色雪白绒花，我心下酸涩，轻声提醒："平日无妨，只别叫皇上来时瞧见了，多大的忌讳。"

浣碧含泪点了点头，我心下只消稍稍一想到玄清，便是难过不已。我从梳妆匣里择了一枚薄银翠钿别在发后，又择了一身月白色纱缎衣装，叹道："如此也算尽一尽心了。"

正说话间，却见温实初挑了帘子进来。我见他神色败坏，心里已经明白了几分，索性安闲适意道："浣碧去泡盏茶来，要温大人最喜欢的普洱。"

温实初微微变色："我并没有心思喝什么茶。"他停一停，"你哥哥已经回京医治了。皇上没有下旨，可是我瞧见是李长的徒弟小厦子亲自着人去接回来的。李长是什么人，怎么会突然接你哥哥回京？"

我沉默片刻："既然你心里有数，何必还要费唇舌来问我这些？"我扬起头，明灿的日色照得我微眯了眼睛，"那么李长有没有告诉你，我有了身孕，要你来看顾我为我安胎？那你是不是又要问李长为什么会知道我的身孕，而且还不是你所知道的三个月，而是一个多月？"

他的神色痛苦："嬛妹妹，为什么？为什么会这样？"

我定一定神："因为我和皇上遇见了。这个孩子是皇上的孩子，所以李长会请你来为我安胎。"

温实初张口结舌，指着我的小腹道："这孩子……这孩子明明是……"

我镇定道："是谁的都不要紧。现在要紧的是皇上认定了这个孩子是他的，认定了我腹中的孩子只有一个多月。"

温实初颤声道："你疯了！——这是欺君之罪，万一……"

我生生打断他，冷声道："没有万一！如果有万一，这个万一就是你不肯帮我，你去跟皇上说这个孩子已经三个月了，根本不是他的。那么，这个欺君之罪就被坐实了，我就会被满门抄斩、诛灭三族，而你就是皇上面前的大功臣。"

"你明知道我不会……"他又是气急又是痛苦，脸颊的肌肉微微抽搐，"嬛妹妹，你这是何苦？若你要生下这孩子，我已经说过，我会照顾你们母子一生一世，你大可放心。"

我接过浣碧手中的普洱，轻轻放在他面前，悲叹道："你能照顾我和孩子一生一世，可是能帮我把已经神志不清的兄长从岭南接回好好照顾么？你能帮我保全我的父母兄妹不再为人所害么？你能帮我查明玄清的死因、为他报仇么？"

我的一连串发问让温实初沉默良久："嬛妹妹，说来说去终究是我无用，不能帮到你。"

我掩去眼角即将滑落的泪珠，慨然道："实初哥哥，不是你不能帮我，而是我命途多舛。我好不容易离开了紫奥城，如今还是不得不回去。因为这天下除了皇帝，没人能帮到我那么多。"我颓然坐下，"清已经死了，我也再没有了指望。若我不回去保全自己要保全的，还能如何呢？"

窗外的日色那样好，我心中却悲寒似冬。

我凄然落泪，转首道："若有别的办法，我未必肯走这一步。如今你肯帮我就帮，不能帮我我也不会勉强。我和这孩子要走的路本来就难，一步一步我会走到死，即便死也要保全他。"

明暖的阳光拂了温实初鲜艳锦绣一身，他的面色却像是融不化的坚冰。"我保着你这样走下去，最后只会保着你回宫踏上旧路。嬛妹妹，我眼睁睁看你从紫奥城出来了，如今又要眼睁睁看着你把你保进宫里去。从前我向你求亲你不肯，我看着你进了宫斗得遍体鳞伤；如今还要我再看你进一次宫么？"

往事的明媚与犀利一同在心上残忍地划过。我正对着温实初的湛湛双目，调匀呼吸，亦将泪意狠狠忍下，轻声道："若不回去，怀着这孩子，宫里的人会放过我么？我在凌云峰无依无靠，不过是坐以待毙罢了。宫里的日子哪怕斗得无穷无尽，总比在这里斗也不斗就被人害死的好。实初哥哥，有些事你不愿意做，我也未必愿意。只是事到临头，我并不是洒脱的一个人，可以任性来去。"

良久，他喟然长叹，满面哀伤如死灰："嬛妹妹，这世上我拿你最没有办法，除了听你的我再没有别的帮你的法子。你怎么说就怎么做吧，你要保全别人，我拼命保全你就是了。"他颓然苦笑，"你认定的事哪里有回头的余地，我也不过是徒劳罢了。"他坐下，捧着茶盏的手微微发抖，"你要我怎么做就说吧。"

我低头思量片刻："首先，你要告诉皇上，我怀的身孕只有一个多月；其次，帮我想办法让我的肚子看起来月份小些；再者，为了掩饰身形，你要告诉皇上我的胎象不稳，不宜与他过分亲近；最后，瓜熟蒂落之时告诉皇上我是八月产子，就和生胧月时一样。至于其他，也只能听天由命了。"

他默默饮着杯中的普洱，凝神的片刻，深邃目光中拂过无限的痛心与温柔："早知有今日……我情愿你永远也不知道清河王的死讯。"

有微风倏然吹进，春天的傍晚依旧有凉意，带着花叶生命蓬勃的气味。于我却宛若一把锋利的刀片贴着皮肤生生刮过，没有疼意，但那冷浸浸的冰凉却透心而入。我微微扬唇："偏偏是你亲口告诉我的。"

他凄然一笑："所以，我是自食其果。除了帮你，我别无他法。"他稍稍定神，"你说的我会尽力做到，也会禀明皇上你胎象不稳，要好生安养。至于你的肚子……或者用生绢束腹，或者穿宽大的衣衫，一定要加以掩饰，否则再过些日子看起来，四个月的肚子和两个月的终究不一样。"

我惊疑："生绢束腹会不会伤及胎儿？"

"汉灵帝的王美人因为惧怕何皇后的威势，有了身孕也不敢言说，每日束腹一直瞒到了生育之时。嬛妹妹不必每日束腹，只消束上两三个月即可，也不必束得太紧，中间我会一直给你服用固胎的药物。况且如果束腹得法的话，亦能防止腰骨酸痛，未必有弊无益。"

我盈盈欠身："如此，往后之事都要依赖你了。"我停一停，"我要回宫之事光皇上说了还不算，还得太后点头。眉庄姐姐日日侍奉在太后身旁，这件事你只可对她一人说，由她在太后面前提起最好，只是一定要在皇上开口之后才能说。"

温实初颔首："我晓得。"他的目光悲悯，"你好好照顾自己才最要紧。"

送走了温实初，槿汐进来扶我躺下，抚胸道："奴婢在外头听着觉得真险。若温大人不肯帮忙，咱们可不知要费上多少周折了。平心而论，娘娘在外头一日，温大人到底还有一日的希望，一回宫去他可真没什么指望了。"

我斜靠在软枕上，低声道："他虽有私心，却也不是一个十分自私的人。"

槿汐唏嘘道："温大人对娘娘的情意还是很可贵的。"说罢打开箱笼，取出两幅生绢道："温大人走时嘱咐了奴婢如何为娘娘束腹，还是赶紧做起来吧，皇上不知道什么时候就会过来。"

我"嗯"了一声，由着槿汐为我缠好生绢，又服了安胎药，方才稳稳睡下。

又过去了两日，这日上午我懒怠起来，依旧和衣躺在床上。外头下着蒙蒙春雨，极细极密，如白毫一般轻微洒落，带来湿润之气。屋子里焚着檀香，幽幽一脉宁静，我只闻着那香气阖目发怔。

有低微的细语在外头："嬛嬛还在睡着么？"

"娘娘早起就觉得恶心，服了药一直睡着呢。奴婢去唤醒娘娘吧。"

"不用，朕等着就好。"

心中微微一动，索性侧身装睡。约莫半个时辰，才懒洋洋道："槿汐，拿水来。"睁眼却是玄凌笑意洋溢的脸，我挣扎着起身要请安，玄凌忙按住我的手道："都什么时候了，还讲这样的规矩。"

我揉一揉眼："四郎是什么时候来的，嬛嬛竟不知道。"又嗔槿汐，"槿汐也不叫醒我。"

李长笑眯眯道："皇上来了半个时辰了，因见娘娘好睡，舍不得叫醒娘娘呢。"

玄凌亦笑："不用怪槿汐，朕听说你怀着身孕辛苦，特意让你多睡会儿。"他不顾众人皆在，搂我入怀，喜道，"李长告诉朕你有了身孕，朕欢喜得不得了。"

我笑着嗔道："皇上也真是，欢喜便欢喜吧，不拘哪一日来都可以。今儿外头下雨呢，山路不好走，何必巴巴地赶过来。"

李长在旁笑道："原本皇上听奴才说了就要过来的，可巧宫里事儿多，皇上一时也寻不到由头过来。昨日看了温大人为娘娘诊脉的方子，当真高兴得紧，所以今儿一早就过来了。"

我温然关切道："皇上也是，这样赶过来也不怕太后和皇后担心。"

玄凌只握着我的手看不够一般，眸中尽是清亮的欢喜："朕只担心你。温实初说你胎象有些不稳，又说不许这样不许那样，朕可担心极了。幸好温实初嘱咐了一堆，说照着做便不会有大碍，朕才放心些。"

李长笑道："正为着太后和皇后的身子都不爽快，皇上才能说要来礼佛寻了由头，要不然出宫还真难。"

我低眉敛容:"太后和皇后身子不好,嬛嬛还要四郎这样挂心,当真是……"

他的食指抵在我的唇上,脉脉温情道:"你有了身孕是天大的喜事,朕高兴得紧。到底是你福气好,朕第一次来看你,你就有了孩子。"他慨叹,"容儿福薄,管氏也是,朕这样宠爱还是半点动静也没有。"

李长满面堆笑道:"这是娘娘的福气,也是皇上和咱们大周朝的福气啊。"

正巧槿汐进来,端着一碗热热的酸笋鸡皮汤,笑道:"娘娘昨儿夜里说起想吃酸的,奴婢便做一碗酸笋鸡皮汤来,开胃补气是最好不过的。"

我望了一望,蹙眉道:"看着油腻腻的,当真一点胃口也没有。"

槿汐发愁道:"娘娘好几日没有胃口了,这样吃不下东西怎么成呢?"

玄凌一怔,向槿汐道:"昭仪好几日不曾好好吃东西了么?"

槿汐道:"正是呢。娘娘怀着身孕本就睡不好,这两日胃口又差。前两日一时想吃糖霜玉蜂儿,奴婢与浣碧都办不来,当真是为难。"

李长为难道:"果然是难为娘娘了。这是宫里御膳房周师傅的拿手点心,外头哪里办得来呢。难为娘娘,有着身孕想吃点什么还不成。"

我愧然道:"是嬛嬛嘴太刁了,其实不拘吃什么都好。"

玄凌转脸吩咐李长:"把带来炖好的燕窝热一热,浇上牛乳,从前昭仪最爱吃的。"李长忙下去办了,我与玄凌闲话片刻,不过一盏茶工夫,燕窝便端了上来,玄凌就着槿汐的手取过,笑道:"朕来喂你吧。"

我微微发急:"四郎如何做得这样的事呢?"

玄凌低低一笑,眉眼间说不出的温存体贴,仿若窗外的春风化雨:"为了你,为了咱们的孩子,没有什么不能的。"他在我身后塞一个鹅毛软枕,轻轻嘘了嘴吹一吹燕窝的热气,"再没胃口也吃些,不为了自己也为了孩子。"

我就着他的手吃了一口,侧首微笑道:"嬛嬛知道。"

玄凌看我吃了大半,方叹了口气,道:"本来燕宜有了孩子也是喜事,朕才欢欢喜喜晋了她的位分，偏生钦天监说有危月燕冲月的不吉之兆，太后病重，皇后也躺下了，闹得合宫不宁，朕不得已禁了她的足。"他缓一缓，柔声道，"嬛嬛，若不是你的身孕，宫里的事那么多，朕真没有个高兴的所在了。"

我抚住他的手枕在自己脸颊边，恬和微笑："嬛嬛能让四郎高兴，自己也高兴了。天象不过是一时之兆，等厄运过去，徐婕妤为皇上顺利产下一位小皇子就好了。"

玄凌安静拢我于怀，轻轻道："嬛嬛，'长相思'还在你处，就为朕弹上一曲吧。"他似是感怀，"你离宫四年，再无人能弹出这样有情致的曲音了。"

我熟稔而机械地拨动琴弦，心中生生一痛，曾几何时，与我琴笛合奏的人，再也不会出现在这世上了。

这样的念头才动了一动，眼中的泪水已经戚然坠落，倾覆在泠泠七弦之上。

玄凌忙来拭我的泪："好好的怎么掉起眼泪来，谁给你委屈受了么？"

我摇头，只一径含了泪道："嬛嬛久不弹'长相思'，如今能再当着四郎的面奏起，只觉恍如隔世。"

玄凌亦是不胜唏嘘："朕再得你在身边，亦有隔世之感。嬛嬛，你从前最爱弹《山之高》，不如今日再弹一次吧。"

我应声拨弦：

山之高，月出小。月之小，何皎皎！我有所思在远道，一日不见兮，我心悄悄。

信手徐徐拨了两遍。《山之高》，我从来只弹前几句的。只因为前几句的相思之意绵绵入骨，更觉得下半阕的伤怀与不祥。然而神思恍惚的一瞬间，素手一转，已经转成了下半阕的调子：

采苦采苦，于山之南。忡忡忧心，其何以堪。

汝心金石坚，我操冰雪洁。拟结百岁盟，忽成一朝别。朝云暮雨心去来，千里相思共明月。

拟结百岁盟，忽成一朝别啊！

内心的惊恸繁复如滚滚的雷雨，几乎要伏案恸哭一场。《山之高》，原来我一直不敢弹出的下半阕，却是如此凄凉而昭然地揭开我与玄清的命途。甚至……甚至连"千里相思共明月"的遥遥相望也不可得。

一阕《山之高》，竟是我与玄凌和玄清的半世情缘了。

然而再难过，浮上脸颊的却依旧是一个温婉的微笑。

这样沉默相对的刹那，玄凌忽然道："随朕回宫吧。"

我一怔，心头却徐徐松软了下来——他终于说出了口。我含泪相望，依依道："嬛嬛如何还能回宫呢？昔年之事，已经无法回头了。"

玄凌拉过我的手拥我入怀，感叹道："嬛嬛的琴声一如昔日，未曾更改分毫，那么人为何不能回头呢？"

原来，他是这样不明白，琴是没有心的，所以不易变折。而人是有心的，懂得分辨真情假意、用情深浅。而回头，就是要容忍下从前种种不堪和屈辱，是多么难。这样难，难得我连想也不愿去想。

却不能不去想。

我悲叹一句，恻然低首："嬛嬛是废妃，乃不祥之身，即便身怀帝裔，也不敢妄想再回宫廷了。"

"废妃？"他唇齿间郑重地呢喃着这两个字，目光中掠过瞬息的坚决，"既然是废妃，就重新再册，随朕回宫去。"

我犹疑："太后……"

"你有了子嗣，想必太后也不会阻拦。为了徐婕好的事人人烦心，就当冲喜也好、安慰太后的心也好，你跟朕回去就是。"

我跪下，眼中含了盈盈的泪珠："皇上盛情厚意，嬛嬛感激不尽。可是臣妾这样贸然回宫，虽然太后嘴上不说什么，心里总是介意皇上不与她商量就把臣妾这样的不祥之身带了回去，不如皇上先禀明太后为好。再者……"我神情哀伤而委屈，"宫中的嫔妃少不得议论纷纷，嬛嬛情愿一个人安静在凌云峰度日。"

他温柔扶起我："朕晓得你怕什么。别人爱怎么议论就怎么议论去。如今妃位尚缺其一，朕就昭告天下册你为妃，与端、敬二妃并立。你的棠梨宫现在惠贵嫔住着，朕就再为你建一所新殿居住，禀明太后之后以半幅皇后仪仗风光接你回宫，看谁还敢背后议论。你就安心养胎，为朕生一位皇子吧。"他凝视我片刻，手温情地抚上我的脸颊，怜惜道，"嬛嬛，朕已经让你离开了四年，四年已经足够，朕再不会让你离开。"他吻着我的手心，"这四年，朕也是无时无刻不在想念你啊。"

无时无刻不在想么？我微微冷笑，正如芳若所说，即便玄凌知道自己错了也不会承认，因为帝王的威严才是他所在乎的，其他人即便被牺牲了又有什么要紧。

我喜极而泣，而这喜之后更有无数重的悲哀与恨意在澎湃。我温柔伏在他胸前，将胸腔内的冷毒化作无比柔顺，道："四郎有这样的心，嬛嬛就心满意足了。"

窗外细雨连连，他无比郑重："等朕安排下去，就让人来宣旨。你再忍耐几天吧。"

玄凌走后，我一颗心才放了下来。槿汐到底沉稳，道："回宫只是个开头，以后的路千难万难，娘娘可要有个准备。若皇后和安氏知道娘娘要回宫，必定不会善罢甘休。"

我微微沉吟："皇上是铁了心要接我回去，皇后也未必阻拦得了。只怕她顺水推舟，来个请君入瓮，待我回去后再凭借她的中宫之权来对我动手，倒不易应付。"

槿汐微微一笑："眼下皇后一门心思都在徐婕好身上，娘娘猝然回宫，她恐怕也要措手不及。"

浣碧切齿冷笑，有尖细的锋利："我耳边听着这几年间宫里竟然没一个能与她抗衡的人，她也算得意够了。不过即便她真要做什么也是枉然，小姐以妃位回宫，不出几个月生下孩子又要晋位。小姐要和她斗，未必没有资本。"浣碧执着道，"只盼小姐身在荣华富贵之中，千万不要忘了咱们的恨。"

我的心沉如磐石，冷然道："自然不忘。我如今回宫又哪里是为了自己呢。"

槿汐温婉一笑，透出一抹沉着："咱们一步一步来，日子长得很呢。"

正说话间，却是积云闯了进来，带着哭腔道："娘子，不好了！太妃她……"

她话未说完，我遽然变色，迅即起身道："我去瞧太妃。"

安栖观内翳翳无烛，我从室外奔入，视线一下子无法适应这样暗的光线。待到适应过来时，才见太妃平躺在内室长榻上，一身素白衣裳，面无血色，两颊消瘦，仿佛一朵开到萎败的鲜花凋落在冰冷的床上。

我的眼帘被银色的雨丝扑湿，全身都带着山雨的潮湿气味，一见如此，不觉悲从中来，伏倒在她榻边。

积云哭诉道："太妃自知道王爷的死讯，已经整整三日不吃不喝了，怎么劝都不听，我瞧着太妃是一心求死了。"说罢垂泪呜咽不止。

我止一止泪意，抬头道："姑姑请且出去，我陪太妃说说话。"

我起身关窗，凄清道："逝者已逝，难道生者也要个个跟随着去么？太妃，我未尝不想跟了清去，跟着他去了也就一了百了，什么烦恼也没有了。"

太妃无动于衷，依旧平躺着纹丝不动，仿佛已经没有了气息一般。

我安静伏在太妃榻边，轻声道："清是太妃的命根子，太妃只有这一个儿子，清死了必定会伤心不已。可是太妃只要儿子就不顾孙子了么？我肚子里的孩子可是要等着唤太妃'祖母'的。"

太妃闻言，身子轻轻一震，眼角滑落一滴清泪。太妃面无表情地坐起身，仿佛一缕幽魂。她整个人都颓败了下来，昔日美好的容颜在她脸上消失殆尽，唯剩一个母亲失去儿子后的身心俱碎、无望到底。

她愣愣片刻，骤然爆发出裂帛般的哭声："清儿！清儿！"复又大哭不止，呼号道，"先帝！我与你就这么一个儿子，竟没有好好看住他！如今……如今竟要我白发人送黑发人了！"我见太妃如撕心裂肺一般，忙上前搀住，太妃扶住我的肩，痛哭道，"我已经饱受丧夫之痛，为什么连我的儿子也要离我而去。嬛儿，连你也要饱尝这种失去挚爱的痛楚！"

太妃的哭声如一记记重拳击在我心上。我心中一软，强忍了半天的泪意再也忍耐不住，伏在太妃膝上直哭得声嘶力竭。

我长久没有这样痛快地哭一场，隐忍了那么久，煎熬了那么久，却只能在人前强颜欢笑，把自己的心一点一点地按在滚油里熬着。

哭泣良久，我们都镇定了一些。我轻声道："太妃，我此来是要安慰太妃，也是来向太妃辞行。恐怕我以后再也不能来安栖观了。"

太妃大为意外，道："什么？"

我屏一屏气息，静静道："皇上的意思，要我回宫侍奉，我也已经应允了。"

太妃神情一凛，继而缓和了道："你要回宫去也无妨，皇帝的意思你也不能违抗。只是你肚子里的孩子……"

我平静道："皇上以为是他的孩子，所以执意要接我回宫。"

太妃神色陡变，几乎不能相信："清儿与你两情相悦，现在他尸骨未寒，你就要跟着皇帝回宫去了也没有办法。我也怪不得你。"她直直盯着我的肚子，"可是你肚子里是清儿的孩子，你怎么能以这个孩子为你回宫的资本，让他认了皇帝做父亲！"

我忍着心酸，缓缓道："太妃知道么？清的死不是意外，他是被人害死的。他坐的船被人动了手脚，才会命丧腾沙江。害他的无论是赫赫还是滇南乱民，都不是我以一己之力可以为他报仇的。我要在凌云峰安生过下去，就必须打掉这个孩子；我要保全这个孩子，就要隐姓埋名一辈子，默默生活在乡野间。如果我既要保全这个孩子，又要为清报仇，还要保全我的父母兄长——太妃知道么？我哥哥流放岭南四年，又被人害得神志失常，我实在已经经不起了。而要做到这些，唯有我重回皇帝身边。太妃，活着比死了更难熬，然而再难，也要熬下去。"我只觉得身心俱疲，仿佛身体里被一只手无穷无尽地淘澄着，淘得五内皆成了齑粉，空空荡荡。

太妃温热的泪水一滴一滴滑落在我的肌肤上。她伸手拢住我，悲泣道："好孩子，是母妃错怪了你！我不晓得你为了清儿要这样煎熬。宫里的日子有多难，你和我都知道。清儿他这样一走……你为了替他寻一个公道，为了延续他的血脉……当真是苦了你。"

我哀哀垂泪，拉着太妃的手恳求道："我受多大的委屈都不要紧，只要太妃保重自身。这个孩子我必定会好好生下来。皇上已经有了皇长子，来日若有机会，我会想尽办法把这个孩子过继到清的名下，延续清河王一脉。太妃还有子孙在，难道都要抛下不顾么？"

太妃哀戚的面容上透出一点求生的意气，垂泣道："好孩子，你为了清这样委曲求全、忍辱负重，我这个做母妃的还能撒手求死么？我即便什么也帮不到你，为你日日念经祝祷也是好的。"

我让积云端了一碗参汤进来，舀了送到太妃嘴边，道："太妃几日没有进食了，先喝些参汤提提神吧。"

太妃喝了几口参汤，气色微微好些，匀了气息道："你要保全所有人，只有进宫承宠一道，这是没有错的。但是，光有帝王的宠爱是远远不够的。你曾经被贬出宫一次，自然比谁都知道当今这位皇上和先帝大是不同，光他的宠爱是极不可靠的——你只有将天下至高的权力牢牢握在手中，才能保护你想保护的人，拥有你想拥有的一切。"

我陡地一惊，沉吟道："至高无上的权力？"

"不错。"太妃渐渐沉静下来，仿佛沉溺进往事的河流之中，"先帝死后我自请出宫修行，其实并非我自愿要出宫修行，而是情势所逼不得不如此。当时宫中摄政王支持四皇子，也就是当今的皇上继位，琳妃朱氏成为太后母仪天下，宫中尽是她的势力。若我不自请出宫放弃宫中一切，以此为交换将清儿托付给她抚养，恐怕清儿早活不了了。"

我惊疑道："太妃如何保证太后能善待清呢？若她暗下毒手……"

太妃微微摇头："那时我蠢，直到最后才晓得，她与我一直情同姐妹，其实最恨的便是我。只要她的儿子顺利当了皇帝，只要我离开后宫，她不会太为难清儿。我离宫之时，在先帝灵前当着数百嫔妃朝臣的面，要朱氏起誓善待我的清儿，我方肯出宫，从此不出安栖观一步。"舒贵太妃垂泪叹息，"清儿长成之后不得不韬光养晦，以游手好闲来打消朱氏母子的疑心。他的心里其实有多少男儿之志不能施展，也是为我这个母妃所牵累。"太妃定一定神，目光中攒起清亮的火苗，在暗夜里灼灼明耀，"我在隆庆一朝占尽风光宠爱，唯独从未沾染权势，以致到最后不得不任人宰割，无还手之力。嬛儿，我穷尽一生才明白，帝王的宠爱并不可靠，唯有权力……我出身摆夷，自然不能染指大周之权。而你，却不一样！"

我默默沉思，蓦然想起在上京辉山那一日，红河日下之时，江山如画的场景。那是世间男子尽想掌握手中的天下啊。

舒贵太妃怜惜地凝视我："你怀着身孕回宫之后必定树大招风，艰险重重。旁的人我不知道，唯有太后，你必定要慎重待之，千万小心。"

"太后……其实还算疼惜我。"

舒贵太妃微微蹙眉，须臾，松了一口气："她肯疼惜你就好。"她停一停，"此人心机之深让人难以揣测，翻手为云，覆手为雨，连心爱之人也可以痛下杀手，实在叫人后怕。想当年……她何尝不与我姐妹相称。"

姐妹相称？我心底微微发冷。陡然听见这句话，仿佛被人用力扇了几记耳光，眼前金星直冒，只觉耻辱和疼痛。

我沉思不已，舒贵太妃的话叫我陡然想起很久以前的一件事情，不由自主便问了出来："我曾无意间听太后的近身侍婢孙姑姑说起，仿佛……太后与摄政王……"

窗外细雨潺潺，舒贵太妃双唇紧紧地抿着，良久，她的嘴唇亦抿得发白了，才缓缓吐出一句："朱成璧……她与摄政王确是有私情！"

我脑中一阵发麻，头皮上似乎有无数细小的黑虫爬过去，惊得几乎连寒毛也要竖起来了，几乎能清晰地感觉到那些小虫的触角从皮肤上划过的粟粟。若真如舒贵太妃所说，太后与摄政王真有私情，那么后来的朝政纷纭、波谲云诡，太后竟然亲手刺杀了摄政王，夺回王权，一举扫平其所有羽翼，是何等厉害的手段。亦是要何等的心志与狠心才能杀得了自己的情人？

仿佛很久的时候了，好似是在我小产之后，我的绢子落在了太后的寝殿里，我想去取回的，却在太后寝殿外的桂花树下，听见服侍太后的孙姑姑说："太后昨晚睡得不安稳呢，奴婢听见您叫摄政老王爷的名字了。"

若不是爱着恨着惦念着，一个女人何以会在睡梦之中叫一个不是自己丈夫的人的名字呢？他和她是政敌，为了权力针锋相对，为何她会叫他的名字呢？

而太后，却在沉默之后肃然道："乱臣贼子，死有余辜！我已经不记得了，你也不许再提。"然后她叹息了，极缠绵悱恻地叹息了一声。

是了，她那一声叹息，分明是为了摄政王的。她说她已经不记得了，却还在梦中念念不忘，呼唤他的名字。

她是记得他的，或许还爱过，却亲手杀了他。

如此心机深沉的女子，绝不是我从前在宫中所见的那个不问世事、只知礼佛的已经垂垂老矣的病老妇人。想到眼前舒贵太妃的境遇，从前我对太后的敬畏尊重，此刻却被蒙上了一层莫名的清冷而深刻的畏惧。

太妃拉着我的手，眉眼间有灰色的忧虑："你这一去便再没有退路了，一定要自己小心。"

我颔首："死者长眠地下无知无觉，而生者还要挣扎着承受活下去的担当。今后我与太妃再不能互相照应了，太妃也要珍重自身。毕竟这世上清的至亲，也只有我们了。"

帘外雨已停了，檐上不时滑落一滴残雨，太妃慨叹道："能彼此好好活着，也算是安慰了。"

如此，我便安心养胎，静静把自己的心思磨砺成一把寒锐青霜剑。李长不便常常出宫，却遣了他的徒弟小厦子每日晨昏出来探望，十分殷勤。我心中焦灼，便问："皇上为何不来了？可是宫里有什么事，还是忘了咱们母子？"

小厦子连连摆手道："娘娘万不可多心。只是这些日子里太后病势反复，皇上不得开口提娘娘的事。另外，皇上说，娘娘已经有孕，若多来必定太显眼。而且等娘娘胎象满了三个月稳当了，回宫也一切方便。"

如此快两个月过去，玄凌的旨意还没有下来，却是芳若来了。

这日芳若领着一行宫人，捧了食盒衣料迤逦而来。一见面便拈了绢子笑道："长久不见，今日真当刮目相看了。"说罢盈盈拜倒，"奴婢芳若参见甄妃娘娘，娘娘金安。"

我忙扶她起来，含笑道："皇上的旨意还没下来呢，姑姑这样说是要折杀我了。"

芳若一径微笑："娘娘的事皇上已经和太后说了，太后也没有异议。"说着指一指身后宫女手中的东西，道，"这些都是太后叫赏下来的，给娘娘安胎。"

我忙问："太后凤体如何？"

芳若脸色一黯，低声道："费心伤神，病得极重。太医一直守了一个多月，才慢慢好些了。如今人也清醒些。"

我忙欠身谢过，命浣碧端上茶来给芳若，芳若眼角微有泪光闪烁："奴婢自从选秀当日就在甄府侍候娘娘，总算盼到今日娘娘苦尽甘来了。"

我颔首微笑："不过是皇上垂怜罢了。不过，我要回宫的事宫里可都知道了么？"

芳若道："太后是几天前知道的，皇上见太后好多了，就在请安时提了这件事。正好惠贵嫔也在旁侍奉太后，那可真是又惊又喜，哪有不帮着说话的。本来太后还犹豫，说没有废妃回宫的先例，皇上却说当年是娘娘您自请出宫为大周祈祷国运昌隆的，虽然没有名位，却也说不上废黜。再一提娘娘有了身孕，太后自然不反对了。"

我微微垂下眼睑，看着自己逐渐养起来的指甲，道："那么旁人呢？皇后可是六宫之主。"

芳若轻轻扬起唇角，露出得体的笑容，道："危月燕冲月乃是不祥之兆，皇后连日来头风病发得厉害，起不了床。皇上也吩咐了不许任何人拿宫里的琐事去打扰皇后，只叫安心养着，所以大约还不知道。娘娘是有着身孕回宫的，又有谁敢拿皇嗣的事作反呢。"她停一停，"其实皇上也有皇上的打算，娘娘的身孕未满三月，总是不妥当。宫中人多事杂，已经因为天象困了一个徐婕妤了，若再有什么闪失不当，皇上也是忧心。所以干脆让娘娘先在外头。不过现在娘娘的胎象都安稳了，等到诏书下来，就一切顺理成章，任谁也没办法了。"

芳若言毕，意味深长地看了我一眼。我晓得她的意思，在玄凌的诏书未下之前，任何事都会发生，她自然是要我好好把握，让玄凌一旨定乾坤。

我眉间微有忧色："可是皇上已经许久没来看我了。"

芳若微笑道："皇上可忙着呢。娘娘既要回宫总得有住的地方，内务府挑了好几所地方敞亮、形制又富丽的宫殿，可皇上都不满意，只说要建一所新殿给娘娘。但内务府说娘娘和徐婕妤都有着身孕，不宜大兴土木，所以皇上的意思是把离仪元殿最近的昭信宫打扫出来，要叫工匠画了图纸改建，小修小改，也算不得大兴土木了。皇上身边的人口风紧，宫里的人眼下只当皇上又要晋哪位娘娘的位分，都一团乱地猜着呢，总不曾想到娘娘身上。"

我微笑道："其实不拘住哪里，我又怎么会挑剔呢，皇上太费心了。"

芳若道："娘娘如今要封妃回宫，和端妃、敬妃并立，虽然资历最浅，可是已经生育了胧月帝姬，如今又有了身孕，当真是前途无量，皇上能不着紧么？"

"此外皇上还忙什么呢？"

"皇上的意思是把昭信宫改建完之后就接娘娘回去。且这些日子来政务繁忙，又要看顾太后和皇后两头，皇上实在是分身乏术了，叫娘娘委屈。"

我因了然而放心，和颜悦色道："我有什么委屈的呢？皇上都是为了我。"我沉吟片刻，"皇上除了忙政务，在后宫之中可否……"我见芳若微有探询之色，索性开门见山道，"我与姑姑打开天窗说亮话，离宫四年有余，宫中已不只从前那些旧人了。我很想得到姑姑指点。"

芳若恭顺道："最得宠的自然是和睦帝姬的生母昌贵嫔了，出身又高，长得又好。若不是还没生下一位皇子，父亲家里又早破落了，依着这份尊贵，恐怕这妃位的空位也轮不到娘娘了。眼下为着娘娘要回宫，也要晋位昭仪了。另一位虽不是最得宠，却是一直长盛不衰，便是从前与娘娘交好的安贵嫔，如今住在景春殿。再者管婕妤也要封为祺贵嫔。"

"那么怀着身孕的那位徐婕妤呢？"

"皇上对婕妤小主的情分不过如此而已。只是徐婕妤此番若能顺利产下一位皇子的话，自然也就能得宠非常。"芳若顿一顿，"此番太后那么爽快应允娘娘回宫，其实另有一个原因在里头。李公公想必跟娘子提起过驯兽女叶氏吧？"

我不动声色道："略有耳闻。"

"此女身份之卑微堪称大周百年之最。一月前还是选侍，如今皇上又封了她常在。还给了个'滟'字做封号，就号滟常在。只怕再这样下去，皇上要为她打破下女不得生育皇嗣的规矩了。"她缓缓道，"所以太后想着若娘子回宫又有所生育，皇上必定能回转心思。"她叹一口气，"娘娘不晓得，为了当年那个傅如吟，皇上闹到了什么份儿上。太后是很需要后宫有深明大义、通情达理的女子侍奉皇上。"

我粲然一笑："傅婕妤我是见不到了。只是叶氏能以驯兽女这样低微的身份而得选宫嫔，圣眷隆重，我倒很想看看是何等样的标致人物。"

芳若道："娘子回宫以后总会见到她的，只是娘子小心，此女孤僻桀骜，非常人能够接近，又因为得宠，愈加目中无人。"

我一笑对之："我只管我的，她也只管她的，井水不犯河水就是。"

芳若宁和微笑道："娘子也不必太把她放在心上。叶氏出身卑微，按照宫里的规矩，每次侍寝之后都要服药，是断断不许有孕的。换言之，她没有为皇家绵延子嗣的资格。即使皇上要为她破例，她的位分也尊贵不过娘娘去。"

我微笑起身："姑姑的教诲我都记在心上了。只是等昭信宫改建完成，也不晓得多早晚了，中间这些日子，我自会留心的。"

芳若笑道："如此最好。奴婢往来不便，就在宫中等候娘娘的到来。"送走了芳若。我倚榻沉思须臾，唤来浣碧取出纸笔便要写字。

浣碧奇道："小姐好端端的要写什么？"

我静静思量，芳若说得对，玄凌出宫不易，如今又被琐事缠身，他身边的新宠随时都会出现，只消我一日得不到册封回宫的圣旨，就一日不得安稳。我必得要牢牢抓住玄凌的心才可。

于是蘸饱墨汁，笔触柔媚逶迤：

看朱成碧思纷纷，憔悴支离为忆君。不信比来长下泪，开箱验取石榴裙。

这是唐朝武后困居寺院时写给高宗的情诗《如意娘》，细诉相思等候之苦。我便信手拈来，我写不出的相思之情，只好借人家的心思一用。

我写好折起，交到浣碧手中："等下小厦子过来请安，便让他亲手交到皇上手中。"

浣碧点头："咱们现下的一言一行都关系将来，我一定小心。"

李长再来时说起此事很是唏嘘:"娘娘书信一到,皇上牵挂得了不得呢。"见我只一笑置之,他又道,"宫中一切都打点好了,本来不日就可接娘娘回去。只是皇上说住在凌云峰不太像样,还得委屈娘娘至甘露寺暂住两日,再从甘露寺接回娘娘。"

我点头:"皇上安排就是,谅来甘露寺也不会有异议。"

浣碧连连冷笑,扬眉道:"如今再回去,甘露寺那起子小人可不知要成什么样子呢,想想也觉得痛快!"

等到事事安排好,又是十数日。我回甘露寺暂住,依旧是那座小小院落,却打扫得干干净净,显是用香熏过,入门便是浓浓的香郁。静岸早早引人等在门外,她神色如常和蔼,其余人等却早换了一副毕恭毕敬的神色。我心中不屑,面上却不露出来,只与静岸叙过不提。

浣碧环视一周,袖着手冷笑道:"怎不见静白师父,往日拜高踩低她都是头一份儿,怎么今日娘娘回来暂住却不见她了?"

我唤了声"浣碧……"，众人面面相觑只不敢答话，到底是静岸道："静白病着，恕不能拜见娘娘了。"

浣碧冷着脸横眉不语，槿汐微笑道："静白师父或许是心病也未可知。今日也就罢了，过几日宫里迎娘娘回去，合寺毕送，可由不得静白师父病了。"

我当下也不理会，只安静住下不提。甘露寺殷勤供应，十分周到，我只瞧着她们战战兢兢的样子唏嘘不已。这日晨起，槿汐为我梳头，篦子细细的，划过头皮是一阵警醒的酥凉。槿汐轻轻道："听李长说，他午后就要来宣旨。"

我看着镜中薄似蝉翼的鬓角，淡淡道："也好，免得夜长梦多。"

槿汐颔首道："只是今番要回宫，有些东西娘娘是一定要舍弃了。比如，心。不是狠心，狠心亦是有心的。娘子要做的，是狠，而没有心。"

我转身，恳然握住她的手："槿汐，除了你，再没有人对我说这样的话。"

"槿汐惭愧。"她的温婉的声音里有深深的歉意和自责，"槿汐白白在宫中活了数十年，竟不能维护娘娘分毫。"

我微微一笑："你已经尽力了。恰如你所说，有心之人如何和没有心的人相抗衡呢？"我定一定神，窗外是渐渐暖热的夏初天气，热烈的风让我的神思愈加冰冷，"玄清已死，我再没有心了。"

昏黄的铜镜中，我乌深的眸底似有血染的锋刃般的薄薄影子，极淡的一抹。压一压心口，再抬头时眉目间已换作柔情似水，婉转如盈盈流波。

这日巳时一刻，日光浓得如金子一般，明亮得叫人睁不开眼睛。五月的天气甚是晴朗，连天空也凝成了一湾碧蓝澄澈的秋水，格外高远。

然而，我怆然想，有些人，哪怕一生一世望穿秋水，也再望不见了。

我依礼梳妆，带着槿汐和浣碧盈盈站在庭院中，李长笑嘻嘻打着千儿："叫娘娘久候，请娘娘接旨。"

我浅浅欠身，道："有劳公公。"

小院里开了一树一树的石榴花，清净的寺院里甚少有这样艳丽的花朵，然而五月时节，唯有榴花开得最热烈最放肆，无心无肺一般开得如火如荼，整个甘露寺便掩映在这般红艳艳的浓彩里。

我与槿汐、浣碧跪地，发髻上的璎珞垂在眉心有疏疏的凉意。李长的声音是内监特有的尖细：

> 朕唯赞宫廷而衍庆，端赖柔嘉，颁位号以分荣。咨尔昭仪甄氏，温恭懋著，慈心向善，舍尊位而祈国运，掩自身而祷昌明，其志其心，堪为六宫典范。曾仰承皇太后慈谕，册为正二品妃，赐号"莞"。尔其时怀祗敬，承庆泽之方新，益懋柔嘉衍鸿庥于有永。钦哉。

神情有瞬息的凝滞，圣旨已下，终身既定，再无翻转了。转瞬如有冰水劈面湃下，整个人连纤微的发丝都冻住了一般，分明看见一道裂缝慢慢横亘上如坚冰般的心底，轰然塌碎的声音之后，森冷锋利的冰凌直直硌在心上。今生今世，只消在他身边一刻，我竟如何也逃不离这个"莞"字了。

磕头谢恩毕了，李长笑得欢天喜地，亲手将圣旨交到我手里："恭喜娘娘，皇上的意思，三日后大吉，请册封使引娘娘回宫。皇上重视娘娘，一定会选一位大吉大利的贵人来做娘娘的册封使呢！"

我含笑道："能回宫就是福气了，何必拘泥这些呢。"

李长恭敬道："皇上重视，才显娘娘的尊荣啊。"他笑眯眯，"奴才能替皇上来宣旨，也是奴才的脸面了。不像上回册封叶氏，奴才可是跑去狮虎苑宣的旨。那回可把老奴吓得半死，还有只老虎蹲在滟常在后头，除了常在谁也哄不走。到底人和人哪也是不一样的。"

他絮絮几句，又叮嘱了槿汐好一会儿才回宫去。

我微微生了几丝倦意，握着手中明黄卷轴，怅然望向碧色澄净的天空："槿汐，回宫的圣旨已经下了，以后，我再也看不见宫外的蓝天了。"

槿汐正要答应，忽听得外头马蹄声疾，如突然而至的暴雨。骤然一声马嘶，伴随着一声熟悉的呼唤，有人踏破满院缤纷而至。

那一声呼唤，分明是唤我——嬛儿！

我耳中轰地一响，直如打了个响雷一般，无数细小的虫子嗡嗡在耳边鸣叫着扑扇着翅膀——这世上怎么会有那么像的声音？怎么会？

我迫不及待地抬头，目光所及之处，那人一身月色底竹纹长袍，满面风尘，疾奔而至。心中有一股滚热的强力激荡汹涌，只觉得一直抵在心头的那束坚冰被这样的暖流冲击得即刻化了，整个人欢喜得手足酸软，一动也动不得，几乎要委顿下来。然而这样的欢喜不过一刻，心底越来越凉，凉得自己也晓得无可转圜了，只怔怔落下泪来。仿佛无数巨浪海潮拍在身上，玄清！玄清！我几乎不能相信，不能相信自己的眼睛，双足本能地一动，只想扑到他怀里去大哭一场，哭尽所有的艰难与委屈。

"嬛儿！"他的呼声尚未落地，乍然一声娇嫩的惊呼："王爷——"却见一个碧色的俏丽影子已飞奔出来，直扑到他怀中啼哭不已。

心中一阵悲凉，果真不是我的幻觉。连浣碧也知道，是他回来了，他没有死！没有死！

一切已成定局的时候，一切再无转圜之地的时候，他回来了。

玄清一手扶开浣碧，眼眸只牢牢盯着我，劫后重生的相逢喜悦里安着那么多那么多的错愕、惊痛和不可置信，如同惊涛骇浪，澎湃在他眸中。

他定定道："嬛儿，你在等我么？"

我心中哀凉至绝望，无言以对。

槿汐见如此情境，忙道："碧姑娘，你这是怎么了？王爷好端端地回来可是大喜事啊，姑娘倒哭成这样了。"槿汐不动声色从玄清身边拉过浣碧，笑道，"娘娘的大好日子，姑娘哭湿了衣裳算什么呢，随奴婢去换件喜色的衣裳吧，好叫王爷和娘娘好好说说话。"

浣碧泪眼婆娑地抬起头来，方觉大为失态，依依不舍地看看他，又望望我，低低道："王爷平安无事，奴婢这就给菩萨上香去。"说罢涨红了脸急急奔进屋去。

槿汐福了一福，匆匆跟在浣碧后头追进去。她经过我身边，接过我手中的圣旨，悄悄在我耳边道："圣旨既已下来，万事不能再回头，娘娘可要想清楚了。"她把"娘娘"二字咬得极重，提醒着我此时的身份，说罢幽幽一叹，"一时感情用事，只怕来日后患无穷。"

我怔怔地站着。他走近我，脸上的笑意淡而稀薄，像透过千年冰山漏出的一缕阳光，带着深重的寒气；又似在夜雾深重的林间飞过的几只萤火虫的光芒，微弱而辽远。

他淡淡一哂，似是自嘲："娘娘？你果真是要回宫去了？"

这两个字似两块烙铁重重烙在心上，呼吸的痛楚间几乎能闻到皮肉焦烂的味道，我痛得说不出话来，强忍了片刻，方缓过神气勉强道："没想到有生之年，竟然能看到王爷平安归来。"

"王爷？"他满目怆然叫人不忍卒睹，拱一拱手道，"不过一别五月，不想世事颠覆如此之快，娘子已成娘娘了。"他退后一步，"良久未曾听娘娘如此称呼，清大觉生疏了。"

他如此语气，不啻是在怨我了，更不啻在我心口狠狠扎了一刀。然而，我即便分辩又有何用呢？那些不能启齿的缘由能告诉他么？

"一别五月？世事变幻之快往往在一夕之间。王爷依旧是王爷，只不过本宫不再是一介废妃罢了。"我定一定神，含泪笑道，"你回来就好了。"

"回来？"他笑意痛楚，冷冽如碎冰，"我九死一生回来，先赶去看了母妃，满心欢喜要来见你，可是母妃却告诉我，你要回宫，回到皇兄身边……"

我顿时警觉，下意识地按住肚腹，立即问："太妃，太妃还说了什么？"

他并没察觉我的异样，哑声道："母妃说你与她一样，都听信了谣言，以为我不在了。母妃说人各有志，要我千万不要记恨你，要我明白你的难处。可是嬛儿，我不能不来问清楚，到底是为了什么？"

他不知道！万幸，他还不知道！

阳光那么猛烈，灼痛我的头脑，微微睁开眼，触到那一双隐忍着不亚于我的焦灼和苦痛的眼睛。"我千辛万苦，我拼死回来，要不是想着你——嬛儿，我想着你才能回来。却要亲眼见你万千荣宠被迎回宫去，迎回皇兄身边。"他踉跄着退了两步，喑哑道，"我情愿自己身死赫赫，永远不要回来！"他停一停，"我若不回来……"

现实如一把钝重的锈刀，一刀一刀割裂我与他之间所有的情系，我泪流满面："你若不回来，就不会知道你才走半年我便琵琶别抱[①]；你若不回来，就不会知道我在以为你尸骨无存后又迫不及待回到紫奥城，回到你皇兄身边；你若不回来，就会一直以为我会等着你、盼着你，在凌云峰等你归来，就不会知道我是这样一个无情无义的女子。"我哽咽，狠一狠心道，"我本就是这样无情无义的女子。"

有风吹过，树叶哗哗作响，像落着一阵急促的冰冷暴雨。阳光透过叶子细碎的间隙落下来，仿佛在我与他之间设下了一道没有温度亦无法攀越的高墙，此时此刻，我们再不能是至亲爱侣了。

"无情无义……"他喃喃良久，仰天疏狂大笑，眼角隐有清泪涌出。

我不忍再听，亦不忍再看。我怕自己会忍不住，忍不住扑进他的怀里，要他带我走；我怕忍不住我的眷恋，我的思念。

仓皇转身，风扑簌簌吹落满地殷红的榴花花瓣，如泣了满地鲜血斑斑。

芳魂何处去，榴花满地红。

我只身离去，只余他一身萧萧，隐没于风中。

---

① 琵琶别抱：出自明代孟称舜《鹦鹉墓贞文记·哭墓》："拚把红颜埋绿芜，怎把琵琶别抱归南浦，负却当年鸾锦书。"后遂以"琵琶别抱"喻妇女再婚。

负却当年鸾锦书 陆

是夜，槿汐见我不曾用饭，便盛了一碗银耳来，好言劝慰道："娘娘好歹吃些什么，别伤了自己的身子。"她怅然一叹，"王爷平安归来固然是好事，只是……天意弄人。"

浣碧抱膝坐在榻边，嘴角的一抹笑意被眼中无尽的愁绪和担忧代替："王爷怕是伤心得很。小姐……"她看着我，嘴角一动，终于还是没说出口。

我拨弄着盏中雪白的银耳，只觉人便如这一盏银耳一般，被肆意调弄，半点由不得自身。良久，我低声道："我何尝不知道你想我去劝他，只是事到如今，相见无地，再说又有何益？即便他知道我的种种为难，我却连挽回也做不到。"

浣碧小心翼翼觑着我的神色道："那个七日失魂散还在槿汐处收着……"她咬一咬嘴唇，"小姐若是吃下，管他什么圣旨也都完了。"

我心中一动，不觉站起身来，然而即刻惊觉悚然："我已是册封的妃子，我暴病而亡，身边人如何能脱得了干系？就连你和槿汐也落得个侍奉不周的罪过。"我颓然坐下，"我已不是一名无人问津的废妃，只消我暴病，皇上会派多少太医来查，到时连温实初也要连累。何况除了他，我有多少撇不下的干系？"说罢心下更是烦乱，只紧紧攥着绢子不语。

浣碧似有不甘心："小姐……"

"天下不只一个王爷足够牵念，碧姑娘只想一想顾佳仪吧。"槿汐抚着我的背，温然道，"娘娘千万不要自乱了阵脚，奴婢且请娘娘想一想，这道圣旨可否不屑一顾？娘娘若觉得什么都可以放下，奴婢即刻为娘娘收拾包袱，天涯海角只管跟了王爷走，哪怕来日被抓赐死，得一日的快活也是一日的快活，总归不枉此生。若娘娘在意这道圣旨里的分量，那么且三思而行。"

薄薄一卷黄色的丝帛，用湖蓝和浅金丝线绣双龙捧珠的图案。一爪一鳞，莫不栩栩如生，赫赫生威，满是皇家威仪。短短几行字是正楷书写，为显郑重，字字皆是玄凌的亲笔，而非礼部代拟的冠冕文章。我的指尖拂过丝帛，微微颤抖，短短几行字，已经落定了我的终身，如果要转头，如果要退缩……我的眼中几乎要沁出血来。

槿汐握住我的手，看一看浣碧，又看一看我："碧姑娘的顾虑不是没有道理，王爷如此伤心，又在气急之下，有些话娘娘不能说，但有些可以出口的话多少也能让王爷断了念想。否则日后到底会在宫中碰面，彼此总要留个相见的余地，何苦两下里伤心煎熬呢。"

浣碧推开窗，夜风倏然灌入的瞬间，带入满地如霜冷月。浣碧倚窗望月，起伏的群山似静静伏着的巨兽，伺机把人吞没。浣碧的叹息似落地的冷月寒光，凄凄道："此时此刻，想必王爷是伤心透了。"

我怔怔，若真如槿汐所说，他能对我断情，想必也不会再伤心了吧。

我铮然转首，看牢浣碧清秀的面庞，轻轻道："浣碧，你过来……"

李长传旨之后，甘露寺外已有数十兵士守卫。槿汐早已吩咐了外头，叫浣碧自去凌云峰收拾些旧日什物过来。

　　浣碧去了一趟，取了一包祆衣裳过来，槿汐随手一翻，靠在窗前皱眉大声道："姑娘真是的，这些东西分明拿错了。奴婢请姑娘取些娘娘夏日的换洗衣裳来，姑娘却包了一包祆冬日的大毛衣裳来，真真是……"

　　浣碧赌气，大声道："不就拿错了衣衫么？我再去一回就罢了。"说罢低低在我耳边道，"奴婢已请了王爷在长河边等候，小姐快去吧。"

　　我披了浣碧方才出去时披的碧色斗篷，头发打得松散，似与人赌气一般，怒气冲冲便往外走。我本与浣碧身形相似，夜色浓重更掩了一层，外头的守卫知道浣碧是我近身侍女，自然不敢阻拦，一路放了我出去。

　　去长河边的路早已走得熟了，却没有一次似今夜这般为难。晚风飒飒吹起我的斗篷，心跳得那么急，我迫不及待想见他，却又无颜相见。

　　见一次便伤心一次，人世难堪，或许，相见亦不如不见吧。

　　河水清凉的潺潺声远远便能听见，遥遥望去，他的身影在明亮的夜色下显得格外茕茕，似苍凉的一道剪影。

　　他等待的姿势，在那一瞬间激起我所有温柔的记忆与渴慕，多少次，他便是这样等着我。只是那姿态，从未像今日这般荒芜过。

　　他黯淡的容颜在看见我的一刻骤然明亮起来，像灼灼的一树火焰，瞬间照亮了天际。他几步向前，重重地松了一口气："你终于还肯见我。"

　　我冷一冷道："看你平安，我才能心中无愧，安心回宫。"

　　他的眼神微微一晃，笑容冷寂了下来："只为这个？"

　　我悲极反笑："否则王爷以为我露夜前来所为何事？"

　　月光如银，他清明的眼神并未放过我："一别良久，你不问我为何，去了哪里？"

　　"很要紧么？"我力图以疏离的笑分隔我与他的距离，"大约我回宫之后，皇上也很乐意与我谈论此事。何况问与不问，你我都无力回天。一切已成死局，看你安然无恙站在我面前，我已经无所牵挂了。"

他眼里黯然的神色微微一亮，似跳跃的烛火："我安然无恙你才无所牵挂，可知当日人人传我身死，你必然是日夜牵挂了。嬛儿……"

我心下一慌，恨不得将自身缩进斗篷里不见了，即刻转身回避："素闻王爷心有七窍，可知真是多心了。"

他的口气里有难耐的急切和不愿相信："嬛儿，你我早已两心相映，今日你乍然回宫，又刻意冷淡我。嬛儿……"

农历四月已是春末时分，荼蘼花正开得蓬勃如云。荼蘼又叫佛见笑，因而甘露寺一带漫山遍野开得到处都是，大捧大捧雪白浅黄的花朵在夜色中看去似茫茫然的大雪纷扬。我不得不止住他的话，截然道："开到荼蘼花事了。清，我们的缘分实在尽了。"

山风入夜强劲，鼓鼓地贴着面颊刮过去，似谁的手掌重重掴在脸上，打得两颊热辣辣地痛。有片刻的沉默，似是河水东流不能回头的呜咽如诉。他的声音清冷冷的，似积在青花瓷上的寒雪："从前你说于男女情分上从不相信缘分一说，唯有软弱无力、自己不肯争取的人，才会以缘分作为托词。以缘分深重作为亲近的借口，以无缘作为了却情意的假词。"

风夹杂着荼蘼花的浅浅清香，那种香，是盛极而衰时的极力挣扎，我淡淡道："我亦说过，或许有一天真到了无路可去、无法可解的地步，我才会说，缘分已尽。或者……"我强抑住心底翻涌的痛楚，"清，我实在可以告诉你，我只想了却我与你的情意。"我按住小腹，低低道，"想必李长已经告诉你，我已有了四个月的身孕。四个月，你该知道这孩子不是你的。"

他颓然转首，声音里掩不住的灰心与伤痛："不错，四个月，便是我才走一个多月，你便和皇兄在一起了。"他牵住我的手，他的手那样冷，那种冰天雪地般的寒意从他的指尖一直逼到我的心口，"嬛儿，人人都以为我死了，那不要紧。你要自保求存也没有错，我只是痛惜你，你是从紫奥城里死心出来的人，何必再要回到伤心地去苦心经营？我实在不忍……我情愿是温实初一生一世照顾你。至少，他是真心待你的。"

"温实初?"我轻轻一哂,"我想要的唯有你皇兄能给我。我父兄的性命,我甄氏一门的活路,我想要的荣华富贵。甘露寺数年我受尽凌辱与白眼,我再也不愿任人鱼肉!人为刀俎,我为鱼肉的日子我过得怕了,为何不是我为刀俎,人为鱼肉——"

他牢牢看着我,那琥珀色的眼眸几乎能看穿我所有的掩饰。我不自觉地别过头,躲避他让人无可躲避的眼神。"你说旁的我都相信,可是嬛儿,荣华富贵何曾能入你的眼里?你若非要以此话来压低自己,岂非连我对你的情意也一并压低了?我玄清真心爱护的女子,岂会是这样的人?"

我狠下心肠,强迫自己逼出一个骄奢而不屑的笑意:"那么,王爷,你当真是看错人了。甄嬛也是凡夫俗子,她想要活,想要活得好,想要身边的人活得好,不愿再被人践踏到底。"

良久,他怅然叹息,微抬的眼眸似在仰望遥远处星光闪烁的天际。他的神色有些凄惘的迷醉,低低道:"那一日我初见你,你在泉边浣足。那样光亮华美,幽静如庭院深深里盛放的樱花,又嫣媚如小小的白狐。"

我垂下双眸,足上锦绣双色芙蓉的鞋子被露水濡湿,金丝线绣出的重瓣莲花,在月光下闪烁着璀璨的金。双足已不再着芒鞋,连一丝金线都能提醒我今时今日的束缚,我再不是无人过问的废妃,再不是凌云峰独自自在的甄嬛。我掐着手心,冷然道:"也许今日心狠手辣的甄嬛早不是你当日心中那只小小白狐。"我凄涩一笑,缓缓抬头看着他,"其实你说得也不错,我何尝不是狡诡如狐?"

他握住我手腕的十指似僵住了的石雕,一动也不动。夜风吹落大蓬洁白的荼蘼花,落在长河里只泛起一点白影,便随着流水淙淙而去。他的声音有些空洞,像这山间空茫而静寂的夜:"那日我的船在腾沙江沉没,江水那么急,所有的人都被水冲走了。若非我自幼懂得一点水性,只怕早已沉尸江底。我好容易游上岸边,却早已精疲力竭,被埋伏在周遭的赫赫细作制伏。怕我反抗,他们一路迫我服下让我全身无力的药物,从滇南带往赫赫。"他看我一眼,"那日你我在辉山遇见的那名男子,你可晓得是什么人？"

我凝神思索："看他衣饰气度，必然是赫赫国中极有威望之人……"骤然心下一动，忙看玄清道，"莫不是……"

"不错！他正是赫赫的汗王摩格。早在辉山之日，他已揣测我是朝中要人，又恰逢皇兄派我远赴滇南，正好落入他囊中，中他暗算。"玄清长眉紧蹙，"他既知我身份，挟我入赫赫，意欲以我亲王身份要挟皇兄，控势滇南。"

我想也不想，脱口道："皇上不会答允的。"

玄清的眸中有暗沉的辉色，流转如星波皓皓："他自然不会答允。在他眼中，一个兄弟如何及得上大好河山，何况……那兄弟又是我。"

我的叹息被河水的波毅温柔吞没："多年前皇位之争——只怕赫赫真杀了你，反而了却他心头一块大石。"

他颔首："赫赫既知我身份来历，我自然成了他们眼中的鸡肋，更不必费神再知会皇兄已挟持了我。大约他们也只等着来日两军相见，把我当作阵前人质，赚得多少便宜算多少罢了。我被扣在赫赫，那一日趁人不防抢了匹马出来，日夜奔逐到上京边界才得平安。"他苦笑，"彼时国中人人都以为我已死在滇南，上京守卫竟以为我是魂魄归来。我怕你等得伤心，日夜兼程回京，谁知回京之日，便是你离开我之时。"

我怆然不已，然而这怆然之中更是对世事的怨与悲。然而我能怨谁，人如掌心棋子，往往是身不由己，却不得不孤身向前。

我望住他，数月的悲辛只化作两行清泪，无声无息绵湿衣衫。

他的手掌有残余的温度，有薄薄的茧，为我拭去腮边的冷泪。那是一双能执笔也能握剑的手，如果不是摩格卑鄙到用药物制住他，或许他早早回到我身边，再无这么多的辛酸起伏。然而……"如果"和"或许"是多么温暖慈悲的字眼，若真有那么多假设，人世岂非尽如人意了。

他的语气里有温柔的唏嘘："你还肯为我落泪，嬛儿。"他扣住我的手腕，"我只问你一句，你是否当真已对我无情？"

呼吸变得那么绵长，我望住他的眼睛，竟生生说不出"无情"二字。

即便在宫中厮杀残忍了那么多年，我也从未停止过对情意的追求。而如今，我止住脚步，这一切，竟是要我亲手来割舍。

不知过了多久，他拥我入怀，他的怀抱那样温暖，似乎能为我抵御住这世间所有的风刀霜剑。连他的气息亦一如从前，清爽恬淡的杜若气息，只愿叫人沉溺下去，沉溺到死。他的话语似绵绵的春雨落在我耳际："嬛儿，现在还来得及，只要你肯跟我走，我情愿不要这天潢贵胄的身份，与你做一对布衣夫妻，在乡间平凡终老。"

跟他走，和他厮守到老，是我长久以来唯一所想。

然而时至今日，他真说出了口，这句话似一盆冷水，倏然浇落在我头上，浇得我五内肺腑都激灵灵醒转了过来。

我霍然从他怀抱中抽出，不忍看他惊愕而失望的神色，凄怆道："有情如何，无情又如何？人生在世，并非唯有一个'情'字。"我眺望甘露寺后山的安栖观，神色肃然，"若我与你一走，首先牵连的便是你避世修行的母亲。即便你还要带太妃走，那么其他人呢？我们能带走所有么？"我的声音微微发颤，从胸腔里逼狭出来，"清，我们的爱情不可以自私到不顾我们身边的人，不能牺牲他们来成全我们。"我看着他，"我做不到，你也做不到。"

他的神色愈加悲戚下去，然而这悲戚里，我已明白他的认同与懂得。他是温润的男子，他不会愿意因自己而牵连任何人，这是他的软弱，也是他的珍贵。

泪光盈盈里望出去，那一轮明月高悬于空，似不谙世间悲苦，一味明亮濯濯，将我与他的悲伤与隐忍照得无处容身。

那么多的泪，我那么久没有肆意纵容自己哭一场。我足下一软，伏在他的肩头，任由心头乱如麻絮，只逼着自己将残余的冷静宣之于口："如果我可以跟你走，我何尝不愿意抛下所有就跟你走。什么也不想，只跟你走。可是你我任性一走，却将父母族人的性命置于何地？却将太妃置于何地？我们一走，受灭顶之灾的就是他们！"眼泪堵住我的喉咙，"从前也就罢了。"我茫然四顾，"如今，我们还能走去哪里？天下之大，容不下一个玄清、容不下一个甄嬛，即便天地间容得下我们，也容不下我们一走了之后终生愧悔的心。清，由不得我们选择——不，从来就是没有选择。"

他拥着我的肩，声音沉沉如滂沱大雨："嬛儿，哪怕你告诉我你对我从无情意，我也不会相信。但是你告诉我这番话，却比你亲口对我说无情更叫我明白，明白你再不会在我身边。"

夜色无穷无尽，往昔温柔旖旎的回忆似在夜空里开了一朵又一朵明媚鲜妍的花。

我却，只能眼睁睁任由它们尽数萎谢了。

河边的树木郁郁青青，我轻声道："你看，此处叶青花浓依旧，可是玄清，你我一别五月，却早已是沧海桑田了。"上苍的手翻云覆雨，把世人的欢乐趣、离别苦置于手心肆意把玩，我凄然道，"清，所有的事情，都已经，变了。"

他手上微微用力，他的额头抵着我的额头："嬛儿，让我再抱抱你，只消一刻就好。从今往后，我能抱这世上所有的人，却不能再这样让你停留在我的怀里了。"

心中的软弱和温情在一瞬间喷薄而出，我在泪水里喃喃低语："清，遇见你让我做了一场梦。我多么盼望这梦永远不要醒。我一生中最快乐的日子都在这个梦里，都是你给我的。"

他吻一吻我的脸颊："于我，何尝不是。"他温柔凝睇着我，似要把我的样子嵌进脑海中去一般，"有你这句话，我当不负此生。"

我情不自禁地伸出手，抚着他的脸庞，凄苦道："何苦说这样的话？清，你当找一个真心待你好的女子，和她相扶相持，白首到老。你们会有很多子孙，会过得很好，会一辈子安乐。"我仰望他，"清，来日我日日在佛前焚香，终生祈愿，为你祝祷，只盼你如此。"

他揾住我的唇，凝泪的双眼有隐忍的目光，明亮胜如当空皓月。他低低道："你说这样的话，是要来刺我的心么？我所有的心意，只在那一张合婚庚帖里说尽了。只有你，再不会有旁人了。"

我止不住自己的泪意，顿足道："你才是来拿这话刺我的心……"天际扑棱棱几声响，是晚归的昏鸦落定在枝头栖息，一分皓月又向西沉了一沉。

再没有时间了。

我缓缓地、缓缓地脱开他的手臂，含泪道："你瞧，月亮西沉，再过一个时辰，天都要亮了。"

他摇一摇头，神色如这夜色一般凄暗，再瞧不见那份从容温润的光彩。他苦笑："我只觉得自己恰如一缕孤魂野鬼，天一亮大限就到了，再不情愿也得放你走。"

夜色渐渐退去，似温柔而紧迫的催促，我垂首黯然："大限已经到了。我已经出来很久，再不回去，只怕槿汐和浣碧便会首当其冲。"我的手从他的掌心一分一分抽出，似用尽了全身的力气一般，"一起坐着，越过天空看云、说着话，或是沉默，安静享受片刻的平静。"我恻然道，"清，咱们再也不能了。"

流光里泛起无数沧桑的浮影。再相见时，我与他都会重新成为紫奥城重重魅影、万千繁华间的瓦石一砾，割断彼此的前世。

寂夜里落花芬芳，那样的婉转委地，扑簌簌如折了翅膀的鸟，早已失了那种轻灵而自由的婉转飞扬，只留下凄艳的一抹血色，所有的希望和幸福轰然倒塌。只余世事的颠覆和残忍把人一刀又一刀凌迟不断。

始觉，一生凉初透。

漏夜更深，屋内一盏残灯如豆，槿汐披衣端坐，我的脚步再轻飘如絮，也惊醒了一旁打盹的浣碧。她见我回来，不觉一惊，很快平伏下来，道："小姐这么晚不回来，奴婢还以为……"

我淡淡道："以为我不回来了是么？"

槿汐为我斟上一碗茶，柔和道："奴婢知道，娘娘一定会回来的。"

她的发梢有未干的露水，我稍稍留神，她的鞋尖亦被露水打湿了。我看她："方才出去了？"

槿汐微微一笑："知道娘娘一定会回来，所以奴婢为娘娘去了一个地方。"见我微有不解，她伸指往后山方向一点。

我随即明了："太妃是明白人，自然知道这个孩子的事不能叫他知道，否则便是一场雷滚九天的大风波了。"

槿汐曼声细语道："娘娘思虑得是，太妃也是这样想，所以一见王爷也没说。太妃说，若告之实情，以王爷的脾气，他必不顾一切想带娘娘远走高飞，皇帝也必将知道娘娘腹中孩子非他所生。所以那是咱们一辈子都得烂在肚子里的秘密，永远不能叫王爷知道。"

我抚一抚浣碧疲倦的面颊，柔声道："你放心，王爷不会伤心很久的。安心睡去吧。"浣碧点一点头，敛不住眉心深深的担忧与凄惶，步履沉重地进去了。

我睡意全无，取下发上的银簪子一点一点拨亮火芯，仿佛这样就能拨亮自己的心。"槿汐。"我低低道，"小时候爹爹总是说我聪明，聪明的心性总是占足便宜的。可是我再聪明，却永远参不透一个'情'字，永远作茧自缚。槿汐，假若可以，我情愿一辈子不知情爱为何物，一辈子庸碌做一名凡俗女子，或许更能快活。"

槿汐为我抖去斗篷上的雾白露珠，披上一件干净衣衫："温柔女儿家却硬是须眉刚硬的命，一世冰雪聪明也抵不过一个'情'字。身为女子，谁能参得透'情'字，即便是……"她叹一叹，"不过是已经死心和没有死心的分别罢了。"

我无力倚在窗边："从前看《牡丹亭》的戏文，杜丽娘为柳梦梅死而复生，仿佛情可遇神杀神，遇佛杀佛。如今才晓得，戏文终究是戏文罢了。"

"所以奴婢说'火烧眉毛，且顾眼下'。可是如今，却要瞻前顾后，步步为营了。时机不同，行事也不得不同。"

　　我沉默，小时候看《牡丹亭》看到这样一句话："情不知所起，一往而深。生者可以死，死可以生。"年少时，总把情意看得泾渭分明，爱便是爱，不爱便是不爱，如同生与死一般界限清晰。总以为只要爱着，就能够抵越生死，敌得过这世间的一切。

　　却原来，情到深处，很多事仍是我们的单薄之力所不能抗拒的。

　　我举起茶盏，痛然笑道："常说一醉解千愁，我却连想一醉都不可得。"说罢，只仰面大口吞下茶水。温热的茶水入喉的一瞬间，那样苦那样涩，仿佛流毒无穷的伤怀直逼到心里，不觉泪光盈然，向槿汐道："我这一生到此，即便再身膺荣华，也不过是一辈子的伤心人罢了。"

柒　掌上珊瑚怜不得

　　我刻意回避玄清，回避对往事的留恋和期望。从甘露寺眺望，遥遥能望见清凉台白墙碧瓦的一角，然而才看一眼，已觉心酸不已，不忍也不敢再去看。

　　三日后晨起，李长便喜滋滋迎候了来，道："娘娘知道皇上千挑万选，选了谁来做册封使？"

　　我疏懒道："不过是文臣、国公，再尊贵也不过是丞相。"

　　李长喜不自禁道："娘娘万万也想不到，是清河王呢。他可平平安安回来了呢！"

　　我虽已心知，却不得不做出惊讶万分的神色，道："真的？"

　　李长眼波一转，低声道："可不是？皇上想着王爷如此后福无穷，和娘娘是一样的，才特特地请了王爷来做册封使哪！三日前王爷回宫，平平安安，毫发无伤，皇上可高兴坏了，直在宫中留了一宿。这可是咱大周的洪福齐天哪。可是那日在奴才宣旨离开后，有腿脚慢的侍卫眼花，告诉奴才，清河王似乎来过这里。推算起时辰来，仿佛清河王是先到了这儿才回宫的呢。娘娘难道不知王爷来过？"

我心中大惊，人多眼杂，果然易生波澜。我正踌躇，身边槿汐见得不对，跺一跺脚向他使了个眼色道："人家久别重逢的，你在这里添什么话乱问，快出去吧！"

李长一怔，一时不解："你这话，我竟不懂。"

槿汐指一指替我梳头发的浣碧，努了努嘴儿道："从前你来说到王爷的噩耗，浣碧姑娘哭出了两大缸眼泪呢。我们也是那时才明白……"

浣碧抿嘴一笑，两腮绯红，悄悄看我一眼，嗔了槿汐道："可别胡说，小姐……"

我这才一笑："你们都知道，只瞒着本宫呢。李长，若非你问，本宫都懵懵懂懂呢。"

李长眼珠一转，一拍脑袋，笑呵呵道："原来是这个理儿，我说碧姑娘今儿气色怎么那么好，原来是王爷平安归来啊！难怪难怪！看来碧姑娘也是个有福之人啊！"他躬身道，"时辰不早，娘娘该梳妆了，清河王为册封使，已经在外等候。"

说罢，他带了人出去。我缓缓沉下脸来："槿汐、浣碧，李长是好打发的。若来日还有这样带着半点疑心的话出现在宫里，咱们和王爷、太妃都是死无葬身之地了。"

二人谨慎点头。

我不得不另换了一副心肠。冷眼看着铜镜中的自己，面色沉静如波澜不起的古井。已然沉寂了那么久，穿惯了身上灰扑扑的佛衣，铅华不施，素面朝天。玄凌见我时是素衣简髻的佛门女子，淡朴无华。那么今日重返后宫，我便要艳绝天下，极尽奢丽，让我的姿容在瞬间夺人心魄，震慑玄凌的心魂。

开箱启锁，挑选最华贵妩媚的衣裳。繁花丝锦制成的芙蓉色广袖宽身上衣，绣翟凤凌云花纹，衣上花纹乃是暗金线织就，点缀在每羽翟凤毛上的是细小而浑圆的蔷薇晶石，碎珠流苏如星光闪烁，光艳如流霞，透着繁迷的贵气。臂上挽迤着丈许来长的烟罗紫绡，一袭蔷金色的曳地望仙裙，轻软垂盈，裙上用细如胎发的金银丝线绣成攒枝千叶海棠和栖枝飞莺，刺绣处缀着珍珠，与金银丝线相映生辉、贵不可言。

我举目示意浣碧、槿汐不许动手，径自拆散头上象征出家的太虚髻，散下一头几欲委地的青丝，拿犀角碧玉梳慢慢梳通，散如墨缎。反手细绾了惊鸿归云髻，髻后左右累累各六支白玉响铃簪，走起路来有细碎清灵的响声，发髻两边各一支碧玉棱花双合长簪，做成一双蝴蝶环绕玉兰花的灵动样子。发髻正中插一支凤凰展翅七宝明金步摇，凤头用金叶制成，用细如发丝的金线制成长鳞状的羽毛，上缀各色宝石，凤凰口中衔着长长一串珠玉流苏，最末一颗浑圆的海珠正映在眉心，珠辉璀璨，映得人的眉宇间隐隐光华波动，流转熠熠。发髻正顶一朵开得全盛的"贵妃醉"牡丹，花艳如火，妩媚姣妍，衬得乌黑的发髻似要溢出水来。颈上不戴任何项饰，只让槿汐用工笔细细描了缠枝海棠的纹样，绯红花朵碧绿枝叶，以银粉勾边，一枝一叶，一花一瓣，绞缠繁复，说不尽的悱恻意态。同色的赤金镶红玛瑙耳坠上流苏长长坠至肩胛，微凉，酥酥地痒。

画的是远山黛，脸上薄施胭脂，再用露水匀了珍珠粉淡淡施上，成"飞霞妆"，脸上幽暗的苍白便成了淡淡的荔红。一眼瞥见妆奁里的胭脂笔，心下一颤，想在眉心描画一朵梨花形状，想起当日酒醉春睡在棠梨宫后院的梨花树下，梨花花瓣正落在眉心，玄凌曾说我肤色白如梨花，花落眉间不见其色，于是亲手执了胭脂笔将梨花形状描在我眉心，遂成"姣梨妆"，一时宫中人人仿效。那是我昔年的荣宠，也是昔年与玄凌的情意。如今若特意画上让玄凌见到，必定能勾起前情，激起他对我的怜惜之意。

于是拾起胭脂笔，浣碧立刻奉上一小盒紫茉莉胭脂让我润了润笔。侧头忽见窗外一抹颀长的身影已在等候，心里生出漫无边际的隐痛来。那样熟悉，仿佛是永生永世刻在心上的。纵使我已决定重回玄凌身边婉转承恩，纵使我已决定一心一意扮演好"莞妃"的角色保住一切，仍是忍不住眼前一黑，手中的胭脂笔软软地坠到地上。

槿汐不动声色拾起笔来，柔声道："娘娘劳累了。奴婢来吧。"说罢细心描绘，粲然笑道，"娘娘倾国倾城，更胜往昔，皇上必定宠爱如初。"

我凝眸向镜，镜中人已经一扫黯淡容光，遍体璀璨，明艳不可方物。如同一张光艳的面具，掩盖住我此刻晦暗的心情。我勉强笑道："长久不穿戴宫装凤冠，现在穿上仿佛整个人重了几十斤，难受得紧。"

此话一出，自己也觉得怅然不已。这凤冠霞帔于我而言，何尝不是万重枷锁，锁尽一生欢欣希望。

槿汐微一垂目，恭顺道："皇上宠爱娘娘，赏赐丰厚，娘娘日日换新，习惯了便只以为美而不觉难受了。"

我淡然一笑："世事大概皆是如此吧，习惯了就不觉得难受了。"

我轻轻地说："出去吧。"浣碧、槿汐立刻打开房门，一左一右扶我起身。五月的灼亮的日光下，玄清独自负手站在石榴树下，殷红的花瓣碎碎落了一身，他只浑然不觉。浣碧出声唤他："六王。"他立即醒过神来，神色自如地跪下，一字一顿地说："臣弟清河王玄清参见莞妃娘娘。"

仿佛是被人用利刃直刺下来，我极力抑制住声音中的颤抖，温婉地笑："清河王请起。"

他迅速地抬起头，眼底深处闪过一丝雪亮的哀凉之色，仿佛流星划过夜空转瞬不见。他道："娘娘请移驾，鸾轿已在寺外等候。"

我的声音冷冷响起，仿佛不是我自己的声音："有劳清河王了。"我停一停，"你原本可以不来的。何必，一定要来？"

"皇兄想找个有身份地位之人为册封使迎娘娘回宫，但是几位年长的亲王都避嫌推辞。皇上便托付臣弟以宗亲身份平息废妃回宫的物议。"他的声音倒还平静，"臣弟问过皇兄一句话，是否臣弟为册封使，可添莞妃荣光？皇兄回答臣弟，是。"

我心头颤动，这样的时候，他还这样为我着想。我极力克制着心绪，徐徐走过他身旁，轻声道："王爷身沾落花。落花残败，不是王爷该沾染上身的物事。"他恍若未觉,只站着不动。

浣碧眼见不对,上前两步拂下玄清身上的花瓣。玄清叹口气,道:"落花亦有人意,拂去它做甚?"

心下一片冰凉,他终究,还是怪我的吧。

槿汐松开我的手臂,福一福,道:"奴婢去看看鸾轿是否妥当。"

浣碧亦道:"小姐的如意佩好像落在房中,奴婢去拿。"

我轻轻唤道:"清。"

他情不自禁地看我,声音悲凉如弦月:"嬛儿,我恨不得旁人,只能恨自己。"

我良久无语,只伸手拈起他肩头一瓣绯色的榴花:"我自有我的道理——身沾榴花是喜事,嬛儿恭祝王爷儿孙满堂、福寿绵长。"

他一时未懂,遥遥望着天际,目光萧瑟如秋叶:"没有你,这福寿绵长,于我不过是满目山河皆是空而已!"

心中如重重地受了一击,沉沉密密的痛,像是冰封的湖面裂开无数条细碎的冰纹,那样无止尽地裂开去,斑驳难抑。我难过得说不出话来,只听得耳边风声细细,吹得枝头落花拂地,软绵绵的"嗒"一声,又是一声。

几许沉寂,浣碧不知何时已在我身侧,低声道:"时辰不早,小姐该上轿了。"说罢伸手在侧待我扶上。

我猛一醒神,正要伸手出去,玄清的手一把扶住我的手,他的手那样冷,像是正月的天气浸在冰水中一般,没有任何温度。浣碧神色已是一惊。我心知这于礼不合,正要挣出手来,听他的声音凝伫在耳边:"臣恭引娘娘归宫,以示皇恩浩荡。"

我神色立刻恢复自如,婉声道:"那就有劳清河王了。"

扶了他的手,一路逶迤而出,甘露寺佛殿重重,那一道道门槛似乎跨也跨不完,檀香的气味袅袅在身边萦绕,金殿佛身,宝相庄严。寺中所有的人都已跪候在寺门外,殿中静得如在尘世之外,只闻得三人徐徐而行的脚步声和我衣裙曳地之声。忽地想起那日在山路上，暮色沉沉，玄清侧过头对我说："这种牵手的姿势叫作'同心扣'，据说这样牵着手走路的男女，即便生死也不会分开。"我黯然地笑起来，仿佛还是不久前说过的话，不过年余间，世事已然翻天覆地，这条路已经那么快，到了尽头。

谨身殿，已经是最后一重殿宇了，也终于走完了。寺门外垂首恭谨跪着两排宫女内监，明黄色凤鸾仪仗灿如阳光，皇后专乘的华翠云凤礼舆停在不远处。古檀底座，镂金丹青纹饰，以大团牡丹环绕瑞兽，画神仙永乐图，四角都坠有镂空的金球，闻风泠泠，礼舆前后仪仗赫赫。玄凌，他果然动用了半副皇后仪仗来接我回宫。

李长与槿汐早候在外头，忙迎上来，行三拜九叩大礼，道："给王爷、娘娘请安。恭迎娘娘回宫。"

我点点头，示意他们起身，道："皇上如此郑重，本宫怎么敢当？擅用皇后仪仗是大不敬，纵使皇上天恩，皇后贤德，本宫也不敢逾礼。"我看一眼李长，淡淡道，"李公公，请即刻回宫禀明皇上，请许本宫用妃子仪仗，否则，本宫绝不敢回宫。"

李长赔笑道："娘娘一早知道的，这是皇上的心意……"

我微笑："本宫也一早说过，本宫不敢担当。"

李长只抬眼看槿汐，额头上渗出密密的汗珠，忙跪下道："这一来一去费的时间不少，怕皇上心急，还请娘娘先回宫再议。"

我看也不看他，只道："尊卑有别，本宫不是恃宠而骄、僭越无礼的人，也不愿来日见了皇后无地自容。"李长不敢起身，只拼命磕头不语。

槿汐连忙扶他起来，低声道："还不快去快回！"李长连忙躬着身退去，急急向山下奔去。甘露寺建在甘露峰顶，遥遥望去京中景物一览无余。极目远处，炫目的日光下激起一片金黄耀眼光芒的地方，便是我远离数年的紫奥城。

时近中午，阳光越发明亮，亮得我睁不开眼睛。浣碧道："日头太毒，还请小姐和王爷在谨身殿前稍坐片刻，等仪仗到来。"

我侧头道："请王爷一同去殿下稍候，以避暑热。"玄清一点头，依旧扶着我的手走回殿下，一同坐下。

满寺的尼女依旧跪在寺门外一动不动，天气渐热，她们的佛衣领上被汗濡湿，不过一个时辰，又被日光蒸发，只留下一圈白花花的迹子。我一眼看见跪在主持身后的静白，不知是不是体胖的缘故，她的汗比旁人多得多，整件佛衣全都濡湿了。

我召她上前，缓缓道："本宫在此清修数年，多蒙静白师太照顾了。"

静白脸色煞白，颤声道："出家人……本该慈悲为怀，娘娘……娘娘无须多谢。"

我冷冷道："师太对本宫的'照顾'本宫没齿难忘，必当报答。"烈日下，静白的身体微微发颤。

玄清以为我要在此了结了她，以解昔日之怨，看我一眼低声道："嬛……娘娘，不宜动气。"我但笑不语，伸手拂一拂她的佛衣，她如同利刃割身，激灵灵地一抖，冷汗簌簌而下。

我不理她，又召了静岸上前，含笑说："本宫向来恩怨分明，师太昔日的照拂，本宫感激在心。"转头吩咐槿汐："拿两部本宫手抄的《太平经》来，赏赐静岸师太。"又笑着对静岸说："本宫知道你不爱金银，这两部经书，略表本宫一点心意吧。"

静岸果然欢喜，含笑谢过受了，道："贫尼有一心愿，请娘娘成全。"

我看一眼一旁跪着发抖的静白，向静岸道："师太要说的本宫全然明白。本宫便饶她一条贱命罢了，希望她能痛改前非，一心向佛。"

静岸垂首谢道："多谢娘娘慈悲，我佛必定护佑娘娘。"静白亦是连连叩首谢恩。

我看着她们退远，沉声对槿汐说："此人死罪可免，活罪难饶。当年她诬赖我偷她的燕窝，今日就赏她一顿板子略作惩戒吧。"

槿汐略微点头："奴婢自会去办妥。娘娘放心。"

我伸手召唤莫言上前，微笑道："静岸师太虽为住持，但是心肠太过慈软，从今后就由你接替静白的位置，管教甘露寺众尼，好好一纠她们的风气。"

莫言微微恻然，恳切道："娘娘自己珍重吧。"

过不得一顿饭工夫，李长带着人抬着仪仗和妃子专用的翟凤礼舆来了。所有的人一齐跪下："恭迎娘娘回宫。"

我缓缓起身，玄清扶住我的左手，一步步踏上朱红卷毯。我的凤纹绣鞋久未踏足柔软的卷毯，绵软厚实的卷毯让我的双足一瞬间有难以习惯的柔软之感。我微一低首，看见自己还不明显的小腹，看见身畔执手相扶的那人，心中一凛，不由得扬起头看那耀目日光。

日色璀璨之下，万物都如尘芥一般，湮没为万丈红尘中不值一提的一点微末。这般居高临下，仿佛还在那一日的辉山，猛然涌起一股凛冽的心肠：我要这天下都匍匐在我脚下，我要将这天下至高的权力握在手中，保护我腹中这个孩子，保护我要保护的所有的人！

妃嫔入宫，自来只走偏门贞顺门。紫奥城自贞顺门往内宫一路迤逦洞开，銮仪卫和羽林护军并守城外，赤色巨龙般的朱壁宫墙下着着暗红衣袍的内侍并月白宫装的侍女垂手而立，安静得如泥胎木偶一般，引着鸾轿往重华殿去。

汉白玉台阶上的红锦金毯漫漫延伸至上殿，红毯尽头，便是等待着我的玄凌。虽只是迎妃入宫，他也穿了九龙华袍以示郑重，皇后素来逢迎玄凌，亦着了一身紫华蹙金广绫凤越牡丹罗袍。二人并肩而立，遥遥望去，风姿高贵而绰约。

我心内冷笑，暌违数年，帝后之间依然是一对好夫妻，相敬如宾，奢尽表面文章。

我略整一整环佩衣衫，步下鸾轿，重重罗衣锦服，璎珞环绕，我下轿十分不便，还未等小内监送踏凳来，玄清已立在辇边，自然而然伸手扶住我的手，搀我下来。

脚尖才触到地面，手已欲从他掌心抽回。玄清五指微一用力，我竟挣脱不得，不觉立刻面红耳赤，大是尴尬。

他迎风迢迢，坦荡道："清奉皇兄之命亲迎娘娘归来，可见娘娘在皇兄心中的地位，自是越隆重越好。请由清扶持娘娘上殿。"

是最后一刻的温存了吧。我眼中一酸，强忍下泪意，低低道："有劳王爷。"

他的面色肃然而郑重，托起我左手引我向前。手指上戴着硕大而明耀的嵌虎睛石玉扳指，似宿命的约束牢牢扣住我的命途，微凉的玉硌在我的手心，那股凉意渐渐浸到心底去。我稳稳行于红锦金毯之上，缓缓走向玄凌。走得越近，心中哀凉之意更盛，玄清的手心不是他素日的温暖，冰得似没有温度一般。我手指微曲，他感觉到，握我的手更紧了紧。心下大是哀恸，深深漫出一股恐惧，只盼时光驻步，这条路永远永远也走不完。

时光的印刻残忍而分明，在依稀能看清玄凌容颜的一瞬间，心底骤然刺痛，我下意识地闭上双眸，再睁眼时，已是殷切而期待的神情，仿佛有难掩的喜悦。

我屈膝："臣妾来归，恭祝皇上、皇后圣体安康，福泽绵延。"

膝盖尚未完全弯曲，玄凌已一把将我扶住，从玄清手中接过我的手，笑吟吟道："一路可还吃力？"

我摇头，被他牢牢握住的手指有不适的感觉，叫人心底腻起一层油白的腻烦。

皇后笑容满面，修饰过的纤手拉住我的手道："皇上一告诉本宫，本宫可欢喜得不得了，左右数着日子盼了莞妃这么久，真真要度日如年了。"许是在风口站久了，皇后指尖的冰冷不亚于我，犹自含笑端详我道，"莞妃清瘦了些，回宫后该当好好调养才是。"

如此嘘寒问暖、无微不至，当真要见者动容了。我垂首感激不已："皇后关怀备至，臣妾如何敢当。"

玄凌道："清河王既为册封使，便代朕将册封莞妃之旨晓谕六宫。此刻诸妃皆在，劳六弟宣读吧。"

玄清眼皮一跳，也不动声色，只从槿汐手中接过圣旨，冷然宣读道：

> 朕唯赞宫廷而衍庆，端赖柔嘉，颁位号以分荣。咨尔昭仪甄
> 氏，温恭懋著，慈心向善，舍尊位而祈国运，掩自身而祷昌明，
> 其志其心，堪为六宫典范。曾仰承皇太后慈谕，册为正二品妃，
> 赐号"莞"。尔其时怀祗敬，承庆泽之方新，益懋柔嘉衍鸿庥于
> 有永。钦哉。

他的尾音里有一丝不易察觉的颤抖，似一片薄薄的锋刃从我身上刮过去，一时不见血出来，只觉得疼，唯有自己知道，已经是伤得深了。

何必，何必，要他亲口宣一遍圣旨，玄凌眼中的厚爱，于我，于他，何尝不是屈辱的凌迟。

玄清长身玉立，微微欠身："莞妃至此，臣弟也算功德圆满了。"

多年隐忍，玄清早已失去一切，亦学会表面的波澜不惊。玄凌满意点头，满心喜悦道："六弟奔波劳碌，朕也该大大地谢六弟才是。"

皇后亦笑："皇上真该想想如何谢六弟才好。"

玄凌微微沉吟："六弟已是亲王俸禄，衣食无忧，朕再赐清河王食邑三百户，清凉台方圆百里为汤沐邑①，六弟可还满意么？"

皇后笑道："皇上好阔气的手笔，当真手足情深。"

玄清尚未开口，却听一把娇俏如露珠的声音脆生生越出道："皇上如此隆重迎来了这位莞妃，只以食邑相赐，未免低估了六表哥的劳苦功高、左右逢源。"

此话大有酸意，我不用抬头，便知唯有出身亲贵的胡昭仪才敢如此大胆。我轻轻一笑，粲然道："王爷亲赴甘露寺迎回臣妾，可见皇上用心。

---

① 汤沐邑：一指周代供诸侯朝见天子时住宿并沐浴斋戒的封地；二指国君、皇后、公主等收取赋税的私邑。

这位妹妹很体贴皇上心意，那么请皇上赐这位妹妹一斛明珠作赏吧。"

玄凌亦不欲因我之事而起风波，便道："如此甚好，朕就赐昭仪明珠一斛。"他扬一扬眉，笑道，"既然昭仪如此体贴，不如再去库房选几幅吴道子的画来赠予六弟吧。"

玄清的眼中唯有深不见底的空漠，淡淡道："皇兄雅趣，臣弟却之不恭。"

玄凌招手示意那位丽人走近，笑向我道："这位是胡昭仪，最风趣可爱不过，你们尚未见过，此时见见正好。"

我只作初见，微笑颔首，她看清我容貌，微有愕然，略欠身示意，也不问安，只唇角含笑看着玄凌。一身银朱红云锦合欢长衣更衬得她娇小的身量如一抹绯红的云霞，灿然生光，足见她之受宠与尊贵。我细细留神，一样是艳烈的美人，比之华妃，胡昭仪更多几分娇俏与蕴藉，并不像一个口无遮拦之人。

胡昭仪毫无顾忌地瞧着我，脆生生笑道："果真美如仙子，和胧月帝姬一个模样呢。"我留神细看已生育的妃嫔左侧各自立了子女的乳母，几位帝姬立在一起，个个如粉雕玉琢一般。敬妃身边，正是快五岁的胧月。我心下一热，忙上前几步，唤了句"胧月"，才要伸手去抱，那孩子却往乳母怀里一缩，小脸都皱了起来。

我见胧月如此，一时有些尴尬，却是敬妃向我一笑："帝姬有些怕生呢。"我心下稍稍释然，澹然含了一缕笑意："昭仪是和睦帝姬的生母，福气过人，连容貌也如此令人倾倒。"

胡昭仪笑时鬓边的海水纹青玉簪上明珠濯濯瑟动，如娇蕊一般："怪道从前听人说莞妃聪颖过人，原来甘露寺清净之地，也能教莞妃听到如此多宫闱之事。"

她虽是笑靥婀娜，然话中挑衅之意已然了然。我微微垂眸，她愈灼烈，我愈谦和就是，断断不争这一日的长短。何况她所说的，怕是日后宫中人人都要讥之于口的。

玄凌一步上前，握住我的手走至重华殿前。殿前嫔妃数百，自皇后以下以端、敬二妃为首皆按位分立于两侧。望去衣裙缤纷，个个都精心装扮过，唯恐落了人后，个个鬓如青云，花团锦簇，仿佛上林苑的万花朵朵散于重华殿庭前。

然而，宫廷里的女人，何尝不是万花散于庭，朵朵皆寂寞。

玄凌朗声笑道："当年为祈国运昌隆，甄昭仪不顾一己之身自请出宫清心修行，如今五年期满，朕感其心意，特册为莞妃迎回宫中。"

他平平淡淡一语，胜过我万千分辩。我盈然一笑，凝视于他。只听一声娇啼，却见安陵容似一只展翅的蝴蝶先扑了上来，牢牢拉了我的裙摆，含喜含悲啜泣道："姐姐可回来了，姐姐一别数年，妹妹只当此生不能再相见了，不意还有今日，当真是……"话未说完，一行热泪滚滚落下。陵容早年已册封为贵嫔，却只以"安"为号，她打扮得并不华丽夺目，只一身月白色衣衫，底下留仙裙，用细碎的米珠缀成一朵朵曼妙水仙，在日光下折出莹透的光色，愈发楚楚可怜。

我心中烦恶，却不肯露出一份异样来，只淡然道："久不见妹妹了，妹妹一切如旧，并未变改分毫啊。"

我细细留心周遭人等的神色，妃嫔对我的到来大多神色异样而复杂，然而新进宫的十数人大约因我与傅如吟的相似而惊愕不已，有几个胆大的已忍不住面面相觑，窃窃私语起来。玄凌如此声势迎我回宫，众人也不敢不敬，及至陵容主动与我亲近，有几个耐不住性子的妃嫔已露出不屑的神情来。

陵容恍若未觉，益发拉着我问长问短不已，我虽不耐烦，到底顾忌着她是玄凌的宠妃，一时不能发作，更是尴尬。端妃冷眼片刻，缓缓向我道："莞妃气色不是上佳，今日劳累，更不宜站在风口说话，合该好好歇息去了。"我喜她为我解围，微闻衣袖窸窣，目光只在人群中逡巡，果见眉庄眼中泪光浮涌，悄悄拿了绢子去拭。

敬妃扯一扯眉庄的袖子，笑道："惠贵嫔可欢喜过了，莞妃要休息，不如一同陪着皇上先去未央宫吧。"她亲密地笑一笑，"皇上为接妹妹回来，修葺了昭信宫，后又御笔亲改为未央宫，赐妹妹为柔仪殿主位呢。"

安陵容温婉一笑，娇怯怯道："皇上为了姐姐的未央宫费尽心思，在库里寻了多少积年的珍宝出来，只听说跟蓬莱仙岛似的，又不许咱们去瞧新鲜，只等姐姐来了才开宫呢。"她软语娇俏，叫人不忍拒绝，"不如姐姐带咱们去开开眼吧。"

陵容声如黄鹂嘀呖啼啭，众妃神色变了几变，终究按捺了下去。

玄凌笑语道："日后总有去的时候，何必急于一时，先让莞妃安顿下再说不迟。"

陵容忙低头道："皇上说得极是，是臣妾心急姐姐回来了呢，总想和姐姐多待一刻也好。"

我但笑不语，眼神将周遭之人一一留意，只觉如今宫中之女美艳者更多于从前，直教人眼花缭乱，一时看不过眼来。

未央舊客 捌

当下玄凌携我上辇轿，不过一盏茶时分便行至一座巍峨宫宇前，正门前"未央宫"三个金铸大字明晃晃的色彩在日光下分外耀眼。仪门至正殿只一条两车宽的汉白玉道相接，两旁凿开池水清明如镜，满种白莲，此时新荷初绽，小小莲花绽开如玉盏凌波，数百朵玉白花簇开在一起，仿若一捧捧雪铺成的皓洁冰雪的路途。

玄凌轻笑耳语："朕晓得你喜欢赏莲，你有孕不便常常出门，朕便挪一座太液池到你宫里，勉强赏玩也罢。"

此时节风动莲香，整个未央宫沉浸在荷露清风之中，别有一番雅趣，我低低笑道："皇上有心。"

正殿为柔仪殿，旁侧各有东西别殿三座，环绕成众星拱月状。李长引我与玄凌入正殿，殿中刻画雕彩，居香涂壁，锦幔珠帘，穷极纨丽。隐约闻得椒香细细，正是熟悉的椒房暖香。香意似细雨洒落，四处晕开，无所不及，兜头兜脑地袭来，让人几欲迷醉。玄凌轻声叹道："昔日椒房贵宠，今又在矣。可当不没嬛嬛了。"

李长忙笑着道:"是呢。论谁再得宠,这些年皇上也没再赐过椒房恩典呢。"

我盈盈看着玄凌:"皇上厚爱,臣妾已不敢承受。"

玄凌只是笑,执过我的手:"再去看看你的寝殿,如何?"

寝殿便在柔仪殿后,转过云母神仙折花屏,寝殿内云顶檀木作梁,水晶玉璧为灯,珍珠为帘幕,范金为柱础。六尺宽的沉香木阔床边悬着鲛绡宝罗帐,帐上遍绣洒珠银线海棠花,风起绡动,如坠云山幻海一般。榻上设着青玉抱香枕,铺着软纨蚕冰簟,叠着玉带叠罗衾。殿中宝顶上悬着一颗巨大的明月珠,熠熠生光,似明月一般。地铺白玉,内嵌金珠,凿地为莲,朵朵成五茎莲花的模样,花瓣鲜活玲珑,连花蕊也细腻可辨,赤足踏上也只觉温润,竟是以蓝田暖玉凿成,直如步步生玉莲一般,堪比当年潘玉儿步步金莲之奢靡。如此穷工极丽,饶是我自幼见惯富贵,又在宫中浸淫多年,亦不觉讶然称惊。

玄凌环顾许久,颇为满意,笑道:"佛前莲花开三朵,又尤以五茎莲花为珍。佛母诞子而落莲花,嬛嬛仁性佛心,莲花最是适宜。"

我欠身屈膝,谦卑道:"柔仪殿如此奢华,臣妾不敢擅居,还请皇上让臣妾别殿而居。"

玄凌扶住我,眸中沉沉尽是柔迷光华:"昭阳第一倾城客,不踏金莲不肯来。①萧宝卷给得起潘妃步步金莲的盛宠,朕又如何造不起一座玉寿殿来。②你在外头为朕受了许多苦,朕今日所做的,不过只能补偿万一罢了。"他见我双眉微蹙,柔声开解道,"你不必心有不安,蕴蓉的燕禧殿也不啬简素,朕把柔仪殿比着四妃正殿的规制来建,算不得奢靡。你住着喜

---

① 出自唐代李商隐《隋宫守岁》,咏隋炀帝宫中守岁的奢侈。

② 潘妃是南朝齐东昏侯萧宝卷的宠妃,小名玉儿。萧宝卷当皇帝的时候,为潘妃兴建的神仙、永寿、玉寿三座宫殿,穷奢极欲,在宫中凿金莲花以贴地,让潘妃在上面行走,称为"此步步生莲花也"。

欢就是。"他似想到些什么，停一停道，"你无需忌惮宫中言语，未央宫种种布置皆是朕的意思，皇后更着意添了许多，无人敢妄论。"

我澹然一笑："说什么补偿呢，皇上言重，皇上与臣妾之间没有这样生分的话。"我温婉言毕，心下只疑惑皇后即便顺从玄凌，也只要情面上过得去便可，何须如此为我大费周章。

有和暖的风涌过，鲛绡帐内别有甜香绵绵透出。见我微微疑惑的神情，玄凌笑吟吟道："不错，是鹅梨帐中香的味道。"

我微露赞叹之色，不觉含了一缕笑意："此香原是南唐国后周娥皇所调，南唐国破后，此法失传已久，不知皇上何处得来？"

"容儿素擅制香，此便是她的手笔。也难为她，配了数千种香料才配得这古方，若换了旁人，必没有她这份细心。朕有时不能安眠，闻得此香便会好受不少。"玄凌如此极口夸赞，便知这几年安陵容如何圣宠不衰，平步青云。我按捺住气性，只想着要叫温实初看过方能用此物。

我淡然道："果真奇香，教臣妾想起棠梨宫的梨香满院。"

玄凌微微懊丧："正为棠梨宫梨树奇佳却不能移植，才只好以此物代替。"

李长双掌一击，有内监领着宫女鱼贯而入，满面含笑道："娘娘如今位贵身重，奴才好好选了些人手添在未央宫。"

却听一声欢喜的哽咽："奴才给莞妃娘娘请安。"

声音如此熟悉，我鼻中一酸，口中如常道："起来吧。"

一行数十宫女内监，为首的正是小允子，他磕头道："惠贵嫔听闻娘娘回宫，忙遣了奴才回来侍奉，怕旁人伺候着娘娘不惯。"

玄凌闻言慨然："论起对莞妃的贴心莫若惠贵嫔。只是她送来了小允子，不知身边由哪个内监掌事？"

小允子道："皇上安心，贵嫔处有小伶子伺候。"

玄凌微微点头，我拨一拨戒指，似笑非笑道："皇上久不去棠梨宫了吧？"

玄凌但笑不言，只道："嬛嬛，未央宫比之棠梨宫胜出百倍，你可喜欢？"

我粲然向他一笑，曼声轻盈道："臣妾喜欢皇上亲修未央宫的用心。"

他牢牢看住我，露出几分欣慰的喜色来，兴致盎然道："朕为你建未央宫，便要你长乐未央，永无伤悲。"

永无伤悲么？繁华簇锦之下，谁又了然谁的哀苦之心，红墙内外，只怕他终是要怨我了。

我转首看着他笑："若只一人长乐未央又有什么趣味呢？皇上可要陪着嬛嬛才好。"

他神色动容，将我的手笼在他袖中。良久，他吻一吻我的耳垂，低声道："朕先去母后处请安，你且沐浴更衣，朕晚上再来看你。"

我含笑送他出去，方唤了小允子进来，直截了当道："本宫回宫，宫中可有异动？"

小允子微微低头："那起子娘娘小主说什么，娘娘大可不必往心里去。倒是……"他沉思片刻，"听说为了大修未央宫，外臣们纷扰不止，上书皇上，连老相国都极力反对，说……"

我回过味来，骤然轻笑，伸手看着指甲上鲜红的蔻丹，漫不经心道："说本宫废妃之身回宫已是闻所未闻，又如此张扬奢靡，是祸乱后宫的妖孽祸水，是不是？"

小允子赔笑不已，槿汐在旁道："腐儒们只会满口酸话，拿人作筏子显自己清廉，何苦来哉？娘娘不必听这些话，要紧的是——"她目光微转，只朝颐宁宫方向看去。

我连连冷笑道："未央宫即便大修，也不至于奢靡如此，你没听得方才说皇后更着意添了许多么？我正想着她如何这般好心了，原来一壁哄得皇上高兴博了贤良的名儿，一壁叫外头的人只以为是我狐媚惑主，才引得皇上这般，更落实我祸水之名。"

槿汐沉思片刻，好言劝道："娘娘知道厉害即可，事已至此，思量以后要紧呢。"我点头，只叫槿汐去请了温实初来。

不过一盏茶工夫他便到了，我也不言安胎之事，只把鹅梨帐中香取了出来给他瞧。

他察看良久，松了一口气，道："娘娘安心，这里头并没有麝香一类伤胎之物，反而梨香清甜，是上好的安神之物。"

我放下心中疑虑："本宫也是万事小心为上。"

"娘娘小心是应当的。"他略想一想，"只是微臣多嘴一句，此物用时并无大忌，只是点此香时房中断断不可放有依兰花。"

我疑惑："依兰无毒，此物也有安神之效，莫不成两者相克么？"

他脸上一红，微微踌躇："倒不是相克，只是两物相遇会使身热情动……"

我不觉面红耳赤，肃然道："宫中不许妃嫔擅用媚药迷惑皇上，何人敢用此物？何况依兰花更是少见了。"我大是不好意思，拨着香炉中半透明的晶莹香料，转了话头道，"这鹅梨帐中香十分难得，须以沉香一两、檀香末一钱细锉，鹅梨十枚刻去瓤核，如瓮子状，入香末，仍将梨顶签盖。蒸三溜，去梨皮，研和令匀，梨汁干，才得香味纯郁。如缺了一分功夫，这香味便不纯正清甜，安陵容如此苦心制得这失传已久的古方，可见这些年擅专圣宠并非没有道理。"

"既然失传已久，娘娘如何得知？"

我怅然道："昔年甄府鼎盛之时，本宫曾在《香谱》中见过，如今人去楼空，即便书在也被虫蚁咬尽了。"

温实初温言道："娘娘有孕不可再出此伤感之言，以免忧思伤身。听臣一句，既然回来了，那么不怕没有来日。"

我一时默默，吩咐了沐浴熏香，只静下心思等玄凌回来。

如此一夜温柔，次日清晨，我四更时分便起床梳妆，槿汐在旁道："娘娘起得好早，昨日礼仪辛苦，怎不多睡一会儿呢？"

我笑而不语，只叫绾了一个宫妆最寻常的如意高寰髻，簪一支小巧的红纹珠钗蝴蝶押发。一件七成新的云雁纹锦长衣，花饰是衣料自有暗纹，只在袖口疏疏绣几朵浅黄色的腊梅花。

我才打扮停当，已听见玄凌起来，他正斜靠在软枕上，瞧着我笑道："怎么起得这样早，是换了地方睡不惯么？"

我转首盈盈笑道："睡得很好。只是臣妾刚刚回宫，今日一定要早起向皇后娘娘请安才是。"

玄凌打个呵欠，笑道："你倒有心，只是皇后身子还未大好，只怕你去得早了。"

我对镜扶正蝴蝶押发，恬静微笑："这有什么呢，臣妾候着皇后起来是应该的。如今皇后身子已经好了许多了，若还在病中，臣妾应当日夜侍奉的。"

玄凌眼中颇有赞赏之意，柔声道："即便皇后还病着，哪里用得着你去呢。你好好安胎就是。"说话间，宫女已经鱼贯而入，服侍着玄凌梳洗更衣。

我唤浣碧来："昨日皇上赏了许多补品来，太医院也进了不少滋补养颜的佳品，你去帮我挑出最好的来，等下和我一起送去给皇后娘娘。"浣碧轻快应了，转身去准备。

玄凌一边焐脸一边道："皇后那里什么没有，你自己吃着就是。"

我笑得大方得体："皇后那里有多少都是皇后的，臣妾只是尽一点自己的心意罢了。皇上也不许么？"

他走过来扶着我的肩，拨一拨我耳上的银嵌米珠耳坠，道："去就去吧，怎么打扮得这样素净，朕瞧着楚楚可怜的样子，一点妃子的华贵气派都没有。"

我含笑把脸颊贴在他的掌心，柔声细语："臣妾终究只是妃嫔而已，皇后母仪天下，臣妾在她面前自该安守本分，谨小慎微，不敢张扬。何况天下间最华贵的就是皇后娘娘，臣妾怎么敢在皇后面前过于奢华呢。"

玄凌半是怜惜半是娇宠，抚着我的脸颊道："若后宫诸位妃嫔都似你这般想就好了，朕果然没有疼错你。"

我亲自把金镶玉束带束在玄凌腰间，盈盈望着他道："皇上安心去早朝吧，若是迟了只怕又要听朝臣的聒噪。"

他停一停，看我道："你都知道了？"

我愈发低头，几乎要抵到他的胸口去："臣妾身份尴尬，外头有些话也在情理之中。况且臣妾的确不配住未央宫……"

他示意我噤声，温言中有眷眷的歉意："旁人的话不必记在心里，朕只是想竭力补偿你这些年的苦楚。"

我轻轻点一点头，送走玄凌，梳洗妥当，便带着槿汐与浣碧同去皇后的昭阳殿。

此时天色还早，晨光金灿明朗，照在昭阳殿的琉璃瓦上流淌下一大片耀目流光，连着雕栏玉砌也别有光辉。昭阳殿外花木扶疏，皇后最爱的牡丹盛开如繁锦，姹紫嫣红一片。

我向浣碧轻笑道："比起我第一次来时，昭阳殿可是华丽了不少，大有气象一新的感觉。"

浣碧嘴角扬一扬，露出几分不屑与恨意："小姐当日初来之时乃是华妃当权，皇后节节退后，如今后宫之中可是皇后一人独大，自然今非昔比。"

我微笑颔首："你看事倒清楚。"我指一指苑中牡丹，"没了芍药，牡丹就开得这样好。若旁的花花草草多了，牡丹自然没有了光彩。"我整一整衣袖，"咱们进去吧。"

话音刚落，却见剪秋打了湘妃细帘出来，忙见礼道："皇后娘娘正梳妆呢，娘娘来得好早，请进去先坐坐吧。"

皇后宫中照例是不焚香的。青金瑞兽雕漆凤椅边有一架海口青瓷大缸，里头湃着新鲜的香橼，甜丝丝的果香沁人心脾。我进去坐了一盏茶时分，闻得香风细细，珠翠之声玲玲微动，忙屈膝下去。昨日按品大妆，倒看不出皇后的病色，只觉端庄肃穆。今日家常装束一看，果然脸色有些黄黄的。一别四年，皇后虽然保养得好，然而眼角也有了不少细纹，即便不笑也显而易见了。

我恭恭敬敬道："臣妾给皇后娘娘请安，恭祝娘娘凤体康健，千岁金安。"

皇后纵然意外，却也十分客气："莞妃起来吧。剪秋看茶。"见我坐下了，又道，"今儿不是初一十五的大日子，没想到莞妃这样早就过来了。"

我恭谨道："臣妾刚刚回宫，一心想来给皇后请安。本该昨日一回宫就来的，因而今日特来向皇后请罪。"

皇后和颜悦色笑道："莞妃有心了。你有孕在身，又奔波劳碌从甘露寺回来，是该好好歇息。反正日后日日都要见的，请安也不急在一时。"说话间眼神深深从我隆起的小腹上掠过，很快又恢复那种雍容恬淡的姿态。

我欠身道："皇后关怀，臣妾也不能太放肆失了礼数。"

皇后打量我两眼，微笑道："莞妃打扮得倒简净，看了倒很清爽。"

我抬头，见皇后今日穿着瑰红洒金五彩凤凰纹长衣，金线绣制的牡丹花在纱缎裙子上彩光绚烂，与浅金云纹的中衣相映生辉。与我的简约装束相比，自然是雍容华贵的。

我安分地笑着："多谢皇后娘娘夸奖。皇后母仪天下，如日月自然而生光辉，臣妾怎敢与日月争辉呢。"

皇后眸中尽是温和的笑意："数年不见，莞妃还是那么会说话。"

我唤上浣碧，含笑向皇后道："臣妾在甘露寺修行，念念不敢忘记皇后一直以来对臣妾的关怀，因此日日祝祷，奉了佛珠在佛前开了光，希望有朝一日可以奉送给娘娘，保佑娘娘岁岁安康。"

浣碧端了紫檀木托盘躬身走到皇后面前奉上，那是一串枷楠香木嵌金福字数珠手串。枷楠香木本就贵重难得，又难雕琢，这一串却颗颗打磨得光滑圆润，每颗枷楠香木珠子都是一般大小，上头都精雕细琢了嵌金福字，手串中央还坠了一块大拇指宽的蝙蝠形水绿翠玉串坠。

皇后对着日光细细瞧了，赞道："果然是好东西。枷楠香木气味好，嵌金的做工精细，那翠玉也通透，莞妃实在有心了。"皇后笑吟吟看我一眼，"东西还在其次，要紧的是妹妹的一番心意和聪慧，知道终有一日还能与本宫再见。"

"皇后娘娘宅心仁厚，甘露寺佛家之地，想来娘娘总有去祝祷的一日，臣妾才做此私念。"我谦卑低首，"臣妾的一点小小心意，皇后肯笑纳，臣妾就安心了。"

日色明媚，落在皇后微有病色的脸庞上有些绯红的不谐，垂珠抹额上的赤金珠子流转下明丽的光芒，皇后的笑意忽而带了一抹光影的荫翳，道："本宫记得莞妃出宫之时并没带多少东西，怎么甘露寺中也有这样贵重的东西么？"

我柔婉垂首，低声道："臣妾出宫时还有些私蓄，以此倾囊进奉娘娘也是应该的。"

皇后笑得亲切："如此本宫更是要感激莞妃的心意了。"

正值外头的宫女折了新摘的牡丹花进来，色色齐全，朵朵开得正盛，一应盛在一面大荷叶式的瓷盘里。绣夏跪在皇后面前道："请娘娘簪花。"

我晓得是簪花的时候到了，见皇后伸手拣了一朵大红盛开的牡丹，我忙按着从前的规矩，从皇后手里接过花朵，端正簪于皇后髻上。

皇后深深看了我一眼，笑盈盈道："莞妃礼数倒周全，从前服侍本宫簪花的规矩倒一点都没错。"

我谦卑地躬着身子道："服侍皇后是应当的，臣妾不敢忘记了规矩。"

皇后看着我，笑意微敛道："一晃四年，瞧着莞妃的样子，在甘露寺里不改分毫，倒似更见风韵了，当真连岁月匆匆，都格外疼惜莞妃，全不似本宫人老珠黄了。"

皇后说得客气，然而话中隐有自伤之意。我慌忙跪下："娘娘母仪天下，如这牡丹雍容华贵、国色天香。若娘娘说自己人老珠黄，那臣妾便是连鱼眼珠子也不如了。"我再度叩首,"若是因为臣妾而让皇后出此伤感之语,那就是臣妾罪该万死了。"

皇后停顿片刻,方笑道:"本宫不过随口说说罢了,莞妃不必这样诚惶诚恐。"说着又嗔身边的宫女,"染冬还不快扶莞妃起来。"

我赔笑道:"皇后说起保养容颜一道,昨日臣妾回宫,见太医院送来珍珠养容丸和白术增颜膏,臣妾见都是好东西,不敢一人私用,特意拿来献给皇后。"

皇后微微一笑:"莞妃有心,本宫怎么会拂了你一片好意呢?"皇后看一眼盘中供上的东西,道,"都是好东西,莞妃刚一回来太医院就如此有心,可见是皇上预先吩咐了。"

我神色谦卑,道:"皇上怕臣妾因孕出斑,才叫拿这些东西养着。其实臣妾姿容粗陋,这些东西吃得再多也无济于事,还不如为娘娘更增光彩。"

如此言笑晏晏,皇后慈爱,妃子恭顺。仿佛我与皇后一直和睦,并无半分嫌隙。

闲话间,各宫妃嫔一一到了,端妃、敬妃分坐皇后东西下首,我紧跟着端妃坐下,敬妃之后便是刚晋了昭仪的胡蕴蓉,依次坐下。嫔妃间互相见过礼,皇后道:"莞妃初初回宫,位分仅在本宫之下,与端妃、敬妃并列。端妃与敬妃也就罢了,其余各位妹妹这几日里就该去莞妃宫里向莞妃请安见礼了。"

我显赫回宫,声势隆重,又怀着身孕,嫔妃们莫不恭谨答应,唯有胡昭仪小巧的下颌微微一扬,转眼看向了别处。

皇后又向敬妃道:"如今莞妃回来了,敬妃,你也该多带着胧月帝姬去莞妃宫里走走,到底莞妃是胧月的生母。等莞妃生产之后,胧月帝姬也该送回柔仪殿去,你这个养娘再亲,到底也比不上人家生母。"

敬妃神色黯然了几分,口中依旧恭敬道:"臣妾遵旨。"

皇后环顾下首,忽而秀眉微蹙道:"滟常在呢?怎的今日又没来?"

　　胡昭仪俏脸一扬，掩唇笑道："滟常在身子娇弱，不是头疼脑热，就是这里疼那里痛的，这样娇贵的身子难怪老不能来向皇后请安。"

　　欣贵嫔与滟常在居处邻近，便道："回娘娘的话，听说滟常在一早起来不舒服，是而不能来向皇后请安了。"

　　胡昭仪摇一摇团扇，巧笑道："皇后瞧我说得如何？"说罢往案几上一撺扇子，道，"到底是欣贵嫔性子最好，不仅与祺贵嫔相处相安无事，连最难相处的滟常在也能说话，可见真真是个好人。"

　　我心中一惊，胡昭仪说话怎这样大剌剌的，不自称"臣妾"，反而以"我"自称，可见是何等大胆了。而胡昭仪的话似有深意，一语话毕，欣贵嫔转过脸，祺贵嫔亦是暗暗咬了咬牙。

　　皇后见惯了争风吃醋之事，当下也不理会，只温言向欣贵嫔道："既然如此，就叫太医好好照应着，滟常在的身子也忒弱了，怎能好好服侍皇上呢。"说着目光温和转到我身上，"你们都得好好学着莞妃。莞妃已为皇上生下胧月帝姬，如今又身怀有孕，能为皇家绵延子嗣。莞妃，你有着身子要好好养着才是，少走动多歇息，即便到了本宫面前，能免的礼数也就免了吧，有什么不舒服的赶紧要叫太医。"

　　我忙起身谢过，众人闻言，皆是默然低头，各怀心事。

玖 | 澜依

　　我懒怠坐软轿，便打发了抬轿的内监先回去，只扶了浣碧和槿汐的手慢慢走着。

　　上林苑风光依旧，太液池边青柳亦更见青翠柔长。

　　一路上新进宫嫔一一叩首行礼，我含笑吩咐了起来，也不多做停留，只微笑着轻声向槿汐道："上林苑的花越开越多，咱们宫里的如花女子也越来越多了。"

　　槿汐低语道："方才在皇后宫中请安，奴婢留神着娘娘离宫后宫中新人辈出，可是奴婢向小允子打听了，但凡得宠些的，或死或废，无一幸免。"

　　我轻声叹息："难怪要三年选秀一次，否则宫里可不是空荡荡没人了。"

　　我扶着浣碧的手坐在亭内歇息，目光只滞留在亭边杏树上，想着从前的花开如云是何等盛事，如今也是"狂风落尽深红色，绿叶成阴子满枝"①了。

浣碧站在身后，轻声冷道："今日皇后待小姐真是客气。"

我闭目道："她昨日待我就不客气了么？她从来就是这副和气雍容的模样，怎么会因了我失态呢？"

浣碧"嗯"了一声，低声道："其实小姐何必这般对皇后纡尊降贵，守着礼数就成了。"

我微微睁开双眼，仔细看她一眼，道："今时今日，你觉得我有资格和皇后翻脸么？"

"小姐如今是莞妃，是皇上隆重迎进宫的，又有着身孕……"

"我知道你心急，但也别错了主意。从前害我之事皇后从未出面过，自然担不上她的干系，即便我告诉皇上也只会落一个污蔑皇后的罪责。"我拉过她的手，推心置腹道，"我心里的恨只会比你深，但是进了宫就要步步为营，心急是成不了事的。我回宫之事皇后只怕背地里气得要死，可是当着我的面依旧雍容大度，关爱有加，可见她心机城府之深。她愈是如此，我愈要恭顺，把从前之事只作不知，方能慢慢筹谋。"

槿汐在旁沉默听完，道："娘娘说得不错。娘娘此番回宫，皇上盛重对待，是有利亦有弊。利在娘娘有皇上撑腰，不敢叫人轻举妄动；弊在树大招风，娘娘自然也是树敌无数。此刻皇后已在宫中经营多年，身边又有得宠的安贵嫔、祺贵嫔等人，连胡昭仪亦是她表妹。而娘娘却是离宫四年，一切生疏，必定要按下锋芒，先行表示恭顺。"

我轻嗤一声："即便我恭顺，皇后对我也是心怀敌意。但我若不恭顺，不啻授人以柄。浣碧，你要记得一句，君子报仇，十年不晚。还有一句，路要一步一步走方能稳当。我实在也没有本事能一口气扳倒那么多人，皇

---

① 　出自唐代杜牧《怅诗》："自是寻春去校迟，不须惆怅怨芳时。狂风落尽深红色，绿叶成阴子满枝。"唐宋人笔记小说中提到杜牧早年游湖州时，见一十多岁少女，长得极美，就与她母亲约定：等我十年，不来再嫁。十四年后杜牧果然当了湖州刺史，但那女子已经嫁人生子了。杜牧怅然写成此诗。

上也不会容许后宫因我而乱。"

"路要一步一步地走……"浣碧咀嚼着这句话，倏然微笑，"是了。奴婢明白了，不会再心急。"

我面色沉静无波，道："不只是你，要嘱咐着底下人对各宫各院的嫔妃宫人都要和气。尤其是你，在安陵容她们面前一定要沉住气。"我紧紧按住浣碧的手，亦是按住自己多年的积郁与沉怒，一字一字清洌道："若按捺不住，只会乱了自己的阵脚。"

浣碧看着我手上一串素净沉郁的琥珀连青金石手串，道："小姐要孝敬皇后，给了那串枷楠香木嵌金福字数珠手串也就罢了。皇后娘娘如此陷害小姐，小姐为何要送这样名贵的养颜佳品给她？莫不成……小姐还有别的打算？"

我淡淡道："我送去的东西的确名贵非凡，极是难得。而且我送给皇后，也没有什么别的打算。"我停一停，"更不会下毒那么蠢。"

我望向辽远的天际，日色璀璨如金，照得人几乎睁不开眼睛。嘴角扬起一点莞尔的微笑。我送这些养颜滋补的珍品给皇后，只是因为，我发现她真的老了。

宫里新鲜的美女层出不穷，她要一个一个妥帖而不露痕迹地应付，真的是很劳心费力吧。

皇后开始老了。如果我没有记错的话，她已经三十六岁了。三十六岁的女人，需要这些滋补的东西来挽留她即将消逝的红颜。而这些本该她得到的东西，她却没有。却出现在了比她年轻的我的手里，再经由我的手恭敬奉到她的手里，她会怎样地不甘啊！

天下之母？我冷笑出来。这位尊贵雍容的天下之母敢不敢享用那些我奉上的、可以挽住青春的养颜之物呢？

我微笑："不是奉承，也不是讥讽，我是真心实意想把那些东西送给她。"

槿汐素手冉冉而立，眯了双眼看花，道："皇后那样谨慎，怎么敢用娘娘送上的东西。"

若她真敢服用的话，我倒真真是敬佩她了。可是依她的性子，怎会接受来自敌人的礼物呢？

我倚栏远眺，淡淡道："我也坐得乏了，不如慢慢走回去吧。"

太液池沿岸风光如画，阳光渐渐热烈起来，一行人分花拂柳走在树荫下，偶尔说笑几句。偶有凉风拂过，拂落枝头曼曼如羽的合欢花，浅红粉橘的颜色，淡薄如氤氲的雾气。花瓣粉软盈盈宛若美人口上画得饱满的一点樱唇，风过好似下着一场花雨如注。我情不自禁伸手接起三五瓣托于素白掌心之中，便有若有若无的淡雅香气盈上手心的纹理。

小允子不知就里，见我喜欢便凑趣道："要论合欢花，还是清河王的旧阁镂月开云馆的最好。"

我心中猝然一痛，转首见浣碧亦望着花瓣出神，不由得感伤难言。槿汐在旁轻声道："若娘娘喜欢，不如把合欢花瓣收起来做个香囊吧。"

我无声无息一笑，伸手将花瓣抛入太液池的绵绵水波中，轻道："留得住一时也留不住一世，即便做成香囊，到底也是要枯萎的，不如随它去吧。"

话音刚落，却见合欢树底下站着一位女子，一身琵琶襟大镶大滚银枝绿叶衣裙，肤色是亮烈健康的麦色，不同于宫中女子的一意求白。长眉轻扬入鬓，冷亮的眼睛，眼角微微飞起，有丹凤眼的妩媚，更带着野性不驯的气息。我不觉一怔，从来闻得赞女子双眼如寒星的，却不知世间真有这样的眼睛，冰冷濯然，如寒光四射。她双唇紧抿，笑意清冷疏落，眉宇间皆是淡淡的失意与桀骜。乍一看，似是莹白雪地里赫然而出的一枝亮烈红梅，宛若惊鸿一瞥。

她双手捧着大捧的合欢花瓣，正和侍女一同收到一个绡纱袋子中。眼见走到我面前，才看我一眼，慢慢屈膝下去，道："莞妃娘娘金安。"

我见她的装束奇特，并非寻常宫嫔爱用的金簪玉器一类，而是一对嵌虎睛石银簪，耳上一对平金猫眼耳坠，最惹眼的是胸前一串青金链子，链子中央拇指大的一颗琥珀，色泽暗红通澈，里头横卧着一只蜜蜂。

我含笑受礼，忍住惊讶道："这位妹妹我却没有见过。"

她抚着胸前的琥珀，淡漠道："嫔妾是绿霓居涴常在，因这两日抱病，未曾与莞妃娘娘相见。"

我含着笑意看她："那你如何知道本宫是莞妃？"

她嘴角微微一笑，蕴了几分不屑，道："娘娘这样大的阵仗回宫，有谁不知道呢？"

我对她的不敬不以为意，只是饶有兴味："今日在皇后娘娘处请安也未见到涴常在，听说是病了。"我见她额上有晶亮汗珠，手中袋子里搜罗了不少合欢花的花瓣，想是一早就在这里了，我温然道，"既然病着，怎不好好在宫里歇息，等下日头毒了，越发要难受。"

她不卑不亢道："谢娘娘关怀。"

我瞧着她手中的袋子，含笑道："为何常在收了这样多的花瓣呢？"

涴常在面上的肌肉微微一抽，旋即淡淡道："太医说嫔妾病着，要拿合欢花入药，所以来收了些。左不过落花白白入泥也是可惜。"

我微笑："常在怜香惜玉之心，本宫自愧不如。只不知常在的芳名可否相告，姐妹间以后也好称呼。"

"叶澜依。"她简略道，说罢略略欠身，"嫔妾身子不爽，不能陪娘娘说话了，先告辞。"说罢也不等我应允，攥紧了花袋自顾自便走了。

浣碧骇然惊道："她怎么这样无礼？不过仗着皇上宠爱罢了，难怪芳若说她孤僻桀骜。"

我摆手示意她噤声。地上有一物闪亮，是一枚精巧的珊瑚苍鹰佩，我弯腰拾起，看着不远处缓缓而行的叶澜依，向浣碧道："你去请她回来，问问是不是她的。"浣碧应声而去，很快请了她回来。我举起珊瑚佩，和气道："这是妹妹的吧？"

叶澜依瞥了一眼，道："是嫔妾的。"

我还到她手中："这是贴身之物，妹妹别随便掉了。"

叶澜依看了手中的珊瑚佩一眼，静静看我道："娘娘就是为了这个叫嫔妾回来的么？"见我颔首，她漠然道，"这些东西嫔妾有的是，丢了有什么要紧。"说罢手一扬，"咚"一声随手丢进了身后的太液池，"娘娘无事，嫔妾就告退了。"说罢转身而去。

浣碧气得脸色发白，道："天下竟有这样的人，人家好心好意把东西还她，她却这样不识抬举，果然出身微贱，不识礼数！"又嘟囔，"也不晓得皇上喜欢她哪里，又不是最美，脾气又坏。"

我淡然一笑："你气什么？她的东西，要怎么处置也是她的事，犯不着咱们动气。"

浣碧犹未消气，向我道："小姐瞧她那身打扮，那串链子上的琥珀可吓死人了，竟含的是只蜜蜂。还有头上簪子上的虎睛石，像老虎眼睛似的，果然是驯兽女出身。"

我沉默片刻，道："即便她失礼，也不必这般尖酸。你单瞧她那串链子上的琥珀，就晓得她有多得宠。那颗藏蜂琥珀是小小一个常在可以用的么？"

浣碧微微沉静，良久之后带了一抹隐晦的轻蔑："再得宠，祖制亦是不得诞育。"

我没有接浣碧的话，只默默望着叶澜依的身影，心底亦是吃惊。然而瞧她方才的神情，并不像是故意乔张做致对我无礼，仿佛是真正不把这些珠玉东西放在眼里，视若无物。她修长的脊背凛然有一种清奇之气，不同于平常女子的纤弱袅娜，我不觉暗暗留心。

壹拾　怨芳时

　　回到宫中已是巳时一刻，外头暑气渐盛，便有宫女拔下重重纱帷上金帐钩，通梁而下的雪色纱帷便重重累累舒落了下来，恍若千堆新雪，隔断了外头的辉色阳光。

　　柔仪殿翻修时颇花了些心思，外墙与内墙之间有一尺阔的空隙，夏日将冰块塞进便可降暑。我素性畏热，又怀着身孕，玄凌不免更加着紧，除了寻常殿里的"冰供"，十来把风轮亦是从早到晚转着。因我喜欢茉莉与素馨的香气，便专门在风轮边放了应时的雪白香花，风动自有花香来。此外每隔半个时辰便由小允子亲自领着小内监们拿冰凉的井水冲洗合宫四周，又有殿前莲池的水汽及如荫古树的遮蔽，殿中益发清凉沉静。

　　因着离午膳的时辰还早，小厨房便进了一碗安胎定神的桑寄生杜仲贝母汤，用红枣煨得微甜，并一碟奶油松瓤卷酥一起送上来。

　　我尝了一口，便对槿汐笑道："这桑寄生杜仲贝母汤很好。同样安胎定神，可比那些苦得倒胃口的安胎药好得多了。"

槿汐笑道："那奴婢就去吩咐了赏那厨子。"

我又指着奶油松瓤卷酥道："我如今见了奶油就腻，叫他们再做个清甜的来，撤了这个。"

槿汐道："那奴婢可要怎么罚那做酥的厨子呢？"

我手指轻敲，思量道："柔仪殿新成，必定要给他们立赏罚分明的规矩。你去拿银子赏那做汤的厨子，做酥那个暂不必说，只叫他长着眼色。"

槿汐方应了一声，外头已经通报："惠贵嫔来了。"

眉庄打帘进来，未语先笑："如今有着身孕，口味却是愈发刁钻了。"

我见她今日打扮得精神，神采亦好，上身蜜合色透纱闪银菊纹束衣，底下的藻纹绣裙由内外两层颜色稍有深浅的云霏纱重叠而成，眼角眉梢都平添了一段飘逸清雅模样。我益发高兴起来，笑道："柔仪殿新成，我总想着还缺了你这位贵客，不想你就来了。"一面唤浣碧："去拿眉姐姐最爱的枣泥山药糕来，茶要碧螺春，快去。"

眉庄眉眼间皆是抑不住的笑意："你惦记着我的枣泥山药糕，我可记着你有了身孕怕甜腻的，特特做了口味清甜的藕粉桂花糖糕来。哪知道才到柔仪殿门口，就听见你拿着点心要做规矩。"

我笑道："柔仪殿人多，我有着身孕以后只怕更懒怠，现在不立规矩不成。"

眉庄命采月上前，打开雕漆食盒，取出一碟子藕粉桂花糖糕，微笑道："莞妃娘娘先尝着吧，不好再罚嫔妾。"

我掌不住笑道："原来姐姐爱开玩笑的脾气并没有丢。"说着咬了一口糖糕，感慨道，"这么多年了，还是你做的藕粉桂花糖糕最好，我在甘露寺里也时常想着。"

"你若喜欢吃，我便天天给你做了来。"她拉着我的手坐下，认真道，"你一回来，我高兴得什么都醒过来了。真没想到——没想到咱们还有再见面一起说话的日子。"她语音未落，已带了哽咽之声。

我心头亦是一酸："我既回来了，你该高兴才是，怎么好好的要招得人哭呢？"

一旁采月道："娘娘走后咱们小姐日忧夜愁，就怕您在外头过得不好。如今可好，娘娘和小姐又在一处了。"

眉庄神色一凛，已经按着规矩屈膝："嫔妾给莞妃娘娘请安，娘娘金安。"

我大惊，手中的碧玉串一松，滑落了下来，骨碌碌散得满地都是翡翠珠子，铮然有声。我忙弯腰去扶："姐姐何必这样？你我倒生分了。"

眉庄礼毕，已是含笑如初，拉着我的手起来，一同坐下了，道："一来规矩是错不得的，你回宫已是大喜事，还有了身孕晋了妃位，我还没好好向你道喜。二来你如今在妃位，我这一礼也是提醒你，如今地位显赫，已经有了与人并立抗衡的资本了。"眉庄说这话时眉眼皆是如春的笑意，而那笑意里冰凉的隽永之味亦是细辨可出。

彼时殿内纱帷重重垂垂，整个柔仪殿恍若深潭静水般寂寂无声。镏金异兽纹铜炉内燃着清雅的百和香，氤氲的淡烟若有似无地悠然散开，铺在半透明的纱帷之上，袅袅婷婷，更是恍若置身瑶台仙境之中。

纱帷之外，隐隐可见垂手直立着的如泥胎木偶一般的侍从。我转头轻斥了一句："糊涂东西，已经奉了这么多香花，还焚什么香，也不管冲了气味！"槿汐忙着人把香炉搬了出去，又收拾了地上的珠子，一并带着人退下。我方道："你的意思我不是不晓得——位高人愈险，更何况我怀着身孕，这么郑重其事地回来。"

眉庄微微一笑："那也好，给人一点警醒。若是悄无声息地回来——你也晓得这宫里的人有多势利的。"

我微笑弹一弹指甲："这个我自然明白，有利亦有弊，世上没有两全的事儿。"我端详她的气色，道，"你如今气色倒好，今日在皇后宫里没见你来请安，还以为你病着。"

眉庄淡淡一笑，头上的双支金簪花微微颤动："我如今大半算是太后身边的人了，又因在太后身边日夜侍疾，不必日日去皇后处请安。"

"说到皇后……"我微微沉吟，颇有疑虑，"她是真病还是假病？"

眉庄轻轻一嗤，目光清净如波澜不兴的水面，唯见水光，不觉波动："她是心病，头风也不过是老毛病了。"纱帷的柔光柔软拂落在眉庄面上，益发显出她的沉静，"一个徐婕妤已经足够头疼了，兼之多年劳心，如今再多个你。"她的笑容再度飞扬，"嬛儿，连我都不曾想到，你还有回宫的一天。"

我浅浅微笑："别说姐姐，连我自己也不曾想到还有今日。"

眉庄柳眉因笑扬起，耳上的芙蓉环晶坠便随着笑语闪出粉紫星辉样的光芒，更衬得她端庄中别有一番妩媚："温实初跟我说你有了身孕我还不敢相信，谁知过了几日我在太后处侍疾，皇上兴兴头头进来，一开口便说你有了身孕，要请太后裁夺。你回宫的事虽然有违祖宗家法，可事关皇嗣，如今皇上宠爱的那些人也太不成样子，太后也只能让你回宫。"

我淡淡道："我不过是运气罢了，到底是太后肯垂怜做主。"

眉庄看着我的肚子，道："终究你是个福气好的。听说皇上头一次去看你你便有了身孕。"她的笑容倏然隐晦了下去，仿佛被疾风吹扑的花朵，黯然神伤，"只是你一回来，少不得又要和从前一般过不得安生的日子。只怕你身在高位，斗得比从前更要厉害、更要殚精竭虑。"眉庄黯然中有点手足无措，"嬛儿，我不知道这样的日子是对你好还是不好，虽然我们又能像从前一样日日在一起。"她的指尖微凉，似一块上好的和田白玉，凉且润，轻柔拂过我的鬓边。

我微微侧首，鬓角点缀的一支珠钗垂下细碎的银线流苏，末梢垂下的蔷薇晶掠过鬓下的脸庞，只觉一阵轻微的冰凉隔着肌肤沁心而入。殿外日影狭长，隔着竹帘细细筛进，连铜漏声也越发清晰入耳来，缓缓"咚"一声，似砸在心上一般，连那暖光也被砸得微微摇晃。

我低头抚着小腹，低低道："若不是为了这个孩子……"

眉庄的叹息简洁而哀伤，仿佛一个短促而不完整的手势："嬛儿，或许我上次不该告诉你你兄长的事。"

我看着她，语气里骤然失却了所有温度："若不告诉我，难道眼睁睁看我兄长疯死在岭南么？"

眉庄按住我的手，带着明了的体贴："我明白，咱们这些人从来不是为了自己活着的，父母兄弟，亲族门楣，无一不是牵挂拖累。不管为了什么，咱们在一块儿就好了。"

心中有融融的暖，这冷寂宫廷，万花寂寞，还好有眉庄。我说不出话来，只静静望着她，许多言语不用说皆已明白。

我默默片刻，温然唏嘘："幸好哥哥已经被接回京城医治，我也可以安心一点。"声音里泛起一丝凛洌的狠意，好似刀锋上流下的一抹猩红血光，"眉姐姐，人若被逼迫，就会做出自己也想不到的事情。那些害我们甄家的人，此刻只怕正在头疼不已。"

眉庄素白的手指抵在纤巧的鼻端下，赤金护甲闪耀清冷的金光："那一位只怕头风要发得更厉害了。不过她也不是傻子，一句危月燕冲月困住了徐婕好，就好腾出手来对付你，你可要自己小心。"眉庄叹息道，"若不是你说，若不是这几年这样细细留心，我实在也不能相信素日慈眉善目的皇后是这样的人。"

我只手支颐，莞尔一笑，手却紧紧护住了小腹："她如何不贤德呢，宠妃废黜，后宫无子，她样样都是殚精竭虑的。"

眉庄蹙眉厌恶道："如今有安陵容和管文鸳两个如虎添翼，她的位子自然是稳如泰山了。"

我冷笑一声："到底如何谁也不晓得呢，走着瞧吧。"我微微疑惑，"那位徐婕好我虽未见过，然而想必也不弱，否则皇后严控之下如何能怀得上孩子。料来即便是在禁足之中，也不会坐以待毙的。"

眉庄微微摇头，鬓角一朵珠花亦微微而动："你没见过徐婕好，不晓得她的为人。她人是聪明，可最是敏感多思。身子纤弱，又是头胎，若是想不开，自己伤了自己的身子，便难以预料了。"

我冷冷哼了一声："困住徐婕好便是我了。她一味病着，即便两位妃嫔都落胎也赖不到她身上去。咱们这位皇后娘娘还真是聪慧绝伦。"

眉庄微笑:"你回来了,我心里也有些底气。这些年和敬妃抚养胧月也是如履薄冰,你这个生母在,到底也好些。"

我想起胧月昨日见我时的生疏态度,心下不免惶然:"可是昨日胧月的样子,当真是不认识我这母妃了。"

眉庄抿嘴儿一笑:"胧月从小就是敬妃抚养在身边的,她生下三天,你就离了她,皇上又不许人提,你要她如何认识你这个生母。她一时生疏也是有的。好在日子还长,慢慢熟了就会好的。要不然,你把胧月要过来自己抚养也好。"

我正要出声,蓦地想起晨起请安时皇后当着敬妃的面说的那些话,心下一凉,只道:"这事慢慢再说吧。"

正巧内务府总管梁多瑞亲自送了时新的料子来,满面堆笑道:"给莞主子和惠主子请安。皇上说新贡来的蜀锦和苏缎,请莞主子尽着先挑。"

我挑了一块石榴红的联珠对孔雀纹锦道:"姐姐如今是贵嫔了,虽然比往常穿戴华丽了好些,可总觉得颜色不够出挑,这块给姐姐做衣裳是很好的。"

眉庄在身上比了一比,道:"好是好,总觉得太过鲜艳了些,我如今也不年轻了,哪里还经得住这样的颜色。"说着挑出一块铁锈红的云昆锦,微笑道,"我总觉得是铁锈红的颜色最大方沉稳。"

我与眉庄并肩站着翻赏料子,论着做什么衣裳好。我忽地想起一事,道:"小允子过来,把这匹如意虎头连璧锦给绿霓居的滟常在送去,她大约喜爱这些花样的,也衬得起她。"

眉庄微微诧异,道:"你见过叶氏了?"

我只顾低头看料子:"见过了,当真是与众不同。"

一旁浣碧听见了,不快道:"小姐忘了她上午的样子了么?这样好的料子送她做什么。"

"我不过是看她的首饰多是虎睛、猫眼一类,想着她喜欢这花样,才叫小允子送去。"我蹙眉，"人家不过和你见过一面，你怎么弄得像冤家似的。"

浣碧撇嘴道："奴婢不过是瞧不上她那桀骜不驯的样子，把自己当什么似的。"

我笑道："就你那么多话，不过一匹料子而已。"转头向小允子道："告诉滟常在，大热天的，不必过来谢恩了。"

眉庄低声道："我可劝你一句，不必对叶氏太好。别说其他嫔妃，太后就头一个不待见她的。她的性子又孤傲，合宫里没有与她处得来的人。"

我淡淡笑道："我也不过是做个场面罢了，瞧她的样子这两天里必然不会来给我请安，我也不能当面赏她些什么。可论起来她总是皇上宠爱的人，有些场面不得不过。"

眉庄微微点头："别人也就罢了，给胡昭仪的东西你万万得当心，寻常的东西她未必看得上眼。"

我笑着掰指头道："胡昭仪是九嫔之首，和睦帝姬的生母，晋康翁主的小女儿，舞阳大长公主的外孙女，皇上的亲表妹。如此贵重的身份，我能不重视么？"

眉庄安然浅笑："你晓得就好。"她微微抿一抿嘴，"你可晓得，她如此得宠，和她的封号'昌'字也大有关联呢。"眉庄附耳过来，细细说与我听。

看着时辰差不多，便一同在柔仪殿用了午膳。我笑道："刚吃饱了也不想睡，不如姐姐陪我再说说话。"

眉庄笑吟吟道："咱们这么久不见，自然有几车子的话要说。不如你我坐了做做绣活说着话，可好？"

我掩唇笑道："自然是好的。我的孩子要赖着你做姨娘，你不多给做几个兜肚么？"

眉庄的笑靥明澈动人："这些年给胧月做得还少么，差不多的都是我和敬妃亲自动手。若是你生上一辈子的孩子，我可不是要给你做上一辈子的衣裳，你那主意可也打得真好。"

如此说笑着，却听见外头道："敬妃娘娘和胧月帝姬到了。"

我手上微微一抖，已经迅疾站了起来。敬妃一进来便笑："好凉快的地儿，皇上叫人费了三个月的工夫建成了柔仪殿，果然如仙境一般。"见了眉庄，更笑得不止，"本想去棠梨宫请惠妹妹一同过来的，哪知惠妹妹宫里的小内监说不在，也没在太后那里，我一想便晓得你是心急难耐要来见莞妃了。"说着与我以平礼相见。

含珠手里抱着胧月，后头跟着乳母靳娘，并几个拿着衣裳与玩具的保姆。我一见胧月，心下又酸又喜，情不自禁便伸了手要去抱。

胧月一溜从含珠手里滑下来，规规矩矩请了个安道："给莞母妃请安。"

她小小一个人，却十足做出大人的规矩来，叫人又怜又爱。旁边跟着的靳娘已经红了眼圈，跪下哽咽道："莞娘娘，咱们一别可快五年了。"

我亦是含泪："靳娘，这些年多亏你跟在敬妃身边服侍帝姬。"我看着胧月玉雪可爱的样子，更是心酸感触，"帝姬长得这样好，自然有你的功劳在。"

靳娘忙叩首道了"不敢"。我含泪向敬妃道："昨日人多不好言谢，今日见到姐姐，妹妹也没有别的话好说。"我屈膝行了一个大礼，道，"唯有多谢姐姐多年来对胧月悉心照顾、视如己出。"

敬妃慌不迭扶我起来，亦是热泪盈眶："妹妹如今与我同在妃位，是一样的人了，怎么好向我行这样大的礼呢，可要折杀我了。"一行又拉了我坐下，"这些年要不是有胧月在身边说说笑笑……从前看悫妃、欣贵嫔都有孩子，连端妃膝下都有温宜，我真真羡慕得紧。"

胧月行完礼，早黏在了敬妃身边，见敬妃含泪，忙扯下身上的绢子，踮着脚递到敬妃面前，嚷嚷道："母妃擦擦眼泪。胧月乖乖听话，母妃可别哭了。"

敬妃破涕为笑，一把搂了胧月入怀，指着我道："什么母妃不母妃的，莞母妃才是你的亲母妃，还不快去叫母妃抱抱。"

眉庄亦哄道："好孩子，快叫母妃亲一亲。"

我心下欢喜，张开手臂向胧月微笑。胧月看一看我，又看一看敬妃和眉庄，忽然"哇"的一声大哭起来："母妃不要我了，要把我送人了。"

敬妃一见她哭，急得脸也白了，忙哄道："胧月这样乖，母妃怎么会不要胧月呢。"

胧月扭股糖似的挂在敬妃脖子上，敬妃紧紧搂着她哄着，唯余我尴尬地伸着手，空落落地留下一个无奈而心慌的手势。

眉庄见如此，忙打圆场笑道："绾绾过来，惠母妃来抱。"

胧月泪痕满面地望了眉庄一眼，依旧死死搂着敬妃的脖子。望了片刻，方伸出手去投入眉庄怀里。眉庄爱怜地抚着她，道："母妃不是不要你，只不过多个人疼绾绾不好？你瞧莞母妃多疼爱你。"眉庄说着朝我挤了挤眼睛，示意我不要心急。

我会意，按捺住心思，改口微笑道："是。莞母妃也疼胧月，月儿亲一亲我可好？"

胧月迟疑片刻，敬妃笑着羞她道："父皇一向夸你大方，今天可是怎么了？"胧月见敬妃与眉庄都点头应允了，方探过头来在我脸颊上亲了一亲，忙又缩了回去要靳娘抱了。

我心下甜蜜而欢喜，身为人母的欢喜大约就在于此吧。我从盘子里递给胧月一个金黄灿烂的大佛手，胧月便搂在怀里同靳娘玩耍去了。我微笑哄她："莞母妃这里凉快，又有佛手可以玩儿，胧月若有空，可愿意常来么？"

胧月低头只顾玩着佛手，笑得灿烂："胧月爱来，只不过母妃来胧月才来，胧月不能丢下母妃一人自己来玩。"

敬妃闻言愈加欢喜，也有些不好意思，笑道："这些年若不是有胧月，我这日子也不知道怎样熬过去才好，到底是咱们母女相依为命着过来了。"

我忙笑道："是。多亏了姐姐，我才能稍稍安心。"

靳娘在旁笑道："敬妃娘娘可疼帝姬了呢，一应的衣衫鞋袜都不叫别人动手，皆是娘娘自己亲手做的。"

我瞧着胧月一身胭脂红的樱花薄绸衣衫，身上黄金明珠，璎珞灿烂，果真打扮得十分精神可爱，心下愈加感念，道："姐姐有心了，妹妹不晓得如何感激才是。"

敬妃让靳娘抱了胧月下去，抿嘴笑道："你要谢我么？我可还要谢谢妹妹你。若不是你当时去时想得周全，把一应忠心得力的宫人都留给了我，只怕我要照顾胧月周全还没么容易。"说着扬声道："都进来吧。"

应声而入的却是品儿和小连子，见了我皆是乍惊乍喜，慌忙跪下了请安。敬妃笑道："知道你回来了，她们俩也欢喜得不行。我便想着要带她们过来。"

我忙示意她们起来，却见少了佩儿，不免疑惑道："怎不见佩儿呢？"

小连子才要说话，却见敬妃似笑非笑地看着他，便低下头举袖抹泪道："佩儿前年冬天得了急病殁了。"

敬妃微微用绢子拭一拭眼角，怜悯道："佩儿命薄，不能来服侍你了。妹妹柔仪殿新成，少不得要有些忠心耿耿又会办事的旧人在身边，做姐姐的就把这些人奉还妹妹身边吧。"

我连连摆手，忙道："这样可使不得，姐姐使唤惯了的人怎么还好送回我身边呢。"

敬妃含笑道："咱们之间说这样的话做什么呢。从前你把他们给我，一是为我思虑，好有人一同照应胧月，二是也让他们有个容身之所。可是眼下你回来了，自然有无数人要把心思动到你宫里的人身上来，所以用着旧人放心些。"

我看一看小连子，道："旁人也就罢了，小连子是有些功夫的，留在姐姐身边也好看顾胧月。"

敬妃微微伤感，眼角如下弦月一般垂下，叹息了一声，道："胧月是迟早要到你身边的，我还留着小连子做什么。何况你有着身孕，多少人虎视眈眈着呢，有个能防身的人也好。"

仔细留心敬妃，其实她也三十出头了，只是素来保养得好，又无心事操劳，故而显得年轻些。一应的打扮又简素，因而与我几年前见她时，并无什么分别。只有面露愁色眼角微垂时，才能窥出岁月留给她的种种痕迹。然而微小的鱼尾纹附着在她的眼角，也只觉温和好看。

我感念她的细心，笑道："姐姐垂爱，妹妹也不便拒绝了。"于是招手示意小连子和品儿向敬妃磕了个头道："好好谢一谢敬妃娘娘多年的关照吧。"

小连子和品儿依言磕了个头，敬妃忙叫起来，指着外头守着的小允子道："我到底没有惠妹妹这般体贴莞妹妹的心思。方才一进来见小允子守着殿门，我便猜到是惠妹妹早把人还来了。"

眉庄笑吟吟道："我与敬妃姐姐是一样的心思，怕没人与嬛儿打点着照顾柔仪殿。"

敬妃素手摇着一柄水墨绘江南山水的白纨扇，手上的碧玺香珠手串翠色莹莹，光华静润，与发髻上的碧玺挂珠长簪相映成趣。她只含笑望着我的小腹道："妹妹久经波折反而福气更盛。胡昭仪有了帝姬之后，皇上多盼望她能再结珠胎，到底也是没有那个福分。"

我微笑："徐婕妤也是好福气，不过眼下为星相所困罢了。"

敬妃闲闲地摇一摇团扇："说起危月燕冲月，更有一桩好笑的事跟你说。端妃姐姐的闺名便叫月宾，旁人说徐婕妤的名字里有个燕字，又住北边，所以是危月燕。所以这样论起来，她冲的可不是皇后和太后，而是端妃姐姐了。你说那危月燕一说可不是牵强附会？为着怕别人议论，前段时候端妃姐姐病着也不敢吭声，怕人说她以'月'自居，是大不敬。"

眉庄蜜合色镶金丝袖下露出纤细白皙的指尖，握着一叶半透明刺木香菊轻罗菱扇，扇柄上的湖蓝色流苏柔软垂在她衣袖上。她微微一笑，道："病了也不吭声，端妃姐姐的为人也忒和气了，这样好的气性只该守着菩萨过的。"

我饮一口木樨花茶，悠悠一笑，也不言语。只想着端妃何曾是懦弱的人，不过是不愿在这节骨眼儿上惹是非罢了。

敬妃警敏，撞一撞眉庄的手肘，低声笑嗔道："什么菩萨不菩萨的话，妹妹没睡午觉，人也犯困了呢。"

我轻扬唇角，微笑道："敬妃姐姐过于小心了，眉姐姐与咱们亲密，不是那层意思。"

眉庄一时省悟过来，微微红了脸色，道："我原不是有心的。只是咱们说话也要留心，嬛儿才回来，以后不晓得有多少人要拿这件事去生是非呢。"

敬妃叹了一口气，微微蹙眉，道："妹妹此次回宫，皇上对外说是妹妹当年为大周祈福才去的甘露寺。可是宫中略有资历的人谁不晓得妹妹当年是为何才出宫的，宫中人多口杂，只怕传来传去是非更多。"

我淡淡笑道："有人的地方总有是非，咱们都是活在是非里的人，还怕什么是非呢。"

于是言笑一晌，看靳娘抱了胧月玩耍，三人也说笑得有趣。正说着，却见白苓进来，向眉庄请了个安，垂手道："娘娘，太后午睡快醒了呢。"

眉庄淡淡道："知道了。轿辇都备下了么？"

白苓答道："采月姐姐说娘娘上莞妃娘娘这儿来了，一时半会儿怕回不了棠梨宫，便叫奴婢领了轿辇在柔仪殿外候着了。"

眉庄向我笑道："你昨日刚回来，太后说你有着身孕还舟车劳顿，就不必去请安了。今日就和我一同过去吧。"

我颔首："是想着要过去呢，只把不准时候怕反倒扰了太后清养。姐姐是最晓得太后的起居与脾性的，我就跟着去就是。"

敬妃见我们都要起身，忙笑道："莞妃和惠贵嫔同去吧，一路也好照应，本宫就先回去了。"说着站起身来。

一边胧月正抱着佛手玩得高兴，见敬妃要走，也不带上她，一双大眼睛一转，一下子就急得哭了。

敬妃心疼不已，一壁为难一壁哄道："乖月儿，如今你就住在柔仪殿了，陪着你母妃可好？"

胧月一听不能回昀昭殿，哪里肯依，愈加哭闹得厉害，只抱着敬妃的腿大哭不已。敬妃也是留恋不已，胧月厌恶地盯着我，哭道："莞母妃一回来，母妃就不要我了。做什么要叫莞母妃回来！"

我大怔，仿佛被谁狠狠扇了一耳光，直打得眼冒金星，鼻中酸楚。

敬妃一时也愣住变了脸色，急急辩白道："莞妃妹妹，我从未教过月儿这样的话！"说罢呵斥胧月道："谁教你胡说这样的话，叫母妃生气。"

胧月有些怯怯，抓着衣裳嘟囔委委屈屈道："从来没见过什么莞母妃，她来了母妃就不要我了，骗我说她才是我母妃……"说罢又抽抽噎噎地哭了起来。

敬妃脸上一阵红一阵白，面有难色局促着向我道："胧月还小……而且从前，皇上从不许咱们在她面前提起你……我……"

我的神色已经转圜过来，极力克制着心中的酸楚道："我此番回宫的确给姐姐添了不少麻烦，我本乃废妃之身，皇上不告诉帝姬也是应该的。有我这样的母妃很得脸么？"

敬妃慌忙安慰道："胧月不懂事，妹妹不要太自伤了！皇上虽然有心隐瞒……可是……终究是疼妹妹的。"说毕柔声向胧月道："惹了母妃生气，还不快快认错。"

胧月虽然不甘，但到底乖乖屈膝福了一福，低低道："莞母妃不要生气了。"说着握住敬妃的手，带着孩子气的天真撒娇道："月儿已经向莞母妃认错了，母妃可不要生气了吧。"她委屈着嘟囔，"从前母妃从不这样说月儿的。"

胧月年纪虽小，然而刻意在称呼上分清了"莞母妃"与"母妃"的称呼。我愈加心凉，强忍着不落下泪来，不得不别过了头。却见眉庄微微举起扇子遮面，已经递了一个眼神过来。

我心下顿悟，少不得忍了眼泪笑道："姐姐别怪胧月，原是我的不是。

这样大剌剌地叫她认我这个母妃，殊不知自她出生三日后我们就未见过面，姐姐又真心疼她，孩子心里总是把你当作了亲母妃。为了她对姐姐这一句'母妃'，我可不知要如何感激姐姐才好呢。"

敬妃稍稍和缓了神色，忙道："妹妹这样说就见外了，咱们是什么情分呢。当年妹妹把胧月托到我手里，也是为我。"

我拉起敬妃的手牢牢去握胧月的小手。胧月的手这样小、这样柔软，却是要我亲手交到别人手里去。然而再难耐，我依旧与敬妃笑得亲切："如今我还有一桩事情要劳烦姐姐。"我一手拉着敬妃的手，一手抚着小腹，"我现下怀着身孕，实在没工夫照料胧月。说实话咱们母女分开那么多年，我也不晓得该如何照料孩子。所以在我生产之前，还是得把胧月托付在昀昭殿，劳烦姐姐照顾着。只不晓得姐姐肯不肯费这个心？"

敬妃脸上闪过一丝分明的喜色，旋即掩饰了下去，道："既然莞妃妹妹信得过我，我哪里有不肯的呢？别说帮妹妹几个月，便是帮妹妹一辈子也是成的。妹妹安心养胎就是。"一壁说话一壁已经紧紧攥住了胧月的手。

胧月紧紧依在敬妃裙边，活泼伶俐全不见了，一副生怕敬妃不要她的样子，只可怜巴巴的，似受了惊的小鹿。

眉庄在衣袖下握住我的手，笑盈盈道："嬛儿说得正是呢。她有着身孕，太医又说胎象不稳，不能轻碰也不能动气。胧月年纪小，万一磕了碰了的可怎么好呢。敬妃姐姐看顾胧月这么久了，就请再费心吧。"

敬妃神色松快了下来，牵着胧月道："如此也是。我回去也教导着胧月要小心，再这样胡天胡地的，若碰了母妃肚子里的弟弟妹妹可要怎么好呢。"见我只是一味地和颜悦色，仿佛心甘情愿，又道，"时候不早，不耽误着两位妹妹去给太后请安，我就先带胧月回昀昭殿了。"

胧月巴不得这一声儿，急急忙忙便要跟着敬妃回去，再不看我一眼。

如此一番敷衍送走了敬妃，我才把憋着的委屈和伤心神色露了出来，心灰意冷道："这孩子竟这样疏远我。"

眉庄冷然道："你不必怪敬妃，更不用怪胧月，怪只怪皇上从不肯让胧月知道有你这个生母。你以为佩儿真是得急病死的么？只因为两年前她在胧月面前说漏了嘴，说她的生母在甘露寺，又偏碰着咱们那位九五之尊不痛快，一怒便叫人打死了。如今恶果深种，亲生女儿已不认自己的娘了。"

柔仪殿清蕴生凉，此时只觉得寒风森森入心，如堕冰窖之中。

我凄然道："瞧胧月对我的样子，我真是伤心，也是安慰。"

眉庄扬眉疑惑："安慰？"

我颔首："她这样舍不得敬妃，可见这些年敬妃真真是待她好。"

眉庄看我一眼："你所说的伤心，大约也是怕敬妃这样疼爱胧月，是不肯将孩子还你的了。"

我只是出神："敬妃未必不肯还我，今日她带胧月来，也是想试探胧月与我是否亲近。"我叹息道，"她也不容易。好容易有了个女儿抚养到这么大，我一回来少不得要把胧月还到我这个生母身边，换了谁也不愿意。况且我方才看着她与胧月情分这样深，即便我强要了胧月回来，胧月与我也只会更生分，也伤了我与敬妃多年的情分。"

眉庄柔声道："胧月的事得缓缓。你刚刚回宫，不要树敌太多才好。毕竟胧月还小，孩子的性子嘛，你对她好，她也会对你好的，慢慢来就是。"

我低低"嗯"了一声。眉庄又道："方才听你一口一个胧月叫她，连她的小字绾绾也不叫，更是生分了。"

我听得"绾绾"二字，心下更觉黯然。眉庄自然不知道，这"绾绾"二字，有多少辛酸与耻辱，我如何叫得出口。于是只道："我去更衣吧，再不去，给太后请安便要晚了。"

说罢和眉庄二人去太后处不提。

颐宁宫花木扶疏，一切如旧。只是因着太后缠绵病榻，再好的景致也似披了一层迟钝之色，仿佛黄梅天的雨汽一般，昏黄荫翳。

眉庄与我一同下了轿辇，搭着小宫女的手便往里走。芳若满面春风地迎了上来，笑道："太后适才醒了，刚喝着药呢。"

眉庄笑吟吟进去，向太后福了一福，便上前亲热道："太后也不等我就喝上药了。"说着伸手接过孙姑姑手里的药碗："有劳姑姑，还是我来服侍太后吧。"

太后慈爱笑道："你来得正好，除了你孙姑姑，也就你伺候得最上心最叫哀家舒坦。"

太后穿着一身七八成新的松绿鹤纹薄绸衣衫，一把圆髻梳得纹丝不乱，挽了一支金镶玉簪。其实她久病卧床，显得干瘦而病气恹恹。只是不知为何，却自有一种威仪，从她低垂的眼角、消瘦的脸颊、浑浊的目光中流露出来。

我想起舒贵太妃对太后的描述，油然而生一股畏惧之情，跪下道："臣妾甄氏拜见太后，愿太后凤体康健，福泽万年。"

太后抬眼淡淡看我："回来了？"这样平平常常一句，仿佛我并不是去甘露寺修行了四年，而是寻常去了一趟通明殿礼佛一般。

我低首敛容："是。臣妾回来了。"

她看也不看我："未央宫住得还习惯？"

我心下一紧："未央宫太过奢华，臣妾很是不安。"

太后"嗯"了一声，道："虽然奢华，倒还不曾越过从前舒贵妃的例，皇帝要宠着你些也不算什么。"她皱眉对眉庄道："药喝得哀家舌头发苦，去倒掉也罢。"

眉庄笑嗔道："臣妾说太后越活越年轻呢，太后偏不信，非说臣妾哄您。如今怕苦不肯吃药闹小孩子的脾气，太后可不是越来越年轻了。"

太后掌不住笑道："哀家原瞧着你多稳重的一个人，如今也学会油嘴滑舌了。"

眉庄笑道："药喝着太苦，恹太后笑一笑。"

太后抬手刮一刮眉庄的脸颊，笑叹道："原本实在不想喝了，就瞧着你这点孝心吧。"说着将药汁一饮而尽。眉庄眼明手快，见太后喝完药，取了绢子在手为太后擦拭。太后见我还跪着，道："倒疏忽了莞妃了，有身子的人还叫跪着。"说着向我招手，"你来服侍哀家漱口。"

我忙起身端起太后床边的金盆，已有小宫女在茶盏里备好了漱口的清水交到我手中，我服侍着太后漱了口，转头向孙姑姑道："太后从前吃了药最爱用些眉姐姐腌渍的山楂，不知如今还备着么？"

孙姑姑含笑："娘娘记性真好，早就备下了呢。"

太后微微冷笑："服侍人的功夫倒见长了。难怪去了甘露寺那么久还能叫皇帝念念不忘，还怀上了龙胎，倒是哀家对你掉以轻心了。"我刚要分辩，太后微眯了双眼，浑浊的目光骤然变得锐利而清明，"一别数年，你倒学会了狐媚惑主那一套！"

我见太后动怒，慌忙叩首道："太后言重，臣妾实在惶恐不安。"

"不安？"太后抬手抚一抚鬓发，似笑非笑地缓缓道，"怎么莞妃身怀六甲，君恩深厚，这样风光回宫也会不安么？"

我惊得冷汗涔涔而下，含泪道："臣妾是戴罪之身，皇上念及旧情来甘露寺探望，臣妾已经感激涕零。不想一朝有孕，皇上体恤孩儿生下之后会备受孤苦，不忍其流落在外，所以格外怜悯臣妾。至于风光回宫一说，臣妾实在惭愧。"

太后目光如剑，只周旋在我身上："如此说来，甘露寺一事只是你与皇上偶遇，并不是你故意设计了又重博圣宠么？"

我不敢抬头，也不敢十分说谎，只顺伏道："臣妾不敢欺瞒太后，皇上与臣妾并非偶遇。其实臣妾当日未出月而离宫，身子一直不好，在甘露寺住了两年之后因病迁居凌云峰长住。那日皇上到甘露寺不见臣妾，以为臣妾还病着，故而到了凌云峰探望，如此才遇见的。"

太后的目光冷漠如一道蒙着纱的屏障，声音却是柔软的，仿佛含着笑意与关切一般："你当日执意离宫修行也是自己的主意，中间为了什么情由想必你我都明白。为了家族之情，也为了先皇后，你连初生的女儿都可以撇下，如今怎么还肯与皇帝重修旧好，还有了孩子？"

眉庄在旁听得着急，轻声道："太后……"

太后横目向她："哀家问甄氏的话，你插什么嘴！"

眉庄无奈噤声，我磕了一个头，直起身子道："朝堂之事臣妾虽为父兄伤心，却也不至于愚昧到恨责皇上。即便臣妾父兄真被冤枉，臣妾也只会恨诬陷之人。"眼中有热泪沁出，"当日臣妾执意离宫，太后明察秋毫，自然知道是因为臣妾冒犯先皇后之事。臣妾伤心至此，以为皇上对臣妾毫无情分，因而万念俱灰。可皇上来看臣妾，臣妾就知道皇上并非无情。何况人非草木，当年一时气盛，多年修行也让臣妾静下心来。臣妾侍奉皇上四年，甚得钟爱，与皇上亦是有情。如今臣妾侥幸回宫，只想安分侍奉皇上弥补过去的时光……"我语中含了大悲，呜咽道，"甘露寺清苦如此，臣妾实在想念胧月……胧月她……"

我的啜泣在寂静空阔的颐宁宫听来分外凄楚，有这样静默的片刻，沉缓的呼吸间清晰地嗅到草药的苦涩芳香，以及混合其中的一个垂暮老人的病体所散发的浑浊气息。

太后凝神片刻，再出声时已经是慈爱和蔼的口气："好孩子，看你跪着这样累。"又吩咐孙姑姑道："竹息，快去扶莞妃起来。"说着又向眉庄笑道："一向总说你最体贴，怎么看莞妃这样跪着也不提醒哀家叫她起来。哀家病糊涂了，你也病糊涂了么？"

眉庄笑道："臣妾哪里敢提醒太后呢，莞妃跪着也就是她肚子里太后的孙儿跪着，一家人给太后请安行礼，难道臣妾还要去拦么？"

太后只是含笑，我心下终于松出一口气，忙欠身向太后福礼："多谢太后关爱。"

太后道："赐座吧。"见我颊边泪痕未消，不由得叹道："你别怪哀家苛责你，皇帝是哀家亲生的，哀家也怕再招进一个狐媚的。你能懂事，也不枉哀家这些年疼你。"

我感激道："臣妾在甘露寺时幸亏有太后百般照拂，臣妾没齿难忘。"

太后神气平和，悠悠道："前些日子皇帝乍然跟哀家说你有了身孕要接你回宫，为着子嗣的缘故哀家要答应，也信得过你的人品。只是这两年后宫里出的事多，哀家不能不留个心眼，只怕有人狐媚了皇帝。"

我默然低首，小心道："太后切勿气坏了身子。"

太后目光微微一动，缓缓道："生气？若哀家真要生气可生得过来么？"她见我默默垂首，叹息道，"你刚回宫，这话哀家本不该急着和你说，只是你既然回来了，有些事心里不能没个数。"

我道："臣妾洗耳恭听。"

太后微微一笑，而那笑意并没有半分温暖之色，直叫人觉得身上发凉："宫中人多事多，这也寻常，只是这些年皇帝宠幸的那些人忒不像样。先头死了的傅如吟一味地狐媚，现下又选了个低贱的驯兽女叶氏在身边。

皇后不中用，连蕴蓉也不能叫哀家省心。如今你既回来了，凡事都该规劝着点皇帝。"

我恭谨低首："太后的话臣妾牢记于心，必定不忘妾妃之德。"

太后颇为满意，笑道："你最聪明机慧，哀家的话自然一点就透。不过既说到妾妃之德，如今你是妃位之一，更要好好尊重皇后。"

我谦卑道："皇后待臣妾很好，臣妾感激不尽。"

太后无声无息地松了一口气："那就好。"说着拉过眉庄的手道："莞妃都要有第二个孩子了，你还不加紧些？"

太后见她只是垂首不语，感慨道："皇帝身边哀家真正瞧得上眼的人不多。端妃和敬妃自然是好的，只是年纪渐长，大约不容易生养了。年轻的里头蕴蓉还过得去，却稍嫌浮躁了些。徐婕好不错，只是太老实。哀家一向看重你，你却不把心思放在皇帝身上。皇帝身边没个稳当的人，你叫哀家如何能放心。"

眉庄低低道："臣妾知道了。"

太后微微沉吟。在这片刻的寂静里，我悄悄留意她的神情。太后昔日的美貌日渐因早年宫廷中的刀光剑影与阴谋诡计而黯然，退隐之后又被病痛纠缠消磨，然而多年宫廷生涯赋予她的智谋与心机并没有完全消退，在她力有所及的时候恰到好处地看顾着这个后宫，让人不寒而栗。

我笑道："眉姐姐侍奉在太后身边也是为让皇上安心政务，无后顾之忧。太后的嘱咐姐姐自然会上心的。"

太后颇为称意。忽然，她似乎想到了什么事："你在甘露寺修行的时候，可遇见过什么身份贵重的人么？"

我一念间想到玄清，即刻警觉："甘露寺群尼杂居，并没见到其他人。"

"那么……有没有什么美貌的女子？"

我心中诧异，当下明白太后所指是舒贵太妃，便道："臣妾在甘露寺潜心修行，所见不过是姑子罢了。"

太后微微颔首，外头芳若进来道："启禀太后，胡昭仪与和睦帝姬来了。"

太后忙仰起身道:"快叫她们进来。"

外头小宫女们赶紧打起帘子迎了胡昭仪进来,胡昭仪俏生生福了一福:"蓉儿还当太后午睡着没醒,却原来关上了门户和两位姐姐说体己话呢。"

太后笑吟吟道:"外头天气热,就叫关了门窗纳凉。"

胡昭仪这才施施然起身与我见礼,笑道:"莞妃位分尊贵,如今又刚为国祈福回宫,我是应该去柔仪殿正式拜见的。"她才要做出欠身的样子,我已经一把扶住了:"妹妹快别多礼了。"

胡昭仪笑得自矜:"只是我素日带着帝姬,帝姬年幼,只怕脱不开身。"说着不动声色地推开我的手,双手笼在刺金镂花的衣袖中。

我微笑道:"妹妹照顾帝姬要紧。我们姐妹素日都能见着,何必专程跑一趟柔仪殿。"

她含笑不理会,只向眉庄见了平礼。

我暗暗称奇,她的位分原比眉庄高了半阶,反倒主动与眉庄见了平礼。

太后道:"竹息,去拿新鲜的蜜瓜来,蕴蓉是最喜欢吃的了。"

胡昭仪谢过,走到太后跟前亲昵道:"多谢太后疼蓉儿,和睦也想着太后呢。"说着叫乳娘抱过和睦来,"叫太后瞧瞧,和睦又长高了呢。"

和睦帝姬才两岁多,长相又酷似胡昭仪,娇小圆润,十分喜人。和睦想是见惯了太后,十分亲昵。

胡昭仪笑道:"太后今日穿戴得既慈祥又庄严,真是好看。难怪和睦要黏着您呢。"

太后越发高兴,胡昭仪见蜜瓜送上来,便拈了一片蜜瓜送到太后唇边:"蜜瓜新鲜,太后也尝一尝吧。"

太后抚着怀中的和睦帝姬道:"和睦如今看起来像女孩子了,刚出生那时谁看了都觉得像个皇子呢。"

胡昭仪的神色有瞬间的黯然,很快笑道:"孩儿听说先开花后结果,和睦长得英气,说不定会招来一位弟弟呢。"

我骤然想起胡昭仪再不能生育之事，心下也有些恻隐，微笑道："是啊，妹妹还这样年轻呢。"

如此说笑了一晌，天色渐晚，三人齐齐告辞。太后殷殷嘱咐我道："下回来把胧月也带上，孩子多了热闹。"

我微微尴尬，依旧笑道："是。"

起身踱过颐宁宫的重重殿宇时，我才惊觉，背心的衣衫已被方才在太后跟前逼出的薄汗洇透了。

出了垂花拱门，胡昭仪娇媚一笑，甜糯糯道："听闻莞妃如今住的宫殿名叫未央宫。本宫孤陋寡闻，却也听说未央宫是专住宠妃的地方，汉武帝的卫子夫、李夫人和尹婕妤都曾居未央宫，可见是个聚宠集爱的好处所。"

我淡然一笑："卫子夫、李夫人和尹婕妤都是出身寒微之人，再得恩幸也不过如此罢了。论起武帝一朝，唯有钩弋夫人才是后福无穷。"我凝眸她姣好脸庞，不觉感叹年轻当真是好，也或许是自幼养尊处优，她的脸庞完满得如明月一般，"妹妹可知钩弋夫人又号拳夫人，这位夫人自幼双拳紧握，无人可以打开。自在赵地逢见武帝，才双手展开露出一双玉钩。为此武帝对她宠爱异常。夫人怀胎十四月后生下昭帝，身后荣耀至极。"我停一停，"本宫略有耳闻，昭仪自幼右手不能张开，皇上在宫外遇见昭仪时才掰开了昭仪的手，露出一块玉璧，上书'万世永昌'四字，可有此事么？"

胡昭仪轻轻扬唇："莞妃耳闻的琐事倒是不少。听母亲说起，这玉璧是本宫胎中带来的。"

我惊异道："祥瑞之事自然是尽人皆知，也难怪皇上如此喜爱昭仪。来日昭仪得空，也让本宫瞧瞧那块玉璧，只当让本宫长长见识。"

她嫣然一笑，云袖轻拂如霞光轻盈："莞妃深得皇宠，宫中什么宝物没有。"说罢径自盈盈踱开，再不理我。

眉庄同我上辇，见走得远了，方敛容道："玉璧之说不过是传闻罢了，你何必留意？"

"姐姐也以为她费恁多功夫只为争宠么？"我凝视她离去的身影，"如此处心积虑，只怕野心不小。"我见无人，方对眉庄道，"我瞧着胡昭仪很是自矜的一个人，对你倒客气。"

眉庄抿嘴一笑："你不知道其中的缘故，一则是因为我是太后跟前的人，二则么……"她微微压低了声音，"她怀和睦帝姬的时候不小心摔着了，又不敢随便召太医来看，还是我荐了温实初给她。所以她倒还肯给我几分薄面。不过，若不是因为我避宠多年，她也不肯用我荐的太医。再后来，她晓得了身边有太医的好处，自己也有了个心腹的井太医了。"

我淡淡道："我说呢，她不把别人放在眼里，却肯尊重姐姐。"

眉庄看着我道："也难怪她生气，你若不回来，这妃位的空缺迟早有她的。"

我不以为意："她要与我过不去，我却偏偏要和她过得去。你想太后方才的神气，也是要看看我是否能忍得下她的气焰，是否真真和顺……"话未说完，轿辇一个猛烈颠簸，几乎是整个人向前冲了出去。

倾落　壹　贰

突如其来的失衡让我陡然惊恐起来，浣碧一看不好，忙挡在轿辇的出口，死死抵住我将要倾落的身体。与此同时，抬轿辇的内监们赶紧站稳了脚步，见我与眉庄受惊，惊惶跪下道："奴才们有罪。"

我见眉庄脸色发白，忙道："姐姐没怎么样吧？"低头只见她双手牢牢抓住我的手臂，整个身子挡在我身前。心口一暖，忙道，"我没有事。"

眉庄几乎愣了片刻才回过神来，长长嘘出一口气来："好险！"

我眼中一热，心疼道："你这样挡在我面前，万一真掉下去也是掉在你身上，怎么反说我好险。"

眉庄道："就是要这样，万一真掉下去，你伤了身子怎么好，你可是有身子的人。"

心口有明光一样的温暖："我的孩子要紧，姐姐的身子难道不要紧么？"转头见浣碧为挡着轿辇倾倒，死力抵在轿口，手臂上有清晰可见的几道粗粗的青紫印子，忙关切道："浣碧，你怎么样？"

浣碧连忙摇头："小姐没事就好。"说罢转头厉声呵斥："一群糊涂东西，怎么抬的轿子！小心我叫内务府砍了你们的狗头！"

若刚才的轿辇倾覆，即便有眉庄……我几乎不敢想象。这个孩子，是我的所有啊！

一念之下不由得勃然大怒，呵斥道："该死！"我自回宫以来总是和善温柔，众人见我动怒，早已慌乱跪下，吓得拼命磕头不已。

眉庄冷道："好好的怎么会绊了一跤，不会走路么？"

为首的一个内监忙叩首道："这石子路本是六棱石子铺成的，走着极稳当。可是今日不知怎么的有鹅卵石混在里头，所以奴才们滑了脚。"

我低头去看，果然六棱石子铺成的小路上，混着长满了厚厚苔藓的鹅卵石。那苔藓还新鲜得很，用力一掐几乎能掐出水来。我向小允子递了个眼色，他会意，趁人不注意伸手捡了几颗袖在怀里。

浣碧大怒："你打量着蒙我？往哪里走不好非要走这条道路，回未央宫难道是这里最近么？"

那内监哭丧着脸道："奴才们怎么敢欺瞒碧姑娘。这条路原不是最近，可夏日里走这条路最阴凉不过。谁知出了这样的事。幸好两位娘娘没事，否则奴才们就是有一百颗脑袋也不够砍的呀。"

我见周遭参天树木枝叶繁密，一丝日光也透不进来，果真阴凉清静，便问："这里是什么地方？"

眉庄看了看，道："再往前走，就是徐婕好的玉照宫了。"

我望向前去，果然有一座不大的宫室，匾额上用金粉漆着"玉照宫"三字。我一时未放在心上，只想着天气炎热，走这条浓荫遍布之路便是必然之理，所以便有人留了心了。当下也不多言，只道："眼下且饶了你们。等下回去再查出什么错处，仔细你们的皮。"

眉庄一言不发，只凝望着玉照宫出神，片刻道："我先陪你回去，省得路上再有什么差错。"

回到柔仪殿，槿汐迎上来道："皇上方才来过了呢，听说娘娘去给太后请安了，说晚上再过来。"

我点点头，道："知道了。"

眉庄温言道："方才受惊，还是叫温实初来瞧瞧，也好放心。"

我摇头："并没伤着哪里，不必麻烦。"又叫品儿："浣碧撞伤了手，你且去给她仔细敷药。"

槿汐听得惊疑不定，忙合上门道："出了什么事？"

眉庄沉着脸道："终于有人耐不住性子了。"说着将方才之事拣要紧的说了一遍，她说起来还是后怕，"那轿辇是八人抬的，都抬在肩上，要真那么高跌下来还掉在石子路上，孩子必定保不住。"

槿汐沉思道："宫中要铺路的石子都是再三选过的，绝不会掺进鹅卵石去，看来是有人……存心。如今宫里有身孕的就是娘娘和徐婕妤，徐婕妤已被禁足，那就只剩娘娘了。"

眉庄冷笑道："说到是哪位做下的事，可不是昭阳殿那位么？除了她心思最重，还会有谁？"

我靠在紫绒绣垫的杨妃榻上，沉静道："若说是为了皇嗣，她自然最有这心思，可是旁人也未必没有。"我言毕沉思，只觉身上冷意涔涔。这样往深里想去，宫中人人皆有嫌疑，叫人如何能防！

眉庄屏息片刻，慢条斯理道："我疑心皇后自然有我的道理，方才出事的地方你可记得是哪里？"

我沉吟："是玉照宫附近。"

眉庄凝视于我："你应该知道徐婕妤为何被禁足。"

"危月燕冲月。"我几乎倒吸一口冷气，瞬间明白过来，"若我在她宫门前出事，一可说是被徐婕妤所冲才出事。而月主太后与皇后，我若出事便是有主月之兆，皇后健在，而我有主月之兆便是大不敬。别说太后，便是皇上也容不得我，这是其二。其三便是徐婕妤已冲撞了太后与皇后，若再危及我与腹中之子，便是祸害皇嗣，那么皇上再不会容她了，即便她有所出，那孩子也会被皇上厌弃。如此一箭三雕之事……"

眉庄接口道："如此一箭三雕之事，除了皇后的城府，还有谁能想得出来。"

槿汐忧心道："娘娘的身孕还在，她们就会一直下手，不是咱们日夜防备就能防得住的。娘娘还是把此事告诉皇上才好。"

我沉思片刻，扬声唤小允子进来，道："方才你捡的鹅卵石呢？"

小允子从袖子里掏出来，小心搁在桌上道："在呢。"

"你去花房找个靠得住的匠人，叫他仔细看这鹅卵石有什么古怪。"小允子知道是要紧的东西，忙收好赶紧去了。

我牢牢护住自己的小腹，道："不管是谁，既做得出来，就别怪我容不得她！"

眉庄道："你好自珍重着，我先回棠梨宫，免得皇上来了要与他照面。"我晓得眉庄对玄凌是避之唯恐不及的，便亲自送了她出去，回宫和衣睡下。

不过一盏茶时分，外头一声递一声地通报进来："皇上驾到——"

我只作没听见，索性用被子蒙上头装睡。隐约听得槿汐带着众人迎了出去："皇上万福金安，娘娘身子不爽，正在内殿睡着呢。"

玄凌进来的脚步便有些匆忙，一壁走一壁道："莞妃身子为何不爽？怎么不早早来告诉朕。"话音未落，人已到了跟前，他掀开被子焦急道，"叫太医瞧了没？"

内殿里暗沉沉的，宫人们迅捷地把镏金蟠花烛台上的红烛点燃。我睡得鬓发松散的容颜就这样突兀出现在玄凌的面前，连同我松散纠结的蔷薇粉银线浣纱寝衣。蔷薇粉是很娇嫩的颜色，愈加衬得我面色惊惶而苍白，仿佛嫣然花瓣里一点仓皇浮动的花蕊。他在床边坐下，低低道："可是母后给你委屈受了？"

我当即否认："太后一向待臣妾极好的。"

他松一口气："母后待你好就好。"他的语气温软下来，"到底怎么了？脸色这样难看。"

我伏在他胸前，低低道："皇上，你就这样抱着臣妾好不好？"

他的脸颊贴着我的额头，沉吟片刻，唤了浣碧进来，道："你是莞妃的陪嫁，你来说。"

浣碧踌躇着看我一眼，忙又低下头去。玄凌愈加狐疑："你只管说，没人敢责怪你。"

浣碧"扑通"跪下，呜咽着道："傍晚小姐和惠贵嫔从太后处回来，差点儿从轿辇掉下来，小姐受了好大的惊吓。"

玄凌吃惊："是在哪里滑的？好端端的怎会从轿辇上掉下来？"

"是在玉照宫附近的六棱石子路那里。抬轿子的内监们不当心，踩了鹅卵石滑倒。"

"六棱石子最是防滑，怎么会有鹅卵石？"他轻声道，"嬛嬛，你是疑心有人要害你，是么？"

"臣妾不敢这样想。"我带了幽咽的哭腔，"臣妾只是觉得自己福薄，虽然承蒙皇上垂怜得以再度侍奉在侧，可是随意走一走都会滑跤，只怕终究还是没福气保住这个孩子。"

玄凌柔声斥责："胡说，咱们的孩子是最有福气的孩子，今日的事怕是有人故意为之。"他扬声唤李长进来，沉着脸吩咐道："去把今日给莞妃抬轿辇的内监都痛打三十大板，打完了再给朕好好审问。敢动朕的人，朕绝不轻饶！"

李长躬身应了，正要出去。我忙唤道："皇上——"我起身，扯住玄凌的衣袍凄婉道，"臣妾求皇上不要张扬此事。"

他不解："此事显然是有人要故意为难你，朕若不罚，以后再有这样的事发生该如何？"

我低声啜泣："即便真有人要为难臣妾，也请皇上和臣妾一样相信这是无心之失。臣妾不愿为了一己之身而使后宫不宁，使皇上烦心。终究，臣妾也安然无恙啊。"

他怜惜："嬛嬛，朕也是心疼你，怕你再有这样的事发生。而且有过不罚，朕心里总是不舒坦。"

风吹过，花树颤颤摇曳，斑驳的痕迹淡淡地映在冰绡窗纱上，似欲伸未伸的指爪。我拉着他的手柔声道："人谁无过。若皇上大肆追查，反而让那人狗急跳墙，也当给那个人一个回头的机会，若真有下次，再一并罚过。皇上就当为臣妾和肚子里的孩子积福吧。还有，那些抬轿辇的内监也是无心，出了事他们比谁都害怕，皇上也一并饶过了，好不好？"

殿内静极了，晚风穿越树叶的沙沙声响，好似下着一场朦胧的雨。

玄凌抱着我的肩，轻声赞叹："嬛嬛，你总是愿意体谅。"

我温顺倚靠着他："臣妾并非大度，只是不想因臣妾所生的是非烦扰皇上。"我带点撒娇的口吻，轻轻道，"臣妾方才请求的，皇上可依么？"

玄凌气消了许多，道："如此，朕就先饶了他们这次。若还有下次，朕必定严惩不贷。"

玉帘轻卷，浣碧沉静退下。玄凌似乎疲倦："前朝事多，后宫也不安生啊。"

我舀了一匙白檀添在青花缠枝香炉里，袅娜的烟雾好似层层轻纱，绵软地一重又一重恣意在重重的垂锦帷帐间。整个大殿内恍若一潭深静的水，寂寂无声地安静了下去。

我亲自捧了一盏酸梅汤来，柔声道："凉了好久了，皇上喝了可以解晚膳的油腻。"

玄凌眸中有融洽的暖意："难为你有着身孕还这样细心，胡昭仪今日问起朕为何这样疼你——旁人哪里知道你的好处。"

我笑答："蕴蓉妹妹这样说了么？今儿在太后那里还碰上她与和睦帝姬了。"

玄凌换了个舒适的姿势躺下，漫声道："蕴蓉的脾气虽然骄矜些，人却是不错的。"

我拾过一把羽扇，轻轻摇着道："皇上累了，不如先睡上一觉，再去别的嫔妃处吧。"

玄凌打了个呵欠，散漫的眸中微有晶亮之光，道："朕哪里也不去，就算你不方便侍寝，朕也陪着你睡着。"

我歉然道："怎么好让皇上为了臣妾如此呢？"

他笑着拉过我的手，随手扯下帐帘，轻声道："朕愿意。"

夜色深沉，窗外满天星光漏进零星几点，亦被红绸样的烛光绵柔化开了。

次日傍晚，照例去见过了皇后，回到柔仪殿中。小允子随我进了暖阁，低低道："已经问到了。"

我慢慢喝了一口清茶："是什么？"

小允子道："花匠说，那鹅卵石上的这种青苔是蜀地特有的，叫作牛毛藓，通常搁在盆景里做点缀。这牛毛藓习性特殊，只有种着蜀中同种的矮子松时才有。而宫里喜欢种这种矮子松当盆景的，只有欣贵嫔。因为她是蜀人，所以皇上专门赏了她。"他想了想道，"最要紧的，欣贵嫔与祺贵嫔同住宓秀宫，倒不能不防。"

浣碧在旁道："昨日皇上为小姐差点从轿辇上滑落的事生了大气，小姐怎么不趁热打铁求皇上做主？"

我把玩着手钏上的一颗明珠："我到底没伤着，皇上去查出个人来也不过是罚一通了事。倒不如先按下不提，到时一并发作出来才好。"

浣碧凝神片刻，抿嘴笑道："奴婢知道了。积小成大，到时一并寻了她们的错处，才叫吃不了兜着走。"

我微笑不语，小允子见机道："玉照宫再往前走上数十步就是祺贵嫔的宓秀宫了。这事是极明白的了。必是祺贵嫔和欣贵嫔一同做的。祺贵嫔本就暗算过娘娘，如今娘娘回来，她恨不得乌眼鸡似的生吞了咱们呢。"

我沉吟着道："事情还没查清楚，再瞧一瞧吧。"

正说着，小连子进来道："启禀娘娘，宓秀宫的祺贵嫔和欣贵嫔来了。"

我轻扬唇角："真是说曹操曹操就到，去请进来吧。"我出去，品儿已经为她们奉上了茶水瓜果。见我出来，依礼道："宓秀宫贵嫔管氏，贵嫔吕氏拜见莞妃娘娘。"

我客气道："两位请坐吧。"我打量着祺贵嫔道，"数年不见，祺妹妹可是滋润了不少，真叫人刮目相看。"

祺贵嫔安坐在椅上，半透明的轻纱里隐约透出丰润洁白的肌肤，镂金线的月白暗花抹胸平添娇媚之色，脖颈上一串红玛瑙汪汪如水，有嫣红晶莹的光芒似流波荡漾，一看便知名贵。她淡然道："莞妃娘娘风采如旧，一点也瞧不出在佛寺待过的样子。"

这话是有些挑衅的意味的，她身边的欣贵嫔已然横了一眼。我也不恼："是啊，当初与文鸳你同住棠梨宫时是何等和睦。当年你兄长管路与本宫兄长交好，管溪还差点娶了本宫的二妹玉姚做成了亲家。不承想管路会去告发本宫兄长，可见人呢，为了功名利禄是会罔顾道义的。"

祺贵嫔脸色发青，忍气笑道："莞妃娘娘这张嘴向来是宫里数一数二的好，自然能把白的说成黑的、死的说成活的。"

我似笑非笑看着她："是么？那也是比不上有些人的心从白的变成黑的这样可怕。"话音未落，欣贵嫔已经忍不住笑了一声。那笑声虽然低，祺贵嫔却也听见了，狠狠瞪了她一眼。欣贵嫔丝毫不以为意，只报以一丝嫣然的冷笑："我还以为祺贵嫔多尊重莞妃娘娘呢，把皇后亲赏的玛瑙串都戴上了来盛装拜见，却原来说话这样含酸拈醋。"她话音清脆，我的目光被祺贵嫔颈上的玛瑙串吸引，不由得多看了两眼。

祺贵嫔待要再说，我已不理会她，只看欣贵嫔道："许久不见欣贵嫔了，姐姐别来无恙吧。"

欣贵嫔见问到她，忙起身福了一礼，满面含笑道："莞妃娘娘金安，嫔妾吕盈风拜见娘娘。"

我忙示意槿汐去扶，口中道："姐姐与本宫相识多年，实在不必客气。"

欣贵嫔果然喜悦："多谢娘娘记挂。"

祺贵嫔自顾自饮了一口茶，微微冷笑："欣贵嫔的嘴可真是甜，只不知是不是嘴甜心苦呢？"

欣贵嫔向来直爽，一时忍不住变色，扬眉道："你这话是什么意思？"

我只冷眼旁观，见祺贵嫔立时就要发作，便道："祺贵嫔这是做什么呢？好好地来给本宫请安，倒要和自己宫里人拌起嘴来，岂不是伤了和气。"

祺贵嫔傲然看着欣贵嫔："和气？欣贵嫔与我都是贵嫔，可惜了，进宫多年，又有个女儿，皇上还是让本宫做了宓秀宫的主位。谁有本事，谁才能和气。"

我和颜悦色："原来祺贵嫔也知道欣贵嫔是淑和帝姬的生母，得皇上爱重呢。"

欣贵嫔愈加得意，笑盈盈道："娘娘真是明理的人，可惜未央宫皇上只赐给娘娘一人居住，否则若谁做了娘娘宫里的人，当真是几世修来的福分呢。"

我听了只吟吟含笑不语。祺贵嫔脸上到底搁不住，含了一丝讥诮的冷笑，缓缓道："本宫当是什么呢？原来是欣贵嫔待腻了宓秀宫，想做莞妃的宫里人呢。那有什么难的，本宫就替你去回了皇上的话就是了，省得你眼馋心热，做出这许多腔调来。"

欣贵嫔气极反笑，鬓上的东菱玉缠丝曲簪微微颤动，划过晶亮的弧线："你这话未免说得太瞧得起自己了。你去回皇上？未央宫是皇上亲口下旨让莞妃娘娘独自居住的，你有多大的本事还是有多大的面子，能哄得皇上收回旨意？"

此话说得极厉害，祺贵嫔登时满面紫涨，她反应也快，迅即站起身来，福了一福，道："嫔妾身子不适，就不打扰莞妃休息了。先告退。"说罢扬一扬衣袖，扶着侍女的手径自出去了。

她才出去，欣贵嫔气道："娘娘您瞧，当着娘娘的面她都这样放肆不敬，可知背地里给了嫔妾多少零碎折磨。"

我悠悠道："姐姐颇有蜀地女子的侠义之气，皇上又顾惜姐姐和帝姬，想必是不会吃亏的。"

欣贵嫔性子爽朗爱笑，如今也有了这般愁苦。她道："皇后说宫里有些殿宇要修整，让嫔妾挪到宓秀宫住，可是此后，祺贵嫔就明里暗里为难嫔妾。嫔妾虽然进宫早，但年纪渐长，皇上来看我也是顾及帝姬的情面。嫔妾碍于她是主位，少不得忍气吞声到现在。"

"姐姐一向性子直，有什么说什么，为何不向皇上皇后请旨搬离宓秀宫呢？"

欣贵嫔无奈："祺贵嫔很得皇后的喜欢。有皇后拦着，嫔妾如何走得出宓秀宫。几次向皇上提起，反倒被皇上训斥不安分。可是嫔妾要再不争，只怕连累了淑和也要被人瞧不起了。嫔妾这才知道，素日里自己只会想到什么说什么，却半点谋算也没有，白白被人欺负！"她靠近我一点，轻声道，"娘娘出宫之事臣妾这些年来多少也听说一些。若非祺贵嫔娘家暗害了娘娘一家，娘娘何至于被迫出宫修行。"

我微微抬起眼皮："欣贵嫔倒是什么都打听得清楚。"

欣贵嫔慌忙跪下："嫔妾不敢欺瞒娘娘，嫔妾防着祺贵嫔不是一日两日了，是以才知道些来龙去脉。嫔妾的父亲是川蜀成州知府吕息仁，成州与娘娘父亲所在的江州毗邻，因而嫔妾才敢冒昧来和娘娘说这些话。"

我伸手虚扶她一把，亲切道："姐姐好端端的跪什么呢？倒显得生分了，起来说话就是。"

欣贵嫔方坐了，道："嫔妾方才伤心，叫娘娘见笑了。"

我静静注目于她："姐姐既然来了，又说了这一番话，想必是深思熟虑了的。那么想要在本宫这里得到什么，不妨直说。"

我问得直接，欣贵嫔微微错愕，旋即道："娘娘快人快语，嫔妾也不隐瞒了。嫔妾不愿再寄人篱下，也想淑和有个好前程。"

"哦……"我微微拖长了语调，"你是要本宫为你向皇上开口离开宓秀宫？"

她摇头，爽利道："与其再寄人篱下看人眼色，不如自己做一宫主位来得痛快。"

"如果本宫应姐姐所求又有什么益处呢？本宫吃斋念佛久了，有些时候多一事不如少一事罢了。"

欣贵嫔不假思索道："嫔妾在宫中除了帝姬之外无依无靠，可帝姬到底不如皇子，嫔妾娘家又远在千里之外，可说与娘娘同病相怜。如今娘娘虽然荣耀回宫，然而风光之后未必没有辛酸，嫔妾愿与娘娘一同分担，略尽绵力。"

我以手支颐，浅笑道："妹妹的心思本宫心领了，只是本宫但愿与世无争，有些事或许力不从心。"

欣贵嫔微见沮丧之色，旋即笑道："以娘娘今时今日的地位，怎会力不从心？何况娘娘已经回宫，再想与世无争也不得不争。嫔妾今日来得突兀，想来娘娘必定心存疑虑，思量些时候也是应该的。嫔妾今日就先告退了。"

我含笑道："姐姐所说之事本宫自会思量。"说着扬声向小允子道："把本宫的那盆矮子松的盆景拿来。"小允子应声而去，很快捧了盆景回来，我道："听说姐姐是蜀人，本宫特意叫人备下了这盆蜀中特产的矮子松给姐姐赏玩。"

欣贵嫔喜不自胜，连连笑道："娘娘竟晓得嫔妾喜欢些什么。"说着叫自己的宫女进来捧着，我一看，进来的竟是从前服侍我的晶青。我依旧笑着道："姐姐瞧瞧里头那鹅卵石，花纹既好，磨得又光滑。"

欣贵嫔一颗颗看了，赞道："是呢，连石头上长的牛毛藓也颜色极正，当真娘娘宫里的东西比别处的都好。"我冷眼瞧她只顾欢喜看着鹅卵石，见浣碧悄悄随晶青出去了，便对着欣贵嫔笑道："其实姐姐得皇上宠爱，什么稀罕东西没有，本宫这点东西不过是给姐姐当玩意儿罢了。"

欣贵嫔笑得如春风拂面，道："金珠玉器的又有什么稀罕，娘娘心细如发，体贴入微，才真真叫人赞叹呢。"

我心思一转，想起一事，微含了一缕浅笑，道："说到金珠玉器，本宫倒想起方才祺贵嫔那串红玛瑙串了，水头好，颜色又正红，当真是好东西。本宫方才听得不真切，仿佛是皇上赏的？"

欣贵嫔一笑，讥诮道："那是她巴结皇后巴结得好，皇后给赏的。她为示恩宠，十日里总有八日戴在身上。不过说起来那东西真是好的，不仅如娘娘所言，而且独有一股异香，味道虽然淡，可是好闻得紧呢。"

浣碧送了欣贵嫔出去，回来扶着我进里间躺下，浣碧笑道："奴婢瞧着欣贵嫔与祺贵嫔不睦，小姐方才一说，这两位回去可有得闹了。"

我笑道："即便没我，她们关起门来也要闹得翻天。"

浣碧道："方才欣贵嫔说的话，小姐可信么？"

我歪在杨妃榻上道："五分信，五分不信。只是我刚才拿矮子松送她时倒真是一点看不出来，若不是真无辜就是她城府太深太会做戏了。"我问她，"方才和晶青说了么？"

浣碧点头道："说了。晶青还念着娘娘呢，说一得空就过来回娘娘的话。"

我"嗯"了一声，浣碧冷笑道："奴婢只瞧不上管文鸳那轻狂样子，这样拿腔拿调，忘了她从前在小姐面前百般讨好的嘴脸么？"

我不以为意："你以为她傻么？她知道与我积怨已深，与其此刻在我面前俯首称臣，我未必能容下她，皇后更不会容她，索性与我翻了脸，我反而不能立时拿她怎样。"我抚着下颌轻笑道，"左右她跟着皇后，是生不出孩子挣不到出路的。"

浣碧吃惊地瞪大了眼睛："小姐何出此言？"

护甲的指尖有的冰冷触感，滑过脸颊时尤为明显："你可看见管文鸳脖子上的玛瑙串了么？"

浣碧笑道："凭她什么好东西，咱们柔仪殿难道没么？"

我冷冷一笑，泄出心底冰冰的恨意："这玛瑙串有的祺贵嫔苦头吃——那是红麝串。"

浣碧讶异道："红麝串？瞧着分明是红玛瑙。"

我掩不住心底的腻烦与厌恶，道："这两样东西本就瞧着像。可红麝串稀罕多了，只怕连宫里都找不出几串来。要不是那年随娘在珍宝阁选首饰时见过一次，只怕连我也不认得。方才欣贵嫔说那东西有香味儿，我便更肯定了。那回娘一见了这东西连赞稀罕，可马上叫人远远拿开。因着那红麝串是取雄麝的麝香做的，做中药可开窍避秽、活血散结，可用久了损伤肌理，便再也生不出孩子了。这也是宫里为什么慎用麝香的缘故。"

浣碧微微凝神，蹙眉道："奴婢只是奇怪，她怎么堂而皇之地把红麝串挂在身上，也没人告诉她缘故。"

"一来这东西难得，寻常人分辨不出来。二来你没听见欣贵嫔说么，那红麝串是皇后赏的，即便有太医知道，谁又敢告诉祺贵嫔呢。"

浣碧连连冷笑，拍手道："这才叫报应不爽呢。活该叫她投的好主子，昧着良心来坑咱们家。她不能生也好，省得生下黑心种子来再祸害旁人！"

我顿觉心寒，祺贵嫔显见是皇后身边的人，多年来得宠且位分颇高，可见皇后对她的倚重。然而如此倚重，也防备着她有孕，可见皇后的处世老辣，谋虑深远。想必安陵容得宠多年而无子嗣，也是因为皇后的戒备吧。我微觉脑仁酸涩，道："去把备给胡昭仪的礼拿来给我看。"

浣碧捧来一对白玉三镶福寿吉庆如意，我看了一眼，摇头道："礼太薄了，再去添一对百寿紫玉如意来。这两对如意给胡昭仪，再拿一个赤金盘螭朝阳五凤璎珞圈并扣合如意堆绣荷包，就说给和睦帝姬的。"

我想一想，叫槿汐进来："为表郑重，这些东西由你亲自送去。该说什么你自己有数。"

槿汐笑着去了。浣碧道："胡昭仪为人倨傲，小姐何必这么笼络她。"

我笑一笑："她自有她倨傲的资本，何况我笼络她，不正是笼络太后和皇上么？"

我想一想道："方才给和睦帝姬的那个璎珞圈再去拿三个来，一个先留着，等我有空去看端妃时亲自送去。另两个一个送到欣贵嫔处去给淑和帝姬，一个送去敬妃处给咱们胧月。"我又吩咐浣碧挑了几个菜送去了敬妃处给胧月，才走到庭院里踱步。

彼时月华清明，照在柔仪殿前的汉白玉阶之上，如水银泻地。殿前一池清水在月下泛着清粼粼的摇曳波光，水中白莲盛开如玉，只余一条水上小桥，横越在莲叶田田之上。

品儿笑道："皇上待娘娘最有心思，在柔仪殿的前殿前头凿一个池子，把太液池的莲花移种到这里，就省得娘娘怀着身孕远走赏莲了。"

我望着满池莲花，心思逐渐飞远，那一年有人为我在春日开出满湖莲花，后来人再怎样做也不过是东施效颦罢了。品儿小心觑着我的神色，赔笑道："皇上可心疼娘娘呢，陪娘娘用午膳时说那么多娘娘小主来给娘娘您请安，生怕累着了您。"

我道："那有什么，迟早都是要见的，趁我现在还有精力，再下去可真不济了。"

正要进内殿，小允子悄悄进来道："晶青来了。"

我扬一扬眉，道："快叫进来。"

晶青见我时乍然生了喜色，哽咽着跪下道："给娘娘请安。"

我唏嘘道："起来吧。本宫瞧你跟着欣贵嫔人像是瘦了一圈，欣贵嫔待你不好么？"

晶青拉着品儿的手伏在地上痛哭道："是奴婢无福。除了死了的佩儿和菊青，只剩奴婢不能回来伺候娘娘。今日听欣贵嫔说是来给娘娘请安的，奴婢喜欢疯了，忙来见娘娘一眼。"

我叫品儿扶着她起来，诧异道："你方才说菊青没了，是怎么回事？"

菊青与晶青向来如同姐妹一般亲厚，晶青伤心道："娘娘出宫没多久，菊青在一天夜里突然就没了，安贵嫔说菊青得了肠痨暴病死的，留不得，当夜就拉出去把尸身烧了。安贵嫔为菊青的死哭了两天，皇上心疼得了不得。"晶青见都是自己人，方痛哭道，"菊青身子强健，怎会好好地得了肠痨。奴婢有些疑心，偷偷去看过，菊青的口鼻里都是黑血，分明是被毒死的。"

我伤感道："菊青到底是从我这里出去的。可怜年纪轻轻就这样没了。

若欣贵嫔待你不好，本宫自然会为你做主。"

晶青摇头道："自娘娘走后，奴婢就被分到了徐婕妤宫里。徐婕妤被禁足撤了人手，奴婢才去服侍欣贵嫔的。"晶青捋起手臂上的衣袖，委屈得直哭，"欣贵嫔人好，可祺贵嫔恨奴婢曾经服侍过娘娘，动辄便打骂不休。"

晶青的手臂上青一块紫一块，斑斓若锦，品儿与小允子不忍心，低低啜泣了起来。我心疼不已，忙叫小连子拿了药酒来亲自给晶青擦拭。晶青受宠若惊，忙道："奴婢身份卑微，怎么能叫娘娘为奴婢做这些事呢。"

我轻轻抚着她的手臂道："什么奴婢不奴婢的话，你受今日之苦本宫难辞其咎，做这些又算什么呢。"我叹息，"本宫当年这一走，虽然也为你们安排了，到底也是力所不能及，终究还是连累了你们。"

晶青哭着道："能服侍娘娘一场已经是奴婢们的福气了。在娘娘身边那些日子咱们才得些照拂，在别的娘娘小主眼里，咱们这些人何尝不是命如草芥。"

我轻手轻脚为晶青擦着药酒，纵然如此，她还是疼得咝咝倒吸冷气。我道："你到底是欣贵嫔的人，她也不为你说话么？"

晶青忍着痛，咬唇道："欣贵嫔虽然也护着奴婢，可祺贵嫔到底是一宫主位，小主也奈何不得。有时候小主觉得祺贵嫔责打奴婢伤了自己脸面，也会为奴婢分辩几句，可是下回祺贵嫔下手就更重了。"

一宫主位权力颇大，可自行责罚自己宫中任一宫人，即便晶青是欣贵嫔的人，也维护不得。

我凝神思量片刻，忖度着问："欣贵嫔与祺贵嫔当真不睦已久么？"

晶青认真点了点头："奴婢去服侍欣贵嫔时就是这样。小主总说祺贵嫔借着她的方便亲近皇上，占自己的便宜，又不让她搬出宓秀宫另住。"晶青低头想一想，"奴婢冷眼瞧着，祺贵嫔和欣贵嫔的恩宠也差不多，只是皇上有时去看淑和帝姬多些。祺贵嫔就想尽法子哄了皇上去看她。"

我唏嘘不已，关切道："你在欣贵嫔那里过得不好，本宫倒可以想个法子把你要回来。只是祺贵嫔和本宫的恩怨你是知道的。你可愿意为本宫留意着欣贵嫔和祺贵嫔的动静，暂时委屈着住在宓秀宫里？"

晶青连连点头："能为娘娘做事，奴婢万死不辞。"

偶遇 ｜ 壹叁

嘱咐完一切已经觉得倦了，正要卸妆歇下，槿汐领着一名宫女进来道："胡昭仪身边的琼脂来给娘娘请安。"

那名叫琼脂的宫女颇有些年纪，打扮得也格外贵重，眉目间很是精明强干。她向我福了一福，道："奴婢琼脂给莞妃娘娘请安，娘娘万福金安。"

我忙叫槿汐搀了她一把，客气道："姑姑规矩十足，怪不得是昭仪身边的人。"

琼脂笑眯眯道："奴婢从前是晋康翁主的陪房，跟着小姐进宫的。"

我笑道："不知姑姑这么晚怎么还来跑一趟柔仪殿，可是昭仪有什么话么？"

琼脂恭敬道："我们小姐让奴婢来谢娘娘赏的礼，也让奴婢送了回礼来。"说着让几个小内监搬了回礼上来，正是一架满地浮雕象牙镜架，架上整錾的龙须、凤翼、雀羽、兔毫、花心、叶脉皆细如发丝，纤毫毕见，堪称精妙无双。

琼脂颇有些得意："这镜架虽说不上极尽一时之力，却也是聘得巧手工匠费了整年才做成的。我们小姐说娘娘赏的如意极好，特意叫人从库里寻了这个出来。"

我含笑道："请姑姑为本宫多谢昭仪，这礼搬来可得大费周章，本宫心领了。"又唤小连子上前，吩咐道："外头天黑难行，你打着灯送姑姑回去。"琼脂也不推辞，笑吟吟告退了。

见她出去了，槿汐与浣碧才与我坐下了卸妆，槿汐见小允子领着一群内监小心翼翼将镜架和头面收到库房里去，不由得摇头道："胡昭仪好阔的手笔，只是这东西夜深人静地送过来可是兴师动众，只怕宫里都知道了。"

浣碧努了努嘴，道："若不知道，怎么能借这个讨皇上的好儿？"

我抹了点舒神静气的薄荷膏在太阳穴上，缓缓道："我倒觉得她不只想做给皇上看呢。"

槿汐铺好了铺盖，笑道："管她看不看得透呢，日久见人心罢了。娘娘还是早些安歇吧。"

这一日午睡醒来，见天色郁郁生凉，便去看望端妃。我进殿时，端妃背对着我，吉祥用犀角梳子蘸了乌发膏小心翼翼地梳着。端妃从镜子里瞧见我，转身笑道："贵客来了，我却不曾远迎，真是失礼了。"

我盈盈一笑，走近道："多年不见，姐姐的气色更见好了。"

端妃叹道："什么好不好的，宫里的女人老得快，才三十二岁就用上乌发膏了，当真是岁月不饶人。"

我忍不住笑道："姐姐这样说可要愧煞人了，那些十五六岁的嫔妃们也急吼吼地拿着乌发膏往自己头发上抹呢，姐姐越发拿自己和她们比了。"

端妃掌不住笑，撂下手中的镜子道："猴儿嘴真当是猴儿嘴，这些年竟没改些。"

"怄姐姐笑一笑罢了。"说着顺势在端妃的妆台边坐下，随手拿起她方才把玩的乌发膏细瞧，"这乌发膏是用淘澄净了的茉莉花汁子和着首乌膏做的，不像是内务府的手艺。"端妃满面笑意："去年我长了一根白发，自己没发觉，倒是温宜留心了，催着太医院配出这个东西来，一定要我用。"

我连连点头："温宜当真是个好孩子，想必很听话吧？"

端妃的笑容有母亲的甘愿和满足："乖巧得很，也很孝顺。快九岁的孩子像个小大人似的懂事，有时候连我自己都以为温宜是我亲生的。"

吉祥在旁笑道："我们娘娘待帝姬疼得跟什么似的，比亲生的还好，帝姬怎么能不孝顺呢。"

端妃细细的眼角皆是笑意："怨不得我疼温宜，性子文静不说，素日里我咳上一两声，她便抱着我要叫太医。连我也纳闷，襄妃这样的人物怎么生出这样好的女儿来。"

我听她絮絮说着温宜的点滴，想起胧月待我的情形，心下难过不已。

端妃见我的神情，随即了然："敬妃心疼胧月更胜于我心疼温宜，到底是打出生就养在身边的，胧月难免与她亲近一些。想必现下敬妃也不安，将心比心，若是现在襄妃突然活过来要要回温宜，我也是百般不情愿的。"

我低头拨着护甲上镶成梅花状的珍珠，低低道："我这个做母亲的的确没有尽到半分做娘的心思，哪里敢奢求胧月有多亲近我呢，只盼她还能认我这个娘就好了。"

端妃安慰道："当日你生了胧月三日就离宫，那三日里殚精竭虑，哪一点没为她想得周周到到，为她一辈子做尽了打算。胧月还小，等长大了能体会你的苦心就好了。"

忽听得外头有金铃清脆响起，一个女孩扑进端妃怀里，笑嚷着道："母妃，良玉回来了。"她举着手里一束芙蓉花道，"母妃看可好看么，良玉瞧着这花最美，摘回来给母妃戴上好不好？"

端妃搂了她笑道："自然好，玉儿选的这个颜色真好看。"

那孩子踮起脚把花插在端妃鬓边，又仔细看是否插得端正，方开怀笑了起来。

她的声音清脆而明亮，似檐间玎玲的风铃宛转。她瞧见了我，询问地望向端妃。端妃笑吟吟道："这是你莞母妃。"

温宜退开两步，按着礼数规规矩矩道："温宜给莞母妃请安。"

我见她一身湖蓝衣裙，腰间扣着粉紫柔丝串明珠带，身形虽未长成，却已见窈窕之态。眉眼间并无其母曹襄妃的世故精明，十分娴静温文。

我向温宜笑道："你叫良玉？好漂亮的名字。"我转头向端妃："这名字可是姐姐取的？"

端妃点头笑道："良玉到了四岁上还没有名字，整日拿着封号当名字叫，我便给她取了这个名字，希望她能温良如玉。"

我赞道："果真是个好名字，足见姐姐望女成凤之心。"

端妃用绢子仔细擦着她的脸，柔声哄道："跑了一会子也累了，去歇一歇就用晚膳吧。"说着便叫如意领下去了。

端妃转脸问我："但凡有女儿的，哪个不是爱如珍宝。欣贵嫔的淑和帝姬叫作云霏，便是因为欣贵嫔是在云意殿被皇上挑上的，所以给帝姬起了这个名字以作念想，也好叫皇上念及旧情多多垂怜。"

我笑着叹道："真是可怜天下父母心。"

端妃轻轻一笑，眼波流动："可怜天下慈母心罢了，她们的父亲可未必顾得上。像和睦帝姬皇上倒看得上些，满月时就给起了名字叫珍缭，可见是爱重。犹是这样胡昭仪还是不足，抱怨胧月早早就有了名字。她哪里晓得妹妹你为了胧月的苦楚。当真是身在福中不惜福了。"

我不以为意，只微笑道："她福多人贵重，自然不怕折损了一些半些。"当下端妃留了我一同用了饭，方才送我到仪门外，看着我一路去了。

路上安静，我便向引路的小允子道："左右天色还早，不如去太液池边走走也好。"于是一路穿花分柳，沿着太液池徐徐行走。

彼时夕阳西下，天空里尽是五彩斑斓的晚霞，铺开了满天缤纷。

这样静静地看霞光万丈，仿佛是很久以前的事了。

其实也还没有多久，有个人对我说："此刻一起坐着，越过天空看云、说着话，或是沉默，安静享受片刻的平静吧。"

而如此平静，我此生亦不可再得了。

心如这一面太液池水，表面来看平静无波，而暗潮纷叠的瞬间，连自己也不能自制。

有欢悦的笑语之声从身后的美人蕉丛传来，我振作精神笑道："才用过晚膳呢，端妃又许温宜帝姬出来跑了，仔细肚子疼。"

小允子赔笑道："听着很热闹呢，娘娘要不要去瞧瞧。"

美人蕉开得如火炬一般，一树一树炽烈地红着，或是吐露娇嫩的鹅黄与艳媚的橘色，一朵一朵妩媚柔软，似慵懒春睡的美人。丛丛舒卷自如的嫩绿之后，却是敬妃抱着胧月小小的身躯，正仰头看着天边的云彩说笑。胧月双手钩着敬妃的脖子，头靠在敬妃肩上。敬妃一手抱住她，一手拿绢子不时为她擦拭额头的汗水，时而吻一吻她的脸颊，逗得胧月咯咯直笑。

我心下酸涩，正要悄然退开，敬妃已经瞧见了我，略略有些尴尬，道："莞妃来了。"

胧月不情愿地从敬妃怀里跳下来，勉强行了一礼，道："莞母妃好。"

我张开双手向她，微笑道："胧月过来，母妃抱你去玩。"

胧月别过头，倏然往敬妃裙子后头一躲，瘪着嘴低低道："我不去柔仪殿。"

敬妃大为尴尬，下意识地挡在胧月前头，又觉得我与胧月到底是母女，不该她来挡着，便有些进退两难，赔笑道："胧月刚玩到兴头上，怕不愿意去别处呢。"

我是一句玩笑话，却不想这个样子，顿时觉得难堪。敬妃以为我是因为胧月不肯回柔仪殿而不快，便放低了语气："为了那日说了句要和莞妃你回去，胧月整整哭闹了一天。不如就让她在昀昭殿再住几日吧。"

敬妃的语气里颇有些哀恳之意，我微微不忍，忙笑道："姐姐说什么呢，我不过是想领她玩耍一会儿罢了。我不是与姐姐说过，在我生育之前胧月都要托付给你照顾呢？"

敬妃暗暗松一口气，转瞬已经恢复平日的恬和淡定，笑道："是呢，我也是和莞妹妹说笑的。"说着招呼我，"绾绾要去千鲤池喂鱼，妹妹同去吧。"

我微笑摇头："宫里还有些事，我且回去。姐姐陪胧月慢慢玩吧。"说着扶了小允子的手往未央宫的方向走。

走了片刻，直到看不见敬妃一行人了，小允子方怯怯道："方才敬妃邀娘娘陪帝姬一同去喂鱼，娘娘若去的话不是正能和帝姬多亲近么？"

我心底发冷，道："敬妃若真心邀我去的话，适才一见我就会开口了，且她们去是母女情深，本宫去了又得生出多少嫌隙来，好没意思。"小允子见我如此，吓得大气也不敢出，低着头只管扶着我走。

背后悠悠然传出一声柔婉的呼唤："姐姐——"

我转首，却见安陵容从假山之后盈盈转将出来，轻盈行了一礼，眉目含笑道："莞妃姐姐好。"

她穿了一袭莲青色万字曲水织金连烟锦裙，整个人似乎浮在一团雾蒙蒙的绿气之中。安陵容原本就身量苗条，如今更见清瘦，身子纤细得如弱柳扶风一般，不盈一握。

独自相对的一刻，我原以为自己会将积郁多年的怒气与愤恨一并爆发出来，至少会克制不住狠狠扇她一个耳光。然而事到临头，却是微微含了一缕嫔妃相见时应有的矜持笑容，道："许久不见，妹妹真当是贵了。"

她以团扇障面，发髻上一支纤长的缠丝点翠金步摇闪闪明晃，映着象牙骨的扇子更是盈然生光。她笑得亲切："姐姐才是真正的贵人呢，原以为姐姐要飘零在外孤苦一世了，叫妹妹好生牵挂，不承想峰回路转，竟有了今日添丁添福的好时候。"

我只淡淡笑道："哪里真有十全十美的好时候呢，做人总有不足之处。就如妹妹，即便今天身为贵嫔，掌一宫主位，想必也有意难平的时候吧。"

安陵容丝毫不以为意，只含羞带怯，道："陵容在姐姐走后替姐姐服侍皇上那么久，竟也没有个一子半女，当真是陵容福薄呢。"她向我嫣然一笑，幽幽道，"不过陵容是否福薄不要紧，我只关心姐姐前几日在宓秀宫前差点滑落轿辇，幸好姐姐无恙，妹妹可真是捏了一把汗呢。"

她说的是"宓秀宫"而不是"玉照宫"，我淡淡道："妹妹的耳报是真快。不过妹妹所指宓秀宫——欣贵嫔心直口快，性子烈些也是有的。"

"姐姐真的以为是欣贵嫔做的么？"安陵容微微惊诧，"姐姐细想去，宓秀宫里谁与姐姐积怨已久了？"

我假装凝神思索："她哥哥归她哥哥，她到底也不曾对我怎样？"

陵容摇头道："姐姐心肠益发仁厚了。她哥哥一心想取甄公子而代之，她呢一直想取姐姐而代之，姐姐如何就不明白呢？"

我目中闪过一丝冷凝的疑惑："她是皇后娘娘面前最得脸的红人，妹妹如何敢在背后说这些无凭无据的话？"

陵容温柔的双眸黯淡垂下："姐姐想问我是如何得知这些的吧？妹妹从前做过的错事太多，见别人的错事也多，有些事本是想烂在肚子里的。可是姐姐刚回宫就差点被人暗算，我如何还敢再隐瞒。"她含了一丝悲凉，"昔日之错已经铸成，妹妹只能在如今稍稍弥补了。"

"哦？"我微眯了双眼，"这话我却不知从何听起了，皇上眼中妹妹最是温顺安静，难道也曾做下什么见不得人的错事么？"

"姐姐。"她满脸愧悔难当，"姐姐这样说便是不肯原谅陵容了。当日我知道姐姐的嫂嫂与侄儿在牢中得了重病，妹妹已让近身太医去服侍了，可还是保不住她们的性命。这些年来每每想到此事，我总是寝食难安，恨不得拿自己的命去换她们的命。姐姐……"说到此间，她忍不住哀哀啜泣起来。

夜幕降临的瞬间，是传说中人魔不分的时刻。在那一瞬间，连人的背影也会有类似于兽的形状，天地间阴阳之气交混，群魔乱舞。而在今日的这一瞬间里，安陵容哀哀的哭泣听起来分外让人心生怜意。

我长叹一声，低低道："陵容，咱们也这么些年了……"

她哀婉哭泣："这辈子的罪孽总是赎不清了。姐姐能够平安回宫再得皇上怜惜，陵容已经欣慰不已了。陵容不敢奢望姐姐能谅解，只盼姐姐能平安诞下麟儿。"她见左右无人，又凑近叮嘱了一句，"姐姐要万事小心啊。"

她靠近的刹那，有熟悉的香味从她的身体传来。我凝神屏息望去，她的衣带上系了一个小小的金累丝缀花结香囊，十分精巧可爱。

我应声道："你的心意我知道了。我自会小心。"

陵容点一点头道："宫中眼多口杂，陵容不便与姐姐久谈。天色不早，妹妹先告退了。"

方至柔仪殿，浣碧一声不吭跟着我进了内殿，也不许旁人进来，垂手默不作声地站着。我看她一眼，温和道："有什么就说吧。"

浣碧按捺不住怒气："她假惺惺哭了两声，小姐，你就又信了她么？"

我缓缓吹着茶叶："我为什么不信她？"

浣碧又气又急，道："奴婢方才和她离得近，她那香囊里分明是……"

我以目光示意她噤声："你知道就好。"

浣碧疑惑："小姐既然知道……"

我微笑："你既知道她香囊里带着的是什么东西，就知道她是苦心孤诣要做些什么。但她今日所说未必全是谎话，倒也有几句可信。"

浣碧道："小姐觉得欣贵嫔可信么？"

"我与她也算相识，只是相交不深罢了。在这件事里她的确无辜，不过是祺贵嫔拿了她宫里的石子儿来嫁祸罢了。若我真没了孩子，欣贵嫔也逃不了干系，是一箭双雕的事。只是她的算盘未免打得太满，得意过了头。"我唤进槿汐："你去见了李长，他怎么说？"

槿汐低声道："祺贵嫔与安贵嫔都是皇后身边之人，然而从来是面和心不和。如今皇后颇重视祺贵嫔，祺贵嫔这两年虽不是很得宠，却已经和得宠多年的安贵嫔平起平坐了。"

我道："祺贵嫔较于安氏性子更浅薄张扬些，换了我是皇后也会觉得祺贵嫔更容易驾驭。安陵容生性阴狠、城府颇深，与皇后是一路性子的人，纵使是皇后也未必能将她完全掌控。"

　　浣碧哼了一声，轻蔑道："这些人蛇鼠一窝，也有这样内斗的时候，真是痛快！"她停一停，"那小姐准备怎么做？"

　　我褪下护甲，将十指放在加了玫瑰花的热水里浸泡，道："祺贵嫔在皇后身边就是阻碍安陵容晋位的一块绊脚石。想来祺贵嫔也看不起安陵容的出身，二人不和也在情理之中。只不过安陵容既特特来告诉了我祺贵嫔要害我一事，我也不妨泰然受之。"于是低声叮嘱浣碧几句，"你去告诉晶青，叫她转告欣贵嫔就是。"

壹肆　空翠孤燕

这一日从太后处请安回来，细蝉在柳枝间声声烦躁，一声长过一声。我大约疲倦，坐在软轿上便有些恍惚。隐约听得细细的哭泣声入耳而来，仿佛有女子躲在假山后头哭。

我挥一挥手示意停轿，转头吩咐小允子："去假山后头瞧瞧。"

小允子连忙去了。只听得"哎哟"一声，小允子探出头来道："回禀娘娘，是晶青呢。"说着把晶青带到我面前。

我见她哭得伤心，忙道："这是怎么了，谁给你委屈受了么？"

晶青呜咽着道："奴婢不敢瞒着娘娘，奴婢是为玉照宫里禁足的徐婕妤难过。"

我安慰道："你忠心旧主是好事，徐婕妤虽然禁足，但不是犯了大错，想必还是有人照顾的。"

晶青摇头道："娘娘不知道，虽然衣食无缺，可是小主的身子一向不好，奴婢怕她怀着身孕胡思乱想伤了自己身子。而且宫中的嫔妃一直难生养，奴婢怕……怕……"她没敢再说下去，然而我已经明白。晶青求道，"婕妤以前就不太得宠，禁足之后更是没有一位妃嫔敢去看她，皇后还裁减了婕妤身边服侍的人。求娘娘……"

我会意："你是想让我去探视她安好是么？"

晶青哭道："娘娘最得圣宠，所以奴婢只敢求娘娘去。"

我取下自己的绢子递给她拭泪："你与本宫主仆一场，既然你开口，可见徐婕妤待你不错，本宫也没有不去的道理。你先回去，本宫得空就过去。"

回到柔仪殿，槿汐半跪在贵妃榻前为我捏脚："娘娘真要去看徐婕妤么？"

我点头："晶青是我的旧仆，既然她这样来求我，我倒很想见见这位徐婕妤是何等人物。况且没有她的身孕吸引着皇后的目光，我要回宫也没那么容易呢。"

正巧温实初来请脉，我便问："徐婕妤的身孕如何？"

温实初答得爽快："已经六个月了，按脉象看，有七八成是个男胎。"

我一怔："皇上和皇后那里知道了么？"

温实初沉默片刻："这种事太医院也是讳莫如深。若说了是男胎，怕引太多人注目；若说是女胎，又怕皇上不高兴。所以只说断不出来。"

我轻笑一声："你们太医院的人也足够滑头。"

温实初微微迟疑："为徐婕妤诊脉的正是微臣的门生卫临，他曾说徐婕妤脉象不稳，这一胎未必能母子平安。"他顿一顿，"徐婕妤是心思细腻、多愁善感之人，为了禁足一事寝食难安，影响了胎气。"

难怪皇后在把徐婕妤禁足后无所举动，原来她是吃准了徐婕妤会自乱阵脚。我心下微微发急："那能不能保住？"

温实初低头想一想："若徐婕妤能自安便是无碍。可若是心思太重，只怕……"

我心下明白，送走温实初，我吩咐浣碧："备些东西，咱们去一趟玉照宫。"

玉照宫是紫奥城北边一所宫室，不大不小，中规中矩的规制。玉照宫中尚无主位，位分最高的便是徐婕妤。因徐婕妤被禁足，出来相迎的便是仅次其下的德仪刘令娴。

刘德仪屈膝的瞬间眼圈已经红了，低声道："嫔妾参见莞妃娘娘，娘娘金安。"

我仔细留神，不由得唏嘘："数年不见，慎嫔已是德仪了。"

刘德仪含悲亦含了笑："娘娘故人心肠，还记得臣妾。"

刘令娴与我同年进宫，但七年来只进了一阶，可见也是早早失宠了。我见她神色悲苦，衣衫简约，颇有凄凉之色，心下更是明白了几分："这几年德仪当真辛苦了。"

我转头吩咐小连子："徐婕妤如今在禁足中，少不得缺些什么，你去挑一些绫罗首饰来，再照样封一份送到刘德仪这里。"

刘德仪慌忙道："娘娘如此，嫔妾怎么敢当。"

我和缓道："咱们又是同年入宫的老姐妹了，互相帮衬着也是应该的。"

刘德仪神色微微一黯，轻声道："娘娘心肠好，顾念旧情。可是有些人自己攀了高枝儿当了贵嫔，就全然不顾咱们同年进宫的情谊了。"

我知她说的是陵容，忙低声道："眼下不是说这话的时候。"

刘德仪省悟过来，道："娘娘是来瞧徐婕妤的吧。"她略显为难之色，"只是徐婕妤是皇上下旨禁足的，只怕不好探视。"

"徐婕妤怀着皇嗣，禁足只是为了避免冲撞太后与皇后，并不是犯了什么大罪，有什么不能探视的呢？"

我话说得和气，然而话中之意不容置疑。刘德仪忙笑道："娘娘说得是。嫔妾这就引娘娘过去。"

空翠堂堂如其名，草木阴阴生翠，并不多花卉，自苑中到廊下，皆种满了应季的唐菖蒲、蛇目菊、龙胆草与飞燕草，满院翠意深深。外头日晒如金，然而一进空翠堂，只觉自然而生凉意，心头燥热也静了下来。

万绿丛中，一名纤瘦女子背身而立，叹息幽幽："四张机。鸳鸯织就欲双飞。可怜未老头先白。春波碧草，晓寒深处，相对浴红衣。"念罢，悠悠长长地叹息了一句。

她念诵之时，仿佛有无穷无尽的哀愁凝蓄在里头，令人恻然。

我示意刘德仪出去，轻轻咳嗽了一声。转脸过来却是一名穿玉兰色纱缎宫装的女子，孱弱似一抹刚出岫的轻云。她的容颜并不十分美丽，只是一双秋水潋滟的浓黑眼眸在润白玲珑的面庞上分外清明，仿佛两丸光芒灿烂的星星在漆黑夜空里濯濯明亮。因在禁足之中，脸上几乎不施脂粉，唯见左眼眼角下一点暗红色的泪痣，似一粒饱满的朱砂。她的神情亦是淡淡的，整个人仿佛不经意地描了几笔，却有说不出的意犹未尽，恰如一枝笔直于雨意空蒙中的广玉兰。

她见是我，不觉一怔，低低道："傅婕妤……"

浣碧忙道："这是柔仪殿的莞妃娘娘。"

她愣了一愣，即刻省悟过来，于是恭谨欠身："玉照宫婕妤徐氏拜见莞妃娘娘。"

我搀了她一把，微笑道："妹妹有礼了。"

徐婕妤一双澄清眼眸悠悠看向我："娘娘……与胧月帝姬长得很像。"

"母女之间自然是相像的。只是胧月年纪还小，本宫自己却不太看得出来。"我微笑，"方才婕妤似乎把我认作了旁人？"

"是。今日得见娘娘，始知傅婕妤缘何受宠无比。"语毕微有黯然之色，摇头道："可惜了她。"

我环顾四周："婕妤这里别致，很让人觉得心静生凉。"

徐婕妤淡淡盈起恬静的微笑，那笑意亦像树荫下漏下的几缕阳光，自生碧翠凉意："好花不常开，好景不常在。嫔妾不爱那些四季凋零的花，倒不如多种些草木。"

她身边的宫女笑道："小主怎么这样站着和娘娘说得起劲呢，不若请了娘娘进去坐吧。"

徐婕好一笑："嫔妾禁足空翠堂已久，竟忘了待客的礼数了，还请娘娘宽恕。"又侧头向身边的宫女道："桔梗，亏得你提醒。"

于是一同进去，空翠堂里装点疏落，不大的居室内放了半架子书。徐婕好命一个叫黄芩的宫女奉了茶上来，目光落在我束好后仍显得微微凸起的腹部："娘娘也有快五个月的身孕了吧？"

她整个人瘦得不堪一握，更显得六个月的身孕格外突出。我含笑："婕好好眼力。"

徐婕好扑着素纱团扇，恬淡道："嫔妾这里是不该来的地方，娘娘怎肯踏足？"

我挽一挽滑落的缠臂金①，微笑道："本宫今日来看望婕好，一是本宫自己的本心，二是听皇上时时提起，十分挂心，所以来为皇上走这一趟。"

徐婕好眸光倏然一亮，仿佛被点燃了火苗的蜡烛，惊喜道："娘娘不哄我么？"

我笑道："若无皇上默许，本宫怎么敢轻易踏足禁足之地呢？"

徐婕好脸生红晕，如珊瑚绮丽，嫣然一抹："原来皇上并没有不在意嫔妾……"

"这个自然。"我指一指身后内监手上捧着的各色礼物，"这些是本宫送给婕好的，都是请皇上过了目的。"徐婕好双手爱惜地从礼物上抚过。我微微沉吟，"婕好禁足，皇上心内也十分不忍，婕好要体谅才好。"

徐婕好深深低首，安静道："太后和皇后乃天下之母，最为尊贵。嫔妾不幸危犯双月，禁足是应该的。皇上有孝母爱妻之心，嫔妾又怎会埋怨皇上呢？"

我瞧她的神色，像是真心体谅，只道："婕好方才作的《四张机》很好，可见婕好才学不浅，衬得起这满架书香。"

---

① 缠臂金：又称为扼臂、臂钏等，是一种我国古代女性缠绕在手臂上的装饰，它用金银带条盘绕成螺旋圈状，所盘圈数多少不等，两端另用金银丝编制成环套，通过它与钏体衔接后调节松紧。

徐婕妤柔和微笑：“娘娘饱读诗书，燕宜早有耳闻。今日相见，不知可否请娘娘赐教一二。”

我轻笑道：“哪里说得上赐教呢，不过是咱们姐妹间切磋一二罢了。”我抿了一口茶，“婕妤的《四张机》才情横溢，只可惜调子悲凉了些。婕妤现在身怀有孕，虽然一时被禁足困顿，然而来日生下一儿半女，不可不谓风光无限。”

徐婕妤望着堂中一架连理枝绣屏，惘然道：“嫔妾不求风光富贵。”说罢侧首微笑，“娘娘亦精通诗词，不如和一首可好？”

我沉吟的须臾，想起当年玄清入宫侍疾，作了《九张机》与我互为唱和，不由得脱口吟道：“四张机，咿呀声里暗颦眉。回梭织朵垂莲子。盘花易绾，愁心难整，脉脉乱如丝。”

徐婕妤眸中颇有赞赏之意，眉心舒展而笑：“皇上如此喜欢娘娘，果然不是没有道理的。”

我捧着茶盏，轻轻抿一口润喉，温和道：“本宫作这首《四张机》比拟婕妤，婕妤可觉得贴切么？”

徐婕妤微微一怔，道：“娘娘何出此言？”

“婕妤方才说不求风光富贵，其实不论求什么都好，总之腹中的孩子康健最要紧。本宫瞧婕妤赏花吟诗皆有哀戚之色，希望婕妤看人看事，也该积极些好。”我推心置腹道，“母体开怀些，孩子在腹中也长得好些，婕妤，你说是么？”

徐婕妤深深看我一眼，心悦诚服：“娘娘说得是。”

我恬和笑道：“婕妤不用这般客气。咱们都是一同服侍皇上的，婕妤若不介意，大可叫本宫一声姐姐，咱们以姐妹相称就好。”

徐婕妤脸色微微一红，欠身道：“那就谢过姐姐了。”

我走到那架连理枝绣屏处，驻足细看。连理枝干笔直光滑，枝头两只翠羽红缨比翼鸟儿交颈相偎，神态亲昵，道：“这是妹妹自己绣的绣屏么？好精细的功夫。”

徐婕妤微笑走上来道："嫔妾手脚笨拙，不过绣着打发时间玩儿的。若是说到刺绣功夫精湛，宫里又有谁比得上安贵嫔呢，连皇上近身的内衣鞋袜和香囊都是她亲手缝制的。"

我不觉诧异："妹妹的刺绣手艺那么好，难道皇上都不知道么？还是妹妹从没给皇上做过香囊鞋袜一类？"

徐婕妤神色一黯，勉强笑着抚摩绣屏上的比翼鸟，道："嫔妾手脚笨拙，皇上怎么看得上眼呢。在天愿做比翼鸟，在地愿为连理枝。这都是咱们闺阁女儿的一片痴心罢了。"

我笑："谁说痴心就不能成真呢。"我停一停，"做姐姐的送些金银绫罗给你也是俗气，不若把从前所书的一首《九张机》给你。"

"嫔妾愿闻其详。"

和着自己心事难以成双的轻愁薄绪，轻诵道："九张机。芳心密与巧心期。合欢树上枝连理。双头花下，两同心处，一对化生儿。"窗外凉风如玉，连吹进空翠堂的风也别有清凉莹翠的意味。我盈然浅笑，"本宫就以此诗，恭贺妹妹心愿得成。"

我扶着槿汐的手出去，回头见刘德仪躬身跟在身后，和颜悦色道："好好照顾徐婕妤吧。将来皇子顺利生下来，论功行赏也有你一份。"

刘德仪忙道："娘娘吩咐了，嫔妾一定谨记于心。"

回到柔仪殿，浣碧进了新鲜瓜果进来，陪我坐着纳凉。浣碧拿小银勺子挖了西瓜出来，那银勺子做成半圆，挖出来的瓜肉鲜红浑圆一颗，盛在雪白的瓷碟子里。

我用银签子签了一颗吃，浣碧打着扇子道："徐婕妤也怀着身孕，温大人又说七八成是位皇子，小姐何必还对她这么好？"

我闭目凝神片刻，轻轻道："你方才瞧见她念《四张机》的样子了么？"

浣碧低一低头，嘴角蕴了一点怜悯与同情之色："奴婢觉得徐婕妤念那诗的时候很伤心，她不得宠，怀了孩子又被禁足，实在可怜。"

我搁下手中的银签子，随手捋着帘子上一个五福金线如意结，缓缓道："我瞧着……仿佛徐婕妤对皇上一片痴心。否则，那《四张机》念出来不是那样一个味道。若她是真心喜欢皇上，那她腹中的孩子于她的意义就不同了，不是争宠的手段，也不是晋位的工具，而是她跟喜欢的男人的骨肉。"

浣碧瞧着我，静静道："小姐是由人及己了。"

我无声无息一笑："即便我知道她怀的是男胎又如何？若我生下的也是男胎，我并无意让他去争夺皇位，只想安静把他抚养长大。若是女胎，那就更无妨碍了。我又何必去和她斗得你死我活，何况我自己也是被人算计失过骨肉的，怎能忍心去害别人的？也算是明白她的一点痴心吧。"

浣碧专心剜着西瓜，冷然一笑："说实话，奴婢巴不得她生下个小皇子，狠狠和皇后斗一场。别叫皇后捧着别人的孩子当成自己的得意过头了。"

"她生不生得下来还是个未知数，若真生下来了，你还怕没得斗么？"我微微扬起嘴角，"不过无论为己为人，我都会保她生下这个孩子。"

正说着话，玄凌跨步进来，笑道："什么孩子不孩子的？"

我忙要起身请安，玄凌一把按住我道："又闹这些虚礼了。"

我娇笑道："臣妾正在说脚有些肿了，穿着内务府送来的鞋子不舒服，只怕肚子里的孩子也跟着不舒服。"

玄凌摘下我脚上的宝相花纹云头锦鞋，笑道："在自己屋子里便穿得随意些吧。"他扶起我的脚，捡起榻下的一双猩红面的软底睡鞋为我穿上，我口中笑着："怎么好叫皇上做这样的事情，浣碧怎么眼睁睁看着皇上动手自己干坐着。"

浣碧撇一撇嘴，笑道："皇上和小姐小两口打情骂俏，拉上奴婢做什么呢。"

玄凌拊掌大笑："被你主子调教得越来越会说话了——小两口？说得好！"

浣碧忙欠身谢恩，知趣出去了。

玄凌与我并肩躺着："听说你今日去了玉照宫，那么大的日头去那里做什么？"

我依着玄凌的胳膊躺着："徐婕妤和臣妾一样怀着身孕，臣妾安坐在柔仪殿里，她就被禁足伤心，想想心里也不忍。"

玄凌道："宫里的妃嫔见了她禁足都避之不及，唯有你还敢往里闯。"

我笑道："徐妹妹年轻，又怀着身孕，臣妾不过是代皇上去瞧她罢了，也好叫徐妹妹宽心，好好为皇上生下位白白胖胖的皇子来。"

玄凌揽了我的肩："难得你有心了。"

我微微凝神："钦天监说到星相是危月燕冲月，皇上不能不顾虑着太后和皇后，只是若是等太后和皇后大安了，皇上也该惦记着给徐婕妤解禁，臣妾瞧她面色不好，怕是多思伤身。"

玄凌脸色一沉："一群糊涂东西！虽是禁足，可朕也不许缺她什么，太医也日日叫看着，怎么还是这样呢？"

我婉声道："太医是治得了病治不了心，女儿家的心思还是要皇上多体贴着才好，何况徐婕妤又有着身孕。"

玄凌闭着眼枕臂而卧，随口道："朕何尝不想多体贴她，可是她见了朕多是安静。刚开始还觉得她温柔静默，可久了朕也觉得无趣。"

我含笑道："徐婕妤自有徐婕妤的好处，皇上长久就知道了。"

玄凌想一想，唤李长："叫小厦子收拾些徐婕妤素日爱吃的给送去，平日里往玉照宫多送些东西。"

用过晚膳送了玄凌出去，我扬一扬脸，示意槿汐请李长过来。

果然过了约莫半个时辰，李长进来，恭敬道："娘娘有何吩咐？"

我笑道："给李公公看座。"

李长忙道了声"不敢"，又道："皇上在欣贵嫔宫里歇下了，奴才才能过来，娘娘恕罪。"

我笑道："公公能抽空过来就好。"见他坐了，方含笑道，"也没什么要紧的事，只是想跟公公打听下徐婕妤的事。"

李长笑得眯了眼："婕妤小主也是个有福的，有了龙胎。只是她的福气怎么能跟娘娘比呢。"

不过是一句寻常的奉承话，却有着一个积年老宫人的精明与含蓄，我低头一笑："公公有话不妨直说，何必与本宫打哑谜呢。"说着回头吩咐浣碧，"公公一路奔波，想是还没吃饭，去叫小厨房下个鱼面来。"

鱼面要取云梦泽的青鱼烫熟，剔骨去皮留肉斩如泥，和在面粉里揉透了，切成面条煮熟，再浇上清鸡汤，是极费事的一道菜。我这样说，便是要留李长详谈了。

李长自然明白："婕妤并不十分当宠，她工于织绣，为皇上做了不少衣衫鞋袜。说句实话，有安贵嫔的绣功在，这些年来能送到皇上手里的几乎就没有，即便有那一两件，无人留心收拾，不过转眼就寻不着了。徐婕妤初入宫时不过是才人，皇上宠幸了一回之后晋了贵人，连个封号也没给。这样一忘就是一年多，后来皇上因五石散之事病重，徐婕妤还是婉仪，跪在通明殿为皇上整日整夜地祈福，人都虚脱得不成样子了，可是知情能做主的人不报上去，皇上又如何知道。"

"知情能做主的人……"我微微沉吟。

李长不动声色："皇后忙于为皇上忧心……后来还是太后为皇上身体复原欢喜那档上，敬妃与惠贵嫔婉转提了提，太后才叫升了容华。后来皇上隐约听说了，对徐婕妤颇为怜惜，虽然常去空翠堂坐坐，可若说宠幸也是断断续续的，这龙胎也是机缘巧合。"

正说着，忽见李长的徒弟小厦子行了礼进来，低低叫了一声"师父"，便垂手老实站着。

因今日是小厦子给玄凌上夜，李长微一蹙眉，斥道："什么事鬼鬼祟祟的，娘娘面前有什么说不得的。"

小厦子看我一眼，慌忙低了头，道："皇上本在欣贵嫔那里歇下了，谁知祺贵嫔那里闹将起来，说祺贵嫔因着阴气重梦魇，所以请了皇上过去。"

李长苦笑道："多少年了，还是这个样子。娘娘离宫后皇后说要修葺宫殿，所以将欣贵嫔挪去了宓秀宫与祺贵嫔同住，还让祺贵嫔做了主位。其实不过是想拿祺贵嫔压着是帝姬生母的欣贵嫔罢了。偏偏祺贵嫔性子更伶俐些，最会争宠。"

"本宫离宫前祺贵嫔就这个样子，怎么这些年脾气一点不改么？"

"欣贵嫔爱惜颜面，不肯轻易向外人道出苦处。皇后娘娘也是偏爱祺贵嫔的……"

暖阁中的一脉栀子花幽幽吐露芬芳，闻得久了，那香气似离不开鼻尖一般。我厌烦道："祺贵嫔的嚣张真是让人难耐。"我转脸吩咐李长，"既然祺贵嫔说梦魇，就给本宫赏赐一壶糙米珍珠汤给她，记得要拿五个海碗那么大的壶。"

珍珠是寻常的薏米仁，也就罢了。糙米是脱壳后仍没有仔细弄干净的米，口感粗，质地紧密，煮起来费时，即便煮熟了也难以下咽。

李长掌不住笑了一声，道："娘娘的主意好，可以杀杀祺贵嫔的骄气，又叫人挑不出错来。"

槿汐抿嘴儿笑道："祺贵嫔的梦魇要紧，也不必煮熟，滚了就拿过去吧。"

我大为不屑："皇上想必还在她那里，李长，你亲自拿了去。当着皇上的面她不敢不喝。不是梦魇么？就让她好好喝一壶，不许喝不完。"

李长忙躬身出去。

槿汐笑吟吟为我斟上新茶，道："娘娘这样做是大快人心，可是为何娘娘会对祺贵嫔这样动气，若在从前，娘娘必定一笑置之。"

我微微一笑："你且看着，我自有我的道理。"

到了第二日，宫中人人尽知我赏了祺贵嫔一壶糙米珍珠汤给她解梦魇，喝得她吐得起不了床。玄凌来看我时也不生气，只笑："你和祺贵嫔置什么气，她就是这样的性子，虽然张狂，倒也可爱。"

我对镜梳妆，只看着几缕发丝被浣碧扭在手里左旋右盘，灵动如鲜活一般，施施然道："皇上是想后宫以后都这样明争暗斗成风呢，还是要欣贵嫔一样好性子的都受了委屈才高兴？"

玄凌握着我的肩笑道："欣贵嫔虽然委屈，倒也没说什么。何况这些事怎算得上明争暗斗呢，嬛嬛，你未免言重了。"

我看着浣碧梳成灵蛇髻，将碎发都用茉莉水抿紧了，又在头发里埋进几朵茉莉花，只闻其香不见其形，在蛇口处嵌了一枚硕大的熠熠明珠，再不加多余的妆饰，干净清爽。我正色道："皇上岂不闻千里之堤溃于蚁穴。皇上以为不过纵容祺贵嫔几次，却不想后宫众人以后都会群起而效之，欣贵嫔一流日久难免会心生怨恨，而祺贵嫔之流则恃宠而骄。如此一宫不宁则后宫不宁，长久下去岂非成了大祸。"我见玄凌若有所思，又道，"而且皇上明明是翻了欣贵嫔的牌子，祺贵嫔却拿腔作势。她若真梦魇了就叫太医治着，非要这样劳师动众。皇上日日都要早朝，岂不是连朝政也被祺贵嫔误了。若太后知道了，还要怪皇上不懂得保养自己，又生了事端。"

玄凌若有所思，含了一抹笑色，道："朕一时纵容了祺贵嫔的气性，倒生出这许多不是来。"

我微笑道："哪里是皇上的不是呢，是祺贵嫔太任性了。"我叹了一口气道，"说到底祺贵嫔进宫也这么些年了，还这样不懂事，当真叫人无可奈何。臣妾虽然对她略做告诫，却不知她能否引以为戒。"

玄凌略略沉吟，道："如你所说，朕是该对祺贵嫔略施薄惩，也对欣贵嫔加以安慰。"他拉我的手，赞许道，"嬛嬛此行，很得大体。"于是当下便吩咐停了祺贵嫔三个月的俸禄，又赏了欣贵嫔东西聊表安慰。

此事一出，后宫风气顿时有所改善，甚少再有妃嫔敢恃宠而骄，撒娇撒痴。连眉庄来看我时也笑："太后知道了很欣慰呢，不住口地赞你。"

我与眉庄携手而行，走在上林苑纷灿的花树下，淡然微笑："太后也知道了？"

眉庄道："合宫里还有谁不知道的。莞妃娘娘好大的气势，一下子便压住了后宫争宠倾轧之风。太后原本还对你心存疑虑，现下也一万个放心了。"

我侧首道："你哪里晓得我的为难之处，若不拿祺贵嫔做样子，难免太后总对我心存疑虑，怕我狐媚惑主，现在动手张扬了，少不得更有人把我恨成眼中钉。"

眉庄凝眸道："讨太后喜欢才最要紧。"

我屏住嘴角将要扬起的笑容，淡淡道："在太后眼里，我这些不过是雕虫小技罢了，哪里上得了台面。何况后宫倾轧之风哪里能压得住呢，不过能有所收敛罢了。"然而我心里真正在意的却是太后的态度，祺贵嫔之事一则是为打压后宫倾轧之风，让妃嫔有敬畏之心，不敢轻易造次；二则正如眉庄所说，没有了太后的疑虑，我才真正如挣脱了束缚的游鱼，也真正巩固了自己的地位。

想到此节，我兀自淡淡微笑了。

此时的上林苑花色纷繁，绕过假山，忽然听得一把尖细而刻薄的嗓音，她的言语尖刻而流利，像刀尖划过皮肤一般流畅："倒霉了连走路也不顺，好好的踩一脚泥！"

像是宫女在劝："娘娘别生气，平白气坏了身体。"

"吕盈风这个贱妇，平时看她不声不响的，一转眼倒学会去旁人面前告状了，当真是会咬人的狗不叫！"

宫女在好生劝说："娘娘且忍一忍吧，现下连皇上也偏帮着欣贵嫔，给莞妃撑腰，娘娘这样抱怨只会气坏了自己的身子。"

祺贵嫔冷哼一声："莞妃算什么东西？不过皇上还愿意看两眼她那副妖媚样子，就拿出妃子的款儿来作践我。也不瞧瞧她自己是什么东西，在佛寺里还不安分，绞尽脑汁勾引皇上，以为大了个肚子有什么了不得么？总要叫她知道我的厉害！"

眉庄摇摇头，我只一笑，扬声道："你有多厉害本宫不知道，本宫只晓得隔墙有耳，祺贵嫔还是善自珍重的好。有这会子骂人的工夫还不如多吃几碗糙米珍珠汤，好好治一治梦魇的毛病。"

祺贵嫔的声音十分恨恨："莞妃……"

半晌无声，小允子悄悄绕到假山后一看，笑得打跌："没有人了，想必听见娘娘出声已经吓跑了呢。"

我不屑一顾："她这样外强中干的性子，是要给她个厉害才好。"

眉庄握住我的手："不要生气。"

我从容笑道："当然。姐姐，任何时候，我们都不要为不值得的人不值得的事费时间费心力。"

眉庄一笑颔首，与我结伴离去。

壹伍　锦囊计

　　皇后病着，祺贵嫔又被勒令闭门思过，皇后身边也只有一个安陵容，偶尔也为皇后做一些分赏之事。因玄凌提过照应玉照宫之事，皇后也格外上心，不时挑了些衣料吃食送去。这一日众妃嫔给皇后请安事毕，皇后便让收拾了一些古玩送去玉照宫。因徐婕妤有了身孕，皇后为表郑重，也不叫剪秋、绣夏等大宫女送去，只嘱咐了安陵容。

　　我见陵容出来，便道："妹妹可是要去玉照宫？"

　　陵容满面含笑，亲热道："正是。皇后吩咐了要交到徐婕妤手里的。"

　　我随口道："左右我也要去走走散心，不如陪妹妹到玉照宫门口吧。若是妹妹愿意，我宫里有新到的好茶，妹妹可愿意一起来烹茶闲话？"

　　陵容笑吟吟道："那自然好。不过得劳烦姐姐等我完了这趟差使才好。"于是言笑晏晏，携手并行。仿佛还是在从前刚入宫的时候。青葱的岁月里，我与陵容也是这样的交好。而如今，世事变更，人心也尽数变了，变得残破而可怖，充满功利与计算之心。这样的笑容下，再不是年少时的真心单纯，而是虎视眈眈的你死我活。

如此想着，玉照宫的路仿佛很近，几步便到了。我站在门外，看着刘德仪迎了安陵容进去，笑道："徐婕好在禁足中，我不便进去，在这儿等你就是了。"

陵容逗留良久出来了，刘德仪陪在一边，连打了几个喷嚏，双手情不自禁地抓着身体，似乎浑身发痒，十分难耐。

我关切道："刘德仪怎么了？好似很不舒服的样子。"

刘德仪不顾仪态，双手乱抓，样子十分痛苦，道："嫔妾身上突然很痒，实在失仪。"

此时端妃恰巧领着温宜经过，见刘德仪这个样子，不由得驻足："像是吃坏了东西过敏了，赶紧叫太医来看看。"

最近的太医，便是伺候在徐婕好身边的卫临。他疾步赶出来，请过刘德仪的手臂一看，道："是过敏了，只是不见有疹子发出来，倒也不严重。"又问，"请问德仪对何物过敏？"

刘德仪边想边道："鱼虾都碰不得的。"她微微蹙眉，似乎有些避忌，"还有麝香。"

"那请问小主这两日食过鱼虾没有？"

刘德仪摇头道："我既知碰不得，又如何会去食用呢。"

卫临神色微变，看了我与端妃一眼，道："此事颇为蹊跷，两位娘娘的意思是……"

我与端妃对视一眼，端妃肃然道："既无鱼虾，那就牵涉了麝香。刘德仪方才去了徐婕好处，徐婕好又是有身孕的，断断疏忽不得。本宫这就遣人去回禀皇上，玉照宫中人等一例不许走动，全都留在此处彻查。"端妃停一停，"本宫是晚来的，自然没有牵涉其中，那么此事就由本宫做主。"她的目光落在我与安陵容身上，"委屈两位妹妹也要查一查了。"

端妃入宫最早，言行颇有分量。一时间在场人等都被看管了起来。不多时玄凌和敬妃都赶了过来。玄凌见一切如仪，纹丝不乱，不由得向端妃露出赞许的神色。

端妃脸上微微一红，很快别过头去，道："众人皆已在此，皇上可安排人彻查了。"

玄凌点一点头，关切道："嬛嬛，你也怀着身孕，没有什么事吧？"

我低声道："臣妾并没有觉得不适，想来不会受什么影响。皇上放心就是。"

他转脸问卫临："徐婕妤呢？可有什么损伤？"

卫临道："徐婕妤向来身子弱些，现下有些心悸头晕，还未知是什么原因。"

玄凌脸色微硬，目光扫过安陵容、刘德仪与侍奉徐婕妤的宫女桔梗、黄芩、赤芍和竹茹道："如此，你们就由端妃安排着一一搜检吧。"他的目光划过安陵容的脸庞时不自觉地带上了一抹怜惜与温和，"容儿，委屈你了。"

安陵容微显苍白的脸色显得她越发形容绰约，她盈盈道："臣妾并不委屈。"

端妃微微咳嗽了一声，向玄凌道："既然莞妃也在此，少不得也有嫌隙，若撇开她一人不查，岂非不公？"

玄凌看她一眼："莞妃有着身孕，躲麝香都来不及，怎么还会用？"

端妃不卑不亢，只道："既然在场，就一起查一查，也好免了旁人揣测。"

玄凌还要说什么，我已福了一福，道："端妃姐姐说得有理。臣妾既染了是非之事，为免是非，还是查一查好。"

玄凌不再说什么，只叫端妃看着我们一一摘下身上佩戴的饰物搁在紫檀木盘子里让卫临搜检，又请来皇后身边的刘安人一一察看是否有涂抹带麝香的脂粉。

不过一盏茶时分，卫临举起一个香囊嗅了一嗅，眉毛一挑，附在玄凌耳边低声说了几句。玄凌脸色微变，道："那个香囊是谁的？"

盘里托着一个金累丝缀花结香囊。安陵容的脸色遽然变得雪白如纸，她慌忙跪下，吃吃道："是臣妾所有。"她仰起头来，一双含泪的大眼睛泪光闪烁，楚楚可怜。

玄凌犹自不信，问道："果真是你的？"

陵容惶然道："是。"

玄凌冷着脸问赤芍："最近有谁常来看你们家小主？"

赤芍磕了个头，道："只有安贵嫔常常奉皇后娘娘之命送东西来，偶尔也陪小主说几句话。"

玄凌登时大怒，随手扬起香囊砸到安陵容脸上，喝道："你佩带装有麝香的香囊接近徐婕妤，究竟居心何在？"

香囊虽小，然而玄凌激怒之下一击之力甚大，香囊掷到安陵容的发髻上，她的发髻立时堕倒，青丝纷纷散落了下来。玄凌怒气更盛："朕一向看你温顺安分，这些年来待你不薄，连出身世家的妃嫔都未必及得上，你还做出这样伤天害理的事来？"玄凌胸口起伏未定，众人也不曾想到会是陵容，俱是面面相觑。

我婉声道："皇上切莫太生气了，看气坏了龙体可怎么好？"一面又看卫临，"卫太医可察看清楚了么？这可是大事，关系皇上的子嗣和妃嫔的清白，断断不容有错。"

卫临躬身行礼，颇有一丝自负，道："微臣自信麝香之味是断断不会闻错的。"

一时间众人皆是鸦雀无声，端妃长叹一声，悠悠道："安贵嫔，你何以这样糊涂呢！"

安陵容也不辩白，只一味地垂首哭泣不休。玄凌更加厌烦："你还有什么话好说？这几年你在朕身边虽无所出，但是朕也没有说过你半句，何以你还要心存嫉妒，去害别人的胎儿，当真叫朕失望！"

陵容默默哭泣半晌，突然晕厥了过去。我心下狐疑，以陵容在玄凌心里的分量，何以一句也不为自己辩白。

宝莺和宝鹊慌忙扶住了陵容，手忙脚乱地去掐人中捏虎口。玄凌又是气恼又是失望，一时也不发话叫身边的卫临去照看安陵容。

横斜里骤然冲出一个人来，抢过紫檀木盘子里的香囊，双手高举膝行到玄凌面前，大哭一声道："皇上明鉴！"却是陵容的心腹宝鹊，她伏在玄凌脚下，高声道，"皇上明鉴，这香囊虽然是我们家娘娘贴身所用的，也随身佩带了两三年，却不是我们娘娘自己做的！"

玄凌一时有些愕然，道："那是哪里来的？"

宝鹊把香囊高举到玄凌面前，哭诉道："请皇上细看，娘娘曾做了不少绣活送给皇上，皇上应该看得出来这香囊上的针脚不是娘娘自己的绣功。奴婢记得这还是前两年杨芳仪送来的，娘娘瞧着绣样好看，一直贴身带着。谁承想里头是有麝香的！方才皇上说娘娘在皇上身边多年未有生育，太医又说里头有麝香，娘娘才发昏晕了过去——娘娘不曾生育，安知不是这香囊里麝香的缘故！"

玄凌一时愕然，一壁叫小厦子去传杨芳仪来，一壁向卫临道："糊涂！还不快去看看安贵嫔怎么了。"

端妃退后两步，不动声色地向我看了一眼，暗示我不要露了神色。我心下也是惊愕，此事之峰回路转大出我意料，一时间连刘德仪也呆住了，悄悄退到一边不作声。

杨芳仪很快被叫了来。她也是近年来在玄凌身边颇为得脸的妃嫔，长得也好，很有些闺秀风范。她尚不知是什么事，只安静行了礼，向玄凌温柔一笑。玄凌也按捺住了暂不发作，只把香囊递到她面前，道："这可是你做的香囊？"

杨芳仪仔细看了看，疑惑道："是臣妾所做，几年前送给安贵嫔的。作为回礼，安贵嫔也送了臣妾一个扇坠子。"说着解下手中团扇上的玉色小扇坠子，递到玄凌手中。

玄凌十指发白，紧紧捏住那枚扇坠子负手在身后。玄凌面无表情，只问："你可看清了，这香囊真是你做的，没有假手于旁人么？"

杨芳仪越发不解，只恭顺答道："是。当年安姐姐送了扇坠子给臣妾，臣妾为表感激，是亲手做的。"

宝鹃发疯一样指着杨芳仪哭喊道："是你！是你！若不是因为你，娘娘怎么会一直没有孩子！"

杨芳仪不解其意，只是看见宝鹃那样的神情，也是骇然，指着宝鹃惊道："你……你说什么？怎敢对我这样无礼？"

杨芳仪这样的神情更叫玄凌生疑，然而他犹未全信，迟疑道："梦笙，这香囊里的麝香真是你放的么？"

杨芳仪大惊失色，慌忙跪下道："臣妾并不知道什么麝香呀！"

宝鹃一脸护主的激愤与忠义，道："杨芳仪适才说了，这香囊是她亲手所制，并无旁人插手。若不是杨芳仪下的麝香让我们娘娘一直未孕，难道会是娘娘自己下的麝香想不要孩子么？"

宝鹃的这一声质问让玄凌神色大为震动，怒色愈盛。杨芳仪张口结舌："臣妾没有要害安贵嫔啊！"

正当此时，陵容在卫临的银针扎穴下"哎哟"一声悠悠醒转过来，她泪眼迷蒙，轻轻呼道："皇上……"

玄凌大步上前扶起她，颇有愧色："容儿，你可好些了么？"

他这句话甫一出口，我与端妃对视一眼，皆知今日这一番功夫算是白费了。我暗暗发急，向玄凌道："此事蹊跷，若真是杨芳仪所为，她何必坦然承认是自己所为，推脱干净岂不更好？"

宝鹃忙道："娘娘细想，咱们都知道这香囊是杨芳仪亲手做的，她无可抵赖。若一口推得干净反而落了嫌疑，若自己认了，还可推说是旁人插手了。"

端妃望一眼跪在地上哭得梨花带雨、瑟瑟不已的杨芳仪，轻声向玄凌道："杨芳仪虽然是亲手制成的香囊，然而已经两年多了，或许到了安贵嫔手里后又有旁人碰过也未可知，未必是杨芳仪做的手脚。"

陵容倚在玄凌怀中，柔弱无依："臣妾所有贴身佩戴的饰物一向都是由宝鹃打理，她很稳重，绝不会有什么闪失的。"

宝鹃亦道："这个香囊娘娘一向很喜欢，若不是随身佩带着，就交由奴婢保管，再不会有旁人碰到的，连宝莺和宝鹊也不会。"

杨芳仪慌得连连辩解。玄凌恍若未闻，一手扶住陵容，一手缩起她散落的头发疼惜道："方才你怎不告诉朕这香囊是杨氏送给你的？叫朕这样误会你。"

安陵容依旧垂泪不止："臣妾被人暗算多年而不自知，只顾着自己伤心了。臣妾命薄，无福为皇上诞育子嗣，还因自己的缘故险些牵连了徐婕妤腹中胎儿。幸好刘德仪对麝香敏感而发觉得早，若真是伤到了徐婕妤，臣妾真是罪该万死。"

玄凌的怒意在这句话后再次被挑起，他冷冷转头向李长道："把杨氏带下去吧。"

李长恭谨道："请旨……"

玄凌的话语简短而没有温度："褫夺位分，先关进复香轩。"李长大气不敢喘一声，忙张罗着小内监带着已经吓呆了的杨芳仪下去了。

我按住心底所有的情绪，柔声道："到底是徐婕妤受了惊，皇上可要去看看她安慰几句？"

玄凌迟疑片刻，望着怀中弱不禁风的陵容，道："朕先陪容儿回去，等下再回来看徐婕妤，这里先叫太医好生看着。"

我答应着，眼见她们都走了，刘德仪怯怯走到我面前，低低道："娘娘……"

我忍气温和道："回去吧。等下再让卫太医帮你瞧瞧身上的疹子。"

刘德仪点一点头，回转身去，忽然失声道："徐婕妤……"

不知何时，徐婕妤已经半倚在玉照宫门内，凄楚得似一片无人注目的落叶。她在禁足之中，无旨不得出玉照宫半步，但她到底也没出宫门，算不得违抗圣旨。她嘴角含了一抹凄凉的微笑，驻足看着玄凌拥着陵容离开的身影，眼下的一点泪痣鲜红如血珠一般。

我上前搀住她的手，道："妹妹受惊了，好好进去歇息吧，免得伤了孩子。"

徐婕妤的微笑淡淡在唇边绽开，声音哀凉如冬日里凝结的第一朵冰花，茫然道："娘娘都知道嫔妾受惊了，皇上怎么就没有想到呢？"

心口拂过一丝浅薄的难过，我好言安慰道："皇上等下就会来看你的，婕妤别多心。"

徐婕妤只是一味微笑，她的笑容看起来比哭泣更叫人伤感："那么，今日怀着孩子受惊的究竟是嫔妾呢，还是安贵嫔？皇上，他到底是不在意嫔妾的啊……"

她的伤怀叫我想不出安慰她的话，依稀很久以前，我也曾为了玄凌的一言一行而哭泣难过，心思牵动。只是，那是多久以前的事了。

眼前的徐婕妤，恰如那一年的我，心思至纯，为情所动。我招手让竹茹取了一件披风出来，亲自披在徐婕妤身上，婉声道："妹妹进去吧，伤了自己的身子不值得。"

徐婕妤抚着自己的肚子，低低道："是，我只有这个孩子了。"话未说完，身子往后一个趔趄，已经晕了过去。

幸好卫临就在近旁，我与端妃也顾不得嫌隙，手忙脚乱扶了徐婕妤进空翠堂。卫临搭一搭脉，神色顿时黯淡了下来，低声向我道："婕妤小主脉象混乱微弱，是受了打击心志受损的缘故，且伴有胎动不安之绾。只怕孩子会保不住，大人的母体也会损伤……"

端妃慨叹一声，痛惜道："又是一个可怜人。"

我急火攻心："你是太医，必然能治。再不然，叫温实初来，你们一同来治。若保不住徐婕妤和胎儿……"我直瞪着卫临，"本宫要你拿命来抵！"

卫临一惊，忙道："微臣必当竭尽全力。"

"不是要你竭尽全力，是要你一定保住她们母子两人！"

"是。"他沉吟片刻，朗然道，"那么请温太医一同到此斟酌。"

我头也不回吩咐浣碧："去请温太医到空翠堂，就说本宫以当年托付端妃娘娘一般把徐婕妤托付给他，他自然知道分寸。"

端妃在旁神色惊动，转瞬平静了下去，道："有太医在这里，咱们就别在旁吵扰了，先回去吧。"又吩咐黄芩，"赶紧去回禀皇上一声，说徐婕妤不大好，请皇上即刻来看。"

我扯一扯端妃的衣袖，压低了声音道："姐姐糊涂了，皇上现在在她那里，黄芩一个宫女怎么能请得来，不如叫黄芩把话传给李长，叫李长去请。"

端妃点头道："黄芩，你可要记牢，快去吧。"说着看我一眼，"你随我回披香殿。"说罢径直走了。我吩咐桔梗几句，才选了另一条小路去了披香殿。

到披香殿时，端妃已经泡好了茶水等我了，茶香袅袅之间，让人浑然忘却了方才的种种心机较量，紧绷的神经也渐渐松弛下来。

端妃她笑吟吟向我道："桑菊茶是最下火的，我知道你生气。"

我反问："姐姐不生气么？"

端妃微微一笑："生气归生气，我也只当看好戏罢了。这一次虽不能助你扳倒她，却又何必认真生气呢？"她叹，"只可怜了杨芳仪，无端背了这个黑锅。"

"我与杨芳仪并不熟识，也不了解她为人。姐姐认为她当真无辜？"

端妃点头，清亮的眼眸盈盈有神，低声道："杨芳仪性子很好。"她停一停，"连蚂蚁都不舍得踩的女子，得宠是很应该的。"

我想起敬事房彤史上的记录，不觉感叹："她飞来横祸，只怕是因为得宠的缘故吧。"

端妃脸上泛起凄楚的冷笑："这些年里，连你、连过去了的华妃和傅婕妤，多少得宠的妃嫔都没有好下场。屹立不倒的唯有一个安陵容，可见她的厉害。"

我微微冷笑："安陵容这一招连消带打、借刀杀人真是用得精妙，我自叹弗如。"

"的确很妙。"端妃凝眸于我，"你我算计良久，她自然不会早早就料到咱们突然发难，能机变至此，是咱们小觑她了。"

我沉吟良久，目光只望着端妃窗外的荫荫绿树微微出神，浓荫青翠欲滴，仿佛就要流淌下来一般。"不是的，她一直就是想嫁祸杨芳仪。"我转过脸来，缓缓道出心头所想，"我早告诉过姐姐，她香囊中的气味和她从前给我的舒痕胶完全一样，所以我断定有麝香在里头。"心似被谁的手一把拧住了，我沉痛道，"我当年小产固然有华妃之失，然而归根结底却在舒痕胶上。所以我再次闻到这个气味的时候，比谁都警觉。每次安陵容与我说话的时候都很靠近我，并且都佩带着这个香囊。而不与我接近的时候，我留意到她并不佩带这个香囊。所以我揣测，她佩带这香囊不过是想故技重施而已。能让我落胎更好，即便不能落胎而被人发现时，她也可以把所有的事都推到杨芳仪身上，就如今日一般。所以无论我是否落胎，杨芳仪都迟早会被陷害，只不过是一箭双雕和一箭一雕的区别罢了。"

端妃明了，默然道："我们原本是要刘德仪引出安陵容的麝香香囊，没想到安陵容一口引出香囊为杨芳仪所赠，害自己多年不孕，又借自己危害别的妃嫔的胎儿。如此重罪之下，杨芳仪根本百口莫辩。因为孩子才是后宫女人立足的根本，任谁也不会觉得一个受宠的妃嫔会自己带着麝香避孕。"

我心情沉重如落索的黄叶："所以，不仅能除去得宠的杨芳仪，连安陵容自己也会更得怜惜而固宠，当真是一举两得之事。"

端妃淡漠得没有一丝表情："可是否除去杨芳仪，对安陵容来说并非紧要的事。"

"姐姐这样聪明，岂不闻借刀杀人——自然也有人借了安陵容的手。"

端妃瞑目片刻，一缕凉意蔓上她清秀的眉目："我只不明白，安陵容为何未有生育？"

我的笑意渐深："皇后不允，她如何能生？"

"也是。她能在宫里立足至今，也是有皇后提携的缘故。只是今日一番功夫，咱们算是为他人作嫁衣裳了。"她停一停，意味深长地看着我，"本来这事该让敬妃帮你，怎么倒来找我？"

"敬妃与我一向亲近，又有胧月的一层关系，倒是束手束脚地叫人疑心。而姐姐从来甚少理事，偶尔在大事上管上一管也是合情合理的。"

我嘴上这样说，心里却隐隐不快，有一层缘故并未向端妃说出口，便是敬妃已经一连数日不曾将胧月带来柔仪殿了，却闻得她向皇后请安的时候多了起来。

端妃"嗯"了一声，望向窗外阴阴欲雨的天色："也不知道徐婕妤这孩子能不能保得住？唉！"

有剧烈的风四处涌动，乌云在天空荡涤如潮，似乎酝酿着一场夏季常见的暴风雨。我幽幽叹息了一声，再无他话。

夜雨 | 壹陆

雷雨是在夜幕降临时分落下的，潇潇的清凉大雨浇退了不少闷热压抑之气。我在榻上听着急雨如注，心中烦乱不堪。槿汐劝道："万一娘娘也伤了身子，不是更加亲者痛仇者快么。"

等了良久，才见竹茹满身是雨地跑了进来，慌道："我们小主一直昏迷不醒，温太医和卫太医都急得很呢！"

我起身问道："皇上呢？可到了玉照宫了？"

竹茹满身是水，从裙角淅沥滴落，头发都黏成了几绺粘在雪白的脸上。她急得快要哭出来："没有，黄芩去了好几趟了，连李公公都没有办法。皇上只在景春殿守着安贵嫔，怕还不知道呢。"

"皇后知道了么？"

竹茹咬着唇道："皇后身体不适，奴婢根本进不了凤仪宫。"

我沉思片刻，唤过槿汐："叫人打伞备下车轿，咱们去见太后。"我一壁吩咐浣碧去请眉庄同往，一壁又叫小允子和品儿去请端妃、敬妃前往景春殿叩见玄凌禀告此事。

我向竹茹道："赶紧回空翠堂去守着你家小主。婕妤在禁足中，你这样跑出来罪名不小。"

竹茹急得脸色发青，道："刘德仪偷偷放奴婢出来报信的，小主出了事咱们做奴婢的还有好么？拼一拼罢了！"

我点头，道："你倒是个有志气的。"

她福一福，道："空翠堂人手不够，奴婢先告退了。"说罢转身又冲进了雨里。

我换过衣裳，冒雨到了太后的颐宁宫前，正巧眉庄也到了，我略略和她说了经过，眉庄微一沉吟，道："这事关系她们母子的安危，我不能袖手旁观。"当下便让白苓去敲宫门。

白苓才要上前，小允子撑着伞赶来，顿足道："启禀娘娘，复香轩传来消息，杨氏吞金自杀了。"

我大惊失色："还能救么？"

小允子摇头道："宫女们发现的时候身子都凉了。"

眉庄奇道："事情并非半分转机也无，怎么她倒先寻了短见！"

我恻然："又是一个枉死的，这后宫里又添一缕新魂了。"

眉庄亦是黯然。此时风雨之声大作，如孤魂无依的幽泣，格外悲凉凄厉。我身上一个激灵，转头叮嘱小允子："去告诉通明殿的法师，叫他们悄悄为杨氏超度了吧。"

眉庄惋惜地摇了摇头，携着我的手拾裙而上。迎出来的正是芳若，她满面诧异："这么大的风雨，两位娘娘怎么这时候过来了？"

我浅笑中带了一抹焦虑："请姑姑去通传一声，说臣妾有要事要面见太后。"

芳若见我的神情便知要紧，连忙进去了，片刻后又出来道："太后请两位娘娘进去说话。"

夜来风雨凄凄，太后早已卧床将养，见我与眉庄衣衫头发上皆是水珠，不觉心疼责备："有什么话不能明日说，这样下着大雨，眉儿你一向身子不好，莞妃又有着身孕，出了事叫谁担待着。"我与眉庄慌忙跪下，太后皱了皱眉道："动不动就跪做什么？芳若取椅子来。"

我与眉庄谢过，斟酌着如何开口不会让太后着急受惊，又能说清事情的严重。眉庄看我一眼，我只得向太后道："臣妾深夜赶来惊扰太后，只因太医说徐婕妤的胎似乎不大好，皇后也病得厉害，皇上又忙于政务一时赶不过去，因而只能来求告太后。"

太后一震，脱口道："徐婕妤？那孩子如何？要不要紧？"

眉庄忙劝慰道："太后安心就是，温太医和卫太医都在玉照宫呢。"

太后沉吟片刻，沉声道："若真的太医都在就能无事，你们又何必深夜冒雨前来？"太后的目光中闪过一轮清湛的精光，"徐婕妤虽在禁足之中，然而一切供应如常，为何还会突然不好了？"

我只得将今日发生之事拣要紧的讲了一遍，故意把玄凌在安陵容处而未知徐婕妤一事掩了下去。

太后若有所思，冷笑道："这后宫里可真热闹，哀家一日不出去就能发生这许多事。好好一个杨芳仪，真是可怜孩子。"太后略略一想，"皇上一向重视子嗣，即便有什么国家要事也会放下了赶去，怎么还不见消息？究竟是怎么回事？"

眉庄简短一句："端妃、敬妃已去景春殿求见皇上了。"

太后已然明了，轻哼一声，向孙姑姑道："从前看安氏倒还谨慎小心，如今也露出样子来了。"说着便叫孙姑姑，"扶哀家起来，咱们一同去看看。"

眉庄忙劝道："外头风雨大，太后派孙姑姑去瞧也是一样的。"

太后恍若未闻，淡淡道："子嗣固然要紧，只是宫里不能再出一个傅如吟了。"

太后的凤辇到达玉照宫之时，玄凌也恰巧赶到。见太后亦在，玄凌忙赔笑道："母后怎么来了？这么大的雨，不如儿臣送母后回宫。"见我亦陪在身边，虽当着太后的面，仍忍不住道："嬛嬛，你有着身孕，这样风里来雨里去的，若伤了孩子可怎么好？"

我忙要欠身答允，太后已然笑道："皇帝只记着莞妃的孩子，怎么忘记了玉照宫里的徐婕妤也怀着皇上的孩子。皇帝此刻才想到子嗣要紧，那么方才都在哪里呢？"

玄凌一时讷讷，忙笑道："安贵嫔今日受了惊吓，儿臣看望她时一时误了，并不晓得徐婕妤身子突然不好。"

太后依旧微笑，而那笑意里含了一丝森冷，道："如今的内监宫女们越来越会当差了，出了这样的事竟不晓得要即刻禀告皇帝。"

服侍徐婕妤的桔梗早已随刘德仪迎在了宫外，见太后这般说，忙道："奴婢们跑了几回景春殿都不能面见皇上，连李公公也传不进话去。"

太后含了几分厉色："果然哀家所知不虚。到底是景春殿的人欺上瞒下呢，还是皇帝无心关怀玉照宫之事？"太后不容分辩，冷冷道，"皇帝自然是不会错的，错的是下边的人。去传哀家的意思，景春殿上下人等皆罚俸一年，小惩大戒。"

太后身边的内监旋身去了，只余玄凌侍立在旁，尴尬道："母后所言极是，只是儿臣当时牵挂安贵嫔，所以……"

太后不置可否，只道："那么是一个嫔妃的性命要紧呢，还是子嗣要紧？"太后眉目蔼然，语气已转如平日的温然慈祥，"外头雨大，皇帝随哀家一起进玉照宫吧。"

玄凌扶住太后的手进去，我与眉庄、端妃和敬妃尾随其后。

空翠堂的内室里，徐婕妤仿佛虚脱了一般，委软在床上，孱弱得仿佛随时都会被风吹走一般。徐婕妤人事不知，良久，只低低唤一声："皇上……"

玄凌并非不关心子嗣，此刻亦是心疼焦急，上前拉住徐婕妤的手道："燕宜，朕在这里。"说罢向卫临低喝道："白日里还好好的，到底是怎么回事？"

卫临低首道："小主是郁结难舒，加上今日情绪大变，便一直发烧不止。再这样下去，恐怕……"

玄凌微有怒色，叱道："糊涂！既然发烧，何不用退烧的方子。"

卫临面有难色，道："徐婕妤已有六个多月的身孕，不能随意用药。而且……婕妤身体孱弱，喂下去的药都吐了出来，根本咽不下去。"

卫临回话的须臾，徐婕妤清秀的面庞痛苦地扭曲了一下，低低唤道："皇上……"

敬妃的手试探着抚到徐婕妤的额头，惊道："怎么这样烫！"

太后扶着孙姑姑的手，一手执了一串佛珠，念念有词。片刻叹息道："也是个苦命的孩子。"

温实初请出太后与玄凌，低声请示："请恕微臣直言，徐婕妤若一直吞不下药去只怕有性命之忧。若到万不得已时，母体与胎儿只能择其一保之，请问太后与皇上的意思是……"

玄凌略略沉吟，微有不舍之态，然而不过片刻，唇齿间含了凌厉决绝的割舍之意，道："要孩子！"

玄凌说得太急，太后微微横了他一眼，捻着佛珠道："徐婕妤的胎已经有六个多月了，若要强行催产，大约也能安然养下来。皇上膝下子嗣不多，皇家血脉要紧。能保全大小就要尽力保全，若不能……你们该明白怎么做。"

太后说得缓和而从容，我站在旁边，身上激灵灵一冷，几乎从骨缝内沁出寒意来。眉庄眸光悲凉，低首望着地上。端妃一脸凄楚之色，只把身子掩在敬妃身后，二人皆是默然。我趁着众人不注意，悄悄拉住退下的温实初，低低郑重道："一定要保住两个。"

温实初颔首，眼中掠过一丝悲悯："我明白。"

折腾了半晌，太后面上倦色愈浓，眉庄扶住太后，婉声劝道："太后先回宫歇息吧，这边有了消息臣妾会立刻遣人禀告太后。"

太后久病之后精力已大不如前，便道："也好。"她转头嘱咐玄凌：

"皇帝在这里好好陪陪徐婕好吧。倘若真有不测，也是皇帝最后一次陪她了。"

这话说得凄凉，我亦酸楚难言。玄凌垂眸答应了。太后顾念我与端妃的身体，只叫先回去歇息，留了敬妃和眉庄陪伴玄凌。

我回到柔仪殿，浣碧和槿汐上来服侍着我换过了干净衣裳，又端了热热的姜汤上来。槿汐见我一脸伤感之色，柔声道："娘娘怎么了？"槿汐的声音是很温和的，带着她方言里语调的软糯，让人安心。

我以手支颐，疲倦地闭上眼睛："唇亡齿寒，我不过是为徐婕好伤心而已。"姜汤的甜与辣混合在口腔里，刺激性地挑动我疲软的精神，"若母子只能选一人而保之，太后和皇上都会毫不犹豫地选择舍母保子。徐婕好是这样，若以后我在生产时遇到任何危险，也会是这样。"

槿汐淡淡道："没有人会例外，因为这里是后宫。"

我扬一扬唇角，几乎冷笑："子嗣才是最要紧的。而女人，不过是生育子嗣的工具。皇上会这样想我并不诧异，只是太后也是女人，只因身份不同，她便可以随意决定其他女人的生死。"

"这便是权力和帝王家。"槿汐的声音带着一点诱惑和决绝的意味，"娘娘想不想要掌握女人中最大的权力呢？"她不容我回答，又道，"回宫之前，娘娘曾经答允奴婢，要舍弃自己的心来适应这个地方的一切。"

我抚摩着香露瓶身上绘有的冰冷而艳泽的蔷薇花瓣："对徐婕好，我有不忍。所以……"我转身，冷住了神色，"我会尽我的力量去救她。"

一夜风雨潇潇，我在睡梦里都不得片刻安稳。挣扎着醒来已是天明时分，依旧是竹茹过来，满面喜色道："皇上守了小主一夜，又亲自喂药，现下小主的烧退了，胎动不安的迹象也没有了，一切都好。"

我长长地松了一口气，仿佛心里有什么重重地落下了。

竹茹笑着退下了。我唤过小允子，低声嘱咐了几句，他便匆匆去了。

因着皇后身子不适，例行的请安也免了。我与槿汐说起昨日太后动怒之事，槿汐抿着嘴唇淡淡微笑："太后既说要责罚景春殿上下，自然安贵嫔也脱不了干系。可笑她白日里才得了皇上的怜惜，入夜就受了太后的责罚。"

我半伏在绣架上，仔细为我腹中的孩子绣"双龙抢珠"的兜肚，赤红色的绣缎上，两枚乌黑浑圆的龙眼赫然有神。"若在平常也就罢了，可是有了傅如吟这个前车之鉴，太后恐怕一想到皇上为了安氏而忽略徐婕妤腹中的孩子，就会坐卧不宁吧。"

槿汐为我比好绣龙鳞的金色丝线，轻笑道："安贵嫔千算万算谋尽宠爱，却忘了还有位皇太后在，真真是失算了。"

我拈好丝线，对着针眼小心穿进去，道："太后久卧病床，若不是有人早早点醒，只怕我也会掉以轻心的。她是聪明反被聪明误了。"

槿汐明了地微笑："太后久不理后宫之事，自从傅婕妤一事之后，倒也不似从前这般不闻不问了，娘娘也要多多争取太后的欢心才好。"

我看着小小一枚银针在外头天光的映照下反着微弱的闪亮的光芒，虽然平时并不起眼，然而缝衣裁布都少它不得，用得不好亦可害人。我静静吸一口气，道："其实太后最喜欢的还是眉庄与敬妃，所以昨日会让她二人陪在皇上身边。这固然是考虑我与端妃的身子，也是太后喜欢玄凌多宠幸她们的心思流露吧。"

槿汐的微笑如浮光一般浅淡，透露着一丝不以为意："太后有心也要皇上有意才好，且即便皇上有意，惠贵嫔又如何呢？"

细亮的针穿过纹理细密的缎子时有紧绷着的细微的哧哧声，听上去光滑而刺耳。我扬一扬头，轻轻道："眉庄不是会轻易变折心意的人。不过经昨日一事，我亦更明白安陵容在皇上心里的分量。"

槿汐微微低首思量："是。以她的得宠，若不能一举压倒，恐怕更难收拾。"

我不语，只仰头望着天色。雨过天晴后的天空，有一种被浸润过的明亮的色泽，如一块清莹的白璧，偶尔有流云以清逸的姿态浮过，叫人心神爽朗。我的心思有些恍惚，这样的天气，让我想念玄清。

我很少敢这样出神地思念他，是真的害怕，怕我这样想念他的时候眼神和神情都会出卖自己。然而这一刻，我几乎无法克制自己的思念。

这样好的蓝天白云，若不是他与我一起驻足观望，也失去了一切美好的意义。

而玄清，在送我回宫后的次日，便去了上京。上京，那个我们曾携手共游的地方。那些美好而灿烂的时光，如珍藏在记忆中的宝石，闪耀着我难以企及的梦想一样的光芒。

我几乎不忍去想。每一次想起，都分明清晰而残忍地告诉我，都已经是往事了啊。

我定一定神，转首见小允子进来，于是问："办妥了么？"

小允子微含一丝喜色："已经办妥了。"

我点一点头，也不再说什么，只顾绣手中的兜肚。

待到玄凌来时，我已经换了一身家常的鹅黄轻罗长裙，倚在贵妃长榻上闷闷剥着石榴吃。

玄凌关切道："前几日吐得厉害，连膳食也懒得用，今日可好些了么？"

我勉强微笑道："多谢皇上关心，已经好多了。臣妾因为天气热难免消减些饮食，不是什么要紧的事。"

玄凌见我眼圈红红的，忙道："谁叫你委屈了？"

我忙笑道："谁敢给臣妾委屈受，不过是臣妾自己想着伤心罢了。"

玄凌道："你怀着身孕难免多想些。明日朕就叫敬妃把胧月给你送来，有孩子在身边，你也笑一笑，高兴些。"

我不听则已，一听眼泪都要掉下来了："胧月与臣妾并不亲近，皇上何必说这样的话叫臣妾戳心。"

玄凌俊朗的面颊上如罩了一层荫翳之云："敬妃一向懂事，如今也糊涂起来了。胧月到底是你生的，她怎么也不好好教导了送回来。"

我有瞬间的愕然，只得轻声道："皇上何苦责怪敬妃姐姐，多年来她照顾胧月尽心尽力，也难怪胧月会视她如母。"

玄凌道："那明日朕就好好管教胧月，让她尽快与你亲近，可好？"

我埋怨道："强扭的瓜不甜，皇上又何必和小孩子置气，反伤了父女之情。"

玄凌无奈，苦笑道："那嬛嬛你待如何？"

我一急，啜泣道："若臣妾知道，也就无须这样苦恼了。"

于是一连两日，我饮食消减，闷闷不乐。玄凌叫人来表演歌舞杂耍，又讲笑话与我听，或是叫眉庄、陵容来给我解闷，我始终是不展笑颜。

到底还是李长提醒了一句："娘娘一人在宫里难免思念家人，帝姬既不亲近，皇上不如让她见一见家人，或者会好了。"

玄凌道："莞妃的父母都在蜀中，一来一往就得多少时候。"

李长悄悄道："皇上忘了，娘娘的兄长正在京中医治呢，皇上不是给安排了么？"

玄凌略略踌躇，道："甄珩神志失常还未痊愈，万一他伤了莞妃和她腹中的孩子该如何？"

李长道："甄珩虽然神志失常，但经太医治疗之后很是安静，并不吵闹。若娘娘兄妹相见，保不齐还对他的病有益呢。莞妃娘娘见了兄长也心安了，左右是大家都好。"

槿汐将玄凌与李长这一番话转述给我听，道："娘娘不必再生气了，皇上已经应允明日送娘娘出宫去见公子呢。"

"若不如此任性上一回，恐怕我总见不到哥哥了。"我微笑看槿汐，"有你和李长，我也安心省力不少。"

槿汐脸上微微一红："奴婢与他也不过是略尽心力罢了。"

我笑道："尽不尽心力也罢了，李长待你好就好。"我握住槿汐的手，"我总觉得是委屈了你。"

槿汐倒是一副听天由命的样子："奴婢是一辈子不出宫的，这辈子还能找到什么依靠呢，与李长也不算太坏。"她停一停，"娘娘好生休息吧，明日还要辛苦呢。"

次日一早，我照例给皇后请安过后，回宫换了寻常服色，坐着一顶小轿从角门出了宫去。

李长歉然道："委屈娘娘坐这样的轿子，只是娘娘这回出宫是没有过了明路的，咱们只悄悄儿去悄悄儿回来，神不知鬼不觉的。"

我笑道："一切有劳公公安排就是。"

于是一抬小轿穿街走巷，大约半个时辰工夫就到了。下来却见一座青瓦白墙的小院隐匿在闹市之中，十分清静。看护的院丁听见声音，迎出来道："顾小姐来了么？"

李长使一个眼色，小厦子一巴掌拍了上去，喝道："胡说八道什么，是贵人来了。"那院丁捂着脸颊缩在后头，小厦子问，"卜太医呢？"

却是一个半老的太医迎了出来，见了李长慌忙行礼。李长忙道："不用多礼，是贵人来看公子。"

他忙恭恭敬敬向我行了一礼，道："给贵人请安。"我此时披着一件兜头的青纱绣桃花披风，整个人隐在里头，只点了点头，径直跟着卜太医进去。卜太医赔着小心道："公子已经好多了，饮食如常，身子也健壮起来，只是神志还未完全清醒过来。"说着引了我到一间小房子外，指着里头道，"公子就在里面。"

我见屋子的门窗上都上了铁栏，里头黑黢黢的，如牢笼一般，不由得急道："不是说他不伤人么，也很安静，怎么还弄得像牢笼一样？"

卜太医赔笑道："虽然不伤人，但还是这样安全些。"

我只不作声，睃了李长一眼，李长叱道："胡说！既不伤人还防谁呢，好好的人这样关着也关坏了，还不把门给贵人打开。"

卜太医慌忙开了门，道："里头气味腌臜，贵人小心。"

地上铺的全是稻草，想是经过了梅雨季节也没换过，有些潮湿的气味，几只小小的黑虫子在稻草间爬来爬去。屋子里就一张小圆桌子和一张木板床，桌子上放着些吃食和半碗没喝完的药。哥哥就坐在木板床上，呆呆望着屋子里唯一一扇开在房顶上的窗。

哥哥穿着一件土色的衣裳，衣裳上有些脏了，结了一块一块的污秽油腻。头发乱蓬蓬地散着，想是许久没梳了，整个人散发出一股馊味儿。他神情呆滞，眼珠一动不动，哪里还有半分英气。

我不禁心头大怒，只问："怎么这个样子？"

卜太医并不知晓我的身份，只道："皇上吩咐了微臣好好治他的病，但此人终究是朝廷的罪人……"

我微笑道："所以你就这么敷衍着了，是不是？"我强忍住怒气，叫了浣碧进来，道："去打盆热水来。"浣碧一见此情景，脸色都变了，一时也不说话，忙端了水进来。我捋起袖子，含泪道："哥哥，是我来了，你瞧你头发都脏了，我给你洗一洗吧。"

李长"哎哟"了一声，忙道："娘娘是贵人，怎么能做这样的活，让奴才来吧。"我一径自己动手，李长瞪着小厦子道："没眼色的东西，还不去打水来给公子洗澡换衣裳。"说罢朝一脸惊惧的卜太医用力踢了一脚，道："你们这班蠢货，皇上下旨要照应的人都敢这么敷衍！"

哥哥倒也安静，低下头任由我为他洗净。我指着地上刚洗出来的一盆脏水，对浣碧道："拿去倒了，再换干净的来。"

浣碧径直端起水盆，对小厦子道："劳烦公公帮我按着这位太医。"小厦子见浣碧目露厉色，忙二话不说把卜太医按倒在地；浣碧倏然拎起哥哥洗过的脏水，灌进卜太医口中。卜太医何曾见过这个阵仗，又是呕吐又是求饶，直把黄胆水都吐了出来。

李长等人吓得直吐舌头，我只作没看见，又拿皂角为哥哥搓洗，直洗了四盆水才洗干净。

小厦子又服侍哥哥洗了澡，倒是方才挨了打的院丁踅了进来，手里拿着一套干净衣服，道："这是给公子换洗的。"

我一时奇道："这里样样不周全，怎么还有干净衣裳？"

那院丁道："太医只管给公子吃药，其他一例不管。都是每月里有位顾小姐来看公子一次，送些衣裳吃食来，再帮公子换洗一次。卜太医收了她的钱，就许她来一次。"

我疑惑道："哪位顾小姐？"

院丁茫然摇头："我也不晓得。"

一时哥哥洗漱完毕，换了间向阳的屋子住着。我心酸不已，一口口喂了药给哥哥，盯着跪在地上的卜太医道："治了好几个月了，怎么还是一点好的样子也没有？"

卜太医哭丧着脸道："回娘娘的话，已经好多了。刚来时人状如野兽，如今安静了不少了。"

我把手中的碗往地上一摞，怒道："胡说！人是不疯了，可是呆成这样还叫好得多了，本宫瞧你是不学无术的庸医。"我怒不可遏，向李长道："这位卜太医打量着我们甄家的人都是好性儿，一味地拿话来糊弄。李长去回了皇上，照实禀报他欺上瞒下，推诿圣意，请皇上裁夺。"

李长躬身唯唯："奴才回去一定立刻禀报，再换了好的大夫来，娘娘放心。"说罢向小厦子挥手道："还不把这姓卜的给拉出去，免得污了娘娘的眼。"

夏日里房中闷热，我开了窗子透气，又解下了身上的披风。哥哥的目光落在我披风上的桃花上，喃喃道："茜桃。"这一声里有几许柔情，哥哥的手轻轻抚摸着披风上那一树绯红的桃花，眼中有了几分神采。

我一听嫂嫂的名字更是伤心，哥哥把披风搂在怀里，低低唤着嫂嫂的闺名，半晌之后却再无声音了。

我心下苦涩，只得柔声道："哥哥，嫂嫂已经不在了，可是你要告诉我怎样我才能帮你。哥哥！"

他牢牢抱着披风，神情温软得如婴儿一般。片刻，低低吐了一句"佳仪"。

若不是因为靠得这样近，我几乎不能听清。心头豁然开朗，正要说话，李长进来催促："娘娘，不早了，咱们得回宫了。"

我点点头，叫浣碧："赏那院丁，叫他好好看顾公子。"

浣碧出去吩咐了，我伏在哥哥耳边道："爹娘都好，妹妹们也好。哥哥，若你不好起来，咱们一家子都不会好，你可记清楚了。"李长又催了一次，我只得扶着小厦子的手依依不舍出去了。

回去的路上不免心事重重，浣碧见我不快，便向李长道："小姐午间还没吃过东西，怕饿着了。奴婢去买些松子软糕来给小姐吧。"

李长巴不得找点事情逗我说话，忙让浣碧去了。轿子停在一条巷子里。我心中烦闷，从轿内掀开帘子，但见一座府第荒凉凄清，门上朱漆剥落，似一张残破的脸。门楣上斑驳的大字，隐约看去正是"甄府"二字。我几乎要痛哭出来，这正是我生长了十五年的甄府啊！如今门前杂草丛生，几枝高出院墙的竹子都开了花又萎败了。墙脊上停了几只鸟雀，有一搭没一搭地啄着瓦草，自得其乐。我强忍住眼泪，院子里的牡丹花都谢了吧，廊下一溜笼子里挂的鸟雀都飞走了吧，哥哥房里满屋子的书也都不见了吧。

当年甄门何等显赫，一日之中抬出了两位宫嫔小主。哥哥又娶得如花美眷，立下赫赫战功，家世荣耀如烈火烹油一般。如今门第凋零，人去楼空，竟然荒芜至此了。

浣碧挑起帘子，道："小姐吃点软糕吧。"

我接过，缓缓道："浣碧，这是咱们从前的家，现如今，咱们已经没有家了。"

浣碧看了一眼，神情悲凉，哽咽道："是啊，我们已经没有家了。"浣碧的目光中有分明而凌厉的恨意，映照出她的眸中我森然的面容。我了然，静静放下了帘子。

回到未央宫中，槿汐已在柔仪殿外候着，迎上来道："娘娘回来了。"说罢抿着嘴笑，"一切安排妥当，李长先娘娘一步去仪元殿了，娘娘缓行即可。"

待我到仪元殿时,李长已经将卜太医一事回奏完了。我只哭得凄然,再三叩谢玄凌允我去探望哥哥的恩典。玄凌歉然道:"是朕疏忽了,只叫人去医你哥哥的病,却忘了叫人盯着,以致下头的人放任恣肆,违背朕的意思。"

我见他怒气犹未消减,依依垂泪道:"下面的人阳奉阴违,怎么会是皇上的错呢?"

玄凌恨恨道:"朕已经下令将那太医革职流放,换了罗太医去了。温实初荐给朕的人,想必不错。"

我方才破涕为笑,道:"臣妾现在别无所求,只盼一家子平平安安,能为皇上产下一位小皇子就是了。"

李长笑嘻嘻道:"娘娘的家人也就是皇上的家人,皇上能不重视吗?娘娘只管安心就是。"说着叫人端了绿头牌上来,笑吟吟道,"请皇上择选。"

玄凌随口道:"不用翻了,就在莞妃这里。"

我觑着眼含笑道:"皇上又忘记了太医的嘱咐。"

玄凌看着我,柔声道:"陪你待着也是好的。"

我"哧"的一笑,摇了一把团扇遮住半边脸颊,道:"臣妾可不愿委屈了皇上,皇上也别来招臣妾,还是去别处吧。"

玄凌无奈,便向李长道:"去绿霓居。"

李长躬着身子嘿嘿一笑,道:"奴才这就去请滟常在准备着,只不过……"他为难地挠一挠头,"经过宓秀宫时又要听祺贵嫔嘀咕。"

玄凌轩一轩眉毛,不耐道:"她们时常在背后议论朕宠爱滟常在么?"

"也不是时常,只不过奴才偶尔听见几次。"李长赔笑道,"这也不怪祺贵嫔,太后不喜滟常在,更别说旁人了。"

玄凌脸上微含了一丝冷意,道:"太后是太后,她是什么东西。难怪太后见了朕总说滟常在的不是,原来是她在天天作耗,唯恐天下不乱。"

我为玄凌扑着扇子,温言细语道:"祺贵嫔不过是吃醋罢了。大热天的，皇上平白气坏了身子。"

玄凌哼了一声，不以为然道："嫔妃嫉妒是大罪，她也忘了么？"

我漾着一抹浅淡的微笑，只点到为止，便岔开了道："臣妾回宫也有大半个月了，偶然见过一次滟常在。虽然神色冷冷的，倒真是个标致人儿。"

玄凌道："她身份特殊，不与旁人同宫居住，朕给她另择了绿霓居住着。她身子不好，性子也别扭，常常不大见人的。"

正说着，御膳房进了红枣雪蛤汤来，玄凌又亲自喂我吃一碗，一时却见小厦子垂着手进来了，道："宓秀宫来人说祺贵嫔身子不大痛快，皇上可要去看一看？"

玄凌挥了挥手，不耐烦道："不痛快就找太医，朕又不会治病。"我细细嚼着一枚红枣，只看着玄凌笑。玄凌见小厦子仍垂手站着如木偶一般，不觉笑了一声，道："糊涂东西，就说朕忙着。"

小厦子领命出去了。我吐了红枣核，嫣然笑道："原来皇上老这么糊弄人呢。"

玄凌只笑道："她近日不太成个体统，又爱背后嚼舌根，朕懒怠见她。"

我笑着啐了一口，道："皇上不爱见她就不爱见，何必说给臣妾听，好像都是臣妾的不是了。"

玄凌凑近我，低笑道："自然是你的不是了。若你笨一点、丑一点、不那么温柔懂事，朕或许就看得上她了，偏偏你什么都好。"

我睨他一眼，吃吃笑道："人说新欢旧爱、左右逢源，怎么皇上就这么偏心呢。"我微微正一正色，"祺贵嫔上回被臣妾惩治过了，想来不敢再撒谎称病，不如皇上去看看也好。"我侧头笑一笑，"臣妾陪皇上走走，就当消食罢了。"

才至宓秀宫门口，便听得呼号哭泣之声连绵不绝。玄凌颇有疑色，便示意门口的内监不必通报，径直走了进去。

正殿内，正见祺贵嫔面色紫涨，蓬乱着发髻，两侧太阳穴上各贴了一块红布铰的药膏，手里举着一把犀角的拂尘，一记一记狠狠打着地下跪着的一名宫女。旁边的宫女内监跪了一地，口口声声劝着："娘娘仔细手疼。"左侧紫檀木椅子上坐着的恰是欣贵嫔，只拿了绢子抽泣。

祺贵嫔打得兴起，恶狠狠道："谁说皇上不来瞧本宫的，都是你们这起子贱人调唆，一味地讨好柔仪殿来作践本宫。"话未说完，随手抓了一个青瓷花瓶用力砸在地上。

飞溅的碎瓷如雪花一般洁白，骤然炸了开来，四处飞射。我见一片碎瓷直飞过来，吓了一跳，惊叫道："皇上小心！"

祺贵嫔骤然瞧见玄凌站在殿外，一时也愣住了，讪讪的，不知怎么才好。欣贵嫔激烈地喊了一声，直扑到玄凌怀里，哭泣道："皇上给臣妾做主啊！"

玄凌脸色铁青，叫欣贵嫔扶住面色苍白的我，径直夺过祺贵嫔手里的拂尘，一把掷在地上，冷冷道："不是说病了么？朕看你精神倒好得很。"

阖宫里无人敢作声，静得如无人一般。祺贵嫔勉强笑着行礼道："多谢皇上关怀，臣妾适才管教下人……臣妾是病了。"

"病了怎不好好将养着，倒费这力气责打宫女。"玄凌的语气森冷，指着地上的宫女道，"她犯了什么错？打得这样狠。"

祺贵嫔怯怯道："她无视臣妾，以下犯上，臣妾气急了才打了她两下。"

玄凌也不说话，只问欣贵嫔："你说。"

欣贵嫔边哭边道："祺贵嫔打的宫女叫晶青，是臣妾的小宫女。今儿一大早就被祺贵嫔叫进正殿里伺候，不想方才祺贵嫔叫人去请皇上不来，就拿了晶青出气，直打到了现在。"

玄凌冷道："晶青，方才是你去仪元殿请朕的么？"

晶青被打得伏倒在地上，流着泪吃力道："不是奴婢，是娘娘身边的景素。"

玄凌的脸色愈加难看，逼视着祺贵嫔道："既不是她来请朕，你拿她出气做什么？"

祺贵嫔脸色白得像一张纸一样，难看到了极点，只讷讷说不出话来。却是欣贵嫔在旁道："因为晶青从前是伺候莞妃和徐婕妤的人，而她们两位如今都有了身孕，再加上莞妃娘娘惩治过祺贵嫔，所以她要拿晶青出气。"

祺贵嫔大怒，指着欣贵嫔厉声道："你胡说！竟敢在皇上面前诽谤本宫！"

玄凌托起晶青的脸看了一眼，转向祺贵嫔冷冷道："果然是从前服侍莞妃和徐婕妤的人，难怪你方才话中指着柔仪殿责骂！你的胆子越来越大，竟敢背后中伤两位有孕的妃嫔？"

祺贵嫔慌忙跪下道："臣妾不敢。"

玄凌负手而立，他来之前本就有气，此刻冷眼看着伏在自己脚下哀哀哭泣的祺贵嫔，道："你责打无罪宫女，丝毫没有怜悯之心，宫里没有这样的规矩！二则你嫉妒莞妃与徐婕妤有孕，出言不逊，以下犯上，这是你方才自己说的。其三你因朕不来而迁怒旁人，实则是怨怼于朕，冒犯尊上。这三条罪状，样样都是大罪。"

祺贵嫔吓得冷汗直流，慌忙叩头谢罪不已。

欣贵嫔叫人扶了晶青起来，拉起她的衣袖道："皇上您瞧，祺贵嫔责打晶青也不是头一回了，一有什么就拿她出气，打得身上都没块好肉了。臣妾也无用，日日被她压制，连自己的奴婢也救不得。"

晶青的身上青一块紫一块，乍看之下触目惊心，玄凌冷笑道："压制？她这样子配得上一宫主位么？"他转头唤李长，"管氏目无尊上，着降为正五品祺嫔，迁出正殿，即日起闭门思过，无朕旨意不得出宫一步。进欣贵嫔为昭容，宓秀宫之事就交由吕昭容主理。"

吕昭容喜不自胜，忙叩首谢恩。祺嫔悲愤不已，又不敢分辩，紧紧攥着手中的绢子，一口气回不过来，晕了过去。

我微微一笑："祺嫔这个样子像是真病了，就有劳吕昭容好好照顾。"

吕昭容会心一笑，欠身道："是。"

玄凌转头向吕昭容道："给晶青好好治治伤，留在你身边当个管事的宫女吧。"

吕昭容应了，恭恭敬敬送我和玄凌出了仪门，方才志得意满地回去了。

次日到皇后宫里请安，皇后倒也看不出不痛快的样子，只训诫众人道："祺嫔的样子就是个例子，别学着她以下犯上的样子，都安分些吧。别以为本宫病着精神短了就料理不到你们。莞妃也是宫里位分高的妃子呢。"

我忙站起身来，恭谨道："臣妾无能，如何能比皇后明察秋毫。皇后这样说真是折杀臣妾了。"

胡昭仪美目微扬："听说昨日祺嫔被皇上责罚时莞妃就在边上，竟一句也没劝，就那么眼睁睁瞧着。"

我不疾不徐道："昨日皇上正在气头上，若硬要劝起来只怕又是一场风波。昭仪最善解人意，得空也劝劝皇上早点儿宽恕了祺嫔才好。"

胡昭仪盈盈一笑："莞妃当时在身边都劝不成，本宫说话还有什么分量。说到底祺嫔也不过是咎由自取罢了。"

皇后微微咳嗽了一声，望着胡昭仪道："是不是咎由自取皇上都已经罚过了。妃嫔之间谨记教训即可，不必妄做议论。"胡昭仪淡淡低头，未必听进去了皇后的话。皇后又向我道："如今莞妃身边是谁伺候着？"

我恭顺道："未央宫的掌事宫女是正三品恭人崔槿汐，首领内监是小允子。"

皇后宫中有清洁的香橼气味，闻得久了，竟也会微微晕眩。皇后若有所思，转瞬笑道："还是从前服侍你的人。那也好，知道你的脾性才能伺候得好。崔恭人很是个得力能干的。"话毕也不再多言语，只叫众人散了。

我扶着槿汐的手缓缓出去，走到湖心亭一带，却见安陵容带了宫女在那里掐花儿，有意无意地回头看了我一眼。我心中有数，缓步行了过去，陵容行礼如仪，侧头道："宝鹃，你和宝莺、宝鹊先下去，本宫陪莞妃娘娘说说话。"说罢上前扶住我的手臂，"姐姐，咱们一同走走吧。"

她靠近的瞬间，那香囊里的气味冲鼻而来。我屏住呼吸，干呕了两声作势就要吐出来。浣碧眼色快，忙拉开安陵容，抚着我的背心轻轻拍着道："小姐可好些了？"

陵容也顾不得脏，忙用绢子捂住我的嘴，急道："姐姐怎么样？"

我缓了缓神气，喘息着道："好多了。"

陵容见我好些了，紧蹙的眉头才松开些许，柔声道："姐姐这个样子更要好生保养才是。"说着用自己的扇子为我扑着风，"幸好祺嫔的事告一段落了，姐姐也好安心些。否则陵容一想到祺嫔的手段，就觉得毛骨悚然。"

我扶着栏杆冷笑道："她既要谋害我和我的孩子，我便不会让她好过。"

陵容柔声道："恶人有恶报，姐姐应该的。"

到了深夜里，吕昭容亲自携了晶青过来道谢："多谢娘娘妙计，我才能出了几年来这口恶气，当真是痛快！"

"我哪有什么计谋，都是姐姐在皇上面前应对得宜。"我叫槿汐取了一对红宝石金叶子耳坠来，笑盈盈道，"姐姐晋了昭容真当是可喜可贺。我没什么好东西，这对耳坠子是皇上赏的，与我耳朵上这对蓝宝石的是一样的，很适合姐姐。"

吕昭容拉过晶青道："倒是委屈了这丫头，演这一场苦肉计。"

晶青羞涩道："奴婢常常挨祺嫔的打，昨日才算是打值了。"

吕昭容微露得色："管文鸳也有今日！昨日她搬出正殿，我就把她安置到最后头的交芦馆去了，那屋子陈设华丽，是个极好的所在，免得皇上觉得咱们苛待了她。"

我微笑："姐姐真是好心肠。"

吕昭容抿嘴一笑，道："我是觉得那屋子湿气重，住久了骨头疼，思过是最好不过的。"

我不置可否，隐隐带了一抹浅淡的笑意，看着月色下深红的蔷薇花绽开如一颗一颗流光闪烁的红宝石，道："姐姐当真是心思细腻。"我注目于她姣好的面庞，笑意愈深，"姐姐资历既深，还有帝姬呢，难道一个昭容就满足了么？"

她会意："我只求娘娘扶持。"

我示意槿汐搀她起来，笑意蔓延上妆点精致的眼角："姐姐聪慧，我怎么舍得弃姐姐于不顾呢？"

送走了吕昭容，浣碧服侍我睡下，倚在我榻边打着扇子道："小姐今日闻见了没？安氏身上依旧有那股子味儿，奴婢真怕伤到了小姐。"

我心下一动，淡淡一笑，道："我已经想好了主意，咱们寻个机会就是。"

浣碧道："其实小姐也不必费心想什么主意，拆穿她就是了。"

沉沉睡意袭来，我困倦道："她心思极深，咱们没有十足把握就扳不倒她，慢慢来吧。"于是一宿无话，安静到天明。

接连几日，玄凌多半的时间总滞留在玉照宫中。徐婕妤的身子逐渐见好，连同住的刘德仪也颇得了几分恩宠。虽然徐婕妤尚在禁足之中，玉照宫却又炙手可热起来，只是嫔妃们都苦于无法轻易踏足玉照宫而已。

浣碧问我："小姐是妃位之一，又于徐婕妤有救命之恩，为何不借机去探望徐婕妤呢？"

我莳弄着花房新送来的一盆攒玉素馨，徐徐道："我曾对她雪中送炭，又何必在这时候去锦上添花，由皇上多陪陪她就好了。"

浣碧抿嘴轻笑道："小姐不知道么？惠贵嫔奉了太后的意思要时时陪伴着皇上呢。"

我轻轻一哂，大是不以为然："且不论徐婕妤自然是想和皇上多些独处的时候，依眉庄的性子也未必愿意挤在中间。太后心思用得太过，反而吃力不讨好。"我起身道，"左右也是无事，你陪我去棠梨宫看看惠贵嫔吧。"

棠梨宫依旧清净自在，宫中所有都保持着我离开时的样子，倒是莹心殿前的两株海棠愈发青翠高大了。只见白苓打着呵欠挑了湘妃帘子出来，见了我忙笑道："娘娘来了，我们娘娘在里头呢，才说睡不着，娘娘就来了，当真是巧。"

眉庄在莹心殿的后堂里躺着，我瞧她并无睡意，不由得打趣道："平日里顶爱睡的一个人，如今怎么倒不困了。"

眉庄抱怨道："人家心里烦腻得很，你还一味地说笑话。"

我收起了玩笑的神气，道："可是为了太后与皇上？"

夏热的季节，眉庄只穿了一身铁锈红绣小朵金丝木香菊的柔纱寝衣，脸上带着一抹焦灼烦恼的神气。"你既知道，自然也该明白我烦恼什么。"

我半是玩笑道："事情已然过去多年，姐姐还在生皇上的气么？"

眉庄一向端庄的面容露出一丝浅浅的哀伤与不屑："生气么？我觉得连为他生气都不值得。虽然事情过去那么多年了，我冷眼旁观，只是觉得此人越来越叫人心凉。比如你，比如徐婕妤，比如傅如吟，我只觉得对他笑或是哭，都是不值得。"

"我与姐姐一样，都是不值得罢了。唯一不同的是，我对他尚有所求，而姐姐则无欲无求。"

眉庄哧地一笑，饱满的红唇如一双鲜妍的花瓣，含了一缕微带讥讽的笑意："我倒是想有欲有求，不过是他给不起罢了。"她紧一紧发髻上略有松动的长簪，"这两日我也真是尴尬，偏叫太后支着挤在皇上和徐婕妤中间，多少不自在。我只瞧着徐婕妤对皇上十分痴心，她到底还年轻，哪里知道'痴心错付'这四个字的厉害！"

痴心错付！这四个字几乎如针一般扎到心上，若在从前，我或许会因这四字而失声痛哭。然而此时此刻，痛楚的感觉不过一瞬，取而代之的已是麻木的感觉。

伤心么？也曾撕心裂肺，痛不欲生。然而如今，伤心过了，也就不伤心了。只觉得为了这样的人是不值得的，所余的，不过是对往事的麻木而已。

眉庄的容色淡然了下来："徐婕妤对皇上的情意，我自认是万万做不到的。所以太后无论多想我能再服侍皇上，也不过是想想而已。"

眉庄的话说到这个份儿上，我也不好说什么了。然而我到底按捺不住，劝道："太后毕竟是太后，也是你如今唯一可以倚仗的人，切莫太违逆了太后的意思。"

眉庄眸光在瞬间黯然了下去，如被抛入湖水的烛火，转瞬失去了光芒。她的声音听不出任何感情："我自会把握分寸的。"

而眉庄的分寸，在三天后的一个夜里传到了我的耳中。若非李长亲口告诉我，连我自己也不能相信。李长附在我耳边道："皇上今晚宿在了棠梨宫。"

彼时我换过了家常寝衣，正在喝安胎汤药。李长一说，我差点没拿稳汤盏，险些泼在了自己裙上。

李长笑眉笑眼道："这是贵嫔娘娘的喜事，也是太后一直盼望的事啊。"

李长的一言即刻点醒了我，玄凌与眉庄此举，未尝不是太后长久以来授意的结果。再细想之下，如今徐婕妤与我专心于安胎，安陵容与管文鸳一被冷落一被禁足，玄凌身旁无人，正是眉庄复宠的好时候。

李长若无其事道："今日皇上去棠梨宫前，惠贵嫔还被太后召去了颐宁宫说话呢。"

李长的话点到为止，我已然明了，笑盈盈道："本宫倒有一事要请教公公，皇上这样宿在了棠梨宫，不是事先吩咐的，敬事房的彤史可记档了？"

李长一愣，猛地一拍脑袋起身道："奴才糊涂，奴才可浑忘了。"

"本宫是想，皇上宿在了棠梨宫，按理公公也该侍奉在那里的。可如今公公从从容容出来，本宫便猜测或是皇上或是贵嫔打发公公出来的。既然公公出来了，又平时事多，或许忘了叫在彤史上记了一笔也未可知，所以提醒一句罢了。"

李长忙赔笑道："原是惠贵嫔说不用人在外头伺候了，就打发了奴才们出来。贵嫔自和皇上在吃酒，奴才们也就躲懒了。幸得娘娘提醒一句，否则奴才可要误事了。"

我忙道："本宫也不过是想若是这一遭姐姐有幸有了龙种，彤史便是凭证。如今公公为了本宫一句话兴师动众赶去反而不好了，回头叫人注上就是了。"

李长诺诺答允了，自回仪元殿去，只等天亮时分再去棠梨宫迎玄凌早朝。

如此一回之后，眉庄也不向我提及。我偶然问了一句，玄凌亦只是抚着额头向我笑道："那日本是在惠贵嫔那里喝酒，不承想朕几日劳累下来酒量如此不济，几杯就昏昏沉沉地睡下了。"

我也不作他想，此后几日，眉庄既不热络，玄凌也不急切，偶尔想召眉庄陪伴，却是采月来回禀了身体不适。如此，玄凌问过几次之后也不再提及了。

我思虑着自己身子日重，已是六个多月的身孕了，再这样日日束腹，对胎儿亦是不好，便叫浣碧请了温实初来，想好好与他商量个对策。

温实初来得倒是快，听完我的疑虑，道："生绡束腹到底不是长久之计，只是一来娘娘束得不是太紧，二来也是束得得法，倒也不是太要紧。如今可以逐渐更束得松些，等过上半个多月，人人看顺眼些也就好了。"

我为难地看一眼自己的小腹，轻轻舒了口气，叹道："不知为何，本宫总觉得自己肚子看着稍稍大了些。若非如此，也不必日日束腹，唯恐伤了胎儿。"

温实初的神色微微有些恍惚，仿佛游离天外一般，魂不守舍。他很少在我面前有这样不专注的神色，我说完片刻，他犹自怔怔出神，仿佛在思味什么难言之事一般。我不觉诧异，轻轻咳嗽了一声，唤道："温大人。"

他须臾才回过神来，面颊有浅浅的潮红之色，掩饰着迟疑道："微臣有件事思虑良久，一直不敢确认是否要告知娘娘。"

我见他神情凝重，心下先沉了一沉，哑声道："你只管说，是不是胎儿有什么不好？"

温实初连连摆手，道："不不不，这其实也是一件喜事。"他略停一停，道，"娘娘腹中所怀，是双生之象。"

我几乎有瞬间愣住，完全说不出话来，仿佛一个水球被人用力摁到了水底，又遽然腾了上来，那是种无可言喻的惊喜。良久我醒过神来，已是含了巨大的喜悦和欢欣："你不是诓本宫吧？"

温实初摇头道："微臣在宫中侍奉多年，这点把握还是有的。"他依旧是那副迟疑不安的面孔，"只是，此事娘娘不要让外人得知才好。"

我旋即明白，若被旁人知晓我怀有双生之胎，只怕更要引人注目，下手害我的孩子。

浣碧在旁蹙眉凝神道："小姐回宫不久，宫中敌我难分。若放出消息说是双生子，只怕就会有人自投罗网了。"

我睨她一眼只不说话，径自摇着团扇，把本就清凉的风扇得凉意更深。温实初微微变了脸色，道："碧姑娘这话错了，碧姑娘所言是兵行险招，究竟是娘娘的胎儿要紧，还是敌我之分要紧？"

温实初这话说得急，连一向温良敦厚的神情也见厉色。浣碧自知失言，低了头再不敢言语。

我缓缓摇着团扇，轻盈的凉意如拂面之风，带着殿外漏进的几缕花香浓郁。"分出敌我自然要紧，否则敌友不分，岂非如置身悬崖。只是要以本宫的孩子做赌注，本宫是万万不能的。其实要分这敌友，实在也不必牵扯上孩子。"我的唇角轻扬起柔软的弧度，"本宫自有打算。"

这一日天气甚好，盛夏午后的暑气被一场突如其来的暴雨冲刷得消弭殆尽。空气里残存着雨水清甜的气息与夏日盛开的花朵才有的甘美纯熟的热烈芳香。我换过一袭柔软轻薄的晚霞紫系襟纱衣，心境亦是沉静的。

颐宁宫里静悄悄的，偶尔听闻几句笑语声传出来，正是玄凌陪着太后在说话。

太后的神气清爽了许多，玄凌亦只一身藕灰色纱衫配着白绸中衣，一副怡然自得的样子。我盈盈拜倒，笑道："太后的气色越发好了。"

太后忙叫我起来，笑着向玄凌道："莞妃这孩子也忒守规矩了，哀家跟她说了多少次，有了身孕可免了礼数，她偏不听。"

玄凌笑容满面望着我道："莞妃对母后的孝心和儿子是一样的。"他打量我两眼，微有诧异之色："你的肚子倒是又见大了。"

我脸上微微一红，已经羞赧低头。太后的目光亦落在我身上，含笑道："莞妃的肚子看起来倒是比寻常那些五个月的肚子大些。"

我低低一笑，羞涩且欢喜："太医说，或是腹中有双生之胎。"

玄凌几乎不能相信，惊喜道："嬛嬛，你说的可是真的？"

我越发低首："是温太医所断，臣妾不敢妄言。"

太后喜极："温太医是老实人，医术也好，想必是不会错的。"

玄凌欢喜地搓着手，眼中尽是熠熠的光彩："这样大的喜事，该昭告天下才好！"

我忙道："臣妾微末之身，怎敢因腹中之子而得昭告天下之幸。何况虽是双生之胎，要是皆为皇嗣才好，若皆是帝姬则不能为皇上延续血脉，又何必昭告天下，引万民欢动。如此荣宠，臣妾万万不敢承受。"

如此一番婉辞，玄凌沉吟不语，我眼角的余光却瞥见太后颇有赞许之色，心下愈加安稳："臣妾甫回宫中，不想因一己之事再多生事端，也想好好安胎静养，免受来往恭贺之扰。因而……"我略一沉吟，"臣妾怀有双生胎儿之事，在瓜熟蒂落之前但愿再无第四人知晓。"

我的隐忧在话语中婉转道出，太后是何等人物，如何不知，只道："六宫皆晓对莞妃安胎也无益处，等来日生产之后便都知晓，不必急于一时。"

玄凌遵从母命，笑道："母后与莞妃都如此说，儿子自然没有异议。只是儿子觉得如此欢喜之事，若无人与朕共庆，当真是可惜了。"

我深深吸一口气："若真如太医所断，皇上还怕没有庆贺的日子么？既然皇上如此欢喜，不若因臣妾之喜而解徐婕妤禁足之令吧。"我郑重拜倒，恭声道，"臣妾恳请皇上解徐婕妤禁足之令。徐婕妤怀有皇上的子嗣，禁足令其心志抑郁才得前番大病，险些连皇嗣都保不住。为千秋万代计，请皇上复徐婕妤往日之礼，以求母子平安。"

乍然的忧色在他俊逸的脸庞上划过，他的语中有了几分薄责之意："危月燕冲月乃是不吉之兆，母后与皇后相继病倒便是应了此兆。你叫朕如何敢以母后的安危去保一个未出世的孩子？"他略略轩起的浓眉隐隐透露出不满之意，"嬛嬛，你一向是孝顺母后的。"

"是。太后垂范于天下女子，身份之贵无可匹敌，无论何人何事皆断断不能损伤太后。臣妾方才说得急了，亦是看太后如今气色好转、凤体渐安才敢进言。臣妾私心揣测，天象之变幻莫测，或许不祥之兆已解也未可知。皇上可向钦天监询问，若当真厄运已解，不会再危及太后与皇后，再解徐婕妤禁足之令也不迟啊。"

玄凌默然沉吟，倒是太后微露笑色，缓缓道："莞妃如此恳求，哀家倒也很想听听钦天监的说法，难道厄运当真迟迟不去么？"

玄凌忙笑道："既然母后开口，儿子这就去召钦天监的司仪官来问一问，也好叫母后安心。"

不过一盏茶时分，钦天监的人便到了，玄凌微有诧异之色："怎么是你来了？"

来人低首恭敬道："微臣钦天监副司仪，叩见皇上万岁。因司仪吃坏了肚子不能面圣，故遣微臣来此面见皇上与太后。"他言毕，退后三步，再度拜倒。

玄凌轻轻一哂："你倒很懂得规矩。朕此番召你来，是想问先前危月燕冲月之事。事过数月，不知天象有何变数？”

副司仪道："天象变幻主人间吉凶之变。所谓尽人事，听天命，虽然天象不可轻易逆转，然而人为亦可改天象之势。"

玄凌凝神专注听着，片刻道："那么如你所说，如今天象如何？"

副司仪恭谨道："危月燕冲月乃是数月前的天象，这数月内风水变转，日月更替，危月燕星星光微弱，隐隐可见紫光，大有祥和之气，已过冲月之凌厉星相。依微臣所知，已无大碍。否则，太后如何能安泰康健，坐于凤座之上听微臣禀告。"

玄凌似有不信："果真如你所言，为何皇后依旧缠绵病榻，而钦天监司仪为何不早早禀明此事？"

副司仪道："危月燕冲月，月主阴，乃女子之大贵。天下女子贵重者莫若太后。微臣私心以为，太后才是主月之人。皇后虽然亦属月，然而人之生老病死，既受天象所束，亦为人事所约。如今天象祥和，太后病愈，可见皇后娘娘之病非关天象而涉人事，微臣也无能为力。至于钦天监司仪为何不早早禀告，皇上可曾听闻，在其位而谋其事。而微臣则认为谋其事才能保其位。正因天象不吉，皇上才会倚赖钦天监，司仪才有俸禄可食，有威势可仗。若天象从来平和，皇上又怎会想起钦天监呢？不过是清水衙门而已。"

副司仪答得谦谦有礼，然而语中极有分量，不觉引人深思。玄凌微微一笑："你似乎很懂得为官不正之道。"

副司仪答得简短而不失礼数："微臣懂得，却不以为然。"

玄凌的嘴角蕴着似笑非笑的意味，略带一抹激赏之情，只是笑而不语，看着太后。太后轻笑道："哀家久久不闻政事，皇帝何必笑看哀家。"

玄凌眼角的余光落在副司仪不卑不亢的容色上，澹然而笑："儿子是觉得他做一个副司仪可惜了。"

太后恬和微笑，带着一抹难言的倦色，轻轻道："皇上懂得赏识人才，那是最好不过。"太后转头看向我，笑容深邃如一潭不见底的幽幽湖水，

"不若皇帝也问问莞妃的意思，皇帝不是一直赞赏莞妃才情出众么？"

玄凌看我，含笑道："嬛嬛，你也说一说？"

我欠身，正色肃容道："臣妾闻古语有云'牝鸡司晨，家之穷也'①，臣妾乃区区妇人，怎能随意在皇上面前议论国事？且皇上乃天下之主，官员的赏罚升降自可断之。臣妾可以在后宫为皇上分忧，但前朝之事，万万不敢议论。"

我说得言辞恳切且决断。玄凌不置可否，太后也只置之一笑。

副司仪微一低头，思忖着道："有句话臣不知当不当说？"

玄凌含笑，闲闲道："你且说来听听。"

"太后厄气虽解。然而臣夜观星象，'前朱雀七星'中井木犴与鬼金羊二星隐隐发乌，此二星本为凶星，主惊吓，故多凶，一切所求皆不利。朱雀七宿主南方，正对上林苑南角，臣多嘴一句，可有哪位娘娘小主双亲名中带木，近日又受了惊吓灾厄的？"

玄凌眉间一动，沉默良久："上林苑南角宫宇不少，长春宫、长和宫、仙都宫都在那里。只是双亲名中带木的……安比槐，她的生母仿佛叫作……林秀。"

我微微失色："安妹妹父亲是叫安比槐不错，至于她生母的闺名，连臣妾与眉姐姐都不晓得。"

太后岿然不动，只摸着手腕上一串金丝楠木佛珠，淡淡道："她近日受的惊吓灾厄还少么？"她只看着副司仪，"你且说要怎么做？"

副司仪叩首道："并无大不妥，只是星宿不利，恐生不祥之虞，还请静修为宜。"

太后微微颔首："她是该安静修一修心思。"

---

① 出自《新唐书·文德长孙皇后传》。原话为"牝鸡司晨，家之穷也。可乎？"牝鸡司晨，比喻妇人专权。唐太宗知道长孙皇后深明大义，因此下朝以后经常都要和她谈起国家大事。但她却很郑重地说："妇道人家干政，家庭不会兴旺，怎么可以这样呢？"太宗不听，还是对她说得滔滔不绝，但她却始终沉默不语，以此来彰显后妃之德。

芳若奉了点心上来，闻言吃惊道："皇后久病缠绵，听闻一直是安贵嫔近榻侍奉。病中之人阴虚亏损，安贵嫔又逢星宿不利，安知不会有所冲撞？"

玄凌犹疑道："皇后卧病以来是安贵嫔侍奉最多？"他微微思忖，"如此，且叫她不许进皇后宫中，静修几日也罢。"玄凌看着副司仪道："既然有人坏了肚子，那么且由你掌钦天监司仪一职吧。"玄凌看住那人，"朕还不晓得你的名字？"

"季惟生。"他低首退下时恭敬而大声地回答。

我不动声色地微笑，亦记住了这个名字。太后扬一扬手，向孙姑姑道："去点些檀香来，闻了这几个月的草药气，人也快成了草药了。"

孙姑姑取了檀香焚上，幽幽不绝如缕的薄烟含着恬静的香气四散开来，犹如一张无形的秘密织成的网将人笼罩其中。

太后慈和的声音在深阔的内殿里听来有些不真实："既然钦天监也说了无妨，皇帝可解了徐婕妤的禁足了，也好叫她安心为皇家诞育子嗣。"太后招手叫我近前，淡淡道："为何会骤然想起要为徐婕妤求情？"

"以己度人，方知不忍。"我轻缓地斟酌着言辞，亦道出自己的心思，"臣妾亦是即将为人母之身，不忍看徐婕妤身怀六甲而心思抑郁饱受苦楚。且若母体心思不畅，又如何能为皇上诞下健壮的子嗣呢？若今日被禁足之人换作是臣妾，臣妾也必定满心不安。"

我说话间微微侧头，颐宁宫的寝殿西侧满满的都是浓绿阔叶的芭蕉，阔大的叶子被小内监们用清水擦洗得干净，眼看着那绿意浓稠得几乎要流淌下来。芭蕉叶底下还立着几只丹顶鹤，带了一双甫出生不久的小丹顶鹤，羽毛洁白，温顺而优雅地独立着，躲在蕉叶下乘凉。见人也并不惊慌，只意态闲闲地缓缓踱了开去，恍入无人之境。

太后顺着我的眼光望去，亦有动容之态。良久的沉默，我几乎能听见自己的心跳，缓缓地数着，恍惚是漏了一拍。太后终于微笑，眼底皆是深深的笑意，向玄凌道："不涉政事，德及后宫，公允严明，哀家很是欣慰。"

我忙要屈膝，口中道："太后盛赞，臣妾愧不敢当。"

太后扬一扬脸，对孙姑姑道："扶莞妃坐下。"太后拉过我的手，细细道："哀家原先瞧着你虽聪慧，然而总不及惠贵嫔大气。自你回宫之后，哀家时时冷眼旁观，你提醒祺嫔小惩大戒、为徐婕妤安危冒雨求见哀家、不倚宠干政、敢为徐婕妤直言，实在是难能可贵。果然皇帝眼光不错，你的确当得起皇帝对你的宠爱。"

我低首，微微露出几分赧色："臣妾承受皇恩，不敢辜负。"

太后愈加满意："甘露寺几年，你是练出来了。"说着笑向玄凌半是嗔怪半是抱怨："皇帝身边是该多些如莞妃和惠贵嫔一样的贤德女子，而不是如安氏、叶氏之流。且当日杨芳仪一事，皇上关心则乱，未免急躁了些，其实该当好好推敲的——宫中人多手杂，杨芳仪未必是心思这样深远狠毒的人。"太后的神色渐渐郑重，"傅如吟之祸哀家不想重见，杨芳仪是否冤死哀家亦不欲计较，皇上日后留心就是。"

"儿子也不是真要梦筵死，只不过让她先得个教训罢了，来日再细细查问。谁知她气性这样大，儿子也甚觉可惜。"玄凌眼角微有愧色，低头道，"儿子谨记母后教训。"

太后半是叹息："你要真记着才好，口不应心是无用的。"

玄凌藕色的袍子被殿角吹进的凉风拂得如流连姹紫嫣红间硕大的蝴蝶的翅："儿子有如此贤妃，母后所言的不贤之人也不足为道了。"

如此几句，看时候不早，我与玄凌也告退了。

转身出去的一个瞬间，我瞥见帘子后芳若隐约的笑容，我亦报之会心一笑。

若无芳若，我如何得知太后亦有怜悯徐婕妤之心。若无这些事，我如何能成为太后眼中的贤德之妃，得她如此赞许与疼爱。

便如眉庄，有太后的支持，我的安全、我的地位才能暂得保全。

想到此节，我遥望碧天白云，从容微笑出来。

回到宫中，我对着斟了白菊茶上来的小允子笑道："你去钦天监很是找对了人。"

小允子笑嘻嘻道："季惟生原是奴才的老乡，郁郁不得志的一介书生，屡考不中才靠着祖荫进了钦天监当个闲差，还总被人压着一头。"

我扶着他的手盈盈起身，微笑着拨弄架子上的一只白鹦鹉，从前棠梨宫那只因无人照管早已死了。因而玄凌又送了我一只给我解闷。我给鹦鹉架子添上水，缓缓道："人呢都是要一个机会的，机会来了还要敢赌一把。或者平步青云，或者终生郁郁。季惟生赌对了，本宫也赢了。"我停一停，"只是本宫没想到他那样会说话。"我笑，"懂得把握机会的人很聪明，本宫喜欢和聪明的人打交道，以后好好用着他吧。他的才干可不止一个钦天监司仪。"

小允子嘻嘻笑着，替季惟生谢恩不提。正说着话，却见槿汐疾步进来，悄声道："娘娘，景春殿走水了。"

我点一点头："知道了。"说罢起身扶着槿汐的手行至仪门外，远远见朝南方向滚起一缕黑烟，火势虽不大，却也看着惊心。耳听得外头人声喧哗，奔逐不息，想必皆奔去景春殿救火去了。

我稳稳站着，声音在和煦的风里显得轻描淡写："怎么起火的？"

槿汐敛眉道："小厨房用火不当心——除了景春殿的人自己不当心，还有什么别的缘故。"

我颔首："说得好，自然没有旁的原因。"

槿汐看一看风向："可惜，才下过雨，风又大，这火烧不起来。"

我默然不语，只静静微笑出神。不知何时，浣碧已悄悄伫立在我身边，轻轻道："当真可惜！为何不干脆烧死她，一了百了。"

我回首望她，她眼中有深沉的恨意，如暗沉的夜色。我轻轻叹息："我何尝不想——只是，现在还不到时机，我也不愿便宜了她。"

小允子垂手恭谨道："这样的时气也能走水，可见安贵嫔真是不祥人。"

槿汐唇角蓄着笑意："皇上听闻景春殿走水也有些焦急，只叫着紧救火，到底没去看望安贵嫔。"

我只凝神望着凤仪宫方向，嗟叹道："安贵嫔如此不祥，侍奉皇后反而有所冲撞。"

槿汐浅浅含笑："是呢。皇后若此刻大好了，可见安贵嫔真如天象所言不祥；若要说天象不准，那么皇后只得久久病着，无法干预后宫大事。"

我但笑不语，只道："杨芳仪虽不在了，她身边的人怎么打发？"

槿汐在旁道："寻常侍奉的人自然另去伺候新主子，只杨芳仪的两个陪嫁秀珠和秀沁得打发了回去。"

我沉吟片刻："从前见那两个丫头还妥当，教李长安排了去仪元殿伺候茶水点心吧。"

槿汐微微一想："那可是近身侍奉皇上的好差事……"

"本宫偏要抬举她们，叫她们多在皇上跟前说话做事。"

槿汐应一声"是",匆匆去了。

此后月余,玄凌虽偶有赏赐安慰,却再不听闻往景春殿去了。偶尔提起,也只道:"以前不知怎的,一去了便似被勾了魂一般,再不舍得离开。如今长久不去也就罢了。"

我只笑:"安贵嫔自有她的好处呢。"

然而,玄凌的心到底淡了下来。

因着我请求玄凌与太后瞒住了我怀有双生子一事,加之小腹见大,束腹的带子也逐渐放松,看起来腹部便更显得大些。

我亦故意不加理会,偶尔扶着槿汐的手在上林苑中漫步,或有宫嫔经过向我驻足请安,目光无一不落在我明显的小腹上,继而赶紧抑住自己疑惑而吃惊的神色。我只作不以为意,含笑与她们说话几句也就罢了。

不过几次,宫中的流言蜚语便甚嚣尘上,人人在私下揣测我大于常人的腹部。我不止一次听见有宫嫔们私底下的议论:"莞妃的肚子如何像有六个月的样子了,莫不是……"

我相信,流言总是跑得最快的,带着温热的唇齿的气息,略带恶意,诡秘而叫人激动。

偶尔,我无声经过茂盛的花丛,能听见曼妙的枝叶和绚烂的花朵之后,那压抑着兴奋的窃窃私语。

"莞妃……"有一人小小声地提起。

"什么莞妃!"有人冷笑如锈了的刀片,生生刮着人的耳朵,"不过是一个被废黜过的姑子罢了,长得又和贱婢傅如吟一般妖精模样,要不是为了她肚子里的孩子,皇上肯给她这样的位分?"

"孩子?"更有人不屑而鄙夷,"谁知道是哪里来的孩子?瞧她这样大的肚子,哪里像是六个月的身孕,足可跟徐婕好八个月的肚子比一比——"声音低下去,"她一人待在甘露寺里,保不准耐不住寂寞去找了什么野和尚……"

"嘘——"有人轻声提醒，"她好歹是妃位，你们也不怕隔墙有耳，小心些！"

还是刚才那个声音，语调有些尖厉："严才人就是胆子小，怕她做什么！她除了那个肚子可以倚靠之外，还有什么靠山？若真被我晓得了她肚子里的孩子是野种，看我怎样闹上一闹，叫她好看！"

另一人似有不信，笑道："穆姐姐这样言之凿凿，妹妹就等着看好戏了。只怕姐姐见了莞妃娘娘，就吓得什么话也没有了。"

那人冷哼一声："我会怕她？我若有幸能怀上皇上的龙种，那才是不掺一点杂的，谁稀罕她肚子里的黑心种子？"

我瞥一眼身边的浣碧，她气得浑身乱颤，脸色都变了，我只无声无息地扬了扬脸，浣碧会意，跑远几步轻笑道："安主子，请快来，宝鹃看这里的花开得好呢。"

花丛后的人立时一愣，焦急道："不好！仿佛是安贵嫔和她身边的宝鹃，听闻安贵嫔素与莞妃走得近，若被她听了什么去就不好了！"说罢慌慌张张走了。

浣碧见几人跑得远了，连连冷笑道："奴婢当是什么敢作敢当的人呢，就会背后一味地嚼舌头讨人厌！"

仿佛事不关己一般，我只笑道："看清是谁了么？"

与浣碧一起的品儿道："看得真真儿的，是穆贵人、严才人和仰顺仪。"

我拨一拨袖口上的碎珍珠粒，慢条斯理道："记下了就好。"

浣碧道："小姐不生气？"

我漠然一哂："生气？她们也配么？"我的笑声清泠泠地震落花枝上的露珠，"由她们说去，好着呢。"

这日晌午，玄凌来柔仪殿小坐，带着难以抑制的怒气，道："宫中人心之坏，竟到了如此地步，真叫朕难以忍耐！"

我用绢子为他温柔擦拭似刀裁的鬓边微露的汗水，温婉道："皇上为何这样生气？"

他余怒未消，握一握我的手，道："嬛嬛，朕若对你说，你一定生气。"

我摇头莞尔："臣妾必定不会生气。"

他诧异："为何？"

我淡然的笑容似浮在脸庞上的一带薄雾，朦胧似有若无："臣妾近日听闻的污言秽语之多胜于当日禁足之时。深感流言之祸似流毒无穷，但若为此生气，实在不必。"

玄凌一怔，眼中忧虑之色愈来愈深："嬛嬛，告诉朕，你听说了什么？"

壶中有滚烫的热水，我徐徐提着冲入盏中，盏中干萎轻盈的玫瑰花蕾在沸水中立时一朵朵娇艳舒展开来，似一点醉颜酡红。我轻轻一笑："臣妾所听到的必定比皇上听到的难听百倍千倍，所以臣妾不生气，皇上也不用生气。"

"你晓得她们的污言秽语多不堪入耳，朕是心疼你无辜受屈。"

"皇上既然明白臣妾委屈，臣妾就算不得委屈，至于旁人怎么说，由得她们说去。"殿内凉风如玉，轻扬起沐浴后松软的发丝，斜斜从鬓边堕下来，堕下一点散漫的温柔，"皇上也说是不堪入耳，那就不必入耳，更不必上心了。"我就着他的手把玫瑰花茶递到他面前，"这种花茶虽不是名贵之物，然而闻一闻便觉得肺腑清爽满心愉悦，世间可喜之事甚多，何须为不喜之事牵肠挂肚呢。"

玄凌吻一吻我的手心，深沉眸中有深深的喜悦和欣慰："嬛嬛，朕从前只觉得你温柔，如今更添平和从容。"

我将散落的发丝挽于耳后，轻笑道："皇上这样说，臣妾反倒不好意思了。"

他感慨道："你为朕怀着身孕辛苦，又是双生之胎，宫中之人反而蜚语缭乱，对你多加诽谤，朕只消稍稍一想，就觉气愤。"

我忍一忍心头的屈辱，依旧笑脸迎人："臣妾在甘露寺清心苦修，可见收获亦不少，至少心中平和，能自求安乐。"我望着他，带了几分恳求的语气，"方才皇上来时生气，臣妾乞求皇上，无论听到什么、听谁说的，都不要生气，不要因此而责罚六宫。"

玄凌大有不豫之色："错而不罚，朕觉得不公。"

我垂着眼睑，低低道："皇上若要罚可也罚得过来么？宫中人多口杂，若真要计较，必有株连之祸。何况……"我的目光楚楚似水，盈盈流转，"皇上只当是为咱们的孩子积福。"

玄凌禁不住我求恳，再犹豫，终究也是答应了。何况那些如花的青春容颜，他重罚之后未必不会更垂怜心疼。

此事一压再压，我也只作不知，索性连出柔仪殿的时候也少了。派出去的小允子和品儿等人自会将暗中诋毁之人的名单列与我看。

我斜卧在榻上，举了一柄玉轮慢慢在面上按摩，听浣碧念了《搜神记》与我听，偶尔调笑两句打发辰光。浣碧道："小姐腹大之事外头闹得沸沸扬扬，小姐竟还稳如泰山。奴婢一时想不明白，那日蓦然想起小姐说的话，才回过味来。"

我慵懒道："我甫回宫，又怀着身孕，得尽盛宠。阿谀奉承之人有之，背后诋毁之人有之，敌我难分，难免有腹背受敌之虞。不如借此一事分出个你我来也好。"

浣碧道："如今她们以为风头大转，此时毁谤之人必是小姐之敌，默然者便是小姐之友，可互为援手。"

我仰首一笑："哪里有这样容易。毁我者是敌不错，然而默不作声的也未必是友。譬如敬妃向来是明哲保身的，而景春殿那一位也是至今无声无息呢。"

浣碧蔑然一哂："徐婕好一事她已不招太后待见，皇上碍着太后，又忌讳着'不祥'两字，听闻杨芳仪的陪嫁侍女在仪元殿伺候着茶水甚是用心，皇上见仆思主，念及杨芳仪，也觉惋惜。"

"皇上觉得惋惜，才会想到当日安氏身边的宝鹃是如何一口咬定、言之凿凿的。"我扬一扬手，腕上的赤金环珠九转玲珑镯便玲玲作响，"皇上不去她那里，倒是常常去滟常在处，可见她如今之得宠。"

浣碧撇一撇嘴，道："奴婢瞧叶氏对皇上是不冷不热的，也不知以什么狐媚手段得宠。"她停一停，"奴婢看诽谤之人中并无她，想见她即便要诋毁小姐也得有可说话之人，她即便得宠，太后嫌弃，嫔妃怨恨，又有什么趣儿！"

我微微一笑，摇头道："她也未必是个肯背后说三道四的人。"我瞥一眼浣碧，"你和叶澜依也不过是几面之缘，何以如此不喜她？"

浣碧低头思量，拨着耳朵上白果大的蜜蜡耳坠子，道："奴婢也不晓得为何这样不喜欢她，只觉得她妖妖调调的。大约有安氏前车之鉴，奴婢总不喜欢这样的人。"

正说着，外头品儿进来道："徐婕妤来了，娘娘见还是不见呢？"

我微微一怔，忙道："怎么不见，快请进来。"

徐婕妤身子依旧单薄，气色却好，可以想见连日来玄凌必定对她曲意关怀，十分怜惜。

她身子已经有些笨重，走路也吃力，须扶着手才走得稳当。她一见我便要行礼，我忙叫浣碧搀住，打趣道："妹妹一向本宫行礼，本宫忍不得就要去扶，一个不当心，咱们的肚子必要撞在一起了。"

徐婕妤掩唇笑道："娘娘真是风趣。"

徐婕妤盈盈一笑，气质婉约，如一阕唐诗，婉兮清扬。与之相较，得宠的叶澜依便是清冷中带着冶艳，风姿绰约。玄凌已过而立久矣，岁月匆匆，何来年轻时的心性，甘心耗费心力欣赏追寻细腻如织的女子。后宫中美丽的女子那样多，自然是叶澜依一类更得他喜爱。

徐婕妤道："早就想来看娘娘的，如今能走动了，便想来向娘娘请安。"

我含笑道："身子好了是该多走动走动。"

徐婕妤微微蹙一蹙眉，眉心便似笼了一层愁烟，低柔道："不出来时盼着出来，一出来便又觉得纷扰不堪。"她恳切道，"娘娘为嫔妾几番费心，甚至恳求皇上和太后解嫔妾禁足之困。当日若无娘娘，只怕今日嫔妾腹中的孩子不保。"

我亦诚恳相对:"十月怀胎多少艰辛,只有咱们自己知道,若一朝保不住,何尝不是痛彻心扉。"

徐婕妤目光清澈似一掬秋水盈然,低低道:"嫔妾听闻娘娘曾经身受其苦,生产胧月帝姬固然是困顿万分,头一个……"她声音略低了低,然而由衷之情不减,"或许因为这个缘故,娘娘才会对嫔妾如斯关怀吧。"

我微微一笑:"徐妹妹很是聪慧。"

她的笑淡然而伤感,微微侧首看着瓶中供着的几枝秋杜鹃,依依道:"聪慧又如何呢?譬如这杜鹃开得再好再美,终究是春天里的花朵,如今快入秋了,再怎么好也是错了时节的。"

那秋杜鹃本是浣碧日日用来簪发的,徐婕妤无心之语,浣碧听着有心,不由得微微变色。

我只作不觉:"妹妹如何这样说呢?做人不过是一口气撑着,若自己的心都灰了,旁人怎么扶也是扶不上去的。妹妹好歹还有腹中这个孩子呢。"

徐婕妤温婉微笑:"嫔妾不中用,经不得人言,过不了自己这一关才会自伤其身,娘娘可要性子刚强些才好,万勿如嫔妾一般。"

我的唇齿间含了一抹浅淡平和的微笑:"妹妹甫出宫门就听到如斯言语,可见宫中对本宫这一胎是非议良多了。"

"非议终究是非议,"徐婕妤道,"娘娘如此待嫔妾,嫔妾对娘娘亦要推心置腹,有些事嫔妾自己未必做得到,但希望娘娘不要因旁人而自己伤心。"

我握一握她冰凉瘦长的手指,轻笑道:"妹妹自管安心就是。本宫不出这柔仪殿,她们又能奈我何?"徐婕妤忧心忡忡地点了点头,才肯回去。

如此流言蜚语满天,议论得多了,不免连皇后亦出言相劝:"宫中人人说莞妃之胎不同于人,皇嗣一事上谨慎再谨慎也是应该的。"

皇后虽然不得宠，然而多年来居国母之位，玄凌亦对其颇为敬重。且皇后自称在病中，数月来一事不管，一言不发。如今既然皇后说话，他也不好一口撂开，于是道："皇后操心，只是宫中风言风语从来没有断过的时候，皇后若要为这些不着边际的话费心费神，只怕对保养自身也无甚益处。"又道，"皇后身子总没好全，后宫之事自有端妃和敬妃为你分担，她们不把这些不像样的话听进去，皇后又何必理会。"

彼时我正在梳妆，听完小允子的汇报，只拣了一对翠玉银杏叶耳环戴在耳垂上，顾盼流连："其实皇后这样说也是无可厚非，她是后宫之主，留意后宫一言一行都是她的职责所在，何况是这样揣测皇嗣的大事。只是皇上早在心里存上了这件事，皇后又恰巧撞上，才会如此罢了。"

玄凌一向敬重皇后，如今说出这样的话来，已是有几分薄责之意了，甚至在我面前亦流露出几分意思："皇后向来稳重得体，如今也毛躁了。听风就是雨，耳根子软和，跟着那些年轻不懂事的胡乱操心。"

我机巧道："皇后娘娘也是好心罢了——皇上没有将臣妾怀有双生胎之事告诉娘娘吧？"

他的手滑过我的肩头："你这样嘱咐，为了咱们的孩子这样委屈忍辱，朕还能说么？"

我低首，婉约一抹身为人母的温和："只要为了这孩子，臣妾做什么都是心甘情愿的。"

玄凌慨叹道："为了孩子，你每每委屈。"

我含了几分亲昵："是为了孩子，更是为皇上。前朝的事繁冗陈杂，回了后宫，皇上且安心歇歇吧，臣妾没有什么委屈的。"言毕，我又特特加上一句，"穆贵人她们到底也年轻，哪里晓得什么是非轻重，若皇上听见了她们说些什么也别生气才好。"

玄凌的性子，一向对年轻娇艳的嫔妃们宽容些。穆贵人等人之事本来若责罚过了，过些日子也就罢了。只是她们诽谤议论愈多，我愈苦口婆心劝谏玄凌不要因我一己之身牵连六宫，玄凌反倒存上了心思，对一众非议的妃嫔都冷落了下来，再不踏足一步。

逐渐，宫中得宠的也唯有寥寥几人了。倒是槿汐说起，胡昭仪虽也略有非议，玄凌倒不加斥责，依旧宠爱如常。我轻哂道："她是什么身份，皇上自然是要让她几分的。只是胡昭仪的嘴还是那张嘴，皇上的性子也还是那个性子，何曾变过呢。"

槿汐闻言，意味深长一笑："是，譬如从前的慕容华妃，皇上纵容她未必是真宠着她。"

我的神思有些倦怠，也不言语，只挥一挥手叫槿汐退下了。

合歡 ｜ 貳拾

时近夏尾，反而热得愈加难受。这一日清早循例去皇后处请安，皇后只道"精神短"，寥寥说了几句也就散了。我独扶着槿汐的手缓缓扶着腰行走。清晨的天色原本是很好的，朝霞如锦绣，绚烂满天。然而不过一刻，便是黑云压城、雷声滚滚。虽有轿辇跟着，槿汐亦不放心，道："娘娘，要在下雨前回宫必定是来不及了，不如咱们找个地方歇歇，等雨过了再走吧。"

于是到了就近的亭子中避雨。甫进亭子，只觉红阑翠璃十分眼熟。槿汐轻声道："娘娘，这是寄澜亭呢。"

几乎自己都愣了一愣，我无知无觉地应声道："是寄澜亭么？"

寄澜亭，正是我当初与玄凌初见的地方呢。蓦然从心底漫出几许苍凉与伤感，光影流转十年，人间早已不复从前。当日欢爱，几多欢欣，多是少女明媚多姿的心境。人生若只如初见啊！

只可惜，可以重遇，却再无当时心境了。

寄澜亭外的杏树只余了青青郁郁的浓荫如幛，秋千架早不见了，倒是几株合欢开得极好，仿若易散的彩云，如梦似幻，在阴郁的天色下格外鲜雅亮丽。

我的目光停驻于合欢花上，轻轻道："开得再好，暴雨如注，终究是要零落花凋了。"话音未落，暴雨已倾盆而下，如无数鞭子暴烈地抽在地上，泼天泼地激起满地雪白的水花。

槿汐护住我道："娘娘站进些，别着了寒气。"言毕，不觉向着外头"咦"了一声。我顺着她的视线望去，却见大雨中隐约有一女子的身影，也不急着避雨，只仰头张开裙子搜罗着什么。我一时好奇，便道："槿汐，你去瞧瞧。"

槿汐应声，打着伞去了，不过片刻却扶着一女子进来，道："娘娘，是沨常在。"

果然是叶澜依，她穿了一袭青碧碧的绫纱袄，衣襟袖口绣着朵朵合欢花，底下是暗绿长裙。她衣衫都湿透了，紧紧附在身上，愈加显出她曲线饱满、身姿曼妙。她头上松绾一个宝髻，想是淋雨的缘故，鬓发卷在脸上，抖开的衣裙外幅里积了许多合欢花瓣，如拢了无数云霞入怀。她草草向我行了一礼，也不顾身上湿透会着了风寒，只顾着怀中的合欢花，又怜惜看向外头暴雨中受不住狂风急雨而凋落的合欢花瓣。

因她身上湿透了，身形毕见，不免尴尬，旁边几个内监都勾下了脑袋不敢再看。我微微使了一个眼色，槿汐忙披了件披风在她身上，道："沨常在，小心身子。"

她"嗯"了一声算是答应，只忧心忡忡看着外头的花。槿汐无奈望我一眼，仿佛向我道：沨常在果然脾性怪异。

我索性也不言语，扬了扬脸对身后的几个小内监道："沨常在喜欢那合欢花，你们拆了轿辇的帐帷铺在树底下，等雨停了去了水，只把花瓣送到沨常在处。"我微微一笑，"这法子不用常在淋雨，也可收尽了花儿，常在看如此可好？"

她这才微露喜色，恭敬屈膝谢道："多谢娘娘。"

我含笑看着她的衣衫："常在仿佛很喜欢青绿色的衣衫，每每见到皆如是。"

她微微一笑，媚色顿生，带着一点雨水的寒气，道："娘娘很细心，嫔妾的衣裳的确多是青碧色。"她停一停，"嫔妾只喜欢青色。"

我颔首："常在的容貌颇艳，其实穿红色亦美，如常在所爱的合欢花一样。"

她不置可否，只道："快要入秋，合欢花也不多了。"

我淡然微笑："上林苑中，这边的合欢花算是开得好的了。"

她的眸色微微一亮，丹凤眼因着这神采愈加灵动妩媚，语气却是慵甜的："这里的合欢花哪里算好呢？镂月开云馆的合欢花才是天下最佳，入夏时节便如花海一般，连太液池的湖水也有那香味。"

她眼中闪过一丝难言的陶醉与神往。我心中骤然蒙上一层荫翳，仿佛亭外雷暴滚滚的天色。镂月开云馆是玄清在紫奥城的住处，其实就在太液池中央。然而男女有别，我是永远不可能踏足的。那样美的合欢花，连浣碧都见过的，于我，到底是近在咫尺，却远隔天涯了。

镂月开云馆如是，他又何尝不是呢？

然而另有一层疑惑漫上心头，我出神的片刻，湉常在容色一黯，仿佛是察觉失言了，自嘲着笑道："嫔妾从前微贱，去镂月开云馆奉过差事，送过回东西。"

我轻轻"嗯"了一声："旁人闲话是旁人的事，若自轻自贱便不好了。若说微贱，本宫又何尝不是罪臣之女呢。"

她悠然一笑，似有所触动，然而很快望向亭外，伸手接住飞檐上滑落的积水，道："雨停了。"

我看一看她，道："怎么常在身边服侍的人也不跟着出来么？大雨天的，不如本宫着人陪你回去吧。"

她似笑非笑，微有清冷之色，道："绿霓居向来无嫔妃愿意踏足，怎么娘娘要贵步临贱地么？"

我本无意亲自陪她回去，然而她这样一说，我反倒不好回绝，于是道："常在不欢迎本宫去么？"

她扬手："娘娘请。"

绿霓居精致玲珑，天气好的时候，远远便可望向太液池中央。庭院中几只鹦鹉扬着五彩绚丽的长尾悠闲自得栖在枝头，并不怕人。我甫一踏入内殿，倏地窜出一只花色斑斓的大猫来，我唬了一跳，忙把将要呼出的惊叫硬生生压了下去。槿汐不动声色地站到我跟前，笑道："常在的猫养得真好。"

滟常在微微一笑："这样蠢笨的大猫有什么好看的。"她回头张望，"团绒呢？"

墙角骤然滚出一团雪球来，滟常在伸手抱在怀里，却是一只雪白小巧的白猫，蜷缩起来不过两个手掌大小，双眼滚圆碧绿，毛色雪白无一丝杂色，难怪叫作"团绒"。

滟常在爱惜地抚一抚团绒的皮毛，团绒亦无比温顺，懒洋洋"喵"地叫了一声，无比柔媚悠长。它这一声刚停，周遭十数只猫一起围拢来，叫声此起彼伏。我一惊之下心口突突地跳着，连忙掩饰住神色，稍稍退后两步。滟常在微有诧异道："娘娘害怕猫么？"

我忙掩饰着笑道："没有。本宫只是好奇团绒一叫把猫都引来了。"

滟常在颇为自得，道："团绒不是凡物，它轻易不开口，若一开口，周遭的猫都会被它引到近侧。若非嫔妾是驯兽女出身，只怕还驯服不了它。"

我几乎寒毛都要竖起来了，槿汐忙笑道："娘娘，吃药的时辰到了呢，只怕凉了喝不好。"

我会意，随即道："本宫还要回去服药，不便久留。常在方才淋了雨，要热热地喝碗姜汤才好。"

滟常在点一点头，吩咐人把方才收的合欢花都拢了起来。

槿汐扶着我出来，抚着胸口道："可吓死奴婢了。"她比画着道，"一见那么大的猫，奴婢就想起在凌云峰那个晚上，当真后怕。"她扶住我的手，关切道，"娘娘没事吧？"

我勉强笑道："没有事。她也不过是养着玩罢了。"

这一夜夜色如纱漫扬轻落，柔仪殿中红烛无光，唯见殿顶一颗硕大的夜明珠散出淡淡如月华的光芒。风轮虚弱地转动着，带来外头夜来香的轻薄香味。紫檀座兽耳炉焚着安息香，慵软的香气淡淡如细雾飘出，空气中弥漫着叫人心生懒意的气息。

我无法安睡，耳边有夜风穿越紫奥城重重殿宇楼阁的声音，隐隐似有人在轻声呜咽，仿佛是一种压抑的、悲怆到骨子里的悲泣，在叹诉无尽的哀伤。

我心里头发烦，扬声道："槿汐——"

槿汐起身为我披上一件外裳，道："娘娘怎么起来了？"

我烦恼道："许是肚子大了睡着难受，你扶我出去走走吧。"

于是我扶了槿汐的手，浣碧和小允子跟在身后，一同出了未央宫去。

才过长廊，我忽地想起一事，问道："槿汐，今晚皇上翻了谁的牌子？"

小允子笑道："说起来正奇怪呢，皇上今日翻的可是惠贵嫔的牌子，当真是奇闻了。"

我一惊，不觉疑惑地扬起眉毛，道："惠姐姐有日子没在皇上跟前了，怎么好端端地翻起她的牌子来了。"

小允子轻轻拍了自己一个巴掌，低头道："娘娘今日着惊，奴才只顾着叫人给娘娘煎安胎药，浑忘了。听说今日惠贵嫔落了镯子，不想巧不巧掉在仪元殿前头那条路上了。惠贵嫔领人去寻时正好皇上下朝，便撞上了。"

我凝神一想，今日去向皇后请安时，眉庄仿佛是用心打扮过了，双翅平展金凤钗，穿一袭肉桂粉挑绣银红花朵锦缎对襟长褂，那颜色本就容易穿得俗气，然而穿在略略丰润的眉庄的身上，却格外饱满端庄，更添了一抹温婉艳光。

我思量着道:"皇上对眉庄不能算是绝情,既如此遇上,自然不会冷待。"

槿汐的手沉稳有力,扶在我手肘下:"太后喜欢宫里有大方识大体的嫔妃侍奉皇上,惠贵嫔又是一向最得太后心意的。"

"姐姐绮年玉貌,若长此避居棠梨宫也实在不是个事情。"然而我心下微微疑惑,以眉庄的性子,她不肯的事情别人怎么逼迫都是无用的。何况她是细心的人,又是极力避着玄凌的,怎么会把镯子落在了仪元殿周遭呢,当真是机缘了。

浣碧伸手遥遥一指:"小姐你瞧,是凤鸾春恩车呢,从棠梨宫那里出来,是惠贵嫔吧。"

夜色沉沉中看得并不清楚,只是凤鸾春恩车的声音是听得极熟了,在蝉鸣与蛙鸣起伏中,辘辘轮声,格外清晰。

次日晌午我便叫人收拾了礼物去棠梨宫,眉庄斜倚在西暖阁里,采月和白苓一边一个打着扇子,因着暑气未尽,她只穿了件家常的铁锈红绣银丝菊花的绉纱单衣,系着浅一色的长裙。见我来了亦是懒懒的,笑道:"你自己坐吧。"又吩咐采月:"去切了蜜瓜来。"

我坐在她面前,叫浣碧搁下了礼物道:"你这衣裳还是我走那年做的,这些年你未免也太简素了,我选了几匹上好的料子来,裁制新衣是不错的。"

眉庄一笑,耳上的米珠坠子便摇曳生光:"左也送右也送,你回来几个月,这棠梨宫里快被你送的东西塞满了。"

正说着却是李长来了,见我也在,忙鞠身行礼,向着眉庄赔笑道:"给惠主子请安。"说着指一指身后小内监手里的东西,笑道,"这是皇上叫赏娘娘的,请娘娘收着。"

眉庄只瞥了一眼,叫采月收了,随手从手边的罐子里抓了一把金瓜子塞到李长手中，笑吟吟道："谢公公跑这一趟，这点子心意就当公公的茶钱吧。"

李长笑眉笑眼道："奴才怎么敢当。皇上说这些赏赐只当给娘娘解闷儿，也请娘娘今晚准备着，凤鸾春恩车会来棠梨宫接娘娘。"

眉庄蔼然微笑："请公公为本宫多谢皇上就是。"

见李长出去，我满面是笑："恭喜。是时来运转呢，还是有人转了性子？"

眉庄淡淡一笑，也看不出悲喜之色，只拨着吊兰的修长叶片绕在手指上。她的手指修长而有如瓷器一般莹白，在阳光下似镀了一层清泠泠的寒光，与深绿的叶片映衬，有些惊艳亦惊心的意味。她徐徐道："算不得喜事，也不是坏事，更无关时运脾性。人总要活下去，日子也要过下去。"她的神情淡漠，始终望向辽阔的天际，仿佛有无限渴望与期许，亦有一抹难言的伤感，仿佛终年积在山巅的云雾，散布开去。然而终究，嘴角也只是凝着与她素日的端庄不甚符合的冷漠。

我不明白眉庄如何想通了，也不知道这样的想通于她是好是坏。我上前一步与她并肩而立，握住她的手，温然道："你愿意怎么做，我总是陪着你的。"

她微微一笑，恰如冰雪乍融，春光四溢，反握住我的手道："嬛儿，有你在，我也能安心一点。"

接下来的一月之中，眉庄频频被召幸，大有刚入宫时的气势，我也暗暗为她高兴。然而更喜之事亦接踵而来。

这一日凉风初至，正好亦长日无事，玄凌便带着我与徐燕宜、胡蕴蓉、叶澜依和眉庄同在湖心水榭上看一色粉色纱衫的宫女们采莲蓬莲藕。其时湖中荷花凋谢大半，荷叶盈盈如盖，似撑开无数翠伞，宫女轻盈的衣衫飘拂如花，似亭亭荷花盛开其间，偶闻轻灵笑语之声，带着水波荡叠之音，格外悦耳。

众人环坐水榭之中，我与徐婕妤身形日渐臃肿，自然不便近身服侍，于是隔了最远坐着，却是眉庄与胡蕴蓉坐在玄凌近侧。玄凌笑向胡昭仪道："还是蕴蓉的鬼点子多，想着无荷花可赏了，便叫宫女穿上粉色衣衫如荷花一般，又叫采莲摘藕，别添了一番情趣。"

我浅浅微笑，道："常恐秋节至，焜黄华叶衰，这样看着倒像是好花常开、好景常在了。"

胡昭仪盈盈一笑，颇有得色；我与徐婕妤只是礼节性地微笑；叶澜依素来寡欢，人多时也不多言语，只自饮自酌，独得其乐；眉庄一味低头沉思，纤长浓密的睫毛在眼睑下方投下浅浅的阴影，别有一番沉静风韵。

远远有歌女清唱的声音婉转而来，玄凌执杯倾听良久，淡淡道："歌女的歌声自是不能与容儿相较了。"

胡昭仪莞尔一笑："皇上久不见安贵嫔了，现在想得厉害么？与其这歌声听得皇上食之无味，不如皇上去请了安贵嫔来吧，免得生起相思病来。"

玄凌不觉失笑："越发胡说了。"

我知晓玄凌心思，不由得笑道："天象虽说安贵嫔近来不祥，只是皇上要见也无不可。"

胡昭仪撇一撇嘴，接口道："不过听歌罢了，远远叫与歌女坐在一起，以免不祥之气沾染了皇上，且那歌声被水波一漾只会更好听了。"

玄凌听得如斯，也便罢了，叫李长去传了陵容来远远歌唱。

几曲清歌作罢，玄凌不觉神驰，悠然道："果然是好嗓子，如今放眼宫中竟无人能及。"他思量片刻，方向李长道："叫她来给朕倒杯酒吧。"

须臾，却见安陵容甜笑满颊，翩翩而来，取了梅花银酒壶来为玄凌斟上美酒，道："方才一路过来看湖上宫女如花，听闻是胡昭仪的心思。胡昭仪是皇后娘娘的表妹，也是皇上的表妹，自然最明白皇上的心意。"

胡昭仪听了她的奉承，只是漠然一笑别过头去，并不接话。安陵容也不介意，只按着次序从胡昭仪起一一为每位嫔妃倒上紫莹莹的葡萄美酒，十分殷勤。因着我与徐婕妤怀着身孕，她倒也细心，叫人换了梅子汤来，又特意在我的碗里多搁了糖，笑道："我记得姐姐不爱吃酸的，皇上还特意叮嘱过。"

我亦微笑相对，沉静道："安贵嫔记性最好，多年的旧事还记在心上。"

她嫣然含笑，一派恭谨温顺："姐姐的事，我敢不放在心上么？"说罢盈盈离去。

她自被冷落以来，皇后又病着，更无人可依，此番应诏而来，不免更谨慎温顺，事事顺着玄凌和得宠嫔妃们的心意，小心翼翼地殷勤。

待走到眉庄身前，正要斟酒，眉庄伸手拦住，雨过天青色的衣袖如张开的蝶翼翩然扬起。她转首望住玄凌，笑容羞涩而柔和，静静道："臣妾有了身孕，实在不宜饮酒。"

不过短短一句，她说得也不大声，陵容手微微一抖，险些把酒泼了出来。她很快掩饰住失态，笑道："恭喜姐姐，妹妹一高兴连酒壶也握不稳了呢。"又笑对玄凌俯身下去，带着欢悦的语调，仿佛是自己有了身孕一般，道："恭喜皇上！数月之内，这可是第三桩喜事了呢。"

玄凌乍然听闻也是大喜过望，忙拉起眉庄的手急切道："是什么时候的事？几个月了？"

眉庄只浅浅微笑着，矜持道："昨日觉得身上不大爽快，传温太医来一瞧，已有两个月的身孕了。臣妾怀有皇嗣，自当万事小心，不敢再沾酒水了。"

玄凌屈指一算，已是满面喜色，连连道："不错，的确是两个月了。"

我骤然听闻，既是意外又是惊喜，一时说不出话来，只晓得向着她笑。徐婕妤贺了一贺，叶澜依自然是事不关己高高挂起，倒是胡昭仪欠身笑了笑，道："恭喜惠贵嫔。"

玄凌忙向身后的小内监道："惠贵嫔有了身孕，还不把她的菜式换成和莞妃、婕妤一样的。"小内监忙点头哈腰去了。

我笑吟吟望住玄凌道："皇上可别高兴忘了，老规矩呢。"

玄凌一拍额头，朗声大笑道："是是是。多得嬛嬛提醒，朕可要高兴糊涂了。"说着便唤李长："去传旨，晋惠贵嫔为从二品淑媛。"他拉住眉庄的手，笑得合不拢嘴："去年夏天宫里的菊花就开了，起先还担心是妖异之兆，如今看原是主大喜的。嬛嬛、燕宜和眉儿都有了身孕，宫中从未有过这样的喜事！"

我见机道："是呢。从前总说危月燕冲月不吉利，拘束了徐妹妹。如今瞧着徐妹妹解了禁足，不仅太后身子见好，连皇嗣也兴旺繁盛了。"

玄凌只顾着高兴，一时也顾不上徐燕宜，听我如此一说，略有些不好意思，走近徐婕妤道："幸好当日莞妃直谏，否则可真是伤了你的心了。"说着又含笑向我，轻声道："若不是嬛嬛，朕如今可要后悔了。"

徐婕妤面上微红，正要欠身谢我，我忙搀住她道："妹妹身子也重，何苦拘这些礼数。"

眉庄即刻道："太后总赞臣妾贤德，其实真论起贴心贤惠来，臣妾总是不如莞妃。"

玄凌眉梢眼角皆是泛着亮泽的笑意："朕有你们三位贤德之妃，自然都是不相伯仲的。"

胡昭仪掩口一笑，迎上前来，娇声道："皇上好没良心，这样就把人家撇在一边了。"她撒娇地一偏头，珠簪上的薄金镶红玛瑙坠子滚得欢快而急促。

其时湖上莲叶田田，胡昭仪一色桃红蹙金衣裙被湖面清凉湿润的风缠绵拂起，仿佛湖上一株出水红莲，艳而不妖，丰姿绰约。玄凌正要说话，却见徐婕妤身边的一个红衣侍女越众而出，声线清亮："昭仪娘娘娇艳动人，我家小主恬静温和，如开在湖中的红白并蒂莲花，自然都是极好的。皇上既爱惜白莲，自然也舍不得红莲，娘娘以为呢？"

我微微愕然，本能地转过头去看，说话的正是服侍徐婕妤的宫女赤芍。徐婕妤身边的桔梗和黄芩是陪嫁进宫的，赤芍和竹茹出身宫女，在徐婕妤身边的分量自然不如桔梗与黄芩。我对赤芍的印象不过是个柳眉杏眼的女子，颇有颜色，却不想她会在这个时候说话，且并无畏惧，目光朗朗划过玄凌。

不过是一瞬间的惊愕和意外，胡昭仪娇滴滴一笑："徐婕妤饱读诗书，身边的宫女竟也伶牙俐齿到这等地步，当真叫本宫自愧弗如。只是在圣驾和本宫面前这样妄自言论，未免也大胆得出格了些。"

赤芍脸上窘迫得发红，忙退了一步，徐婕妤十分局促不安，略带责备地看了她一眼。

玄凌带着玩味的神色，颇有兴味地看着赤芍，道："虽然无礼，话却是很动听的，想必你家小主好好调教过你。"说罢微笑亲昵向胡昭仪道："红莲算不得辱没你，还是很相衬的。"胡昭仪这才融融一笑，徐婕妤见玄凌并不生气，这才暗暗松了一口气，把赤芍掩到身后。

眉庄只冷眼旁观，姣好的面容上含着一丝淡漠的笑容，我无暇去顾及胡昭仪含笑带嗔的娇容，目光只被赤芍吸引，悄无声息地捕捉到她眼神中那一缕隐秘的失望和落寞，几乎无声地湮没在她艳丽的绯红衣衫之后。

贰壹　清平調

　　宴席散后，我自陪着眉庄去棠梨宫安歇。棠梨宫里早欢成了一团，服侍眉庄的宫人总以为这位主子只得太后怜惜，在玄凌跟前再无出头之日，不过一两月间却世事翻转，不仅再度得宠，更有了身孕，连敬妃亦感叹："淑媛入宫十载，一朝有喜，如此福泽连本宫也自觉有了些盼头了。"

　　太后自然喜出望外，格外疼惜，日日叫人送了滋补之品来，连在病中的皇后也遣了身边最得力的宫女剪秋来探望。

　　眉庄厌烦不已，只推说身子不爽快，一概不见人。然而别人也就罢了，剪秋是皇后身边的人，自然推脱不得。

　　眉庄每每皱眉道："最腻烦剪秋过来，明知道她没安好心却还不得不敷衍着，当真累得慌。"

　　我笑着吹凉一碗安胎药，道："难怪剪秋要一天三趟地来这里，她主子一病几月，宫里就有三位有孕的妃嫔，能不火烧火燎么？"

　　眉庄扬起脸，对着光线看自己留得寸把长的指甲，错错缕缕的光影下，她的指甲仿佛半透明的琥珀，记载着无数隐秘的心事和流光匆匆。

"三个！"她喃喃道，"只怕她有三头六臂，一时也应付不来。"

我冷笑一声："这也就罢了，现还有一个安陵容呢。虽则说是被冷落了，可瞧皇上那日那样子，你说有孕时偏她就在，别叫皇上信了她已不是不祥之人了。"

眉庄微微一笑："这有什么难的，总再想个法子就是。"

我想起从前种种不免忧心不已，忙将怀孕保养、小心防备之事不厌其烦与她说了几遍。眉庄笑道："果然是做母亲的人了，嘴也琐碎起来。这几日不知说了多少，我的耳朵都要长茧了。"

我假意在她脸颊上一拧，笑道："果然是不识好人心。"我停一停，"幸好太后把温实初指了来照顾你，要不我怎么也得去把温实初给磨过来照料你，否则换了谁我都不放心。"

"即便太后要指别人来看顾，我也不肯，这几年我的身子一向都是他在照料，若换了旁的太医，我自是一字不信、一言不听——我是吃过太医的亏的。"因着怀孕的缘故，眉庄打扮得愈加简素，趿着双石青黄菊缎鞋，除了一身湖水染烟色的银线绞珠软绸长衣，通身不加珠饰。她眼睑垂下时有温柔而隐忧的弧度，"他的担子也不轻，一头你快七个月了，我这里又不足三月，是最不安稳的时候，他是要两头辛苦了。"

我一笑置之："辛苦归辛苦，总归你和孩子能一切平安，也算是他多年来为我们尽的心意了。"

眉庄拨一拨额前碎发，含着笑意道："其实你怀着身孕回来，温实初就前所未有地忙起来，在你的柔仪殿尽心尽力，就只差四脚朝天了。"

我扳着眉庄的肩笑道："他再忙也是为了我肚子里的皇嗣忙，哪里单单是为了我呢。姐姐又拿我取笑。"

眉庄笑笑："我也不过玩笑一句罢了。"

我含笑看着她尚平坦的小腹，道："当日突然听你这样一说道有了孩子，我也吓了一跳，当真是又惊又喜。"

"这个孩子本是我意料之外，然而既然有了，我一定拼上性命去护着他。"她言语间举止依旧舒缓娴静，自有如水般母性的坚毅与温柔。

我温言道："虽然你总不肯原谅皇上，虽然这是你和皇上的孩子，但孩子到底是无辜的。"

眉庄淡然一笑，眉目间另有一重如珠的温柔光辉："皇上是皇上，孩子是孩子，他怎能和我的孩子相提并论……"眉庄本是随大溜的大家闺秀，气度大方，随时守分，然而自从禁足一事伤了心，又几经波折，那股渐生的清高也日渐萌发了出来。

"不过说到底，咱们这些人和平常人家不一样。"我微微叹息一声，不觉沉了声调，"其实蓬门小户哪里不好了，至少从怀孕到生育，夫君都会在身边着意体贴，百般呵护。到了咱们这里自然是指望不上，只能靠太医的照拂，还得要信得过才好。"

眉庄的神色有一瞬间的恍惚，仿佛被劲风扑了的火苗，惘然的面容似在烟水缭绕之中："有自己的夫君、孩子的父亲一直照料陪伴么？"她的神色很快转圜过来，温柔的神情似三月里开出的第一朵迎春花，娇柔而羞涩的，"那是几世才能修来的福气，不过想想罢了。"

眉庄的横榻上随意放着几个烟灰紫色团花软垫，那烟灰紫的颜色，仿佛染得心境也这般灰暗抑郁了。我腹中的孩子，自他们在我身体中后，我何曾再能与他们的父亲有一日相见的余地呢？遑论呵护陪伴，连见一面，也是再不可得了。我随手抱了一个软垫在怀里，柔软的面料上绣着花叶横旋的蔷薇，我微微垂下眼睑，心思也凌乱如蔷薇了。

自眉庄有孕，陵容来往的次数也多了，先前眉庄总推说身子乏没见，因着她殷勤，渐渐也熟络起来，常常一同闲话家常或做些女红。旁的妃嫔见了，也只道眉庄与她有昔日的情分在。然而每每如此聚过之后，眉庄便身子乏软不适，头晕不止。眉庄一概隐忍不言，然而人多口杂，到底有人把这话传到了玄凌耳中。眉庄见我时笑言："皇上只说叫我静养，再不许她来我这里。"

我闻言含笑:"宫中盛传她是不祥人,先冲撞了徐婕好的胎气和皇后的身子,如今又冲撞了你。皇上嘴上不说,心里却冷落下来了。"

自此,安陵容失宠之象愈盛,虽则一切供应仍是贵嫔之份,景春殿亦冷落如冷宫了。

这日晌午和眉庄从太后处回来,太后自是殷殷叮嘱她保养身子,又嘱咐她少与安氏往来。眉庄叫采月先回去,自己则陪我回柔仪殿说话。甫坐下不过一盏茶的工夫,正好敬妃带了胧月过来,笑吟吟道:"莞妃的孩子过上三个来月就要生了,我闲着无事做了些小孩子的衣裳,将就着给孩子穿吧。"

含珠手里捧着一叠子婴儿的衣衫,色彩鲜艳,料子也是极好的,绣满了和合二仙、瑞鹿团花等图案。

我笑道:"敬妃姐姐的手艺是越发好了。"

敬妃微微一笑,掩饰住眼角蔓生出的失落与寂寞,恬静道:"我刚进宫的时候,当真是手拙得厉害,别说绣什么花了,左右最拿手的不过是绣个鸭蛋罢了。"

眉庄抿着嘴笑着打断:"如今看敬妃的巧手,定会觉得绣鸭蛋一说是扯谎了。"

敬妃握住胧月的小手,低低道:"年深日久,到底安静一人的时候多,再怎么笨的手,如今也没什么花儿不会绣了。"敬妃一向淡然,然而此刻话中的寥落,却是显而易见了。

宫中年深日久,朱墙碧瓦之内,又有何人是不寂寞的。

我与眉庄刹那也是无言了,胧月安静伏在敬妃膝上,像一只乖顺的小猫。片刻,倒是敬妃先笑了起来:"看我尽说些扫兴的话。沈淑媛,我也备了一份礼给你。"敬妃温柔唤过胧月:"绾绾,去把手绢子送给你惠母妃。"

胧月撒着欢儿从袖子里取出一块绢子，稚声稚气道："胧月知道惠母妃喜欢菊花，这是给惠母妃的。"说着放到眉庄手里。

敬妃抚一抚胧月的额头，笑向眉庄道："这份心意如何？"

眉庄撇嘴玩笑道："自然是好的——我不过是看胧月的面子罢了。"

敬妃大笑："淑媛有了身孕，也学会了任性撒娇了。"

眉庄掌不住"扑哧"笑出声了来，胧月忽然转头问我："莞母妃，你喜欢什么花儿？"

她很少这样主动和我说话，虽然还有些疏离的戒备，却多了几分好奇。我欣喜不已，忙道："母妃最喜欢海棠，你呢？"

她琉璃珠般的大眼睛一眨："胧月最喜欢杏花，杏花最好看。"

杏花？我微微一笑，心底泛上一缕凉意，果然是我和玄凌的孩子，才这般钟情于杏花。然而那一年的杏花，却终究只灿烂繁华了一季，凝成了心底暗红色的冰冷死灰。

敬妃微笑道："徐婕妤的身孕也有八个多月了，我也为她的孩子缝制了些衣裳。"

我拣了块菱花绢子系在腰间的碧玉通枝莲带扣上，起身道："那日在湖心水榭赏景时，徐婕妤的宫女赤芍说话太出挑了，胡昭仪想必会吃心。徐婕妤是个不爱生事的人，心思却又格外多些，只怕心里会有想头。既然敬妃姐姐要送衣裳过去，不如我们同去，就当凑个热闹。"

眉庄笑道："也好，咱们就一起去瞧徐婕妤。"

玉照宫前，却见李长带了几名内监和侍卫守在玉照宫外，这几日天气稍稍凉爽了些，几个小内监守着外头的梧桐树下神色倦怠，李长坐在宫门前的石阶上，倚着一头石狮子打盹儿。

我轻轻咳了一声。李长警醒，忙起身赔笑道："三位娘娘来了，奴才偷懒，该打该打！"

敬妃和气道："李公公终日服侍皇上，也该偷空歇一歇，要不怎么应付得过来呢。"

李长忙打了个千儿道："多谢娘娘体恤。"李长一弯腰，塞在腰带里的一个柳叶合心璎珞便滑了出来。李长尚不知觉，槿汐脸上微微一红，忙低下了头去。

敬妃何等眼尖，道："公公的东西掉出来了。"李长一见，忙不迭小心翼翼收回去了，"多谢娘娘提点。"

敬妃笑道："那璎络打得好精巧，从前的襄妃最会打璎络，也不如这个功夫精细。"她停了停，"这个璎络倒像是槿汐的手艺。"

槿汐不置可否，只红了脸道："敬妃娘娘过誉了。"

敬妃如何不明白，抿嘴笑着道："柳叶合心的花样，原来是这个缘故呢。"

我怕槿汐尴尬，便道："皇上在里头吧，有劳公公去通报一声。"

李长应了一声，正走到宫门前，忽然悄无声息停住了脚步。我一时好奇，也不知道里头闹什么缘故，扯一扯眉庄的袖子，三人一同悄悄走了上去。

玉照宫的庭院里翠色深深，宫女绯红色的衣裙格外夺目，而绯红近侧，是更夺目耀眼的明黄色的九龙长袍。玄凌的神情似被绯红的衣裙沾染了春色，笑意温柔。近旁一架凌霄花开得艳红如簇，散发出无限的热情和吸引，赤芍娇柔含羞的脸庞便如这凌霄花一般，吸引住了玄凌的目光。

玄凌托起她的下巴，微眯了双眼，声音低沉而诱惑："告诉朕，你叫什么名字？"

"赤芍。"她低柔而娇媚地答，"就是红色的芍药花，皇上可喜欢么？"

"自然喜欢。朕会记住你，赤芍。"

赤芍笑了，略含一点得色，一转头跑了。那样红的裙子，翩飞如灼烈的花朵，将玄凌的视线拉得越来越长，恋恋不舍。

眉庄别过头视而不见。敬妃默默良久道："有了滟常在的先例，宠幸一个宫女也算不得什么了。"

我只低着头静静沉思，曾几何时，宫中也曾有过一个喜爱芍药的热烈的性情女子。我默然转身，叹息道："若被徐婕妤知道，只怕……"

敬妃摇头道："既然如此，还不如不知道。虽然说宫里的妃子迟早都会碰上这样的事……唉，真是可怜！"

眉庄的语调清冷如被盖在秋草之上的白霜："徐婕妤要是知道，即便是八个月的胎也未必留得住了。"她停一停，终究按捺不住，"一头要徐婕妤保胎，一头又在她有孕的时候沾染她的宫女——那个宫女也不是什么检点的东西！"

我黯然道："先回去吧，不然皇上见了我们也要难堪，何必讨个没趣。"于是依旧退到宫门外三丈。玄凌出来一见我们都在，愣了一愣，笑道："什么时候来的，怎么也不进去，倒站在这里？"

敬妃笑道："刚来呢，听李长说皇上在里头，倒唬得我们不敢闯进去。"

玄凌道："偏你这样拘束，既然来了就进去陪徐婕妤说说话，刘德仪也在里头。"

敬妃忙道了个"是"，与我们一同目送玄凌离开了才进了空翠堂。

堂内徐婕妤正和刘德仪在说话，小几上搁了一盘密瓜和两个吃了一半的青桃，刘德仪正拿了一个在吃。

见我们进来，刘德仪忙跟着徐婕妤站起身来。我看着桌上的桃子笑向徐婕妤道："你今日气色很好，胃口也好了。"

徐婕妤尚未接口，刘德仪讪讪笑道："皇上吃了半个就赏给嫔妾了，想是太酸的东西皇上吃不惯。"

徐婕妤幽幽道："是嫔妾不好，自己贪吃酸的，一时倒忘了皇上。"

敬妃安慰道："那有什么，下次记得也就罢了。"

眉庄见内堂只站着桔梗、竹茹并刘德仪的一个侍女，淡淡道："怎不见赤芍，她一向总跟在婕妤身前的。"

徐婕妤眉目间颇有隐忧，口气却依旧是淡淡的："赤芍十八了，人大了心思也不免大了，哪能还时时刻刻跟在眼前。"

眉庄嘴角一扬，道："是，那也要看什么时候才会跟在眼前……"

我急忙横了眉庄一眼，接口道："是呀，你现在身子越来越重，还是要时时叫侍女们跟在眼前，时刻当心着才好。"

刘德仪微微一笑，道："桔梗、黄芩和竹茹三个倒是好的。"

她这样一说，我心头雪亮。徐婕妤兰心蕙质，赤芍的刻意出挑她未必心中无数。

然而嫉妒是嫔妃的大忌，何况又是皇帝看上了眼的，她又能如何？于是我也不便多言，只就着敬妃送来的衣裳，几人玩笑了一番，也就散了。

倒是敬妃，拉着胧月回去的时候有意无意说了一句："看样子徐婕妤倒是个明白人，她有了身孕不能服侍皇上，从前也不是最得宠的，会不会……"她终究性子沉稳，没有再说下去。

眉庄只道："徐婕妤若有那重心思，用贴身的桔梗和黄芩不是更好？赤芍到底难驾驭了。"

我的叹息无声无息如漫过山巅的浮云："她若懂得邀宠，就不会是今日这番光景了……"我无言，另有一重疑虑浮上了心头，"那么赤芍……"

眉庄扶一扶还不显山露水的腰肢，静静道："徐婕妤是她的主子，她都不出声，咱们理会什么！"

我点一点头，回眸见重重殿宇飞檐高啄，廊腰缦回，正似钩心斗角、曲折迂回的人心。心头陡然生出一点倦意，这样厌倦和疲累，这样的争斗算计要到哪一日才是尽头。所有的繁华锦绣，如何抵得上清凉台上一株凌寒独自开的绿梅，抑或是那一年春天灼灼绽放的桃花，笑对春风。只是，桃花依旧，人面春风，所有的一切，都早已经回不去了。那样的哀伤，像有一双无形的手一刻不停地狠狠揉搓着我的心，不得一刻舒缓。然而心灰了，心思却不能灰，只要一步的松懈，要断送的何止是我的性命，只怕是无数人的一生了！

贰贰 ｜ 束窗

次日清晨起来整装敛容，重又梳头匀面，勉强打起精神来，浑然掩饰好昨夜的一宵伤感凄凉。槿汐问我："这两日皇后身子见好了，娘娘可要多去走动？"

她昨夜晚归，这消息必是从李长处听来的。我"嗯"一声，由着浣碧拣了支赤金桃枝攒心翡翠钗簪进发髻里，只问："有谁去过了？"

"胡昭仪关系亲疏，少不得要去应景儿。"槿汐停一停，压低了声音，"还有敬妃。"

我挑一挑眉头，正要说话，浣碧道："且不说这几日传言皇后身子好些，前些日子还见敬妃去侍疾呢。"

我淡淡道："要说侍疾也是应该的，本宫要不是怀着身孕，按规矩也要去的。"我起身在臂间挽上一条绣着洁白昙花的披帛流苏，"咱们去瞧瞧皇后。"

我进去时皇后正捧了一卷王羲之的字帖闲闲翻阅。皇后这一病连绵数月，今日看起来是神清气爽了不少，只穿了一袭静雅的月青色蹙金疏绣绡纱宫装，头上的芭蕉髻上只点缀了几颗圆润的珍珠，正中一支双凤衔珠金翅步摇。

皇后见我进来，指一指跟前的座椅，淡淡道："难为你这么重的身子还特特跑过来。"

我谦顺微笑："娘娘凤体不适良久，臣妾没能在跟前侍奉，还望娘娘宽恕。"

皇后和善微笑："莞妃照顾皇上恪尽己责，又让沈淑媛也有了身孕，贤德如斯，本宫还有什么不放心的。"

"娘娘和太后一直都盼望后宫子嗣绵延，如今沈淑媛怀有身孕，也是皇后和太后德泽天下之果。"我眼风微扫，却见皇后膝上搁着一块绢子，以百色丝线绣了灿若云锦的玉堂牡丹。我只看了一眼便已认出是敬妃的绣功，当下也不多言，只作不见。

皇后静静看了我片刻，缓缓道："本宫病了这些日子，后宫的事一应托付给了敬妃和端妃，如今身子好些，也该一一应付着过来了。"

我应道："是呢，皇后娘娘是六宫之主，有娘娘亲自掌管那是再好不过的了。"

皇后的目光深邃而柔和，在步摇闪烁的珠光宝气下有些迷离得让人难以捉摸："莞妃自然会成为本宫的左膀右臂，一同安顿好后宫众人，是不是？"

回到柔仪殿，我即刻召来温实初，问道："皇后的病到底来龙去脉如何？"

温实初缓缓道："原无大碍，后来着了恼又添了风寒，头风发作，抑郁难解，又真病了几日，如今的样子是好了。"

我静一静神，眺望窗外无数起伏的殿宇："她是好了，只是她这一好，只怕本宫就要多无数烦恼了。"我悄声嘱咐道，"先不理会她。旁人都以为本宫只有八个月的身孕，你心里却是有数的。若到了万不得已的时候，催产药也是要先预备下的。"

"这个微臣自会安排妥当，保管生产的日子分毫不差。"温实初凝神片刻，道，"外人眼中娘娘已有八个月身孕，这时候皇后也不便动手，娘娘暂可无虞，要担心的反而是娘娘生产之际和孩子出生以后的事。"

我"嗯"了一声，思虑更重，不由得道："本宫的身孕……临盆之期已不远，哪怕她要下落胎药也不是即刻就能得手的事。如今本宫、沈淑媛和徐婕妤都有身孕，而独独沈淑媛的身孕未满三月，最不稳妥。如今你既照顾着棠梨宫，本宫便把沈淑媛母子全权托付给你了，你必要保她们大小平安。"

我连说了几句，温实初只是讷讷无语，一径出神。我仔细打量他，不过半月间，他整个人憔悴了不少，脸颊瘦削，下巴上胡楂青青，一向敦厚的眼神也有些茫然，带了几丝猩红的血丝。我从未见过他如此神情，不觉吓了一跳，悄悄招手叫浣碧盛了一碗薏米红枣汤来，方道："温大人形容憔悴，先吃碗薏米汤定定神吧。"

连叫了他两句，他才回过神来，咳了一声道："近日精神总有些短，想是夜里没睡好，不打紧。"

我轻叹一声，动容道："如今你身上倚着本宫和淑媛两对母子的安危，左右奔波自然受累。若你不保养好自己，我们又要如何安身呢？"

温实初的目光黯然失色，仿佛帘外即将要来的绵绵秋雨："从前微臣总觉得自己是大夫，能治病救人，却原来不是这样的。"

我见他神情大异，不觉愕然担忧，劝道："好端端的怎么说起这样灰心的话来，好没道理。"

温实初颓然一笑，道："倒不是微臣自己灰心，只是在宫里久了，有些事总是身不由己的。"

我听他这样说，温然开解道："人人都身不由己，人人都有自己的难处，该来的总是要来，一步步走下去也就是了。"

温实初茫然望着窗下新开的几丛木香菊，细碎的嫩黄花瓣，清丽中透出几分傲霜风骨。他从没这样专注地看着一蓬花，以这样迷茫、无奈而怜惜的神情，低迷道："只是有些事，微臣从不认为会发生在自己身上。"

"那又如何？"我走近他，嗅到一丝烈酒的熏醉气味。温实初是滴酒不沾的，不知什么时候，他身上也沾染了劲烈而颓废的酒气，"借酒消愁愁更愁，一个男人总要有自己的担当。无论发生什么，左不过默默承受、一力担当罢了——不只为了自己，也是为了别人。"

"男人的担当？"他迟疑着道，"娘娘，不——嬛妹妹，若我曾经犯下弥天大错，你是否会原谅我？"

我只觉得他目光凄苦，似有千言万语凝噎，只是说不出口，当下不假思索道："即便你做错了任何事，也不用我来原谅，只要你问心无愧。若做不到问心无愧，就尽力弥补，不要再有错失。"

他低头沉吟良久："其实，有些事或许是有人强求，或许是顺其自然——"他苦笑，"连我自己都不明白，遑论是你。"他拂袖，镇静了神色，道，"娘娘方才所托沈淑媛一事，微臣自当竭尽全力，赴汤蹈火亦在所不辞。"说罢，躬身一拜缓缓退出。

我望着他离去的背影，官服的严谨庄重之下，平添了几重萧索，像风吹不尽的秋愁，寂寥而温绵。

皇后身子逐渐康健，嫔妃们去请安时也留着说说笑笑了。我身子日渐笨拙，也不太往外头去，浣碧笑得隐秘："大约徐婕妤产期将近，皇上去她的空翠堂倒是去得很勤了，当真是母凭子贵。"

我笑着嗔她："最近总看你伏案看书到深夜，难不成书看得多了嘴就这样刁了。"

浣碧低头一哂："皇上醉翁之意不在酒。昨日奴婢送石榴去玉照宫，正碰上刘德仪出来，直说徐婕妤身边那一位忒狐媚。她又要忍着赤芍，又要防着徐婕妤生气处处劝解，抱怨了好久。"

我剥着手里一个橙子，慢悠悠道："人家宫里的事情我能说什么，只盼徐婕好自己别往心里去，若自己要上心，别人怎么劝解也是无用的。"我掰了一瓣橙子吃了，道，"好甜！槿汐爱吃橙子，给她留上两个。"我转念一想，又问，"槿汐呢，怎么半天也不见人影？"

浣碧一笑对之："槿汐不在柔仪殿，小姐说她能去哪里了？"

我戳一戳她的额头，笑道："有些话搁心里就得了，别胡说！"

浣碧红了脸，低头吃吃笑了两声，笑音未落，却听外头内监尖细的嗓子一声又一声响亮而急促地递过来，惊飞了盘旋在柔仪殿上空的鸽子："皇后娘娘凤驾到——端妃娘娘、敬妃娘娘到——"

皇后身份矜贵，一向甚少亲自到嫔妃住处，何况又携上了端、敬二妃，更是前所未有之事。

不过片刻，皇后身后跟着端、敬二妃，浩浩荡荡一群宫人跟随进来。

我忙敛衽艰难行了一礼，恭敬道："皇后娘娘金安。"

皇后盯我一眼，随口道一声"起来"，语气里多了几分肃然，失了往日一贯的温和。我一时不明白出了什么事，只得让着皇后在正殿的黄花梨透雕鸾纹椅上坐下。皇后端然朝南坐着，也不吩咐我坐。端妃脸上平静得看不出任何表情，仿佛任何事都与她无关。唯有敬妃稍稍露出一丝不安的神色。

短暂的静默之后，皇后道："照理说，莞妃，你的柔仪殿本宫是不需来的。只是你怀着身孕，到底也是你宫里的事，本宫就不得不走这一趟了。你又是胧月帝姬的生母，有些事不能不顾着你的颜面。所以今日之事，本宫只叫了端妃和敬妃过来。"

皇后说了一篇话，却只字不提出了何事，我心中愈加狐疑，只得赔笑道："多谢皇后娘娘关怀体恤。只是臣妾不晓得出了什么事，但请娘娘明白告知。"

皇后一身宝石青的织银丝牡丹团花褙子，显得清肃而端庄："后宫安宁关系着前朝平静，本宫不能不格外小心……可是今日，咱们眼皮子底下竟出了这样的事，还出在莞妃宫里，本宫不能不震怒！"

我心口怦怦跳着，大觉不祥，只恭谨道："请皇后明示。"

皇后的声音陡地严厉："唐朝宫中常有宫女与内监私相交好，称为对食，以致内宫宦官弄权、狼狈为奸、结党乱政、肆意横行，数代君王被宫人玩弄于股掌之间，甚至篡上之事屡屡发生，大唐江山皆毁在此，终于无可挽回。本朝治宫严谨，对食之事鲜有闻说，今日竟在眼皮子底下发现了这个——"皇后将手中的物事往我跟前一抛，"这个东西，莞妃，你可识得么？"

浣碧蹲身为我拾起，不由得脸色大变，正是李长素日藏在腰带里的柳叶合心缨络。我沉住气，反复看了几遍，道："眼熟得很，像是哪里见过。至于这缨络的手工倒很像是臣妾宫里槿汐的手法。"

皇后道："你眼力很不错，正是槿汐做的东西。"

我笑道："槿汐也真是，这么些年纪了还管不住东西，等她回来臣妾自当好好教训。"

"丢东西算得什么大事？"皇后低头抚弄着手上缠丝嵌三色宝石的赤金戒指，声音低沉，"要紧的是在哪里捡到的——是被李长贴身收着。至于崔槿汐，她已被看管了起来，也不用莞妃亲自管教了。"说罢看一眼敬妃。

敬妃微微有些局促："今日晌午安贵嫔本要给皇上送些时令果子来，谁知正巧在上林苑遇上了臣妾，便说同去仪元殿给皇上请安。结果到了那儿李公公说皇上在瀚常在处歇午觉。咱们告辞时安贵嫔走得急，不知怎的一滑撞在了李公公身上，结果从他腰带里掉出这么个东西来。"敬妃为难地看了一眼皇后，见她只是端坐不语，只好又道，"槿汐打缨络的手法十分别致，一眼就瞧得出来——宫女打的缨络被内监贴身收着，这个……"敬妃脸上一红，到底说不下去了。

我勉强笑道："单凭一个缨络也说明不了什么，许是槿汐丢了正好叫李长捡着，打算日后还她的。"

端妃只是默然，皇后道："单凭一个缨络是说不出什么，可是柳叶合心是什么意思，想必莞妃心里也清楚。这事既已露了端倪，本宫就不能坐视不理。今日既然来了，为免落人口实，也为了彻查，少不得槿汐的居处是要好好搜一搜了。"

我大惊失色，忙按捺住赔笑道："槿汐是臣妾身边的人，这事就不劳皇后动手，臣妾来做就是。"

皇后眉梢眼角皆是安慰的神色，口气亦温和："你有了身孕怎么好做这样的事？然则莞妃你也要避嫌才是啊！"说罢容不得我反驳，雷厉风行道："剪秋、绘春，就由你们领着人去把崔槿汐的居处搜一搜，不要错失，也不容放过。"剪秋干脆利落答了个"是"，转身便去。

皇后朝我关切道："你是有身子的人，快坐着吧，一切且看剪秋她们查出什么来再论。"

心里汹涌着无尽的恨与怒，我在玄凌处得到的宠遇、在太后面前得到的赞誉使皇后不敢对我轻举妄动。她何尝不明白，能从甘露寺的佛衣檀香中归来的我必定不再是从前的我，若不能一举彻底扳倒我，她是不会轻易动手的，我亦如是。

朱宜修与我，就如虎视眈眈的两头猛兽，各自小心翼翼地对峙，没有十全把握之前谁也不会轻易扑上去咬住对方的咽喉。可是谁都不会善罢甘休，我们在面对时每一次都是微笑、慈和或谦卑，隐藏好自己锋利的齿爪。其实哪里掩藏得住，恨与爱，都是最深刻的欲望，被磨成想要置人于死地的力气。

此刻，我们唯一能做的，是先削弱对方的力量。如同我不动声色地将祺嫔禁足一般。而皇后此时的目标，正是被我视如心腹和臂膀的槿汐以及与槿汐息息相关的李长。

我没有抖落自己的慌张，只是沉静地坐着，一如我身边的端妃，不带任何表情地缓缓喝着茶盏中碧色盈盈的碧螺春，一口又一口，在茶水的苦涩清香里想着如何应对。

不过一盏茶时分，剪秋和绘春出来了，带着诡秘而兴奋的笑容，屈膝行礼道："都在这里，请皇后娘娘过目。"

是一个不大不小的彩锦如意六角小盒子，皇后迅速地打开瞄了一眼，啪地盖上，震得耳上的雪花黑曜石镶金耳坠跳了两跳。她皱眉道："当真是秽乱后宫，你们也瞧一瞧吧。"端妃默然看了一眼，依旧雕塑似的坐着，敬妃瞥了一眼就闹了个大红脸，"这，这"了两声终于还是说不下去。我打开盒盖，里面堆叠着几帕柔软的丝巾，丝巾里头包着几样东西。我脸上火烧似的烫起来，心里沉重地叹息了一声。不要说人赃并获，单单这些东西，槿汐又如何张得开嘴辩解呢。

皇后垂着眼睑思量片刻，缓缓道："既然搜出来了，那么也怨不得本宫要按宫规处置。"皇后悠悠叹息了一句，仿佛很是不忍的样子，"莞妃，本宫不是要怪罪你，也不是要说你不会约束宫人，你怀着身孕难免顾不到这样多，且你又年轻没见过世面，怎么晓得这样的东西。"皇后痛心疾首，"一个李长一个崔槿汐都是宫里的老人儿了，怎么倒生出这些事来，叫人怎么说才好呢。为防上行下效，宫闱大乱，本宫也忍不得要处置他们了。"

我起身恳求道："臣妾冒昧恳求皇后，槿汐再如何说也是臣妾身边的人，不如交给臣妾处置吧。"

皇后微眯了双眼，眉毛曲折成新月弯钩的弧度，正色道："莞妃这话就差了，莞妃身边的人也是这后宫里头的人。既是后宫里的人，就没有本宫不管的道理。何况崔槿汐交由莞妃教训了，那么李长呢。他们俩一个是莞妃身边的掌事宫女，一个是皇上身边的首领内监，若各自悄悄处置，宫里的人就没了规矩。"她意味深长地望着我，忽而笑了，"在宫中服侍的人必得自身检点，存天理，灭人欲，才能安心侍主，否则不知要生出多少乱子来。莞妃是皇上和太后都夸赞过的贤德之妃，必然会以大局为重的，是不是？"

我面红耳赤，被噎得几乎说不出话来，只得蜷紧手指，报以同样客套而雍容的微笑："是。娘娘是太后和皇上眼中的贤后，为后宫众人所敬仰，相信娘娘一定会秉公办理，既保住皇家颜面，又能清肃后宫。"

皇后清淡微笑，那笑容完美得没有一丝瑕疵："这个自然，本宫身为后宫之主，怎能不秉公办理以安人心。莞妃，你且好好养胎吧。"

我明知多说无益，只得缓和了神气，肃一肃，道："恭送皇后娘娘。"

礼罢，皇后等人已经走远了，浣碧忙扶着我起来。

我的神情如被冰霜结住，冷然道："很好！"

浣碧嗫嚅道："小姐可是气糊涂了？快进去歇一歇吧。"

我支着腰稳稳站住，道："槿汐和李长在一起——皇后果然耐不住了！"

浣碧咬着唇忧色满面："小姐不怕么？"

"怕？"我冷笑一声，"我若是害怕，若是由着她拉下了槿汐，下一个被带走的人或许就是你，再是我自己，一个也跑不掉！"

浣碧焦急道："槿汐被关起来了，事情闹得这样大可如何是好？"她忧心不已，"这事一传出去，不仅槿汐没法做人，连小姐您的清誉也会……"

"这事一定会被传出去，且不说皇后有心，后宫里嫉恨柔仪殿的人还少么？巴不得闹出多少事端来呢！"我心中激荡，厉声道，"你可听见皇后说'秽乱后宫'这四个字，这是何等大的罪名！都到了这个时候了，是我的清誉要紧，还是槿汐的性命要紧！"

我暗暗吸一口气，缓缓放松捏得紧张的指节，无论是为了与槿汐多年的情分，还是为了自己，我都要保住槿汐，保住这个陪伴我起起落落同甘共苦多年的女子。

午膳过后时分，玄凌便来了。浣碧忙扶着我起身去迎，我因有着身孕，私底下与玄凌相见也不过是福一福罢了，他已经伸手扶住我的手臂，笑意浅浅："月份大了身子不便，就不必到宫门前来迎了。"

李长因罪拘囚，已不在玄凌身边侍奉了，换了是李长的徒弟小厦子在后头执着拂尘跟随。我暗暗惊心，皇后不做则已，一做真当是雷厉风行。我只作不见，与玄凌携了手进内殿去。

小厦子初次当差难免有些生疏，低着头一个不当心走快了一步，差点儿碰上玄凌的袍角。玄凌颇有不悦之色，皱眉呵斥道："你见你师父当差也不是头一日了，怎么自己就毛手毛脚的。"

我见小厦子眼圈微红，想是为了他师父的事刚哭过，眼睛只差揉成了桃子，忙笑道："小厦子才几岁，皇上也跟他置气？多历练着就好了。"

小厦子窘得退了两步，差点又绊到身后的小内监身上，玄凌越发不豫，道："李长不在，这些人就像失了规矩一样，没有一样是做得好的——说起来朕就生气，仪元殿供的水不是七分烫的，不是冷了就是热得烫嘴；书架子上的书原本都是拿枫叶做书签的，他们倒好，竟给夹上了香樟叶子了。樟叶有股子气味，怎能夹在书里？真真是一群糊涂东西。"

"一群好马也得识途老马带着才走得平稳顺畅，何况他们这些向来听吩咐做事的人。现下李长做错了事被拘着，他们自然都像无头苍蝇一般乱转了。"我抿嘴一笑，舒展了广袖从缠丝白玛瑙碟子里抓了一把新鲜菊花瓣在茶盅里，撒上冰糖碎，用刚煮开的沸水浇了上去，待凉上一凉，又兑了些许冷水，方含笑婉声道："臣妾现冲的菊花茶，皇上试试可还能入口？七分烫的。"

玄凌抿了一口，方才缓和神色："皇后才告诉朕李长和崔槿汐的事，朕怕你难过忙赶过来了。崔槿汐的事与你无关，你别太往心里去才好。"

我听他如是说，颇有委屈之色："诚如皇后娘娘所说，臣妾有孕后心有余而力不及，不会责怪臣妾。可是没有约束好宫人，到底是臣妾的不是。"

玄凌叹道："若如你所说，李长是自幼在朕身边服侍的人，朕不是更不会管教约束了？他们自己做错的事，朕与你也是无可奈何。"玄凌见我颇有快快之色，"槿汐是你身边一向得力的人，如今出了这样的事，既是她的不是，也削了你的颜面。朕就怕你吃心才急急赶来了看你，你别叫朕担心。"

我心中如猫爪挠着一样，勉力微笑道："是。臣妾如何敢让皇上忧心烦恼。只是出了这样的事，臣妾心里半点着落也没有。"

玄凌爱怜地抚着我高高隆起的肚子，握住我的手轻轻耳语："如今你有着身孕，什么事都要以身孕要紧。皇后身子见好，后宫的事就交由她看着。话说回来，你若真舍不得崔槿汐，朕叫内务府再给你挑更好的来。"

我听他的口风一时也帮不得什么，少不得耐着性子敷衍过去了。一时一同用过晚膳，徐进良又着人送来了绿头牌请"翻牌子"，玄凌好生安慰了我良久，择了滟常在的牌子，去了绿霓居。

我驻足宫门外目送玄凌走远了，才进了宫苑。此际扑面的秋风已有了瑟瑟之意，八月入秋的时节总让人不觉有凄惶之意。我静一静急乱的神思，镇定道："咱们去玉照宫。"

浣碧急切不已，拉住我的衣袖道："小姐方才怎么不开口求求皇上，如今能压住皇后的只有皇上了，若娘娘去求情或许还能求得皇上宽恕槿汐。"

我恻然摇头道："皇后有备而来，又有宫规压着，皇上也不能说什么。若本宫去求，皇后正好治本宫一个庇护纵容之罪。"

浣碧茫然："若小姐也被牵连，就更没人可以救槿汐了。"

当下也不多言，草草梳洗一番，就吩咐轿辇往玉照宫去。

方行至上林苑，我转首问跟着的小允子："可打听到了槿汐现在哪里？"

小允子略略踌躇，还是答："暂且被拘在暴室。"

我沉吟须臾，道："掉头，咱们去暴室。"

小允子唬了一跳，忙赔笑劝阻道："暴室那地方闷热异常。娘娘现怀着身孕怎么能去那儿呢？还是避忌着点好。"

我不以为然："本宫连冷宫也出入许多回了，区区一个暴室有什么可要避忌的？"

小允子再三劝道："奴才明白娘娘担心槿汐，要不奴才去为娘娘走一趟吧。若皇后知道了娘娘亲自去看槿汐，不知道又要生出多少是非了。"

我轻蹙蛾眉，睨他一眼，道："越发啰唆。若皇后要怪罪，自有本宫一力承担。"

小允子苦着脸躬身道:"实在不是奴才要多嘴,暴室苦热难耐,娘娘怀着身孕本就辛苦。即使不为自己打算,也要替小皇子挡一挡暴室的煞气啊。"

我抚摸着肚子道:"若连这点闷热也受不住,如何做我甄嬛的孩儿。只管去就是。"

小允子不敢再劝,只得引着轿辇往永巷深处走。暴室便在永巷的尽头,几所并排低矮的平房相连,似一只沉默的巨兽掩伏在黑夜之中。我扶着浣碧的手下来,只觉得一股热气烘烘扑面而来。浣碧诧异道:"这里倒这样暖和!"

暴室又叫曝室,属掖庭令管辖,其职责是织作染练,故取暴晒为名,后来宫人有罪者都幽禁于此室,多执春米等苦役。

在外头还只觉得暖,然而一踏入暴室,便觉得极热。暴室内每间平房皆被铁栏杆隔开成数间住人,虽然还在初秋,地上却铺着极厚的稻草,连一边的被褥也皆是冬日用的厚被,由于室内干燥,便蒸得满室都是稻草的枯香气味。

浣碧挽着我的手不觉道:"这里这样热,怎么还用这么厚的被褥呢?"

小允子苦道:"用这么厚的被褥和干草也是暴室刑罚的一种。本就苦热,这样更要捂出一身痱子来了。"

如此一来,我越发担心槿汐了。此时暴室里空无一人,只远远传来春米的声音。

小允子一路引着我向前走去。后头是一间极大的似仓库一般的屋子,酷热难当。只站上一小会儿便汗如浆出,库房里站着一群布衣荆钗的女子,执着木杵手起手落,在石臼里把打下的谷子春下壳来,剩下雪白的米粒便是常吃的白米。

春米是极辛苦的活,朝中官僚臣属若犯大罪,妻女皆没入宫廷为婢,一般皆充当春米劳役,专称"春婢"。小允子低头看着自己的脚尖,压低声音道:"凡入暴室者,无论内监宫女,每日只睡两个时辰,余下的时间都要舂米不止。若有懈怠……"

小允子话未出口，却听响亮的一声鞭子响，着肉时几乎能听到皮肉爆裂的声音，有壮妇叉腰呵斥的厉声："贱骨头，到了这里还想偷懒么？"那女子吃不得痛，垂脸嘤嘤哭泣起来，才哭了两声，又有两鞭子下来，斥骂道："娇滴滴哭什么？有哭的工夫不会多舂两斗米么？"

暴室苦热不说，还要如此折磨，难怪凡有入暴室者，不出三五月都命殒于此。如此一想，我愈加焦急，小允子看我眼色，忙去那壮妇耳边低语了几句。

那壮妇满脸堆笑迎上来，毕恭毕敬道："奴婢不晓得是莞妃娘娘来了，给娘娘请安。"又诚惶诚恐道，"掖庭令不在，奴婢是看管暴室这些罪妇的，要不奴婢去请掖庭令来陪娘娘说话？"

库房内闷热得紧，我被她身上的酸臭的汗味一冲，越发觉得头昏，勉力笑道："本宫不过是顺路过来瞧瞧，有个叫崔槿汐的——"

她的笑满得几乎要滴下来，忙道："有，有，才来了两天工夫，正在里头舂米呢。"说罢从人群深处拉出一个蓬头垢面的女子到我面前，"娘娘慢慢说话，奴婢去看着那些人。"

见她走远，我一把拉住槿汐的手，急切道："槿汐，你还好吧？"

槿汐悲泣道："是奴婢不好，连累了娘娘被人笑话，奴婢无脸再见娘娘了。"

我一伸手摸到她满脸是泪，一惊之下也不由得悲从中来。槿汐生性刚毅，从未见她有过一分软弱，她永远是清醒而理智的。此刻她如此悲伤，一来是怕牵连我，二来她与李长之事到底不甚名誉，如今闹到满城风雨，她一向要强，如何能忍受。我吃力弯下腰身，手心抚过她急剧消瘦后奇凸的背脊，心疼道："你放心，我没事。倒是你，都是当年一心为我才会到今日之地，总是我对不住你。"想是这两日劳苦伤心，槿汐手背上青筋暴起如小蛇，我拉住她道，"你别急，我总想法子救你。"

槿汐摇头，一脸平静到底的绝望："娘娘有着身子何苦再为奴婢操心，奴婢自知此事一旦事发必定不得善果，何况又是落到皇后手中。即便娘娘救了奴婢出去，奴婢又要如何做人？不如在这里自生自灭罢了。"

我为她撩开蓬乱的头发，沉声道："槿汐，从前都是你劝我，如今换我劝你，死是最容易不过的事，一脖子吊上去也就完了。然而，若是这样死了，不仅亲者痛仇者快，更是为了别人死的，最不值得。"我霍然站起身，字字落如磐石，"以我们多年情分，你信我。"

槿汐的眼神微微涣散，口中道："奴婢相信。"我明白她的怀疑，连我自己也并没有十足的把握。她的目光关怀温暖一如往日，"娘娘千金之躯，不必再来暴室看望奴婢了，奴婢自会保重。"

我心下一酸，颔首道："我知道。你可晓得李长如今在哪里？"

槿汐凄然一笑："左不过和奴婢一样受罪罢了。若不是奴婢，他也还好好做他的总领内监。"长时间的劳作加上炎热，槿汐的嘴唇干裂渗出血来，像在唇上开了一朵无比娇艳夺目的红梅，"原本也不作他想，不过是彼此利用彼此依靠过下去罢了。如今这事闹将起来……"她微一沉吟，竟露出一点笑容，"说句不怕娘娘笑话的话，那一日李长如何也不肯供出奴婢来，不知怎的，倒也觉得有几分真心了。"

她的话，惊起我心底隐秘的真情眷眷，口中只道："患难见真情是最难得的。"

"是啊！"槿汐感叹道，"奴婢从前见娘娘与……"她噤声，停一停，道，"总以为是郎才女貌一对璧人罢了，如今自己经历，始知'患难见真情'这几字的分量。"

我默默片刻，才离开暴室。小允子自去嘱咐方才那妇人不要太苛待了槿汐，一行人才往玉照宫去。

秋凉时节，别处都是黄叶覆落，空翠堂中却依旧是草木扶疏，唯有深深浅浅的绿将空翠堂包裹其中，连地下亦是半片枯叶也不见，打扫得纤毫不染尘埃。徐婕妤只身站在满架子书籍前，执了一卷《三言二拍》看得入神，整个人仿佛是隐没在明媚亦照耀不到的地方，书卷气隐隐绕人。

我扬一扬脸，浣碧寻了个由头拉了赤芍一同出去，方含笑望着她道："婕妤苦读诗书，本宫来得不是时候了。"

她轻柔地笑着，似三月初时沾衣欲湿的杏花雨，朦胧而轻软："娘娘宫里出了不小的事，难不成娘娘这个时候与嫔妾来谈心说话？"

我坦然微笑："妹妹如此聪明，本宫多言亦是徒劳，只不知妹妹肯不肯帮本宫？"

她放下泛黄的书卷，爱惜地抚摸着自己的肚子，温柔中透出一分坚冷之气："娘娘说就是。"她略停一停，"只一件事，娘娘所做之事须得不伤害皇上才好。否则，请恕嫔妾不能为了。"

"怎会？"我忽而笑了，恳切地望着她清澈的眼眸，"本宫只想救槿汐和李长。"

我附在她耳边低低说了一响，她静静道："娘娘所言并非很难，只不过……"她的目光似波澜不惊的湖面，安静望着我，"嫔妾从不在皇上面前多言语，娘娘为何要嫔妾来说？"

"因为你少言寡语，所以偶然所言才会有振聋发聩之效。"

夜幕垂落，掌灯的桔梗一盏一盏点亮了堂中的蜡烛，烛火的明亮一点一点染上她娴静的面容，似乎化上了一层温暖的橘红光芒，徐婕妤的嘴角扬起宛若新月："既然娘娘如此器重，嫔妾愿意尽力一试。"

示情 贰叁

次日一早，徐婕妤便派了桔梗来请，我心知她已有打算，不觉也稍稍安心。及至玉照宫，徐婕妤淡扫蛾眉，妆容清淡，案几上只搁了一本翻开的《孟子》，蓝草染的书面有淡淡的草木清馨，和她的气质很相宜。

她温婉一笑，道："皇上告诉了今早要来嫔妾这里坐坐。"徐婕妤指一指内堂后的一扇十二幅的乌梨木雕花屏风，带着歉意道，"屏风后头是臣妾更衣的所在，委屈娘娘在后头听着，若说得有什么破绽，还得娘娘事后弥补周全才好。"

我含笑凝视于她："多谢你想得周全。"于是把钗环皆摘了下来，免得有碰撞之声惊扰。才收拾完毕，已听见外头的通报驾到的声音传进来，便忙闪在屏风后。

徐婕妤扶着桔梗的手迎了上去，浅浅施了一礼，笑盈盈道："皇上来了。"她穿着一件宽松的月色缎裙，只裙角上绣着一朵浅米黄的君子兰。

玄凌"嗯"了一声，捏一捏她的腕骨："你前番病了一场，也该好好养着，朕见桔梗和赤芍服侍你都很周全。"说着"咦"了一声，环顾道，"怎么不见赤芍陪着你？"

为防着赤芍碍事，我早叫浣碧拉了她同去内务府选新进的衣料。徐婕妤的眉梢有淡淡的无掩饰的一抹清愁，然而在玄凌面前，她的清愁亦像是含笑，只道："赤芍帮臣妾去领秋日里要裁的衣料了。"

玄凌"哦"了一声，也自觉有些失态，因见案几上搁着一本翻开的《孟子》，不觉含笑："怎么有兴致在看这个？"

"孔孟之道大有深意，臣妾很愿意读读。"

玄凌听她如是说，也颇有兴致："婕妤爱读《孟子》，不知有何见解？"

徐婕妤谦和一笑，轻声细语："臣妾读《孟子》始知朱熹①之浅薄，朱熹妄称夫子，被后人赞誉'程朱理学'，其实全然不通，完全曲解孔孟之道。"

玄凌兴致更浓，道："婕妤为何这样说？"

徐婕妤笑得宁静恬淡："《孟子·万章上》说'男女居室，人之大伦也'，到了朱熹口中却宣扬'存天理，灭人欲'，实在大大不通。"她转脸看着玄凌，"我朝以来皆以孔孟之道为正宗。朱熹虽在理学上颇有成就，文章亦写得漂亮，然而其人品之劣，由严蕊②一事便可知，为一己之私严刑拷打无辜女子，逼得她委顿几死，心肠冷酷可见一斑。"

玄凌笑笑，弹一弹指甲道："朱熹的确有不通人情之处。"

徐婕妤坐得端正，淡淡扬起小巧的唇角："是啊！若要说起'存天理，灭人欲'，臣妾先觉得不通。"她脸上微微一红，"若宫中也如此，臣妾又如何能为皇上绵延子嗣呢？岂非自身就是大错特错了。所以觉得说这话的人必然是无情之人，与皇家宽厚之德背道而驰。"

---

① 朱熹（1130—1200），南宋理学家，理学的集大成者，被尊称为"朱子"。

② 严蕊，字幼芳，南宋初年天台（今属浙江）营妓。周密《齐东野语》称她："善琴弈歌舞，丝竹书画，色艺冠一时。间作诗词有新语，颇通古今。善逢迎。四方闻其名，有不远千里而登门者。"事见《二刻拍案惊奇》。留词三首，正气不让须眉。

　　细碎的金色的秋阳暖光似迷蒙的轻雾缭绕，落在空阔的空翠堂中，别有一种青郁静谧的气息，仿佛蒹葭苍苍之上弥漫的如霜白露。徐婕妤的目光有一种迷蒙的温柔，似牵住风筝的孱弱一线，只牵在玄凌沉吟的冷俊面庞上。

　　"背道而驰？"他见徐婕妤含蓄低头，淡淡道，"婕妤最近见过什么人、听过什么话么？"

　　徐婕妤婉约一笑，吃力地挪一挪身子："别说臣妾现在走不动，即便肯出去，皇上也知道臣妾的性子是从不说别人的闲话的，更不爱管别人的事。"

　　玄凌微微一愕，旋即释然笑道："不错，朕觉得这是你最大的好处，不似旁人那么嘴碎多言。"玄凌多了几分信赖之色，"如此，朕有一事想听听婕妤的意思。婕妤置身事外，想必看事亦清楚明白。"

　　"虽然臣妾见解粗陋，不过倒是很愿意陪皇上说说话。"

　　玄凌微微沉吟："如今宫中纷传崔槿汐与李长之事，不知婕妤如何看？"

　　徐婕妤只笑："皇上可记得春日桃花之景？方才说到严蕊，臣妾便献丑用严蕊的《如梦令》来答。"她的声音轻柔悦耳，"道是梨花不是，道是杏花不是。白白与红红，别是东风情味。曾记，曾记，人在武陵微醉。"

　　"婕妤此说何解？"

　　徐婕妤颈中一串八叶桃花细银链子，正中的坠子正是一枚粉色水晶琢成的五瓣桃花，仿佛合着她的话语应景一般："道是梨花非梨花，道是杏花亦非杏花。似是而非，红红白白。正如桃花，爱之者称其桃之夭夭，宜室宜家；不爱者嫌其轻薄无香，逐水飘零。其实各花入各眼，是非只在人心罢了。朱熹眼中严蕊是轻薄妓女，死不足惜。而千古之后，人人赞叹严蕊侠义之风，不为酷刑所逼而攀诬士大夫。正如此诗中的桃花，或许在朱熹眼中也不过是轻薄逐流水之物，却不想桃花也是武陵桃源之品呢。言及今日宫中之事，皇后认为关系宫中风纪规矩，臣妾倒以为，他们并未祸乱后宫，不过是宫女内监相互慰藉罢了。他们这些为奴为婢的一入宫门便孤身劳作至死，难免凄凉寂寞想寻个伴，以己度人，也只觉得可怜了。"

徐婕妤娓娓道出此言，我在屏风之后亦忍不住要击节赞叹，其心思之敏、答言之巧，果真心细如发、聪慧过人。

玄凌眼中清冷之色微融，温和道："婕妤以为如何处置才好？"

徐婕妤柔婉的声音如她月光一般迤逦的裙幅："皇上可曾听说过一句话'不痴不聋，不做家翁'[①]，唐代宗的升平公主被驸马郭暧醉打金枝，代宗也不过以此语一笑了之，何况是无伤大雅的宫女内监对食之事？其实皇上若不信，可去每个宫里都查查，保不定都有，难道个个都要杀之而后快么？皇上乃天下之主，职责之重何止是一个家翁，大可端出一点容人之量来，大事化小，小事化了。"她深深看住玄凌，温婉道，"许是臣妾怀有身孕的缘故，实在听不得这些打打杀杀的事，过分心软了，请皇上恕罪。"

玄凌的眼中有浅浅的笑意："是啊！如今宫中有身孕的不只是你，连着沈淑媛和嬛嬛，大约都见不得生杀之事的。"言尽于此，玄凌与她烹茶品味了一番，又叮嘱了几句，便步履轻快回了仪元殿。

徐婕妤扶着桔梗的手目送玄凌离开，眼中柔情似江南的春水伏波，亦只盈盈望着玄凌远去的背影，静静无言凝望。

我望着徐婕妤的眼波，心中五味杂陈。大约要很爱很爱一个人，才会有这样缠绵的眼神吧。只是徐婕妤的绵绵深情，从不在玄凌面前表现出来。她仿佛已经习惯了，只是在他身后这样安静看着他。

我默默地叹息了一声，而我，想必是不会再以这样的眼神看着玄凌。而我想这样温柔凝眸的一个人，也不会再有从前这般深情凝睇的时光了。

自玉照宫回来，我心境轻松了些许，然而人亦沉默了。坐在小轩窗下，浣碧站在我身后，一遍又一遍用木齿梳蘸了皂角首乌膏为我梳头发。

---

① 唐朝时期，郭子仪多次打败叛军，使唐王朝转危为安。唐代宗将女儿升平公主嫁给郭子仪的儿子郭暧，小两口吵架，郭暧说了几句气话，升平公主就回宫告状。郭子仪带郭暧向唐代宗请罪，唐代宗笑着答道："不痴不聋，不做家翁。"

她道："回来的路上看小姐笑了笑，想必事情做得有几分把握了。"

我淡淡道："哪有这样快。"正思索着，却听玄凌的声音笑吟吟道："怎么这时候在梳头发？"

我忙起身笑道："皇上怎么这样突然来了？倒吓了人家一跳。这样衣衫不整的，容臣妾去换身衣裳再来见皇上吧。"

玄凌负手站着，脸上有温柔沉静的喜悦神色，低语道："小轩窗，正梳妆，原来是这样安静融洽的光景。"

他随口一句"小轩窗，正梳妆"，我听着隐隐不祥，含笑道："皇上该罚，没事说什么苏轼的《江城子》，听着怪凄凉的。"

玄凌一愕，眸中慢慢笼上一层薄薄的郁蓝雾色，脸上却依旧是那种淡淡散漫的神情，笑道："是苏东坡写给亡妻王弗的，朕失言了。"

我心中霎时一刺，想到纯元皇后之事，满心不自在起来，更怕他想起往事不快，只柔声笑道："臣妾倒觉得东坡好福气，前有正妻王弗，续弦王闰之是王弗的堂妹，又有爱妾朝云患难与共，当真是男子中娇妻美妾的典范了。"我话锋一转，只笑盈盈望着玄凌道，"只是论起娇妻美妾来，又有谁比得过皇上呢？"

玄凌"哧"地一笑，面色转晴："又拿朕打趣儿。"他走近我身边，接过浣碧手里的梳子，"那朕也效仿东坡，为朕的朝云梳一梳头发吧。"

他的手势很轻柔，齿梳划过头皮有一点酥麻的痒。我闭着眼睛道："皇上方才进来时仿佛很高兴，有什么高兴的事能说给臣妾听听么？也好叫臣妾也一同乐一乐。"

玄凌微笑道："嬛嬛果然心细如发。早朝的时候大臣们上了奏章，说起金秋钱粮颇丰，百姓们都安居乐业，朕听了也高兴。早起又去看了徐婕妤，燕宜平时沉默寡言，偶尔说起几句来，倒很入情入理。"

我莞尔轻笑："徐婕妤与皇上说了什么叫皇上这样高兴呢？臣妾听闻徐婕妤满腹诗书，想必说话也极得体，只是无缘亲近罢了。"

玄凌道："燕宜性子寡淡，很少与人亲近。如今怀着身孕不便走动，更是不大与人见面了。不过来日论起儿女之事，你们倒有很多话说了。"

"皇上打算得好长远。"我谦谦微笑着道，"皇上素来以仁孝武功治理天下，政事清明，举措得当，不惑于外亦不惯于内，才有今日百业昌盛、百姓安居的局面。然则皇上以为天下太平，是刑法严苛有效呢，还是仁厚宽和为要？"

玄凌抚着下巴笑道："嬛嬛这是要考较朕的为君之道么？"

我微笑出柔美的弧度："嬛嬛怎敢说'考较'二字，不过是请教罢了。"我佯装一揖到底，唱道，"还请先生指教一二罢！"

玄凌忍俊不禁道："乱世用重典，如今天下太平昌盛，战祸不起，自然是以宽容之道休养生息为要。"

我顺着他的话头道："宁为太平犬，不作离乱人。可见天下海晏河清，百姓安居乐业，全是托皇上仁慈之心。可是如今对外宽而对内苛，又是如何说呢？"我停一停，含了迷蒙样的愁思，极轻声道，"槿汐入宫早，在臣妾身边服侍时常常说起当年纯元皇后施惠六宫的恩泽。说句犯上冒昧的话，臣妾很想知道，若纯元皇后还在，今日李长与槿汐之事她该会如何处置呢？"

他的神情微微愕然，深黑色的眸中似闪着幽异的火苗，盯着我道："槿汐和你说起过纯元皇后的事？"

我被他看得心中发毛，脸上却分毫不敢露出来，只坦然道："槿汐在先皇后入主中宫前就在宫里伺候了，虽然不得在先皇后跟前侍奉，然而每每说起先皇后，总道她宽柔待下，深得人心。"

玄凌突然握住我的手臂，顺着光滑的蚕丝明羽缎衣袖倏然滑下牢牢握住我的手指。他似乎是望着我，眼神却有着空洞的伤感，茫然看着远处，喃喃道："若柔则还在……"

我涩然微笑，反手握住玄凌的手，他的手指冰凉，唯有掌心的热带着灼人的温度。我软语安慰道："臣妾想当今皇后是纯元皇后的亲妹妹，彼此的性情自然是一路的，虽然皇后要以槿汐和李长之事惩戒后宫，大约也不会真要他们的性命吧？何况皇上待人以宽，皇后也必定会和先皇后一般宽仁待下，绝不会与皇上言行相悖，也不会与纯元皇后相悖。"

玄凌深深吸了一口气，道："宜修如何能与柔则相提并论！"

我假意迷茫不知所措："臣妾与皇上多年夫妻，有幸以妾媵之身相伴十年，也可算是夫妻一体，同心同德，臣妾亦不敢有丝毫松懈，一切以皇上为重，不愿与皇上言行心思背道而驰。皇后虽非原配，却一早侍奉在皇上左右，如今又与皇上同居龙凤之堂。皇上秉之以宽，皇后又怎会从之以严呢？"

玄凌眉头微蹙："从前或许不会，可是如今……"他略略露出烦躁的神气，"朕想起你怀着双生胎辛苦，宫中却纷传你腹中之子并非朕的孩子。旁人便罢了，竟然连皇后也要朕留心——"他的不快之色愈浓，"可有什么要留心的，难道连朕自己也都不知道么？皇后的耳根子是越来越软了！"

我微微一笑，劝解道："皇后也只是关心后宫之事罢了，何况耳根子软的人必定心肠也软，仁慈和善。"

玄凌轻哼一声："心肠软么？朕瞧皇后很有些耳根子软心肠硬了。"他平一平气息，"徐婕妤有句话说得很是，如今宫中有三位嫔妃有孕，你和燕宜都是很快就要生产的，哪里能见得这样生死打杀的东西，即便要罚，也该缓一缓。"

浣碧在旁轻轻道："皇上方才问小姐为何这个时候梳头，原是有缘故的……原本在甘露寺的时候小姐受过惊吓，日日都是槿汐陪着守夜的，如今槿汐出事，小姐又气又伤心，连着两夜没睡好。还是温太医教的法子，说多用篦子梳梳头可以松缓精神，夜里好睡些……"

未等她说完，我呵斥道："多嘴！谁教你在皇上面前乱嚼舌根。"我急急笑道，"皇上别听浣碧的，她一点小事就多心，臣妾昨夜睡得很香，并没有事。"

浣碧不无委屈地低头揉着衣带，玄凌凝视我片刻，伸手抚一抚我的脸颊，柔声道："还要瞒朕么？看你眼下的乌青就知道你一定没睡好。"他叹息，"嬛嬛，你心肠太过柔软，一味委屈自己，还拦着浣碧不许说实话。"

我微微垂着脸，发上的首乌膏有沉郁的气息缓缓散开，因为里头掺了玫瑰花汁子，香味亦别有清淡芬芳。我低声道："臣妾能再侍奉在皇上身边已是上天眷顾了，受些委屈又何妨，只是槿汐陪在臣妾身边多年，心里总是有些舍不得的。"我微微红了眼圈，"说到底总是她不对，纵使她和李长真的有情，也不该惹这许多是非。皇后是后宫之主，她要按宫规处置，谁也奈何不得，臣妾也只能听从。"

玄凌颇有不快之色，略带薄责之意："纵然后宫由皇后掌管，难不成朕身为天下之主却不容过问了么？"

他的口气是责怪的，即便没有我，玄凌对皇后也不如五年前一般尊重了。我把心头的暗喜化作口中温软的不安与紧张，牵着他的衣袖呦呦道："皇上这样说倒像是为了臣妾的人而责怪皇后了，臣妾伏乞皇上切莫因此迁怒皇后，若真要怪责就怪责臣妾没有好好约束宫人吧。"说着就要支着腰吃力地屈膝下去。

玄凌忙拉住我道："什么没有约束好宫人？这样的事朝朝代代都有，不是到了朕这里才开天辟地第一桩。论起来他们都是饮食男女，内监虽然算不得男人，但总有人的情义。秦始皇残暴至此，也未曾在宫中大肆禁止此事，朕又何必如此灭人人欲。"

我知晓他的心思，道："其实论起来此事总在宫墙之内，悄悄掩过了也就是了。若大肆张扬到了臣民耳中，岂非叫人看笑话。臣妾说句不中听的话，槿汐也就罢了，李长是自小服侍皇上的人，也可算是功过相抵了。"

我放心许多，吩咐小连子传点心进来。待我换了衣裳出来，桌上已搁了几道菜式，灵芝山鸡煲、珍珠桂圆炖官燕、百合片炖豆腐、酿紫姜尖儿，皆是玄凌寻常爱吃的东西。

我问小连子道："准备了这些工夫，怎么不叫端上来？"正说着，小允子亲自捧了一道菜来，我笑道："这是金秋新进的鲈鱼，此时吃最肥美不过，用新鲜菊花烹了清炖，口味也清爽，皇上尝一尝吧。"

玄凌大显喜色："年年一到秋天，朕想起鲈鱼就食指大动，没想到今年在你这里占了头筹了。"

玄凌一时吃得痛快。过了一盏茶工夫，小连子上来道："酒酿清蒸鸭子已经好了，可要端上来？"

我看着玄凌道："皇上可要吃么？那日皇上在皇后那里吃了酒酿清蒸鸭子说不错，因此如今各宫都准备下了。"

玄凌微微蹙一蹙眉，道："这会子怎么送上这个来了，听着就觉得油腻腻的。传朕的旨意，就说朕吃絮了，以后不必再准备了。"

我着意体贴道："撤了鸭子，换一个龙井炒虾仁来，又香又嫩的。"我看一眼专心于食的玄凌，微微把唇角溢起的一缕笑意抿了下去。

贰肆 奋起

　　过了两日，释放槿汐和李长的旨意就下来了。玄凌到底顾及皇后的面子，虽然未严惩槿汐和李长，也保留了他们从前的职责，却也到底罚了一年的月钱，小惩大戒。

　　那一日，我亲自去接了槿汐回来。不过三五日光景，槿汐已经瘦了一大圈，整个人憔悴支离。我起先以为她会委屈哭泣，然而槿汐的个性外柔内刚，又如何会哭泣？她甚至连一句抱怨也无——因为她根本不愿开口说话。只草草洗漱了，便回了自己房中歇息。

　　一连数日，槿汐只问了一句："李长可也无事了？"我答了"是"，她缓缓松一口气，再也不开口了，连早起陪伴我去皇后处请安的事槿汐亦推托了，只叫浣碧跟着。我知道她不愿意见人，更知她好强之心，也不愿去勉强。浣碧与小允子数次忍不住要去劝，也被我一力拦下了。这是槿汐的心结，若自己想不开，旁人怎样劝说亦是枉然。

　　也难怪槿汐不愿出门，除却未央宫中安静些，连这安静也是刻意的小心翼翼的安静，出了未央宫，外头叽叽喳喳的舌头无不拿这事当了笑话来说，我纵然劝得动玄凌，却也堵不住众人悠悠之口和鄙夷好奇的眼神。

我默默叹息了一句，流言杀人之利，不逊于任何杀器啊！连向来坚韧果敢的槿汐，亦变得委顿不堪。然而她若不振作，哀伤畏惧更如山倾倒，会日复一日压得她无法喘息。

这一日晚，玄凌遣李长送来了一品椰汁红枣雪蛤，我谢恩接过，为免槿汐在旁尴尬，只叫她去小厨房看着炉子上的清炖金钩翅。数日不见，李长整个人迅速苍老了一圈，脊梁也有些伛偻了。

我叹息着道："公公清减了不少，这几日受苦了。"

李长微微勾着脑袋，苦笑道："奴才一直以为自己身子还强健，可只在暴室做了几天粗活，身子就这样不济，当真是不中用！"

我赐了他座，温言道："暴室哪里是人待的地方？要不是本宫亲自去探望过槿汐，竟不知道还有这样苦热不得见人的去处。公公如今能平安出来，也算是万幸了。"

李长低低咳了一声，颇有些苦中作乐的样子："奴才劫后余生，也是这样想的。在暴室的时候奴才粗皮厚肉的倒也没什么，顶多累着些罢了。"他的声音更低，"如今奴才出来依旧在皇上身边行走，倒也不敢有人说三道四，只是槿汐她……"李长的每一道皱纹中都掩藏着担忧和悯意，哑着声再也说不下去了。

"公公其实心知肚明，槿汐会被人说三道四也是因为她在本宫身边的缘故。本宫自回到宫中，宫里多少双眼睛盯着只管要拿本宫的错处。本宫一再小心了，她们就去打本宫身边人的主意，槿汐就是个例子。"我的语气中颇有委屈隐忍，"若不是本宫无用，也不会牵连了你与槿汐了。"

李长忙起身道："娘娘是皇上身边一等一的红人，旁人怎能不嫉妒生怨？她们愈是议论娘娘的是非，愈是显出娘娘在皇上心里的与众不同。"

我缓缓道："本宫前次执意去暴室看望槿汐，怕的是再不见一回，以后会没机会了，拼得皇后娘娘一顿责罚也是要去的。只可惜到底也没见着公公。其实公公哪里知道，此次之事是皇后牵了敬妃与端妃来了本宫这里，说是安贵嫔冒失撞在公公身上掉出了那枚缨络才闹出的事端。想想也是，安贵嫔向来仔细，事情闹得这样大，连皇后都要亲自来查，本宫一力想保住你们二人也是无计可施——好在皇上顾念旧情。"

李长默默听着，骤然牵动唇角："是啊，安贵嫔一时莽撞……连带着皇后娘娘也上心了！"他的冷笑只在一瞬，很快又恢复为平日恭顺而谦卑的笑容，"奴才会谨记教训。"

我抿一抿有些干燥的嘴唇，意味深长道："这个教训不仅公公要谨记，本宫也会牢牢记住的。"

李长望着槿汐的住处，怅然道："那么槿汐……"

我微笑安慰他："你放心，本宫会开解她。"李长点点头，默默起身告辞。彼时残阳如血，在重重殿宇的间隙里投下灼艳的光影。李长颀长的身影便在这血红里慢慢被拉得愈来愈长。

几日来我胃口甚好，温实初亦道产期将近，多多补养增些气力也是好的。槿汐进来时我已经吃完了那一盅椰汁红枣雪蛤。她捧着一紫砂锅的清炖金钩翅，用银勺子舀出金黄绵厚的汤汁在白玉小瓷碗中。槿汐默然调着汤汁，静静道："他走了？"我应一声，她又道："他老了。"我不作声，槿汐再没有说别的话，只把翅汤端到我面前，"娘娘趁热用些吧！"她安静坐在我面前，眼神是空洞无物的空茫涣散。

我缓缓拨动着手中的银匙，仿若不经意一般："槿汐，你看着宫里的人和上林苑里的花儿一样多，宫里那些都是你什么人呢？"

"出了柔仪殿，除了李长，皆是旁人。"

"既然都是旁人，她们所说的话爱听的就听，不爱听的便当是刮过耳旁的风。槿汐，咱们做的事说的话，只能顾得了自己，顾不了人人都喜欢，能堵住人人的嘴。"

槿汐深深地看我一眼，嘴角扬成一个无奈而干涩的笑容："娘娘，有些事说起道理来人人都晓得，可是真要做起来，何尝不是难上加难。"

"因为难就不做了么？永远也不去面对？或者，以为只要自己捂上耳朵闭上眼睛，就真能当外头的事都没发生过了么？"我微笑着语气坚毅，"槿汐，你从不是这样的人。"我轻轻握住槿汐的手，她的手是冰凉潮湿的。我动容道，"当初是为了我，你才不得已去俯就李长，你若不是真心愿意，借着如今这个由头断了也好。槿汐，你实在不必勉强自己。"

有长久的静默，我与她相对时竟似在无人之境一般，半点声息也无。槿汐只别过头看着枫树上的脉脉红叶，那鲜艳的红，在凄楚的夜色朦胧里也有浓烈的瑟瑟。良久，槿汐转头看我，眼角含了一丝若有似无的欣慰："有些话，奴婢在暴室时就对娘娘说过。"

我颔首，心里漫出一丝欣慰："不错，原以为只可同富贵的人竟可以共患难，也是难得的机缘。槿汐，你既晓得这点，必然也明白你若伤心不振，李长心里也会更难受。"我和静微笑，"槿汐，咱们好好活着不是只为了自己，更是因为要我们身边的人因为我们过得更好些，不要有亲者痛、仇者快的一天。"我攥着她的手更用力些，切切道，"为了流言纷扰而伤害一个爱护自己的人，更是大大的愚蠢、大大的不值。"

槿汐一味地沉默，已到了掌灯时分，窗外绢红宫灯散出朦胧温暖的红光，照在槿汐清瘦的面庞上，照亮岁月划过时留下的淡淡痕迹。

我有些怔怔，或许，那些痕迹不仅是生命留下的痛苦过的印迹，亦是一种懂得和饱满。

次日起来，我见槿汐房中门窗紧闭，浣碧会意，道："槿汐仿佛还没有起来。"

我点点头，化了胭脂点在唇上，道："由她多睡会儿吧。"梳洗罢，浣碧扶着我往皇后的昭阳殿中去。

八月已是秋风萧瑟天气凉、草木摇落露为霜的时节，且又在清晨，连空气中都带着淡淡萧疏的阔朗气息。时辰还早，大约皇后也没起来，庭院外三三两两聚着几个嫔妃正兴致勃勃地谈论着什么。才走近些，却听见穆贵人与严才人的声音张扬着兴奋的得意："严才人说得好，什么样的主子就有什么样的奴才，未央宫那位是在佛寺里也不忘勾搭皇上的货色，连着她身边的宫女也是个和内监吃对食的主。那天听人说起我还不信，现在想起来真是恶心！"

严才人得意扬扬道："虽然皇上轻描淡写把事情给过了，可是这事儿闹得沸沸扬扬，我且看她如何收回这个脸面！"

横刺里祺嫔带着宫女过来，笑道："还如何收拾得起脸面呢？都丢得满宫都是了。我要是她，就主仆俩一起躲起来，再不出未央宫的大门。"

几人见是祺嫔来了，忙彼此见礼。因着皇后说时近中秋，玄凌格外开恩，把禁足的祺嫔恕了出来。穆贵人笑道："她哪里还有脸呢？我瞧着她从来都是没皮没脸的。"

严才人扬着绢子道："她自己本就没脸，下头的人也跟着添乱，听说是皇后身边的绘春和剪秋两位姑姑亲自在那奴才的房里搜出那些个东西来，真真是恶心！"

祺嫔带着诡秘的笑容道："崔槿汐是她的心腹，保不定那些东西是她自己用来勾引皇上的呢？只不过是底下人替她保管着罢了。"

我在旁听着，登时勃然大怒。浣碧气得脸色发青，耐不住咳嗽了一声。那些人谈得热络，一听见动静回头，登时脸色大变。

严才人和穆贵人等到底胆子小，讪讪地屈膝草草行了一礼。唯独祺嫔略略欠身，只昂然微笑站着，神情愈见倨傲。

我微微一笑："还未恭喜祺嫔，终于出来了。"我的目光清冷扫过她身后的严才人和穆贵人等，兀自笑道，"想必祺嫔禁足的时候闷坏了，一出来就往是非堆里扎。"

祺嫔低头拨着衣衫上的珍珠纽子，也不看我："孰是孰非娘娘心里明镜儿似的，何必颠倒黑白呢？"

我不以为忤，只含蓄地微笑："皇后娘娘开恩，为着八月中秋团圆，特特求了皇上把祺嫔放出来，却不想一片苦心是枉费了。"严才人不解，低低"咦"了一声。

浣碧道："可不是么？皇后以为祺嫔长了教训才放出来的，却不想还是这么毛躁，岂非过完中秋又被寻个什么由头禁足了。"

祺嫔冷着脸半晌，忽而拈起绢子低低笑了一声，道："嫔妾有什么不是也只是自己的不是，比不得娘娘身边的人做出这等没脸面的事来，可不晓得是不是上梁不正下梁歪。"

我正待说话，肩上骤然一暖，一件披风已披在了身上，却是槿汐的声音暖暖道："早起天凉，万一着凉，皇上又要心疼了。"

我心下一喜，一颗心稳稳落定了，道："你来了？"

槿汐沉稳道："是。陪娘娘给皇后请安原是奴婢的职责，前两日奴婢病着不能起身，如今既好了就该伺候着娘娘。"槿汐装束严谨，神色亦稳重如常，转而看着祺嫔，恭敬中不失一位姑姑应有的端肃："祺嫔身为宫嫔，方才的话是该对莞妃娘娘说的么？所谓上梁不正下梁歪，娘娘身在妃位，小主只是正五品嫔，尊卑有别。难道说小主昔日苛待宫人之错也是因为娘娘上梁不正的缘故么？祺嫔小主未免强词夺理了。"

祺嫔气得噎住，恨恨道："强词夺理的是你！明明是你秽乱宫闱……"

槿汐倏然打断，含笑冷然道："小主这话错了。奴婢是与李长交好，那又如何？小主纵然不喜欢也好，只是'秽乱宫闱'四个字奴婢万万担当不起。恕奴婢出暴室的人是皇上，小主若说奴婢秽乱宫闱，岂非暗指皇上包庇奴婢，纵容宫闱大乱？不知小主这样污蔑皇上居心何在？"

祺嫔绞着手中的绢子，恨得咬牙切齿："崔槿汐，你……"

槿汐也不理会她，只缓缓看着旁边的一众嫔妃道："各位娘娘小主的心思也和祺嫔小主一般么？"

穆贵人先低头讪讪红了脸，道："嫔妾不敢。"

恰巧吕昭容带了侍女过来，我轻笑道："姐姐好好教导祺嫔吧，别让她再出了什么差错连累姐姐。"

吕昭容立刻道："谨遵娘娘教诲。"说罢去拉祺嫔，口中笑道："妹妹的年纪也老大不小了，怎么说话行事还这么不检点，由着年轻的姐妹们看笑话。"

祺嫔气得发怔，正要说话，却是剪秋出来说皇后已经起来了，众人也不再多言，一同进去了。

一一请安过后，皇后见槿汐随侍在我身边，不觉有些意外，道："今日槿汐也来了。"

槿汐含笑恭顺道："伺候莞妃娘娘是奴婢的本分。"

皇后凝视她片刻，微微一笑："是。你是该好好伺候着莞妃。你也是宫里的老人儿了，别再惹出什么事端来叫莞妃烦心才是。"

槿汐坦然目视着皇后："多谢皇后娘娘关怀。槿汐前次的事叫皇后挂心了，其实并不算什么事。既然连皇上都不追究，那就更当不得什么事了。"

皇后深邃的眼眸中有冷冷一缕寒光划过："是么？不过能让皇上为此向本宫开口，看来也不是什么小事了。"

"皇后是说奴婢与李长之事么？"槿汐淡然道，"娘娘手头的事千头万绪，奴婢之事实在微不足道。"

皇后淡淡一笑，也不置可否，只道："中秋将至，听闻清河王不日内亦会回京，加之莞妃与徐婕妤都是产期将近，连沈淑媛也有了身孕，皇上的意思是要好好操办。"

众人异口同声道："但凭娘娘做主，臣妾等不胜欢欣。"

喉头干燥得发痛，像吞了颗毛栗在喉头，吞下也不是，吐出也不是，只这样哽咽着刺痛难受。心沉沉地突突跳着，一下又一下，热辣辣的，耳中只回想着那句话——清河王不日内亦会回京。他要回来了！他要回来了！

不知自己是如何回到了柔仪殿，一颗心恍恍惚惚的，没有个着落。中秋筵席我是必不可缺席的。等了这么久，盼了这么久，他终于要回来了。心头却苦得发涩，我又该如何面对他呢？

这样骤喜骤悲之间，日子也缓缓过渡到了中秋。

关于槿汐和李长的流言渐渐平息。传播流言的乐趣，本不外乎是满足自己探究他人隐私的好奇，更是建立在以窥探当事人听到流言后的痛苦来获得自己喜悦的满足。因而，若当事人对流言置若罔闻，她们渐渐也没有兴味了。

对于李长和槿汐的再度往来，我与玄凌都是睁一只眼闭一只眼，就连皇后也不敢再多加干涉。

中秋那日晨起便开始忙碌。先是帝后去太庙祭天，然后由皇后偕同阖宫陛见，向玄凌贺喜，最后是贵嫔以上的妃子一同由帝后带着去颐宁宫向太后请安道贺。

我的心绪是茫然而酸涩的，隐隐带点期盼。一早起来便按品大妆，珠翠环绕，凤冠霞帔，湮没在贺喜的人群中。夜宴之前，嫔妃和亲王外眷是不会相见的。等参拜结束，已到了正午时分，草草歇了午觉起来，又要卸下礼服，换成略略简约些的衣衫，准备晚间的阖宫家宴。

午睡起来时，浣碧已在更衣梳洗了，浅青色缎子圆领直身长衣，领口绣小朵点金水绿卷须花，袖口滚连续葡萄花边纹，下面一条翠色织银丝百褶裙。她这样精心装扮，雪白的肤色映着柔青色的衣衫，恍若浣纱溪边一株临水照影的碧绿烟柳。

浣碧一见是我，有些讪讪的，忙要手忙脚乱地把衣裳褪下。我心中纵然酸涩，然而亦明白她的心思，忙一手按住道："衣裳很好，别脱下来。"我打开妆台上的首饰匣子，拣了一支白玉双结如意钗别在她发髻间，又埋了几颗珍珠在她绾得光滑的髻上。浣碧照常在鬓边簪了一朵浅水红的秋杜鹃，又戴上一对翠玉耳坠，临镜照了一照，自己也笑了。

浣碧随即有些惴惴，水亮的眼眸微微低下去，踌躇道："奴婢……不是要抢小姐的风头，只是不想……太丑。"

我微笑："能在打扮得好看的年纪好好打扮，不是很好么？在他面前我只有惭愧。我若有什么风头，也只该在皇上面前的。"

浣碧不自觉地摸一摸飞红如霞的双颊，比平时更添一分艳软秾丽的小女儿情态。她打开紫檀雕花二十四幅密格木衣橱，择了一件浅雾紫的轻罗衣裙，莲云蓬莱花纹有种轻软繁漪的柔美，臂间挽了一条深紫烟纱绞碎珠银线流苏，佩上一串白玉琢成的夕颜花链子。想起初见那一年，仿佛也是这般紫色的宫装，我与玄清，突兀地遇见。

时光缓缓划过，如一潭静水，虽然潺潺缓和，到底也是徐徐向前去了。一如宫中女子暗暗流去的如何也挽不住的流年。

红颜弹指老，刹那芳华啊！这句话让我于夜宴时见到恁多的年轻宫嫔时，更是深有感触。因是中秋夜宴，一众妃嫔自然是铆足了斗艳之心，个个打扮得如三春盛放的花朵，放眼望去尽是金闪银烁，兼之环佩珠玉的光芒闪耀辉映，一片歌舞升平的浮华璀璨景象。

最夺目的莫过于自年初便得宠至今的滟常在叶澜依，不，如今已是滟贵人了。

她虽然位分低微，然而除了三位有孕的嫔妃之外，她在席上的位次仅次于胡昭仪，连生育了淑和帝姬的吕昭容都被排到后头去了。滟贵人一身齐整的天水碧合欢花丝绣宫装，行动间恍若一池春水波光摇曳。她的衣衫永远是青绿色的为多，比之浣碧的温柔恬静，滟贵人是华贵中更见清冷疏落，是隐约于繁华荼蘼中的一份落落寡欢。滟贵人蛾首轻晃的瞬间，金枝双头虎睛珠钗划出一道道清冷的光泽，仿若她一贯的神情，游离在喧嚣之外。

其实以她的出身，能得这样的盛宠已是意外了。然而于她，似乎真是不介意，或者是真的不满足，永远是这样冷淡，含一缕淡漠的笑，冷眼相看。

这一日也正是眉庄怀孕满百日的日子，宫中难得同时有三名身份贵重的妃嫔有孕，盛宴便格外热闹隆重。眉庄在宫中众人眼中向来大方得体，又得太后的钟爱，如今有孕，难免得人瞩目。一直到开宴，我的心思都是恍惚不定的，隐约期盼着什么，却更添一重相见后情何以堪的害怕。直到玄凌轻唤了两声，才恍然回首。

玄凌握一握我的手，关切道："手这样凉，可是着了风寒了？"

我一笑："只是夜来觉得风凉罢了。"

浣碧忙道："小姐的外裳放在偏殿，奴婢去取吧。"她才要转身，忽然脚步停驻，眼波绵绵定住在远处。几乎是心头一颤，浣碧目光盈盈所系之处，正是玄清负手踏进。

心口一热，几乎耐不住要落下泪来。籁籁的泪光迷蒙里，他依旧是一袭素色长衣，清淡如月光的颜色，修长挺拔的身影里带了些秋凉气息，温润中颇有萧索之态。我几乎要恨自己的泪意了，这样的泪光里，我几乎看不清他的脸。可是有什么要紧，无时无刻，他的样子总在我脑海里。

到底是浣碧机警，侧身挡在我身前，我趁机举袖掩饰好自己的泪意，垂手时，已是平日最温婉娴淑的妃嫔模样，浅浅含笑，淡淡矜持，端坐在玄凌身边。

不过数月间，他昔日的翩翩风姿颇有沈腰消沉之象，然而其间风骨却是丝毫未减。

他拱手而拜，保持着臣子应有的本分，道："臣弟来晚了，皇兄恕罪。"

玄凌亦习惯了他一贯在筵席上的迟到早退，随和道："你执意要去上京寒地，如今一路风尘赶回来，人都添了几分憔悴。"

玄清淡淡一笑，目光所到之处保持离我三寸的距离，我几乎能感觉到他呼吸间的沉郁："到了上京着了风寒，病了十数日，倒不是风尘之故。幸好，也不要紧。"

玄凌仔细打量他两眼，颇为感触道："瘦了这许多还说小病，你也当真是缺个人来照顾你起居了。"他忽而一笑，"如今可有中意的人选了？"

玄清只是一笑，眼波里墨色的涟漪起伏终于不自觉地漫到我身上，仿佛是夜色的深沉："若有中意，臣弟就不会只身前来了。"他的声音沉一沉，"或许清此生所求，只能是庄生晓梦了。"

他的话在一瞬间刺痛了我，仿佛一根细针在太阳穴上狠狠扎了一下。胡昭仪娇滴滴的声音自珠翠重叠间漫出："六表哥最风流倜傥，哪肯找个人来束手束脚。若被人管着，还有伊人可求么？"

玄清只淡淡一笑置之，目光扫过我隆起的小腹，转瞬已换了温和的笑意，向眉庄道："淑媛安好，还未向淑媛娘娘道喜。"

眉庄略略欠身，随礼道："多谢王爷。"

他方才看我，拱手行礼："莞妃娘娘安好。"

他的语气里有一丝难辨的嘶哑，这一句"莞妃娘娘"简直如刺心一般，叫我难堪而无奈。然而再难堪，终究勉强回了一礼："王爷回来了。"

他静静道："娘娘即将临盆，身子可还康泰？"

我几欲落泪，抿一抿唇极力维持着矜持道："劳王爷挂心，一切都好。"

心中澎湃汹涌得难以遏制，浣碧忙搀住我的手道："王爷见谅，小姐要去更衣了。"

玄凌挥一挥手，向我道："赶紧去吧，着了风寒可不好。"

方才迈出重华殿，脚下一个趔趄，浣碧急忙扶住道："小姐还好吧？"

悲凉转首间深恨自己的软弱与无能，总以为能克制自己，总以为自己能忘记，总以为自己能做到完美，然而差些就失了分寸。

浣碧的手微凉如枝梢的露水："情不自禁是一回事，性命是另一回事，小姐还是小心为上。"她停一停，"小姐心绪不好，为免人看出破绽，还是晚些回去才好。"

我默默点头，转眼见一片落叶从枝头坠落，似心底无声的一句叹惋。

连烟锦的披风软软凉凉地搁在手臂上，不盈一握。欲取披风之暖，心里反倒生了凉意。勾栏曲折的长廊蜿蜒无绝，仿佛永远也走不到头一般。

廊下芭蕉舒卷喜人，疏斜的花枝横逸旁出，落在青砖地上烙下一地层叠蜿蜒曲折的影子，远处重重花影无尽无遮，一个眼错，几乎以为是清在朝我走来。

自己亦是感叹，相思入骨，竟也到了这样的地步么？

有杜若的气息暗暗涌到鼻尖，清新而熟悉，他的声音有些稀疏而清淡，似沾染了夜露的新霜："你……如今好么？"

喉头几乎要哽咽，极力笑着道："方才席间已经说过，本宫一切安好。"我停一停，"王爷忘记了么？"

他缓缓摇头："方才是方才，现下是现下。清在上京逗留数月，如今见面，只想听一听娘娘真心说自己安好，这样清也能放心了。"

我侧首，廊外一树紫蓼花开得繁花堆锦，在初秋清冷的夜里格外灼灼地凄艳。我含着一缕几乎看不出的笑意："真心与否并不重要，这个地方本来就没有真心，所以无谓是否真心说自己安好。"

浣碧耐不住，轻轻道："王爷放心，小姐即将临产，皇上事事挂心，什么都好。"

清的笑容里有一丝质疑和嘲讽："位在妃子就必定是好？那么端妃和敬妃也就事事如意了。"

我淡淡道："本宫的安好若王爷关心太多，王爷自身就不能安好了，所以实在不必劳心太多。"我硬一硬心肠,"难得的中秋家宴,王爷独自逃席好似不大好。"

"清一贯这样。"他的笑意哀凉如月光也照不明的影子,"从前娘娘从不指摘,如今提起,仿若清从前怎样做,如今也都是错的了。"

他语中的怨责之意我如何不明白。然而再明白,我也只得一笑了之:"王爷最是洒脱,如何也作怨怼之语?"

夜空中的繁星璀璨如明珠四散,一轮圆月如玉轮晶莹悬在空中。天阶夜色凉如水,无边无际泼洒下来银辉如瀑。

他已经恢复了寻常的闲闲意态,仰望星空:"有心才有怨,娘娘说是么?"

有心才有怨么?而我,在决意要回宫那一刻,已经应允了槿汐要割舍自己的心。我倏然回头,道:"浣碧,咱们回去吧。"

转身的一瞬,他手心的温度如热铁烙在手上,一直沉郁克制的心骤然平实了下来。语不传六耳,他说:"不要走。"

脚步随着心底最温软的触动而停驻。浣碧略略欠身默默退了开去,我抽出自己的手,无可奈何道:"你我这样说话,若被人看见……"

远处的丝竹笑语荡迭在紫奥城的上空。今夜,这里是一个欢乐之城,有谁愿意离开皇帝的视线独自来聆听这中秋时节的寂寞。

玄清的身影笼在柔明月晕下,更显得无波无尘、清冷有致。他望了遥远的热闹一眼,若有所思道:"滟贵人眼下很得宠。"

我望着涟漪轻漾的太液池水,低低叹息道:"于她,这样的恩宠未必是好事。"

玄清微微点头:"世家女子尚且承受不起这样的恩宠,何况……"

他没有忍心说下去,我接口道:"何况是她这样身如飘萍没有根基的女子,是么?"我别过脸,转首仰望天空一轮明月如晶,那样明灿的光辉如水倾泻,仿佛不知世间离愁一般。

这一轮明月……我心下忽然一酸,数年前的这样一个中秋,也是他这样与我相对，可是那时，纵然会对前途惴惴，却何曾有如此连明月也无法照亮的凄凉心境。

明月不谙离恨苦，斜光到晓穿朱户。

却原来，不需要西风凋碧树，茫茫天涯路早已经被命运戳穿，容不得你挣扎反抗，再挣扎，再不甘心，还是要回到原来的路上胼手胝足地走，走到力竭，走到死。

他低低道："有滟贵人和蕴蓉，如今沈淑媛也有了身孕，眼见她们一个个得宠，我总觉得你的日子不舒心，即便听闻未央宫焕然如金屋。"

"金屋紧闭锁阿娇，你怕我也有长门咫尺地，不肯暂回车那一天？"我笑笑，"甘露寺好比长门宫，我是已经回来的人。至于能不能舒心，且看自己，无关其他。"

"是么？"他骤然逼视住我，"你执意回宫是原因诸多，却也是为皇兄和你们的孩子，难道见他左拥右抱也能视若无睹么？"

他的语气咄咄逼人，我有一瞬间哑口无言，这才惊觉他语中的深意——他竟是在试探我是否在意玄凌。

我很快掩饰好神色，淡然自处："那么王爷以为本宫要大肆泼醋或是终日以泪洗面才对？皇上不可能只有本宫一人，本宫又何必强求？伤心是这样过日子，不伤心也是，那又何必要伤心。"我深深看他一眼，"有些事，对王爷也是一样的。"

玄清的笑容忧伤而无奈，顾左右而言他："说起滟贵人，你是否还记得从前我应允你看驯兽嬉戏？"

我记得的，他说过的每一句话，我都记得。

我蓦然明白："你当日所说的驯兽女是叶澜依？"

他目光清澈如水，大是惋惜："当日她虽是卑微之身，却比如今自由自在得多。"

我心下蓦然一酸，道："你又不是她，怎知她不是自得其乐？"

玄清微微一低头，宽广的素袖薄薄拂过朱漆雕花的美人靠："是否真心快乐，未必只有自己明白。"

我轻轻一笑，凝望满地如霜似雪的月光。原来并非月光如霜雪清冷，而是望月人的心已然冰冻。"如果没有真心呢，恐怕连奢望快乐也不可得。"我问，"你们认识很久了？"

"并不很久，只是她昔年驯兽时为猛兽扑伤，是我请太医为她医治的。"他感慨，"若干年前，滟贵人不过一名孤苦少女，却乃自由之身。如今虽为贵人，行动却被人虎视眈眈，可见世事多变，并非只有一人困顿其中辗转不堪。"

我也不作他想，只静静回味着他所说的"世事多变"四字，心中酸涩不已，如吞了一枚生生的青李子，只道："月有阴晴圆缺，何况人生百变呢？"

他琥珀色的眼眸被忧愁的白雾覆盖："做人尚且不如明月，月亮月月都能圆一回。哪怕七夕牛郎织女一夕一会，也能相对畅谈，尽诉相思。"

廊前檐下摇曳着姿态袅娜的藤萝湿漉漉的，偶尔有几滴露水从枝蔓上滑落滴到了头发上。那种露水的冰凉感觉从肌理渗入心脉，但觉一片薄薄的利刃刺入胸怀，将心割裂成碎。唯怅然想，如若没有当初种种，我与他或者还是能这般如影随形的吧。我默然思忖片刻，悄声道："也许，做人才是最难最艰辛的事。若有来世，我情愿做一阵风，想去哪里便去哪里。"

远处的欢笑笙歌远远地仿佛在尘世的喧嚣里。远处无数宫院的明炽灯盏灼灼明亮，紫奥城所有的宫殿楼宇都被笼上了一层不真实的华靡氤氲。因着这氤氲的模糊，所处的环境暂时被含糊掉了。我是多么贪恋和他独处的时光，那样宁谧，是我在浮世里得不到的欢欣。然而，那笙歌阵阵，这繁华宫廷，时时都在提醒我，再也不能这样和他安安静静说话了。

我面对他，尽量以平静的姿态，罗衣轻拂过地面的声音似清凌的风："王爷与本宫若再耽搁，只怕就要惊动皇上了。"

他的目光驻留在我高高隆起的腹部上："还有两个月就要临盆，嬛儿……娘娘，你要好生珍重。"

喉头的哽咽噎得我缓不过气来，他一直以为这是我和玄凌的孩子。我为了孩子离开他，他却还肯真心实意对我说这样的话。

我用力点头，忍下泪水："我会。"我仰头看着他，目光濯然，"清，你也珍重。"

所有的话都不可说、不能说，千言万语，说得出口的只有一句"珍重"而已。

他颔首，退开两步："为避嫌疑，还是我先回去，娘娘过片刻再入席就是。"

我眼见他离开，心中哀郁之情愈浓。近旁树影微动，仿佛是谁的身影一闪而过。我心中一慌，急急回头去看，唤道："浣碧——"浣碧闻声急急跑来，我急忙道，"你方才在那边守着，可见什么人过来？"

浣碧忙道："奴婢一直在回廊那头看着，并不见有人经过呀。"她着急道，"小姐可是看见什么了么？"

我压住心中的惴惴，笑道："或许是风声，或许是我听差了。"

浣碧为我系紧披风的流苏，道："那么咱们赶紧回去吧。"

再回席中，玄清已经端坐席上，向玄凌述说上京风物。玄凌低低问我："怎么如此工夫才回来？"

我忙浅笑道："适才略略觉得有些累，所以歇了会儿才过来。"

他握住我的手腕低声关切："还好吧？莫不是孩子乱动？"

我不愿在清面前与玄凌过分亲近，只婉声道："没事，歇一歇就好了。"

我环顾四周，却见近旁滟贵人和胡昭仪的座位空着，玄凌笑道："蕴蓉哪里坐得住，去更衣了。"我也不再言语，只听玄清的话语若溪水潺潺，婉约在心上缓缓划过。他的话我静静听着，神思专注，仿佛还是些许年前与他同游上京，如今重又勾起我的回忆。

恍惚还在数年前，也是这样的中秋家宴上，我与他隔着远远的距离，隔着丝竹管弦的靡软之乐，隔着那么多的人，听他缓缓说起蜀中之行，与他共话巴山夜雨。

如此相似的场景，杯中还是我亲手酿成的桂花酒，人却已不是当年的人了。

正听着，忽然坐在玄清身边的平阳王朗朗道："当真羡慕六哥，哪里都可以去走走，大江南北都行遍了。"

玄清对这位幼弟极为爱惜，虽不是一母同胞，平阳王的生母亦身份卑微，却如手足同胞一般。玄凌笑道："如今老九年纪也大了，不只想出去走一走，也该娶位王妃静静心了。"

平阳王略为腼腆，忙道："皇兄笑话，六哥都尚未娶亲，臣弟更早了去了。"

玄凌不觉拊掌大笑，指着玄清道："瞧你带的坏样子，连着老九也不肯娶亲了。"

玄清微微一笑："大周有皇兄的枝繁叶茂就好，臣弟们也好偷些闲。"

语罢，只见胡昭仪换了一身樱桃红的宫装再度盛装入席，闻言耐不住偷笑了一声，玄凌也是大笑："如今老六嘴也坏了。"又向平阳王道："别听老六的，来年若要选秀，朕一定好好给你物色，即便不是正妃也要搁几房妾侍或者侧妃在，别太失了规矩。"

平阳王脸色微红："倒不是臣弟偷闲，也不敢要皇兄这样费心，只是和六哥心思一样，必要求一位心爱之人才好。"

玄凌待要再说，一直静默听着的眉庄忽然道："各人有各人的缘法，皇上一头热心着，或许九王已有了心上人也未知。"眉庄总是端庄的，哪怕这样大喜的日子里，依旧是笑不露齿、大方得体。

玄凌微微含笑，道："淑媛说得很在理。朕也是操心太过了，不是冤家不聚头，朕只看他们俩那一日呢。"说罢，众人都笑了起来，平阳王直羞得面红耳赤。

平阳王玄汾如今二十二岁，先皇诸子中最幼。其生母恩嫔出身寒微，容貌既逊，性子也极沉默温顺。先皇不过一时临幸，怀上了子嗣被册为宫嫔，然而先皇子嗣不少，是以终隆庆一朝她也不过是在嫔位，直到先皇薨逝后才按祖制晋为顺陈太妃。因着顺陈太妃的出身，玄汾自幼便由早年丧子的庄和德太妃抚养长大。顺陈太妃出身既低，庄和德太妃也不得宠，宫中势利，难免有几分看低这位小王爷的意思。是而玄汾虽然年轻，眼角眉梢却颇有自强自傲的坚毅之气。

我喟叹，想起来，玉姚和玉娆也不小了。玉姚已经二十一，玉娆也十六了。远在川蜀之地自然寻不到合意的夫婿，然而听爹爹和玄清隐隐约约提起，玉姚经管溪一事大受折辱，竟也是心如死灰，不肯再嫁了。我再看身边的浣碧，见她终身如此耽搁，也愈加怏怏。

皇后在今晚如摆设一般，虽然身份最尊，却一整晚端坐不语。此刻她端正容色，浅笑盈盈："皇上只关心着两位皇弟，也该着紧着自己的事才是。"说着微笑着向徐婕妤身边递了一眼。

盛装的徐婕妤身侧站着她的四位侍女，伺候着添酒添菜。除了赤芍一袭橘红衣衫格外出挑，旁人都是一色的月蓝宫女装束。

皇后微微而笑，云髻上硕大的金凤出云点金滚玉步摇上明珠乱颤，闪耀出灼灼的耀目光华。"不是臣妾要笑话，皇上一晚上的眼风都不知道落在哪里了。徐婕妤知情识礼，想必调教出来的人也是极好的，若不然皇上也不会青眼有加。既然今天是这样大喜的日子，不如皇上赏赤芍一个恩典，也了了一桩心事吧。"

既是皇后开口，更中玄凌心意，他如何不允。不觉含笑道："皇后总是事事为朕考虑周全。"

此时滟贵人业已回席，胡昭仪眉毛一扬，似笑非笑："皇后好贤惠！"

玄凌微微不悦地咳了一声，皇后却丝毫不以为意，只低眉含笑道："皇上，这是臣妾应当的。"皇后似想起什么，目光徐徐落定在徐婕妤身上，缓缓道："徐婕妤，赤芍到底是你的人，还是要你说句话的好。"

徐婕妤面上一阵白一阵红，起身低头道："皇后做主就是。"

皇后搁下筷子，笑道："这话就像是不太情愿了。你的宫女总要你点头肯了才好，否则本宫也不敢随便做这个主。"

玄凌忙笑道："燕宜是懂事的。朕迟迟未开这个口也是怕她生气伤了胎儿，缓一缓再说也是好的。"玄凌的话甫出口，赤芍早就涨红了脸，委屈得咬紧了嘴唇，只差要落下泪来。

皇后和颜悦色道："身为天子妃嫔，这样的事迟早谁都会碰上，能算什么了不得的大事。"

众人的目光如剑光一般落在徐婕妤身上，她紧紧抿着嘴唇，脸色微微发白道："是。臣妾也觉得很好，谢娘娘为赤芍做主。"

玄凌松一口气，笑道："去拿朕的紫檀如意来赏婕妤。"李长忙应了去了。

皇后又看赤芍："还不赶紧谢恩？"赤芍喜得有些怔怔的，到底还是桔梗扶着徐婕妤先起来谢了恩，又叫赤芍分别给皇帝、皇后和旧主徐婕妤磕头，按着祖制进了更衣，又叫开了拥翠阁住进去。因赤芍本姓荣，人前人后便称呼荣更衣。

胡昭仪在旁低低冷笑一声，道："主子住在空翠堂，奴才住着拥翠阁，真当是居如其人！"

此时玄清早已停了说话，看向徐婕妤的神色却十分悲悯惋惜。眉庄亦微带悯色摇一摇头，朝我看了一眼。我如何不知，有了拥翠阁，只怕空翠堂更要君恩稀微了。

再添酒回灯重开宴，稀稀落落有人向徐婕好道喜过后，都有些索然无味的感觉。玄凌身边再添新宠，任谁也不乐见。为增气氛也为减尴尬，玄凌便叫乐姬再择新曲来唱。早先开席时安陵容已清歌一曲，此刻滟贵人依依站起，道："今日宫中众位姊妹都在，想也听腻了乐坊的曲子，臣妾逞能，虽不及安贵嫔天籁之音，也愿以一曲博得雅兴。"

玄凌微笑看她："你在朕身边近年，从未听你唱过一曲，今日倒是难得听你开金嗓了。"

叶澜依妩媚一笑，丹凤明眸中水波盈动，道："唱得好不过是助兴，唱得不好只当是逗趣罢了。臣妾献丑。"她从来清冷，今日一笑明艳如此，虽然众人不服她出身寒微而得盛宠，却也个个明白，以她的姿容日日与群兽为伍真当是可惜了。

她起身立于正殿中央，舒广袖，敛姿容，似一株芭蕉舒展有情，盈盈唱道："今夕何夕兮，搴舟中流。今日何日兮，得与王子同舟。蒙羞被好

兮，不訾诟耻。心几烦而不绝兮，得知王子。山有木兮木有枝，心悦君兮
君不知。"①

其实陵容的歌声已是后宫一绝，加之这些年来刻意为之，早已到了炉
火纯青的地步。有安陵容的歌声珠玉在前，除非纯元皇后再世，更无出其
上者，更遑论从不修行歌艺的叶澜依了。然而细细品味，陵容的歌声虽然
得益于精巧，却也失于精巧，过分注重在技巧和模仿上，早已失去了早年
的那种真味。而叶澜依不过随口吟唱，却贵在天真烂漫、情深意挚。那种
越女对着王子倾吐心声的思慕之情，那种在你面前你却尚不了解我的情意
的踟蹰与忧伤，在歌声中似肆意流淌的河水，无尽蜿蜒。

一时间在重华殿中都默默不已，只在她悠悠反复歌吟不绝的末句中心
心念念回味着一句"心悦君兮君不知"。

忽然从心底生出一股安慰之情，至少，我比《越人歌》中的越女幸
运许多了。无论如何，我所悦的那人是知道我的心思的，就如我也一样明
白他。这样想着，微一抬头，却见玄清亦目光盈然望向我这里，心底更是
一暖。

然而心下亦觉得不妥，才要示意他，却见叶澜依歌声已毕，"啪啪"
击掌两下，闻得殿外鸟鸣声声，乍然飞进一群彩羽鹦鹉来，一只金羽的停
在了玄凌手臂上，一只白羽红喙的停在了玄清肩上。

玄凌兴致勃然，笑道："很有心思，小东西们也调教得机灵。"

滟贵人微微一笑，眼波悠悠望过各人的面庞。旁人不知如何，我被她
盈盈眼波所及，只觉遍体似被温软恬和的春水弥漫过，骤然洋洋一暖。她
向来神色冷淡，如今神色这般温柔，倒叫人意外。她的声音清泠若破冰之
水："臣妾歌艺不精，只好在这些旁门左道上用些心思。"

安陵容温然一笑，娓娓道："这正是滟妹妹所长，也很能讨皇上喜欢。

---

① 出自《越人歌》，原载于汉代刘向编纂的《说苑》。乘船的是王子鄂君子皙，越人歌
女对鄂君拥楫而歌，歌调婉转，感情深挚。"山有木兮木有枝"是一句隐语，"枝"
是"知"的谐音。

我们都不如妹妹有心。"

胡昭仪低低一笑，耳上的嵌明玉蝶恋花坠子便晃得花枝乱颤："安贵嫔的意思说滟贵人本是驯兽女出身，寒微之人最擅长弄些本色的奇技淫巧来讨好皇上。"

吕昭容最是心直口快，哧地笑了一声脱口道："奇技淫巧啊！安贵嫔未必是有心这样说的，若说到寒微出身，难道安贵嫔是大家闺秀么？一样的人罢了，安贵嫔若有心说这话，岂非自己打自己嘴巴了。"

胡昭仪伶俐的眼珠如黑水银般滴溜一转，已经唇角含了盈盈春色，拖长了语调道："是呢——安贵嫔老父已是知府，她又是表哥口中的'礼义之人'，怎会自己打自己的嘴巴呢？"

话音一落，底下几个胆子大的嫔妃已经吃吃笑了起来。安陵容自知失言，又碍着胡昭仪的身份，一时粉面涨得如鸽血红的红宝石，紧抿着唇不说话。敬妃只作没听见，哄着胧月抱了个大橙子玩。我冷眼旁观，掰着白玉盘里一个金黄的佛手，只作与眉庄赏玩佛手。

皇后略略看不过眼，轻咳了一声，颇有责怪之意，道："昭仪别失了分寸。"

胡昭仪眉眼一扬，轻笑道："皇后不要动气嘛，一家子聚在一起难免逗个乐子，何况这出身不出身的也不是我先说的呀！"说罢只拿眼瞧着安陵容。

安陵容愈加窘迫，脸上不由得一阵红一阵白，身子有些软软地发颤，泪水含在眼眶中，几乎含不住要落下来。皇后只淡淡温言道："安贵嫔素来谨慎温和，未必是有心之语。蕴蓉，你也是什么话都要心里过一过的人。"

胡昭仪明眸皓齿，一副宜喜宜嗔的桃花面在殿中明光锦绣之下愈加娇俏浓艳，眸光娇嫩得似能滴出水来。她软绵绵道："表哥听听，皇后的意思是有人说话做事无心，倒被有心的人利用去了呢。"

玄凌的手指摩挲着手中光滑如璧的青玉酒杯，杯中的"玫瑰醉"如一盏上好的纯粹胭脂。他的目光有些散漫，似在聆听亦似无心，突然"哧"

的一笑，缓缓道："好好的谁会有心动这些心思。"他看一眼吕昭容身后的宫女，道，"昭容喝醉了说话不知轻重，你扶着你家主子下去休息吧。"

玄凌轻轻一语，便把事情推在了一向心直口快的吕昭容身上。胡昭仪微微惊愕，很快从容了下来，若无其事地撇了撇嘴。吕昭容纵然不忿，少不得忍了下来，由着身边的侍女搀了下去。

端妃黯然摇了摇头，啜饮了一口桂花酒，她却是从不喝酒的人呢。安陵容满面绯红，楚楚动人地谢恩："种种纷端因臣妾而起，是臣妾太不谨言慎行了。"

玄凌因对她情分日淡，不过淡淡安慰了两句，便道："你向来饮酒身子便不爽快，早些退下吧。"

我与陵容相识已久，知她酒量甚好，并非玄凌所说，如此这般，分明是嫌她在眼前了。安陵容面色微微紫涨，屈膝福道："多谢皇上关怀。"她说得情真意切，仿佛真对玄凌感激不尽。

胡昭仪见她起身，微微一笑，娇嗔道："安贵嫔大是不祥，一说话便起纷端，今日好日子，皇上原不该要她来。"

玄凌微微蹙眉，旋即笑道："眼下宫中再无人歌声能及得上她——从此宫中夜宴，朕叫她唱一曲便回去吧。"

胡昭仪道："再好的歌喉也有听腻的时候，现放着滟贵人呢。"她停一停，"皇上忘了徐婕妤和沈淑媛的例子吗？好不好地冲撞了胎气。"

玄凌微一思忖，目光在眉庄与燕宜小腹上逗留，道："也罢，从此便叫她在景春殿里吧，无事也不必出来了。"

胡昭仪出身高贵，从不将陵容放在眼中，此刻陵容尚未出殿，她也并不避忌，照旧扬声说出此番话来。陵容身形微微一颤，并不转过脸来，只恍若未闻，依旧安安静静走出殿去。一众妃嫔对陵容得宠数年早已不忿，今日见她如此被当众折辱，又闻得如此，十停中倒有九停人暗暗称愿。

倒是引起纷端的滟贵人在一旁安之若素，充耳不闻。或许是我多心，只觉得她有意无意把目光拂过我的脸庞。

胡昭仪因陵容之辱微有得色，吩咐身边侍女再斟上葡萄美酒，红滟滟的酒汁愈发衬得她杏眼桃腮、眉目如画。眉庄在她近旁，仿若无意地轻轻唏嘘了一句："话说回来，安贵嫔这副嗓子，莫说是皇上，我偶尔想起来也念念不忘呢。新欢虽好，到底旧爱也不能忘，何况安贵嫔如此声似天籁。"

胡昭仪双手用力一握，旋即松开，若无其事地哼了一声，再无旁话。

我微一转头，见徐婕好面色青白如霜冻一般，胭脂也似浮在面颊上一般。我暗暗觉着不好，知道她是为方才赤芍之事烦心，遂微笑向玄凌道："说到酒醉，臣妾倒听说徐婕好宫里有一味解酒的好方子，不如请婕好着人送去吕昭容宫里为她醒一醒酒也好。"

玄凌淡淡道："婕好看过的书多，不拘有什么好古方子在，着人去拿来就是。"

徐婕好微微失神，此刻正好借着由头下台："那方子是臣妾自己收着的，旁人怕找不到，还是臣妾亲自去一趟吧。"

玄凌点一点头，温然道："也好。你即将临盆，不宜在席上坐太久，先退下吧。"说着叫桔梗好生搀着下去。李长见有两位妃嫔退席，不由得低低道："皇上今儿还不曾翻牌子呢，不知意下如何？"

皇后笑语如花，善解人意："李长，你的差事真是越当越糊涂了，今日是荣更衣的喜日子，自然是去拥翠阁了。"皇后衷心祝祷，"但愿荣更衣能和她旧日的小主徐婕好一般有福，能早日为皇上怀上龙胎就好了。"

徐婕好本已走至殿门，皇后此话说得朗朗，她的背影轻轻一颤，似风中飘零的一片落叶，脚步几乎有些不稳。

我心下凄微，愈加担心徐婕好。玄凌不曾留意，只含笑道："皇后贤惠，着实费心了。"

皇后注视着徐婕好离去的背影，微微摇头道："徐婕好虽然聪敏却有些钻牛角尖，今晚不免失仪。其实皇上对徐婕好已是十分爱宠，她又将诞下皇嗣，还有什么不足呢？"

玄凌若有所思，口中道："徐婕妤倒不像这样的人。"

皇后了然地微笑："都是小女子而已，皇上最近对徐婕妤过分怜惜，她倒不如从前懂事了。"说罢转头笑着看我，和颜悦色道："到底莞妃有气度肯体谅些，只是未免你的好心会纵坏了她。"

我猛一警醒，谦顺笑道："娘娘担心了。臣妾倒不是纵容，只怕徐婕妤动气伤了龙胎，有什么比皇上的子嗣还要紧的呢？"

玄凌温柔睐我一眼："自己身子弱还总担心这许多。"

皇后凝眸于玄凌："然而徐婕妤……"玄凌虽然不语，却是望着徐婕妤的空座轻轻皱了皱眉头。

至夜深时分，歌舞尚未有休歇之意，我趁着玄凌兴致正浓无暇顾及其他，低声向端妃笑语道："姐姐方才怎么喝起酒来了，桂花酒虽甜，后劲却大，瞧姐姐这个喝法是要添酒助兴呢还是借酒浇愁？"

端妃眉眼间微有如烟轻愁，低叹道："虽然借酒浇愁无济于事，可是看见吕昭容的样子——是皇上第一位帝姬的生母又如何？家世恩宠不及胡昭仪，便被人踩到这般地步。唇亡齿寒，温宜帝姬尚且还不是本宫亲生的呢。"

我唇角含笑，压低了声音仿若闲话家常一般："姐姐自有姐姐的尊贵，谁又能无端牵连姐姐。不过话说回来，今日的事谁不明白，吕姐姐不过是个替罪羊罢了。然而若非皇上开口，谁又能轻贱了淑和帝姬的生母去。"

端妃睫毛都不抬一下，然而语气中凉意毕显："咱们皇上……君心不似我心，大约是所有女子的苦楚了。"我不语，目光所及之处，一抹素色泠然于五色迷醉之外，明明如月。

酒过数巡，一则我身体吃不消，二则担心徐婕妤，道一声"乏了"，便先告退下去。我一心牵挂徐婕妤，便吩咐了轿辇先往玉照宫去。待轿辇行到玉照宫时，夜色清亮若银瀑倾倒于玉照宫碧瓦琉璃之上，溅开无数明光。圆月愈发明亮起来，满天繁星散开一天的璀璨。凉风徐徐而至，只觉心怀畅然。我才入仪门，见桔梗急得到处乱转，似热锅上的蚂蚁一般。我心一沉，忙问：“怎么了，一副魂不守舍的样子？”

桔梗倏然见到我，如见了救星一般，急急道：“娘娘来了就好，我家小姐动了胎气了直喊疼呢，还忍着不许奴婢去请太医，这可怎么好？”

我心下一沉，忙道：“这是怎么说的？好端端的怎么会动了胎气？”

桔梗急得要哭，只一味啜泣着跺脚，恨恨道：“赤芍那个小蹄子！”

我忙止道：“什么赤芍，如今她是荣更衣，别错了称呼害你们小主！”我唤过黄芩，“你来说。”

黄芩口齿爽利，道：“皇上今儿个挑了赤芍封了更衣，已拾掇了地方出来叫人来收拾荣更衣的东西。小姐不知是气恼还是什么，方才脸色就不好。如今她们乱哄哄收拾了东西走，想是惊扰了小姐歇息。”

我蹙眉摇头，望着一轮圆月叹息道：“皇上也太耐不住性子了，要给她位分封她更衣也不急于一时，大可等到徐婕妤生产之后，何必这样毛躁。”

桔梗忍不住嘟嘴道：“明明是皇后她……”

浣碧低声宽慰道：“皇上也不是这样急性子的人，多半是荣更衣挑唆了皇后，她有皇后主持，又仗着你们小主素来和气，益发蹬鼻子上脸了。”桔梗本是徐婕妤的心腹，又是陪嫁进宫的贴身丫鬟，自然心疼自己的主子，不觉涨红了脸愈加着恼。

我心下有数，不觉微微一笑，心头重又被焦虑攫住，急忙催促道：“你家小姐疼糊涂了，难道你也糊涂了么？眼下有什么比婕妤的性命还要紧，还不快去请卫太医来！”我想一想，“温太医也一同请来，本宫进去瞧你家小姐！”

浣碧忙不迭拉住我劝道：“产房是血腥不祥之地，小姐自己也怀着身孕，怎么好进去！”

我回头叱道：“胡闹！还没生呢，何来血腥不祥！徐婕妤心气郁结，这样生产何等危险，我怎能不去瞧！”说着一把推开她的手，径直往内堂进去。

徐婕好素来清简不爱奢华，所居的空翠堂一向少古玩珠玉，连应时花卉也不多见，绿影叠翠，晚风拂动室内轻软的浣溪素纱，一地月光清影摇曳无定。朦胧中看见外头几盏萧疏的暗红灯盏被月光照得似卸妆后一张黯淡疲倦的脸。那红光投在暗绿的内室，唯觉刺目苍凉，萧索无尽。

华衾堆叠中的纤弱女子无力倾颓，身子蜷缩成一个痛苦的姿势。她的脸色苍白若素，透明得没有一丝血色。一双纤手绵软蜷曲在湖蓝色叠丝薄衾上，似一个苍冷而落寞的叹息。她愁眉深锁，疲惫而厌倦地半垂着眼帘，偶尔的一丝呻吟中难以抑制地流露深深隐藏着的痛苦。

我轻轻叹息了一声，将手搭在她孱弱的肩上，柔声道："把自己作践成这个样子，何苦呢？"

她的肩膀瑟缩着，仿佛一只受伤的小兽。半张脸伏在被子里，我看不见她的泪水，只见湖蓝色的叠丝薄衾潮湿地洇开水渍，变成忧郁的水蓝色。我轻轻道："伤心归伤心，自己的性命也不要了么？"

半晌的静默之后，她嘶哑的声音呜咽而含糊地逸出："性命……我的性命他何尝有半分牵念呢？"

我不觉心下恻然，只得安慰道："男人家贪新忘旧是常有的事，何况是皇上，妹妹难道如此看不穿么？"

"如何看穿呢？"徐婕好吃力地转身，戚然一笑，"一旦看穿便是撕心裂肺的疼痛，若装着眼不见为净，皇上却连睁一眼闭一眼的余地都不留给我。"她满面皆是泪痕，勉强维持的笑容在急促而软弱的呼吸中渗出一种曲终人散的悲伤杳然，仿佛天上人间的三春繁华之景都已堪破了。她的神情如此空洞，除了一览无余的悲哀之外再无其他。我从未见过她如此绝望的样子，整个人如凋零在地的一萼白玉兰，被雨水冲刷得黯黄而破碎。

我柔声安慰道："你身子不适，先别说这些话，好好请太医来看才是正经。"

她一双眼眸睁得极大，似不甘心一般燃着黑色的火焰，她霍地抓紧我的衣襟，喘息道："甄嬛，有些话我从未说过，如今……如今……"她沉吟片刻，忽而低迷一笑，"你回宫以来我一直称你'娘娘'，然而这一声'甄嬛'已在我心里颠倒过了无数遍。自我第一日入宫就听说你，无数人都把你当作笑话说，我心里却一直好奇，究竟你是怎样的女子！直到我侍奉在皇上身边，我便更好奇。"她的呼吸有些混乱的急促，脸色暗红如潮卷，"皇上心里没有我，我从来就明白。我晓得我不够美、不够乖巧，唯一的好处不过是饱读诗书。然而这又算什么，论起诗书来，已有一个才华卓绝的你。宫里又有万分得宠的安贵嫔，我用心再深也难得皇上时常眷顾。后来皇上有了傅如吟，我一直想不明白，傅如吟如此浅薄，皇上怎会对她爱幸无极。后来傅婕妤死了，我才隐隐听说她像你，相处的日子愈久我就愈明白，皇上是何等想念你、牵挂你——虽然他从不告诉任何人。直到那日我看见你，我才肯相信，傅如吟和你那么像，皇上他——"她牢牢迫住我的视线，含笑凄微，"莞妃姐姐，您何其有幸，虽然你远离红尘修行，可是皇上并未停止过思念你。皇上偶尔愿意来看我，不过是喜欢看我坐在窗下看书的样子。你知道么？"她忽然凄艳一笑，如雪地里乍然开放的一朵泣血红梅，"皇上一向最爱看我着紫衫，执一卷诗书在轩窗下静静看书。直到你回来我才晓得，那侧影像极了你看书时的样子。也唯有这个时候，皇上才会最温柔地待我。"

我于心不忍，这样的痛楚，被人视作替身的痛楚，我如何不晓。只是不同的是，我的真相是一夕之间被残忍撕开，而徐婕妤，却一直是自知而隐忍的。我怔怔想，要多深的爱才能容忍这样明知是错觉的情意。我轻轻抚着她的背脊，骤然惊觉她是这样的瘦，一根根骨头在掌心崎岖凸显，仿佛微微用力就能折断一般。心下沉静，她一直都是不快乐的，兼之赤芍之事更是心灰意冷，她本就是敏感多思的女子，如何能经得起这番波折。

"只要你愿意，尽管叫我甄嬛就是，一切名位荣华本就是虚的。"我柔缓道，"你既然这样不快乐，早早学端妃也是一条出路。"

徐婕妤的目光倏地一跳，轻轻摇头。她那样脆弱无力，摇头时有碎发散落如秋草寒烟凄迷，唇角的一缕微笑却渐次温暖明亮。"我在皇上身边的日子，只要能远远看着他、仰望他，我也会觉得肺腑甘甜，更遑论他与我在一起的时光。虽然我心里雪亮，他待我情意浮浅，可是那有什么要紧呢？"她的眸子底处越来越沉醉，有华彩流溢，"我还记得选秀那一日，我在云意殿第一次瞧见皇上。他在遥遥宝座之上，那么高大，那么好。他很温和地问我的名字，虽然之后他就忘了。可是在他对我说话的那时候，在我心里，这世间再没有一个男子能比得上他。"

心思触动的一瞬，立刻想起那素色身影，在我心里，这世间亦没有一个男子能比得上他。满心满肺，唯有他才是心之所系、魂之所牵。念及此，我不由得也怅惘起来。

徐婕好牢牢盯住我："姐姐对皇上也是同样的心思吧？所以才肯历尽艰难回宫来。若换作旁人，曾是废妃之身，又家世倾颓，如何还敢再回这如狼似虎的后宫来？"

徐婕好的心思到底是简单了。而当着她的面，我自然不好反驳。她伏在床上，吃力一笑，"初见姐姐时我虽在禁足中，然而只那一眼我就明白，姐姐值得皇上如此喜欢。而姐姐对皇上的情意亦是投桃报李，一片赤诚，因而我只为皇上高兴，半分也不敢怨恨姐姐。"

我疑惑："妹妹既能容我，又何必为赤芍如此计较？"

她颓然："天家薄情，迎回姐姐已经艰难，当倍加珍惜才是。然而姐姐与我都为他怀着子嗣，他转头又有新欢。从前我总以为，没有姐姐在，皇上才多内宠，如今姐姐既在，皇上尚且连轻薄佻达如赤芍的也收在身边，叫我怎能不灰心？"一语未完，泪又流了下来。

徐婕好气息不定，身边服侍的人又一概被赶了出去，我见她神气不好，情绪又如此激动，愈加担心不已。此时她穿着家常玉兰色的寝衣，我无意将手搁在榻上，忽觉触手温热黏稠，心下陡然大惊，掀开被子一看，她的寝衣下摆已被鲜血染得通红。我失声唤道："浣碧——"

温实初和卫临在一盏茶的工夫后到来，温实初给徐婕妤把一把脉，又看了舌苔，眉头已经皱了起来，卫临更是叫立时切了参片含着。

我一听用参便知道不好，也不敢当着徐婕妤的面露出颜色来，只道："温大人既在，那必定是不妨事的了。当年本宫的胧月帝姬早产，温大人都能保得本宫母女平安，妹妹定能顺顺利利。"我口中宽慰，心下却也不免忧心忡忡，一壁催促桔梗，"去瞧瞧皇上怎么还不过来？别叫那些偷懒的奴才们路上耽搁了。"

徐婕妤虽然伤心，然而初次临产总是害怕，知道早有宫女去请玄凌，眸光不自觉地总盯着朱漆门外流连。

内堂已经乱作一团，徐婕妤极力克制的呻吟越来越痛苦悠长。浣碧再次进来请我，道："宫里的产婆已到了，热水也烧好了，小姐快出去吧，产房见血是不吉利的。"

我纵然担忧，却也奈何不了宫中的规矩，只得拍一拍徐婕妤的手，在她耳边道："你别害怕，本宫就在外头看着。有那么多太医在，不会叫你和孩子出半点差错。"徐婕妤似乎没有听见，只死死盯着门口进出的宫人，似乎在专心致志倾等着什么。

我无可奈何地默默叹息了一声，欲转身的一刻，忽然感觉广袖被死死扯住，徐婕妤的声音哀婉而冰冷，似烟花散落于地的冰凉余灰："皇上不会来了，是不是？"她骤然冷笑一声，疲倦地合上双眼，"不是奴才路上偷懒，是他舍不得赤芍。是我在他心里，却连赤芍也不如。"

徐婕妤一向是温婉而知书达理的，恰如一盏清茶袅袅，我从未见她如此神态，不觉身上一凉，想要安慰几句，却更知玄凌不来什么都于事无补，只得将她冰冷瘦削的手轻轻放进被中。

温实初见如此情状也是心知肚明，温言道："娘娘快出去吧！这里交给微臣等就是了。"

我眼圈一红，低低道："你尽力吧。我只怕……救得了命，救不了心。"

温实初默默摇了摇头，低声道："皇上不会不顾子息，只怕被人痴缠住了，娘娘再请就是。"

浣碧扶了我出来，我沉声道："有了上次安贵嫔的例，想来皇上不会耽误。只是你再亲自去催一催吧，皇上来了左右都好安心。"

浣碧正要答应，却听宫门外脚步喧闹，玄凌已然到了。我心头一松，忙屈膝行礼下去，快慰道："皇上到了。"

他虚扶我一把，急切道："已经生了么？要不要紧？"

我才要说话，却听一把温和雍容的声音缓缓道："徐婕妤吉人天相，皇上不必太过担心。"

我这才发觉皇后也跟在玄凌后头，相比我的焦灼，她却沉稳镇定多了。我本想将徐婕妤的情状回禀，微一思索，只道："臣妾不是太医，怕说不准情状，皇上可以召卫太医亲自问一问。"

他"嗯"一声，看着我笑道："倒是你先过来了。"说着转头看一眼皇后。

皇后微微欠身道："是臣妾脚程慢了。"

我只作不觉皇后的尴尬，恬然道："臣妾有些不放心徐婕妤，过来一看才晓得要临盆了。"

皇后微微蹙眉，目光落在一边绞着手指的刘德仪身上，口气中听不出任何感情："刘德仪与徐婕妤同住玉照宫，应该多多上心的。"

嘴角无声无息地牵动弧度，我柔和道："回禀皇后，刘德仪从未有生育，这个节骨眼上难免有些手忙脚乱，还是要娘娘来主持大局。有娘娘在，臣妾们也安心了。"皇后深深一笑，当下也不多言。

顷刻间卫临已经到了，回话道："婕妤小主不太好，胎位不正，孩子的脚要先出来了。"

玄凌脸色大变，急道："怎么会这样？"

我心下大惊，不由得与浣碧对视了一眼。

卫临以寥寥一语对之："小主动了胎气以致如此。"卫临说到"动了胎气"四字，人人心中皆是了然。玄凌也不免有些愧色，轻声道："今日晋封荣更衣，是朕心急了一点。若不然……"

皇后心平气和的话在深夜风露中听来格外平静："没有不然，今日之事皇上何曾有半点不是，在宫里晋封嫔妃是最寻常不过的事。若真要追根究底起来，到底是徐婕妤太年轻了，难免沉不住气些。"

众人皆不敢说话，良久良久，只听得风穿越枯萎枝丫的声音。我胸口几个起伏，到底把怒气压抑了下去，只以淡然的口吻向浣碧道："怎么那么冷，去取件披风来。"浣碧忙把一件软绒衔珠披风搭在我肩上，我微笑道："皇上来了，不仅臣妾等能安心，里头的徐婕妤更能安心。"我口吻更柔软些，"有皇上在此，徐婕妤定能百鬼不侵，平安顺遂。"

玄凌目色沉静些许，向卫临道："你和温实初尽力去为徐婕妤接生，再难再凶险的，你们也不是没见过。当年吕昭容能顺利产下淑和帝姬，今日徐婕妤也必定能平安。若保不住……"他沉吟片刻，有些决然，"绝不能保不住。"

卫临躬身告退。我依依而立，夜色中皇后的面容平静得看不出一丝波澜，如一朵静静凌风绽放的高贵牡丹，从容不迫。她愈是这般平静笃定，我愈是担忧。徐婕妤凄厉的叫声，更觉不忍耳闻。

皇后默默摇一摇头，觑着玄凌的神色低婉道："听着徐婕妤吃这样的苦，臣妾心中真是不安。若她想得开些……若能有莞妃一般的大度贤淑，也不至于如此了。"

我乍然听皇后提到我身上，更兼她对徐婕妤的评价，心中更是不忿。我见玄凌只是默不作声，心知皇后的言语虽然对徐婕妤加意贬损，然而对玄凌的愧疚之心未尝不是一种开解。徐婕妤本就不得宠，若再被皇后言语所激，只怕生下皇子，玄凌心中也有了心结。

我当下只是微微一笑，伸手正一正衣襟上的绿玉髓曲金别针，娓娓道："皇后娘娘如此善解人意，臣妾望尘莫及。徐婕妤品行端方又知书达理，并非一味爱拈酸吃醋的人。今日动胎气只怕也是素日身子孱弱的缘故，若真是钻了牛角尖为荣更衣一事生气，只怕也不会到今日才发作了。皇上说是不是呢？"说罢笑嗔道，"皇上也是，徐妹妹这是头一胎，又受了上回险些滑胎的惊吓，心里不知多害怕呢，皇上也不着紧来玉照宫，连带着臣妾心里也七上八下地害怕。"

玄凌道："朕一听说便心里着急得紧，当下就赶过来了。"

我心下晓得他是从拥翠阁过来，路途遥远难免耽搁，当下只转头向桔梗道："快到里头跟你们小姐说皇上到了，请她安心就是。"

一旁刘德仪怯生生道："徐婕妤不是顺产，怕不是一时半会儿就能有消息的事，外头夜凉，不如皇上和皇后娘娘、莞妃娘娘到正殿等候吧，臣妾已经叫宫人们准备好茶水了。"

玄凌点一点头，道："徐婕妤生产，朕是定要在这里等消息的。"他握一握我的手，柔声道，"你自己也怀着身孕，倒是辛苦你了。"玄凌语中颇有心疼之意，"你先回去歇息，若你再有个什么，朕真是经不起了。"

我以手支腰，笑道："皇上若不吩咐，臣妾也必要告辞了，如今少睡些便要腰肢酸软，越发想躲懒了。”

玄凌谆谆嘱咐浣碧：“好生扶莞妃回宫去吧。”

出了玉照宫，但觉凉风习习拂面，沉闷的心胸也稍稍开朗些。我不愿坐轿辇，只扶着浣碧的手慢慢踱步回去。

玉照宫外聚了不少等候消息的宫人。宫里的规矩，妃嫔临产，只得帝后和位分贵重的妃子才可入内等候，余者都只能候在外头。各宫矜持身份，自然不愿意亲自守候，却也不愿落了人后，于是皆让贴身心腹随时回报消息。

宫人们远远见浣碧扶了我出来，慌忙跪行让路。我只温和道一声“起来”，就目不斜视缓缓离去。

小允子在前头领着小内监们打灯。夜风沉寂，浣碧的衣带被风扑得一卷一卷，像是腔子里挣扎着的一口气。良久，她同情地叹惋一句：“徐婕好真是可怜！”

我默然片刻，叹道：“更可怜的是她十分清楚自己处境可怜，若然糊涂些倒也不会伤心如斯了。徐婕好聪慧灵秀，其实于她未必是好事。”

浣碧笑一笑，道：“若说到聪慧，难道徐婕好及得上小姐么？小姐的福泽却比她深厚多了，再不济，论到恩宠，小姐总是独一份的。”

我低首抚弄着手指上的绿玉戒指：“羡他村落无盐女，不宠无惊过一生。我倒情愿生于山野做个村妇，无知无觉一辈子。”我回头遥望，宫宇飞檐重重，并不华丽恢宏的玉照宫掩映其中，丝毫不起眼。

浣碧眉头微拧：“这么一闹腾，不知道又有多少人睡不着了，眼睛心思都落在玉照宫呢。”

夜凉如水漫上肌肤，我迎风沉吟：“那些人的心思也不是一日两日了，从前费了那么大的功夫还是没弄下这孩子，那就只等着今日见真章。要是平安生下一个帝姬也好，若是皇子，只怕徐婕好的苦楚还在后头呢。”我叹道，“也不知此刻她怎样了？”

浣碧低首道："那么小姐希望徐婕妤生下皇子还是帝姬？"

"都与我不相干。若生了帝姬，徐婕妤的后半生也可平静些。若生了皇子，只看自己的本事能不能保住孩子平安长大。"我侧首仰一仰发酸的脖子，微扬唇角，"只是私心来论，我希望她生下的是皇子。"

浣碧飞快地看我一眼："这事奴婢与小姐思量的一样。虽说有了皇子，徐婕妤就有了争宠的依靠，可是咱们回宫已是众矢之的，总得有人在前头挡一挡才好。"

我微微垂下眼睑："你说的道理我何尝不明白，只是平心而论，她这般爱慕皇上，只有生下皇子才能在皇上心里有点分量，也算成全她一点痴心吧。"

浣碧的手倏地一缩，压低了声音道："小姐说过，您既然回来，就已经没有心了。"

太阳穴突突地跳着，我屏息，面色沉静一如沉沉黑夜："是，已经没有了。所以该如何做我都不会迟疑。若徐婕妤的孩子生不下来，那么就是命该我要成为众矢之的。若生下皇子，只怕咱们以后筹谋费心的日子更多着呢。"夜色中周遭景色影影绰绰，白日里的风光秀美只余下模糊的影子，我心内不免黯然叹息，美好的时光总是太过短暂。心中如此这般想着，口中也不免怅然若失："咱们哪里还能奢求有平静的日子呢，不过是活一日斗一日罢了。"

白露生愁，玉阶生怨，宫廷锦辉繁绣中的阴毒哀怨永远无穷无尽。浣碧的目光似乎失去了焦点，伤感中透出一丝缠绵："咱们最好的日子，已经在凌云峰过完了。"

月光清绵若他的目光，五内缠绵如凌云峰顶终年不散的袅袅云雾，我不觉喃喃："那样的好日子……"往事的丰盈与美好灿烂似在眼前，我终究还是无言了。

永巷的转角处通向上林苑，繁木森森，是回柔仪殿的必经之路。空气里依稀有草木衰微之时才漫生出的清冷气息，如乳如烟的月色之下，遮天盖日的树荫落成一团团浓重的灰墨色，模糊了视线。

浣碧环顾四周，皱眉道："白天还觉得景致不错，一到夜里就觉得这儿阴森森的，咱们早些回去吧。"

我点头笑道："日日来往的地方，有什么好怕的？"我忽然凝神驻足道，"仿佛是什么花的气味，这样香？"

空气里淡淡弥漫出一股素雅的香气，浣碧轻笑道："好似是金扇合欢的味道呢。"

我微微蹙眉，心下渐次疑惑起来："这里附近并没种金扇合欢呀。"

我话音未落，恍惚有女子隐约的一声轻笑，我正疑惑间，一声悠长绵软的猫叫却无比清晰地落在耳中，在静夜里听来格外令人毛骨悚然。

不过是瞬间，左右起伏不定的猫叫声一声胜一声地凄厉响了起来。原本暗沉沉的永巷被漏下的几丝月光照亮，隐隐看见墙头瓦上站立着数十只猫，弓背竖毛，仿似受了极大的惊吓，低声呜呜不已。小允子"嗜"了一声，骇然道："哪里突然来了这样多的猫！还不快护着娘娘！"

我骤然想起凌云峰那一夜，骇得寒毛倒竖，紧紧抓着浣碧的手臂，硬生生咬唇抑住了将要冲出口的尖叫。

几乎是在他话音落下的同时，一只墨色的黑猫从永巷的墙头直跃而下，稳稳地撞向我的小腹。躲闪不及，眼睁睁看着它凌厉扑来，仿佛被一拳狠狠击中的感觉，整个人不由向后踉跄了两步，那种飞扑而来的力道和冰冷刺骨的恐惧痛得我弯下了腰。浣碧一张俏脸吓得雪白，慌忙和小允子扶住我道："小姐怎么样了？"

我只觉得自小腹以下酸软不已，腰肢间痛不可当，那种熟悉的温热的痛感随着涔涔冷汗漫延而下。

小允子见扶不动我，一时惊怒交加、气急败坏，一脚朝黑猫狠狠踢去，咒道："畜生！"他那一脚去势凌厉，足足用上了十分力气。那黑猫被他一脚踢得飞起撞在朱红宫墙上，有沉闷的声响夹杂着凄厉的嘶叫和骨骼碎裂之声，血腥的味道在四周漫溢开来。

我厌恶地转过头，低头看见自己高耸的腹部，下坠般的疼痛让我越来越心慌。我极力挣扎着扶住墙靠下，一手用力抓住浣碧的手，维持着仅剩的意识吃力地吐出几字："快去找温实初……"

温实初到来时我已辗转在柔仪殿内殿的床榻上。剧烈的阵痛如森冷的铁环一层一层陷进我的身体骨骼，环环收拢迫紧。我陷在柔软如云的被褥中，整个人如失重一般无力而疲惫。半昏半醒间的疼痛让我辗转反侧，眼前如蒙了一层白纱，看出来皆是模糊而混沌的，影影绰绰觉得有无数人影在身前晃动。

八月中旬的天气，温实初的额头上全是晶亮如黄豆的汗珠，他顾不及去擦一擦，伏在我耳边道："娘娘别害怕，一定会没有事的。"我勉力瞧他一眼，苦笑道："辛苦你了，快擦擦汗吧。"

他急得跺脚，心疼道："什么时候了，娘娘还在意这些。"

强烈收缩的疼痛逼得喉头发紧，我的声音干涩，勉强笑道："你是太医，怎么急成这个样子？更叫我不安心。"

温实初"嘻"了一声，也顾不得要拿绢子，举袖便去擦。他见四周忙乱，趁着把脉的时分悄声道："看脉象不是吃了催产药的缘故，怎会一下子就要生了，莫不是出了什么事？"

我按捺着痛楚道："大约是今晚事多损了心气，左右日子到了，生下来也好。"

他的嘴唇微微张合，知道也问不出什么，只得道："皇上一听急得了不得，丢开了玉照宫赶来了。"

我腹中绞痛，一时无力说什么。良久，沉重呼吸的滞纳间隐隐闻得炉中催产香料里夹杂了薄荷的气味，清亮苦涩地刺激着我昏沉的头脑。温实初脸上的汗珠一层层地沁出来，他不时抬袖去擦，却总也擦不净的样子。

他回头利落吩咐随侍的产婆道："去看看催产的汤药好了没？记得要煎得浓浓的才好让娘娘入口。"他顿一顿，忽然压低了声音悄悄道，"皇上不便进来，有句话微臣不得不问娘娘，若是有什么不测，娘娘要自保还是保胎儿？"

我倏地一惊，狠狠挣扎着仰起身要去抓他的衣襟。到底是临产的人，手掌一点力气也没有，只得牢牢盯住他，大口喘息着，失声道："温实初，我以我们十数年的情分要你答允，任何时候，你都不能伤到我的孩子。"

他顿一顿，霎时面孔雪白，颓然苦笑："我早知道你要这般答我，偏偏不肯死心，非要来问你一问。"

我心力疲乏，见他如此神情亦不觉心软："世上你不肯死心的事又何止这一桩呢？"不过是一瞬，我昂起头，厉声道，"我只要你记住——能保得住我们母子三人是最好不过！若真不能保全，就舍母保子。否则，你便让我活了下来，我虽然身为妃嫔不得自尽，但你知道的，若失去这个孩子，我必然会做出比自尽惨烈百倍的事情来。今日你虽叫我活了下来，到时也必定会后悔万分！"我大口喘息着，"你晓得我的性子，我说得出必然做得到！"

他又是惶急又是气恼，脸色铁青叱道："什么时候了还说这样没轻重的话，不怕不吉利么！"

温实初一向温和敦厚，甚少这般对我疾言厉色，我晓得他是气极了，一时也低了头，哑声唤过槿汐道："皇后也来了么？"

槿汐福一福，道："皇后在玉照宫守着徐婕妤，皇上带着端妃娘娘来的。"

胸腔一阵气息翻腾，我失声道："不好！只有皇后在玉照宫，只怕徐婕妤的胎会保不住。"

浣碧急得顿足："小姐疯魔了，自己都成了这个样子，还要去顾别人么？"

我横她一眼，吃力道："你都忘了么？"我的气息越来越沉重，每一呼吸几乎都牵扯着腹中的阵痛，身体要裂开来一般。我沉声道，"槿汐，既然皇上来了，你就去回禀，说本宫若然有什么不测，请皇上不要顾念多年情分，断断不要犹豫，必得舍母保子。"我顿一顿，咬唇道，"再禀告皇上，若本宫当真无福养育子女，但请皇后收养这苦命孩儿，莫在襁褓之中就失了慈母关爱。"

浣碧急得要哭："小姐何苦要叫槿汐去回禀这样不吉利的话呢！"

槿汐到底沉着，微一凝神已然明白过来，扯一扯浣碧的衣袖道："姑娘莫急，娘娘若不作此托孤之语，如何能调虎离山保得徐婕妤母子平安。"

浣碧这才稍稍放心，槿汐旋身去了，很快进来道："皇上说了，母子都要平安无恙，否则要太医院一同陪葬。不过皇上已命人去请皇后速速来未央宫照应。"

我微微松一口气："槿汐，你必然把话说得极稳妥。"

槿汐低眉顺目："奴婢只说娘娘再三请皇上断断不要犹疑，切莫顾念十年情分。"

我心上一松，只觉身上力气也用尽了，只想合眼沉沉睡去，勉强道："那么徐婕妤那边谁去照料？"

"端妃娘娘自请去了玉照宫。"槿汐稍稍踌躇，颇有担忧之意，"听说徐婕妤已然痛得昏死过去了。"

端妃行事沉稳，我自是十分放心，不觉长叹："我已经尽力，徐婕妤能否无恙，只看上天肯否垂怜了……"

话音未落，腹中阵痛一波又一波抵死冲上来，四肢百骸皆是缝隙般裂开的疼痛，浑身的骨骼似乎都"咯吱"挣开来。温实初的声音焦急不堪，向产婆道："杵在这里做什么，娘娘胎动已经发作得这样厉害，还不上催产药来！"

我痛得几乎要昏死过去，死死抓着云丝被的指节拧得关节发白，心底有低微得只有自己听得见的呼唤。

一簇簇粉红烂漫的桃花，人间四月芳菲尽，山寺桃花始盛开。仿佛还是在凌云峰禅房的日子，在窗口望出去，风吹过乱红缤纷，漫天漫地都是笼着金灿灿阳光的粉色飞花如雨。

泥金薄镂鸳鸯成双红笺。

　　玄清　　甄嬛
　　终身所约，永结为好。

春深似海。凤凰于飞，翙翙其羽，多年所愿终于成真。

然而，榴花开处照宫闱，那明艳刺目的鲜红刺得我大梦初醒，原来种种命运与深情，都可以这样被轻易分开，百转千回，终无回头路。

玄清，玄清，我如何才能完全割舍你？

冷汗腻湿了头发，昏昧中宫人的话语模模糊糊落在耳中：

"皇后娘娘也赶来了，陪着皇上着急呢，叫奴婢进来嘱咐娘娘安心生产就是……"

"娘娘久久生不下来，皇上脸色都青了，可见皇上多在意娘娘……"

不知过了多久，意识稍稍清醒一些，隐约听得外头一阵喧哗，内殿的门倏然被打开，有人疾奔而进。我正心中诧异何人敢在柔仪殿如斯大胆，却听得周遭宫人们的惊呼不亚于我内心的惊诧："产房血腥，淑媛娘娘有孕在身如何能进来？"

温柔的声音熟悉在耳畔，冰冷的指尖被柔软的掌心合住："嬛儿，是我来了。"

那样温暖的声音，我在蒙昧中落下泪来，依稀还是年幼时，每到年关或是避暑时节，眉庄总是这样笑吟吟踏进我的快雪轩："嬛儿，是我来了。"

一颗心好似尘埃落定，漫漫滋生出无数重安稳妥帖来。还好，还好，无论人世如何变迁，眉庄总是在这里，在这里陪我一起。

我费尽无数力气，终于睁开了眼睛，心酸不尽却先安慰笑了出来。眉庄大约走得急，鬓发微蓬乱。她是那般端庄的女儿家，总是步步生莲、足不惊尘，一颦一笑皆是世家女子的稳重闺训，何曾这样惊惶失了分寸过？

温实初倏然立起在我面前，挡住我一床的血腥狼狈，惊向眉庄道："淑媛娘娘如何来了？"他略略往前一步，"产房血腥如何没有半分避忌，你也是有身子的人了。"

他的口气是轻而焦灼的。大约是熟不拘礼，他的语气有熟稔的轻责。床帐上的镂空刺绣银线珍珠水莲花纹在如昼明亮的烛光下荧荧闪烁，仿佛是床头的赤金帐钩在晃动中轻微作声，我的耳朵嗡嗡作响，混乱中莫名觉得温实初的责备与劝阻中有隐隐的温存和关怀。

我暗暗叹气，许是对温暖的人情渴慕太久，我竟生出这样的错觉来了。

眉庄的声音是有别于对我的柔和，清冷如碎冰："皇上也拦不住本宫，温大人以为还能劝本宫离了这里么？"

温实初的声音多了几分柔和委婉："娘娘怀着身孕，是千金之体，多少也要当心些。"

"大人若愿意，这话大可去说与外头的皇上与皇后听，想必他们更能入耳。本宫若是忌讳就不会闯进柔仪殿，既进来了，就没打算出去。"眉庄的目光落在我身上，宛然生出几许春水般婉漫的关切，亦有几丝沉沉秋水般的自责，"从前你生胧月时我不能陪在你身边，你在甘露寺受尽委屈时我也不能陪在你身边，如今我若再不能，岂非辜负了我们自幼的情分！"

我眼中一酸，一滴清泪宛然无声隐没于枕间。她吃力在我榻边伏下，菊花凛冽的香气漾着她温暖的气息蕴在耳边，她纤细的手澈白如玉，隐隐有浅青色的血脉流转，温热地覆上我的脸颊："嬛儿，我一直在这里陪着你。"

痛楚的辗转间，脑海中骤然清晰浮起相似的话语。这样的话，近在身前的温实初说过，一门之隔的玄凌说过，红墙阻隔外的玄清亦说过。然而此刻，却是眉庄的言语最贴心贴肺，十数年情谊，总比拗不过命运的情爱更不离不弃。

多年隐忍的不诉离伤，多年习惯的打落牙齿和血吞，此刻终于松弛了身心，把脸贴在她的手心，低低呢喃："眉姐姐，我很疼。"

她的声音和煦如春风："很快，很快就好了。"泪眼迷蒙的瞬间，我瞧见眉庄欲横未横的眼波，说不出是埋怨还是嗔怒，却别有柳枝摇曳的柔婉，向温实初道："两碗催产药喂下去了还不见动静，到了这个时候还不用重药么？"

温实初跺一跺脚，不觉长叹，看我一眼，道："清河王府预备下的催产药固然是难得一见的好东西，否则清河王去往上京之前也不会亲自送来，就为防着有这一日。只是……到底药性霸道，不到万不得已时切切不能轻用。"

眉庄一双清澈明眸牢牢迫住温实初的双眼："既是男儿身，做事何必这样畏首畏尾！哪怕药性霸道，如今已是迫不得已之时，只要能保胎保命，何事不能权宜为之！你一向护着嬛儿如同性命一样，如今节骨眼上怎么倒犹豫起来了？"眉庄待温实初一向客气，几曾这般厉色说话。她大约知道自己毛躁了些，缓一缓神气，忧道，"王府的东西自是好的，我只担心总好不过宫里的，清河王自己都没成家立业，何来留心这些，只怕吃下去无济于事！"

温实初满面紫涨，只低了头默默不语，片刻道："你放心——清河王什么世面没有见过，自然是极好的物事，数月前就交到了我手里。"温实初不自觉地看我一眼，很快别过头去，敛衣道，"烦淑媛照看，微臣去加几味药就来。"

我听得"清河王府"四字，心头骤然一震，神志清明了些许。温实初寥寥几语，我心中已然明白过来，原来……原来……他伤心离京避开这伤心地时，也早早为我做好了万一的打算。

玄清，玄清，我心中一痛，在晕眩中精疲力竭。

贰捌 雙生

仿佛是过了一世那样久，久得都不愿睁开眼来。魂魄有一瞬间的游离，身体疲累得似不是自己的一般。烛光刺得我甫睁开的双眼涩涩发痛，下意识地伸手要挡，已听得浣碧的声音欢喜叫了起来："小姐醒了！"

视线所及被影影绰绰的人影遮得模糊，我一时认不出来。我什么都顾不得，心心念念唯有一桩，只含糊着道："孩子！孩子呢？"

浑身的力气仿佛用尽了一般，耳中有嗡嗡的余音，殿内仿佛有无数人跪了下去，欢天喜地地磕头贺喜："恭喜娘娘母子平安，喜得双生子。"

我愈加牵念，才一挣扎便觉得头晕不已，浣碧与小允子忙扶了我坐起来，塞了几床软被让我靠着。唇舌间还残余着催产药的苦涩，舌尖阵阵发麻，槿汐早端了一盏红枣银耳汤盈然立在床前。我焦急地四处张望："都是皇子，还是都是帝姬？"

那明黄一色耀目在眼前靠近，扎得我眼睛蒙蒙发花，他朗笑的声音里有无尽欢欣与满足，拥我入怀道："是一位皇子和一位帝姬！嬛嬛，你送给了朕一对龙凤呈祥。"

有无穷无尽的喜悦弥漫上心田，仿佛整颗心都不是自己的了，满满登登被为人母亲的狂喜包裹住。我急切道："孩子呢？快抱来让我瞧一瞧！"

玄凌眉梢眼角皆是笑意，语调都是飞扬的："皇子出生得早些。乳娘抱去喂奶了，片刻就能过来。"

心下一松，我整个人都如浸润在温暖春波中一般轻松愉悦。须臾才想起是在人前，欠身道："恭喜皇上喜得麟儿。"

玄凌朗朗大笑："何止是麟儿，帝姬也很好，都是你的功劳。"

我低嗔道："皇上，那么多人在呢。"

玄凌丝毫不以为意，剑眉轩然长扬："你是朕身边第一要紧之人，朕与你亲近些又有谁敢妄论？"

我见众人皆在近旁，独不见方才尚在身边的温实初与眉庄，不觉问道："眉庄姐姐方才还在，怎的一转身就不见了，连温太医也不在？"

玄凌抚一抚我的眉心，笑道："还说一转身呢，你足有半个时辰才醒。淑媛跟着皇后去看顾燕宜了，她那里倒还没好消息过来！"

浣碧在旁笑盈盈接口道："温大人如何敢走呢？在后头亲自看着煎药呢。"

我温婉而笑："臣妾没有大碍，与其劳温大人亲自看着煎药，不如让温大人也去玉照宫看顾吧。徐婕妤也不知怎么样了？"

玄凌微一踌躇，柔声道："你自己才产育完又牵挂操心。卫临在玉照宫，若温实初也走了，谁照顾你与朕的孩子呢？"

有裙幅微动的声音，却见一个半老妇人先走了进来，未语先笑："奴婢给皇上道喜、给娘娘道喜。"

我仔细一看，正是太后身边的孙姑姑，忙笑道："姑姑来了。"

孙姑姑指一指身后宫女手中捧着的贺礼，笑容满面："太后听闻娘娘产育，母子三人平安，欢喜得不得了。太后本要亲自来看娘娘的，奈何夜深露重，只得先遣奴婢来问候娘娘、看望皇子与帝姬。"

我见跟在孙姑姑身后的宫女手中皆端着滋补养身之物，只笑着谢过："太后有心，请姑姑代本宫多谢太后。"我恳然道，"若太后真为了本宫深夜移动凤驾，岂不是折煞本宫。明日本宫就叫乳母抱着皇子与小帝姬去给太后请安。"

玄凌只含笑听着，忽然打量着孙姑姑笑道："姑姑这一身衣裳倒很有心思。"我这才留心去瞧，孙姑姑穿着暗红绣百子图案刻丝缎袍，十分应景。

孙姑姑不觉含笑："皇上和娘娘大喜，奴婢自然要讨巧儿。今日娘娘的喜事可是宫里头一桩的，也盼皇上和娘娘将来多子多福，我大周朝福泽绵延、万年长青。"

玄凌笑着拊掌道："姑姑当真好口彩。"说罢就要赏赐。

孙姑姑抿嘴一笑，福一福，道："多谢皇上夸奖。奴婢不敢要什么赏赐，只是不知道有没有那个福气，能占个头彩，先瞧一瞧小皇子与小帝姬，也好回去向太后回话。"

我含笑道："这个是自然的。"说罢转头吩咐槿汐，"想必在乳母那里喝饱了，快去抱来给姑姑看，说来本宫也还没看过呢。"

乳母平娘与钟娘不过都二十五六上下，很端厚诚实的样子，皆是内务府从早早挑了出来的数十人里再三甄选的，又暗中留意了两三月才肯留在身边。如此精挑细选，只防着一着不慎便是引狼入室、祸起萧墙。

不过片刻，但见平娘与钟娘一人怀抱一个织金襁褓，喜滋滋上前请了安抱到我跟前，先向玄凌行礼："皇子与帝姬给皇上、娘娘请安。"停一停才又俯身道，"奴婢给皇上、娘娘请安。"

话音未落，我已忍不住伸手一把抱在了怀里，浣碧急起唤道："小姐身子弱，当心着呢。"她口中虽急，然而目光温柔，只停留在两个孩子身上。

玄凌见我产后体弱，手臂微微发颤，忙抱过一个，嘴角已不自觉地含了饱满的笑意，道："什么时候要抱不行，偏在这个时候要强。"

两个软软的孩子，身量都比胧月出生时还小些。胧月本就是八月早产的孩子，这两个更是自在我腹中以来便饱受折腾。如此一想，更是怜惜不已。

小小的身子，纤细的手指，通体红润。额上稀疏几根柔软的毛发，眼睛尚未睁开，本能地避着光线。玄凌抱子的手势甚是熟惯，想是这两年胧月与和睦出生他也抱了不少。玄凌一味看个不够，孙姑姑亦近前端详良久，凑趣道："皇上请看小皇子那眼睛鼻子，子继父貌，简直和皇上小时候是一个模子里刻出来的，真真像极了。"

玄凌脉脉道："别的也就罢了。皇子的额头和下巴像他母妃，帝姬是和嬛嬛眉眼相似。"

不提则已，偶一提起眼睛，我的心头狠狠一揪。好在孩子还小，眼睛尚未睁开，我倒不觉踌躇起来，脸上依旧笑着道："孩子都还这样小，哪里能看出什么地方像臣妾来，皇上只管哄臣妾高兴。"

玄凌凝神望我，眼中有丝缕不绝的情意缠绕："若是将来帝姬像你，自然是一位美人不说；若是咱们皇子像你，怕是更要丰神俊朗，倾倒天下女子了。"

我斜斜飞他一眼，笑道："有皇上这般丰神俊朗的父亲，自然是虎父无犬子！"

玄凌轩然扬眉，展颜道："父亲看儿子，自然是越看越爱。"他慨然握住我潮湿而蜷曲的手指，"嬛嬛，多谢你。"

我含笑粲然："臣妾如何敢居功，何况皇长子也是个很好的孩子。"

玄凌微微蹙眉，欲言又止，到底还是忍耐不住："予漓大约像她母亲慤妃，实在是一个资质寻常的孩子，即便皇后悉心教养，也不见有多大长进。"

我柔声劝道："皇长子到底还小，等年纪大些也就好了。"

玄凌还欲再说，我忙向孙姑姑递个眼色，孙姑姑笑道："可别累着皇上和娘娘了，还是叫乳母抱着吧。"说罢细细看了一会儿孩子，旋即去太后宫中复命了。

玄凌看着一双小小儿女,声音里迸发着不可抑制的欢喜,眉梢眼角皆是蓬勃似凤凰花的绚烂笑意:"嬛嬛,你晓得朕有多高兴么?你一下子给朕带来了两个孩子!"

身为人母的巨大喜悦强烈地冲袭着我,虽然不是第一次做母亲了,可是生下胧月的时候是怎样凄凉的情状,如辗转零落在皑皑雪地上的深黑碾痕,格外凄切而分明。那个时候,我初为人母的一点喜悦全被即将要离散的母女之情耗尽了,我一心一意只想着要为胧月谋一个好的前程,哪里还顾得上其他呢。

如今,才是我第一次好好地感受一个母亲看着新生儿的喜悦。这两个孩子,我千难万苦才保住了他们,生下了他们。何况,我的心口微微一热,还是他的孩子。

平娘和钟娘一边一个把孩子抱在面前,玄凌爱也爱不过来似的,抱着这个又看那个,兴奋道:"宫中从没有这样双生子的喜事,而且又是龙凤胎,可见朕福气不浅!"

玄凌话音未落,槿汐已经满面含笑跪了下去,道:"恭喜皇上、恭喜娘娘。奴婢听闻龙凤胎是龙凤呈祥、天下太平的好意兆,皇上的福气即是天下的福气,连奴婢们卑微之躯也得沾荣光,皇上万岁万岁万万岁!"

玄凌本在兴头上,槿汐这般巧言恭贺,玄凌顿时大喜,连连笑道:"崔恭人说得好,今日六宫上下宫人各赏两个月的月例,绸缎一匹,未央宫上下各赏半年月例,绸缎十匹,也算赏你们尽心服侍主子的功劳。"

阖宫宫人忙跪下谢恩,个个笑逐颜开。未央宫中上下一片欢庆。

玄凌握着我的手道:"嬛嬛,谢谢你给朕这样做父亲的喜悦。"

我望着他诚挚的目光,这样殷殷看着我,心下忽然一酸:这样做父亲的喜悦,他是感受不到了吧。现在的他,也知道我诞下双生儿的事了么?他会怎么想,他会说什么呢?

这样的心思和伤感,我一丝一毫也不能露出来,我于是微笑,微笑着伏上玄凌的肩膀："臣妾能为皇上做的事不多，实在无法回报皇上多年来对臣妾的恩宠，只能尽心竭力为皇上照拂子嗣、绵延帝裔。"

玄凌的声音徐缓在耳边，像春水一样缠绵而温热："嬛嬛，你为朕立下这么大的功劳，朕真不知该怎么谢你才好。"他似想起一事，眼中兴奋地耀起灼灼星火样的光芒，"嬛嬛，朕要册封你为贵妃，做朕最钟爱的贵妃！"

我愣了一愣，生子而晋封是宫中惯例，我循例也不过是从一品夫人而已。即便玄凌私心宠爱，不过是封号隆重些、赏赐更丰厚些罢了。而大周后宫中，皇后之下贵、淑、德、贤四妃皆为正一品。然则四妃虽然同为一列，但贵妃为四妃之首。从隆庆一朝开始，更独有贵妃冠以封号，玄清的生母舒贵妃便是如此。因此，贵妃是后宫之中仅次于皇后的最尊贵的女子。

我几乎本能地要拒绝，忙婉转道："皇上若要给臣妾贵妃名位，臣妾实实不敢受。臣妾即便因生子要晋封，按照祖制也只能晋位为从一品夫人，贵妃乃是正一品的名位，一跃晋至此位臣妾实不敢当，也怕后宫诸位姐妹不服。"

玄凌笑着把我拢在臂中，温言道："朕说你当得起你就当得起，别人若要不服气，尽管能和你一样为朕诞下龙凤麟儿，能和你一样聪明贤惠，成为朕时时也舍不下的'解语花'，朕便也像疼你一般疼她。"玄凌眼中的温柔似要绵绵化了一般，"在朕心中，除了你，再无人能担当贵妃的名位。"

于是我挣扎着要起身，玄凌忙按住了我，惊异道："你这是要做什么？"

我情切，推心置腹道："嬛嬛知道四郎真心关怀。可是四郎细想，端妃姐姐进宫最早、资历最高，敬妃姐姐也比臣妾先封妃数年，两位姐姐都是协理过六宫事务的，功劳不小。若她们只居妃位而嬛嬛跃居贵妃，难免寒了宫中妃嫔的心。"

贵妃的名位自是尊贵，只屈居皇后之下，多半能让皇后忌惮。可是这样首当其冲，又新生下了皇子，皇后不处心积虑把我生吞活剥了才怪。何况，皇后本就是从贵妃之位登上后座的，难免要刺心。我便是乐得让她刺心难受，也不能为一时之快动摇了长久的根基。而且端妃、敬妃若因此和我生了嫌隙，可是大大不妙。

心念电转，然而有了当年晢华夫人的例，玄凌再不曾立过一位夫人，我自然不愿惹玄凌不快，于是道："臣妾绝不敢忝居贵妃之位，请皇上体谅臣妾一番心意。"

李长一向知晓皇帝心思，又最会左右逢源，忙在一旁赔笑道："莞妃娘娘这样苦苦推辞，皇上也为难。恕奴才多嘴一句，正一品的娘娘里头，只要不是贵妃，皇上可随意在其余名号中择一名位给莞妃娘娘，既成全了皇上对娘娘的爱惜，又成全了娘娘对皇上的心意，正好两全其美。"

皇帝看了李长一眼，笑道："你这脑袋瓜子倒机灵，不枉朕和娘娘这么疼你。"他思量片刻，道："德妃、贤妃都不好，倒是朕自登基以来从未立过淑妃。"他沉吟着道，"淑妃，淑德有慧，给你最是相宜不过了，只是到底有些委屈。"

我眉蕴春色，含笑道："多谢皇上。臣妾喜欢得很呢。"

他略略想一想："四妃之中唯有贵妃可有封号，以示于妃嫔之中独尊。嬛嬛是朕心头最爱，自然例同贵妃，于淑妃位分之外，更存'莞'字为封号。"

这个"莞"字，是旁人眼中的何等尊荣，我心中却如割裂一般清晰分明。微微侧首的须臾，见窗外满地明月如霜，真如霜雪披身一般，几乎忍不住打了个冷战。

他温热的掌心有脂粉的轻俏甜香，安抚住我的肩头，怜惜道："好好的怎么打起冷战来了，可是冷了？"

槿汐眉心一动，已然转头出言呵斥窗下侍立的宫女："娘娘刚生产完如何能开窗，万一受凉可怎生是好！"

那宫女是新挑进未央宫的斐雯，她素来只在外殿服侍，今日大约人手不够也进来了。她大约也吓糊涂了，慌里慌张张口辩道："方才接生婆婆说内殿里血腥气重才叫开一丝窗缝的……"

玄凌不觉蹙眉，打量了那宫女两眼道："出去！冻着了娘娘还敢顶嘴，掌嘴二十。"

宫人们何等乖觉，见玄凌微动怒色，立时拉了满脸委屈的斐雯出去，纷纷跪下贺道："恭喜淑妃娘娘！淑妃娘娘万安。"

我在这响遏行云的山呼中调匀微乱的呼吸，微微含了一缕且喜且嗔的笑意，低声呢喃："这个'莞'字，宛如太液池春柳杏花下初见四郎。"

玄凌面色转霁，眉目皆是春色："嬛嬛莞尔一笑，犹胜当年初见。"他转首向李长道，"传旨六宫，未央宫莞妃进正一品淑妃，封号仍存，于皇子满月之日同册嘉礼。淑妃出月后赐协理六宫之权。"玄凌看着我道，"嬛嬛，你喜不喜欢？"

我半是娇羞，盈盈望着他道："皇上的恩赏，臣妾自然喜不自胜。"耳后根瞬间热了起来，淑妃的名位固然重要，可是协理六宫的大权更重要。

如今皇后执掌六宫，端妃、敬妃与我三人共同协理六宫，只要我们三人齐心，皇后再想谋害我和我的孩子，也不得不顾忌三分。我微微沉吟，端妃倒是无碍，只是敬妃……

李长存心要来凑趣，笑吟吟道："奴才斗胆向娘娘讨赏，娘娘这般恩福两全，随便赏奴才点什么，也好让奴才沾点娘娘的喜气。"

我取过枕边一把安枕用的玉如意，亲手递至李长手中，笑道："本宫没什么好东西，这把玉如意还是上回庆国公的夫人送进来给本宫安胎祈福的，如今皇子和帝姬平安落地，这把玉如意就赏你吧，也算是对你多年来尽忠皇上的犒赏。"

那把玉如意原是用紫玉精工雕成，刀工细腻温和，更难得是用一整块紫玉，晶莹剔透，触手几能生温。这是极大的恩宠了，李长有些受宠若惊，慌忙跪下磕了个头，道："奴才原是玩笑，娘娘这样重赏，奴才实不敢受。"

我笑盈盈看着他道："这样赏你，还有个缘故在里头……"我见玄凌也是一脸不解，不由得笑着望了一眼槿汐，玄凌恍然大悟，我抿嘴笑道，"这样大的恩典，应该皇上来给才体面。"

玄凌笑得畅快："正是。李长，从前为了你和崔恭人的事叫你们俩受了极大的委屈，既然今日娘娘开了口，朕就正式把崔恭人赐予你做'菜户'①，虽然是有名无实的夫妻，你也要好好待人家才是。"

我微笑道："皇上说得正是。宫里难得开这样大的恩典，你们自要惜福。这如意，就当是本宫给你们的贺礼了。"

昔日皇后借着槿汐与李长之事大做文章，几乎要了他们的性命，更逼得槿汐十分受辱，在一众宫人面前抬不起头来。亏得她性格刚毅，否则，只怕早已一条白绫悬梁。如今我重提旧事，更请玄凌公开赐了槿汐与李长做"菜户"，也是给他们最大的脸面，再不能有人为难他们。

李长听得玄凌亲自开口，欢喜得几乎愣住了。还是槿汐先醒悟过来，满面通红拉了李长一同谢恩。李长拼命磕了几个响头，颤声道："谢皇上、娘娘厚爱，崔恭人是娘娘身边最得力的宫女，既然赏予奴才，奴才一定对崔恭人好。"

浣碧在一旁捂着嘴直笑："公公还叫姑姑是'恭人'么？该改口叫名字了。"

我心下一动，亦微笑着打趣道："槿汐是本宫身边的恭人，李公公是皇上身边的内廷总管，管领着宫中所有的内监宫女，岂不是以后本宫的恭人还是要处处以你唯命是从，半点不像夫妻的样子了。"

玄凌拊掌大笑："嬛嬛这话朕是听明白了，怕日后槿汐被李长欺侮，

---

① 菜户：宦官与宫女之间的伴侣关系。从史料分析，菜户与对食应是有区别的。对食可以是宦官、宫女之间，也可以是同性之间，多是临时性的；而可称为"菜户"的宫女与宦官，则共同生活如同夫妻。菜户在明代宫中是被公然允许的，宫女和宦官结为"菜户"后大多能终身相守，并且彼此都以守节相尚。如果其中一方死去，另一方则终身不再选配。

总不成到时再向娘娘来诉苦了。"玄凌想一想，道："槿汐是正三品的恭人，此番嬛嬛晋为淑妃，槿汐的职责亦要晋为正二品慎人。"

我推一推他，娇嗔道："李长是正一品内监总管，臣妾的槿汐总归是要低人一头了。"

李长何等伶俐，忙又跪下道："奴才也不愿委屈了槿汐。皇后身边正一品惠人槿汐自是不能担当。只是槿汐自幼在宫里服侍，奴才打一句包票，去管束几个宫女还是成的。"

我斜斜飞了一眼玄凌，软语娇俏道："皇上瞧李公公多会疼人哪。槿汐真真是好福气，谢皇上为槿汐指了个好依靠。"

玄凌正在兴头上，自然什么话都听得入耳："宫女中有正一品尚仪，管领宫中所有宫女，只是辛苦些。"

李长连连谢恩，口中道："槿汐受了皇上和娘娘这样大的恩遇，辛苦些也是应当的。"

我笑着推槿汐道："还不谢皇上的恩典。"

槿汐依言谢过，烛火掩映下，倒也稍有欢喜之色。玄凌道："李长，你这位爱妻如今可与你平起平坐了，你可要好生疼惜着。"

我缓缓松出一口气，槿汐，这是我能为你做的最多的事了。只盼你以后平安喜乐，也不枉你为我受了这样多的苦楚。

一众宫人见皇帝给这样大的体面给李长和槿汐，一窝蜂地拥上去给他们道喜。我欢喜道："还杵着做什么，赶紧地向李公公和崔尚仪要酒喝去。"

众人正闹着，外头有小内监跑进来磕了个头，满面堆笑道："给皇上道喜，玉照宫的徐婕好诞下了一位小皇子，母子平安。"

玄凌于热闹喧嚣之中几乎没听清，随口问道："你说什么？"

那小内监重重磕了一个头，大声道："给皇上道喜，玉照宫的徐婕好在申时一刻诞下了一位小皇子，母子平安。"

玄凌喜道："申时一刻，比淑妃的皇子还早了一刻出生。"他用力抱了我在怀中，大笑道，"嬛嬛，你听！你听！燕宜也为朕诞下了一位皇子呢。"

我心下一松，她到底是平安，诞育了她与玄凌的孩子，也不枉我一番苦心保她。然而旋即一紧，她生的也是个儿子呢。但是面上依旧和静微笑："恭喜皇上喜得麟儿。"

他喜得不知说什么才好，站起来交握着双手疾步转了两圈，倏然站住，俯下身看住我，"嬛嬛，你一回宫，就给朕带来了这么多福气。朕真心谢谢你！"

我从容谦道："皇上过奖了。皇上天命所授，这福气自然是不用说的。臣妾倒觉得皇上今日连得二子可是极好的兆头呢，以后皇上定会有更多的皇子。就许臣妾先占个好口彩，先恭喜皇上了。"

玄凌这才想起来问："既是申时一刻徐婕妤先生下的皇子，怎么到现在才来报？皇嗣诞育之事也敢延误么？"

那小内监一时被吓住了，忙忙磕头，连说"不敢"。

我在一旁劝道："皇上息怒。玉照宫离未央宫极远，想来他们也是着紧赶来向皇上报喜了。大喜的日子，皇上可千万别生气。"

那小内监忙道："奴才已经一路小跑过来了，刚到时听说淑妃娘娘也诞下了皇子，于是未央宫的公公们也拉着奴才一同领皇上的赏，说是沾小皇子的喜气，奴才不敢不领呀。"

我笑道："可是皇上的赏延误了他们的腿脚呢，皇上还怪罪他们，真真是可怜见儿的。"

玄凌哑然失笑，随口向那小内监道："你起来吧。"

我依在他怀中，轻声道："皇上可要去看看徐婕妤？她此时一定也盼着皇上去呢。臣妾想二殿下一定和徐婕妤一样，长得极白净可爱。"

玄凌略一迟疑："她那里有太医看护着呢，朕再多陪你一会儿。"

我笑道："皇上要陪臣妾的日子长着呢，只怕皇上腻味。徐婕妤初为人母，皇上要多多关怀才是。"

　　玄凌这才起身由小内监服侍着披上披风，含笑道："嬛嬛最识大体，不愧是朕的淑妃。"他握一握我的手，"好好歇着，朕明早再来看你。"

　　我唤了李长过来，道："别只顾着自己高兴，好好送皇上去徐婕妤那里吧。"

　　李长殷勤应了一声，一行人送了玄凌过去。

贰玖　勝算

黑甜香沉的一觉，醒来已不知天光几许，浣碧立在床前服侍我盥洗，口中道："小姐好睡，这一觉足有一天一夜。"

我随意拢一拢鬓发，懒散靠在床栏上，含笑道："难得能好好睡一觉。"

浣碧抿嘴笑道："小姐好会躲懒，这一觉下来躲开多少请安问候的烦琐事呢。"

我想一想，不觉失笑："是呢。我这一生产，各宫自然要来过一过情面。"

浣碧拧了一把热毛巾为我敷脸，道："皇上只叫小姐歇息，不忙受各宫娘娘小主的礼。"

温热的毛巾叫人觉得温暖而松弛，我问道："小皇子和帝姬呢？"

槿汐一色簇新的湖蓝绖银线米珠竹叶衣裙，整个人亦明快鲜亮了起来，笑着上前道："皇上屡次来看娘娘未醒，便叫不许惊动娘娘，带了皇子和帝姬去太后处说话了。"

我心中另有一重烦难事，只不便开口，转念一想甫出生的孩子尚不会睁眼，才稍稍安心，道："皇上去也好。本宫一时不想见那么多人，何况她们不过是那些场面话儿，本宫也懒怠费神。若有嫔妃问起，就说太医要本宫多多静养。"

槿汐会意："这个奴婢会应付。沈淑媛、端妃和敬妃必是例外了，只是眼下得宠的滟贵人和胡昭仪不能不敷衍些许。"

她提起滟贵人不过是笑语，我生生愣了片刻，痴想中心念如轮急转，蓦地想起她常常碧青色的裙衫蹁跹，想起她爱惜地收集那样多的合欢花，想起她说"最美的合欢只在镂月开云馆"……电光火石的瞬间，种种不经意的细节重叠弥合，心中如幽蓝闪电划过黑沉天际，豁然清亮开朗，竟原来——她有着和浣碧一样的心思……

清晰之下种种疑惑皆有了分明的答案。

夜宴上中途缺席更衣的人，不只是我和胡昭仪，亦有她在其中，只是我不曾上心罢了。那首情意婉娈的"心悦君兮君不知"，果真是对"王子"而发的啊。

而她那只温顺无比的"团绒"虽不伤人，可是它柔媚悠长的叫声却最能引聚群猫。更何况那一日，只消她稍稍留心，必能瞧出我掩饰不住的对猫的害怕。

原来如此，原来如此……

若非被她察觉了蛛丝马迹，何至于要对我下如此痛手。

呼吸间有幽凉的气息流转，一丝一缕牢牢透进天灵盖里。须臾，竟是一缕浅笑浮上脸颊。

他自爱他的，她亦爱她的，未必息息相关。而女子的怨妒之心，竟是如此可怖！

我微微侧首，鲛绡团纱的落地帷帘将渐凉的萧瑟秋风漫卷在了外头，只余柔和的清盈似珠的莹光静静闪烁，迷蒙若流水徜徉，只叫人觉得不真切。

倒是浣碧进来道:"敬妃娘娘过来了,小姐可要一见?"

我微微沉吟,阖眼思忖着道:"眼下我也乏着,去告诉敬妃谢她的盛情,待我好些再亲自请她来小聚。"

众人素来知道我待敬妃客气,她又是胧月的养母,身份自不一般,听我如是婉拒皆是纳罕不已。槿汐笑笑道:"皇上很快就要带皇子与帝姬过来,若敬妃娘娘在,倒也不方便。"

我微微一笑,只安静躺着养神。果然不过一炷香时分,玄凌便喜色洋溢地回来了,脸上的笑容还不及褪去,见我醒来更添了一重欢悦。

我含笑欠身:"倒有劳皇上先带着皇子和帝姬去给太后请安了。"

他握一握我的手腕,笑道:"你我夫妻,还用说这样生分的话么?"又问,"可觉着身子好些了?"

他这样亲昵的口气,我脉脉含笑道:"那么夫君劳累了,且喝口甜汤润一润吧。"

他顾不得喝,喜滋滋道:"你不晓得咱们的孩子有多乖巧。乳母抱着到母后面前,竟一声也不哭,母后欢喜极了。"

大约是起风了,临窗的树枝敲在朱色的窗棂上"笃笃"轻响,欢快如鼓点。我委婉道:"徐婕好生育二皇子极为辛苦,听闻又落了产后失调,皇上今日可也带了二皇子去给太后请安?徐妹妹必定欢喜。"

玄凌提了提我盖在身上的锦被,仔细地掖好被角,笑道:"晓得你是顾虑周全的人,若不带沛儿去,燕宜吃心不说,你更要不安了。"

我含笑沉吟:"沛儿?二皇子的名字可定了是予沛么?"

他颔首,随手舀着盏中的银耳,笑道:"燕宜很喜欢这个'沛'字。"

我嫣然莞尔:"丰足为沛,是很好的意思,臣妾听了也很喜欢。"我停一停,拉着他的手带一点撒娇的意味,"那么也请皇上赏个恩典,给臣妾一双儿女定个名字吧。"

他笑着刮一刮我的鼻子:"朕斟酌了好久,咱们的孩子不比旁的,定要好好想一个极好的名字才不算辜负。"他微微垂下脸,脸颊有光影转合的弧度，无端添了一点柔情的意味，"燕宜自生产后就怏怏不乐，难得有她高兴的事，朕也自然会顺她的心意。"

我微微觑他的神色，试探着道："听闻徐婕妤产后失调，想来也不是什么大毛病，好好将息着也就是了。"

玄凌握住我的手腕，微微用力："若真只是这般就好了，燕宜产后郁结不堪，唯有看见沛儿时才高兴些。因着这郁结，人也不大精神，朕知道荣更衣的事伤了她的心。"他略略有几分愧歉，"那日的事也是朕在兴头上莽撞了些，所以除了循例晋封她为贵嫔之外，朕也会好好替她择一个封号。"

有片刻的沉默，我才要出言安慰，他却已然释然了，仿佛在安慰自己："然而皇后说得也对，燕宜的心胸的确是小了些，不是嫔妃该有的气度。"

我微微愕然——他的愧歉也不过如此，甚至不如天边的一片浮云。然而我只微笑道："往后多历练着些也就好了，谁没有这样年轻的时候呢，何况徐妹妹又是这般冰雪聪明的。"

玄凌不觉释然，顺手折下榻边青瓷螺珠瓶中供着的一穗铃兰簪在我鬓边，含笑道："论起诗书文墨来，燕宜大约是和你不分伯仲的，只政事文史不及你通晓罢了。"

我闻言端正神色，低首道："皇上殊不知妇人干政乃是后宫大忌，臣妾如何敢称通晓政事呢？如此说来倒是臣妾狂妄了。"

玄凌亦正色了，摇头道："妇人干政这句话原是防备那些心怀鬼祟、恃宠生骄的人，嬛嬛最能为朕分忧，难道多读几本政书就成了邪魅之人么？"

我怯怯，忧然转首牵住他的衣袖："臣妾能再陪伴四郎左右、诞下孩儿已是上天庇佑，如何敢不谨言慎行？譬如四郎方才的话，原本是称赞臣妾的，可是人多口杂、以讹传讹，安知他日臣妾是否会因此事而受宫规家法严惩，臣妾实在承担不起任何流言蜚语了。"向来天子明黄衣裳皆用金线织成锦绣山河，那金线本是织了金丝的，不比寻常丝线的柔软服帖，总有一股刚硬气。

然而我晓得，这世间的刚都能被柔克住。

玄凌沉默听罢，不觉色变，连连冷笑："说起此事最是叫朕生气，你怀孕进宫之后多少流言在朕耳边刮过，说你腹大异于常人，所怀必定非朕之子。如今你诞下双生子，恐怕她们到了你面前连舌头也要打结了。"

我掩袖依依而笑："四郎这话好刻薄！听闻宫中诸位姐妹都曾想来给臣妾道贺，只是臣妾实在无力相见罢了。时至今日，想必众人的误会都已解了，大家见面时依旧能和睦就好。"

玄凌微露鄙夷神色："如今她们还有什么舌头可嚼，只得拜在你脚下俯首而已。成王败寇、表里不一，可不只是朝堂上的男人会用。"

我伸手抚一抚玄凌的眉心，柔声道："岂能事事尽如人意，面子上转圜得过就好了。"

他仿佛在思索什么，眼底有浓密的柔情汹涌上来，他忽然拥抱我，用力地："嬛嬛，你与朕是夫妻，但愿不会如此。"

我牢牢望住他，轻轻低吟："至近至远东西，至深至浅清溪。至高至明日月，至亲至疏夫妻。[①]只要四郎时刻相信嬛嬛，咱们就是至亲夫妻了。"

他吻一吻我，有冰凉的触觉。我蓦然一惊，缓缓闭上了双眼。

须臾的宁静，时光簌簌地随着错金小兽炉里的青烟袅袅摇过，似无声的风烟。打破这宁静的是玄凌的一句话："朕一直有句话想问你，那晚你怎么会突然动了胎气就要临产，不是还有两个月的日子？"

我知他起了疑心，缓缓松开他的怀抱，将一捋鬓角垂下的曼妙花枝默然不语。浣碧远远侍立在窗下，听得这话不觉唇角微微一动，见她方要启唇，我微一横目，已经笑靥如花："浣碧去端燕窝来，嘴里发苦想吃些甜润的。"转首看向玄凌道："大约臣妾身子重，脚步重些惊了永巷里瞌睡的猫，那猫受了惊吓发昏撞在臣妾肚子上。虽说虚惊一场，到底是捏了把

---

① 出自唐代女诗人李冶《八至》。

汗，臣妾以后必定格外当心。"

他目光中的疑虑渐次深邃："果真么？"

"是。"我仰起头，眸光坚定而沉静，"皇上方才还说要相信臣妾，那么臣妾现下所说，皇上就该相信——没有旁人，只有猫。"

他的目光良久滞留在我的面庞上，起初的如冰坚冷渐渐化作秋日静水般的沉粹无奈，他摩挲着我的面庞："无论是人也好猫也好，朕明白你的意思——你不愿意后宫再起风波。然而……"他的眸中骤然闪过一丝雷电般的厉色，"这事原本是无头乱子，你又执意不肯说，朕不深究也罢。只是种种是非都是出自那些闲极了的口舌，朕倒要好好瞧瞧，看她们还要嚼出哪些闲话来！"他怒气愈盛，"朕必要好好治一治，否则朕的后宫岂不成了流言肆意之所，传出去叫万民笑话！"

我心平气和瞧着他，愈加低柔婉转："皇上不要生气吧。后宫女人多，闲极无聊说几句是非也是有的，未必是有心。再论起来，后宫的事再大也不过是女人的事，自有皇后娘娘做主，皇上何必蹚这趟浑水，反叫人落了偏心臣妾的口实——终究，皇后娘娘是最贤德良善的。"

最末的话，我说得轻缓，然而极诚恳，字字扎实地落在了玄凌耳中。他不觉失笑："你还怕落人口实——满宫里谁不晓得朕偏疼你，朕就是要她们晓得，才不敢再轻视你半分！"他停一停，眉心的褶皱里凝住了几分失望与不满，"皇后从前是担得起'贤德'二字，如今也是耳根子软了，不知是否年纪大了的缘故。"

我容色谨慎："皇后娘娘丽质天生，保养得宜，望之如三十许人。"

"三十许人？"玄凌轻轻一嗤，"皇后比朕还年长——昨日见她眼角也有皱纹了。"

我静静听着不语，半晌才含笑道："好好的说起这些伤感话来了。臣妾只说一句，请皇上喂臣妾喝了这盏燕窝吧。"

玄凌嘴角轻扬，却也微笑了，如此一盏燕窝吃完，却听得门外小允子禀报："皇后娘娘凤驾到——"

我猛地一怔，皇后身份矜贵，向来不轻易到嫔妃宫中，上次为了槿汐之事大兴风浪，如今——我心里一沉，只觉得厌烦不已。

皇后顷刻已经到了。我自不能起身相迎，她也十分客气，满面春风道："淑妃好好躺着就是，如今你是咱们大周最有功之人了。"说罢忙向玄凌见礼。

皇后着一身红罗蹙金旋彩飞凤吉服，容色可亲，仿佛欢喜不尽。然而举手投足间自有一种迫人母仪，教人不敢小视。我忙谦道："臣妾如何敢当，多得皇后庇佑才是。"

与皇后的郑重和威仪相比，正在养息的我自然是容仪清简，不过是一袭梨花白素锦寝衣，头上钗环几近于无，只簪着几朵蓝银珠花做点缀。皇后看见槿汐在旁，倒是很高兴，道："听闻皇上赏了你和李长好大的脸面，果然给你主子争气。其实尚仪也还罢了，你年纪不小，有个好归宿是最好的。"槿汐屈膝谢过，只依依侍立在我身边。

皇后亲亲热热拉过我的手道："身上可觉着好些了？生养孩子虽比不得旁的，也是在鬼门关上走一圈的事，淑妃可要好好养息着，来日才好继续服侍皇上。"说罢又问我如今吃着什么汤药、用些什么滋补之物，事无巨细皆关怀备至。

玄凌本只淡然听着，不发一言，忽然淡淡一笑，似喜非喜地看着皇后道："皇后这话若有心，问一问太医岂不是比问嬛嬛更来得清楚，倒费她说话的精神。"

皇后微微一怔，旋即笑得灿烂若花，对玄凌的话仿若丝毫不以为意，只笑吟吟道："太医归太医，臣妾身为皇后，为皇上打理后宫之事，理应关怀嫔妃。"

皇后的话自矜身份，说得滴水不漏，我纵使怨恨亦不免心服，暗自思忖不知何时才能有这般城府与沉稳。我不觉看了玄凌一眼，轻轻道："多谢皇后关爱。"

皇后嘴唇微抿，衔了一丝淡薄而端庄的笑容，缓缓道："臣妾方才去看了徐婕好和二皇子，徐婕好难产伤身，少不得要好好调理了身子，只怕一月两月间还不能服侍皇上。倒是二皇子……"皇后微微沉吟，仿佛思量着该如何说才好。

果然玄凌悬心，道："沛儿如何？朕早起去瞧过还是好的。"

皇后云鬟高耸，额前的几缕碎发亦被绾成婉约合度的样子，光线明暗之下在面上留下几道暧昧的影子。她微微垂下双眸："二皇子现看着甚好，只是太医说二皇子是在母胎中积弱，一定要好好抚养，只怕一个不小心……"

玄凌微微蹙眉："这话太医却不和朕说……"

皇后露出几分谦和体贴的神色，婉转道："皇上正在兴头上，太医如何敢来泼皇上的冷水。臣妾也不过是求个小心，想要伺候二皇子的人更谨慎些才是。"皇后轻轻叹息，甚是贤良，"这些年宫中在子嗣上十分艰难，如今好容易有了这三个皇子，更该当心养护。"

玄凌随手舀一舀搁在跟前的银耳甜汤，沉吟片刻，笑道："皇后虑得极是，是该如此才好。"

我不动声色，只含笑吩咐槿汐："这银耳甜汤不错，去盛一碗来奉给皇后娘娘品尝。"

槿汐旋即去了，皇后端坐在青鸾牡丹团刻紫檀椅上，笑向玄凌道："自皇上登基以来从未封过淑妃，眼下四妃之位又都虚悬已久，如今甄氏是头一个出挑的，臣妾想淑妃当年册莞妃之礼也甚是简单，如今既要册为正一品淑妃，又借着两位皇子一位帝姬降生，不能不好好热闹一番。臣妾已经叫礼部去拟单子来瞧，不日便可拿来与皇上过目。"

我不及思索，忙推辞道："臣妾不敢承此厚爱，按着规矩做已是过分热闹，臣妾觉得还是更简约些才好。"

皇后仿佛不经意地看我一眼，笑嗔道："淑妃真是孩子话。你是大周的功臣，若你封正一品妃的册封礼都要清简些，其他妃嫔晋封不是连酒都喝不上一口了么？"

我破格晋封淑妃已逾矩，皇后如此主动提及，不仅无一言反对之辞，更极力主张热闹，我心下更是不安。玄凌却听得甚是入耳，不觉颔首赞许："皇后果然知朕心意。"

皇后浅浅一笑，眸中露出几分鲜亮的神气，恰如春柳拂水："臣妾与皇上二十余载夫妻，如何敢不体贴？"

玄凌淡淡一笑对之，只絮絮与皇后说着册封礼上种种事宜，间或问我几句。槿汐捧着银耳甜汤上来，皇后侧身自朱漆五福捧寿盘中端起缠花玛瑙盏，手指上的嵌宝护甲与之触碰有声，玎玲悦耳。皇后方舀了一勺在口中，用螺子黛描得极细的秀眉微微蹙起，慢慢咽下了才问："银耳煮得很软和，怎的味道这样淡？"

我不觉讶然，问槿汐道："不曾放糖么？"

槿汐屈一屈膝，道："放了的。这甜汤和方才皇上所饮是同一锅炖的，以新鲜蜂蜜混了绵白糖和枣泥入味。"

皇后将缠花玛瑙盏往身边高几上一搁，手上一弯玉镯晃得如碧波荡漾，光芒璀璨。皇后和颜悦色的笑意里带着几分沉着的意味："本宫倒也罢了，只是皇上一向喜食甜汤，本宫只是担心皇上的口味。"

我抬手扶了扶胸口，腕上一串素纹平银镯子顺势滑下去，发出清脆的"玲玲"声，我只盈盈望着玄凌道："是臣妾不当心。"

玄凌也不多话，只从皇后盏中舀了一点抿了抿，笑容如天际浮光挥洒四落："已经足够清甜，比在别处重糖的更好，朕方才可足足吃了一盏呢。"他转首看向皇后，不以为意道："总在旁处吃那样甜的东西，也是腻足了。"

皇后有瞬间的尴尬，旋即笑起来："皇上喜欢才是最要紧的，还是淑妃细心。"

玄凌虽是无心，我岂不知这几句话大大刺了皇后之心。暗暗叹息一声，我与皇后之间，只怕积怨更深了。然而……我微微冷笑，我与她之间怨结重重，早已不可化解，还怕再多几许么？且看我与皇后各自能忍耐多久而已。

如此闲话几句，皇后起身道："只顾说话了，原是想着来看看小皇子与小帝姬的，说起来本宫还没瞧过一眼呢。"

我正要出言推诿，玄凌听到孩子便已眉开眼笑，道："乳母正在偏殿抱着玩呢。朕方才才从太后处带回来。你是他们的嫡母，正要去看看才好。"

皇后微微一笑："正是如此。臣妾也没有旁的可给这双孩子，倒是从前姐姐在时有几块上好的羊脂玉给了臣妾，臣妾已经叫工匠连夜赶工，制成一双玲珑玉璧给两个孩子保平安用。"

玄凌的目光有几分凝滞，他原本剑眉星目，此时那星也如笼了湿润的雾气一般，溟蒙而黯淡，不觉道："纯元她……"然而也不过一瞬，他已然笑道，"她的东西自然是极好的，给孩子用也好。倒是你舍得。"

皇后低低垂下眼帘，那笑意也逐渐深了，仿佛匿进了唇角的细纹里："姐姐留给臣妾的念想之物不少，臣妾时不时拿出来细看一番，也是姐妹间的情分。"

玄凌深以为然："这个是自然的。"他看一看皇后，颇有歉疚之色，"朕也数月不曾去看望皇后了。"

皇后的唇角微微一搐，很快泯灭了眼中一抹浅淡的无奈之色，从容道："臣妾已然人老珠黄，远不及年轻的妃嫔们体健适宜生育，皇上闲暇时可多去胡昭仪处走走，再不然敬妃也还算不得很老。"

皇后说到此处，有意无意地停顿了一下。我旋即明白，不由得心中冷笑，接口道："皇后说得极是，臣妾与徐妹妹都尚在月中，不便服侍皇上，许多年轻姊妹如周容华、刘德仪她们都是好的。"我下意识地踌躇，然而很快笑道，"胡昭仪和敬妃都好，连安昭媛处也可常去走走。"

玄凌潸然转首："你还不知道——安氏吃伤了东西，嗓子已然倒了。"他颇为惋惜，"真是可惜，只怕再不能唱了。"

我微微诧异，心下旋即安然，以胡昭仪的性子，既摆明了得罪了安陵容，必定不会再给她翻身的机会。

皇后微一横目，瞧着我道："原不过是着了风寒，将养几日也好，谁知药吃下去，反而伤了喉咙，只怕以后连话也不能好好说了。"

胡昭仪手段竟如此之辣么？到底无甚深仇大恨，倒嗓便罢，何必失声。我心下微疑，然而口中笑道："或许是伤风得厉害了，叫太医好好看着，总能有转机吧。否则真当可惜了。"

玄凌朗然一笑："此事再提也罢，朕倒是有几日没去看淑媛了，如今嬛嬛和燕宜皆已生育，只等眉儿一人的好消息了。"

皇后微微颔首，凤头步摇口中衔着的玉珞珠子便晃得如水波初兴，点点宝光流转："是啊，如今只等沈淑媛了。"皇后拂一拂袖口上米珠玲珑点缀的华丽花边，沉静微笑道，"但愿也是位皇子呢。"

玄凌是与皇后一同离去的，看过了孩子，玄凌便道要陪皇后去整理纯元皇后的遗物。我自晓得其中的利害，当年玄凌一怒之下逐我出宫，泰半就是为了无心冒犯纯元皇后的事，少不得笑吟吟目送了帝后出去，方才慢慢冷下脸来。

浣碧小心翼翼觑着我的脸色，轻轻捶着肩道："小姐千万别动气，气伤了身子多不值。"

我紧紧抿着嘴唇，良久才冷然一笑，声音清冷如冰裂："好厉害的皇后！难怪当年华妃和本宫都折辱在她手里，真真是咱们技不如人，活该吃亏！"

槿汐含笑摆手："其实比起皇后，娘娘未必不如。"她沉稳道，"娘娘可知皇后最大的胜算是什么？"

浣碧轻笑一声："她不过仗着有皇后的身份，又抚养着皇长子罢了。"

我微一沉吟，已然明白她所指："皇长子不是皇后嫡出，实在当不得什么。且皇后这个位子么……"我不觉看向槿汐。

槿汐会意，掰着指头道："皇后的位子多年来屡屡名存实亡，前有华妃，后有端、敬二妃，都曾掌过协理六宫之权。且皇后并不承欢于太后膝下，也不得皇上的宠幸，不过是面子风光罢了，若真论起宠爱来尚不如敬妃娘娘。皇后能够至今屹立不倒，还能多得皇上几分顾念，皆因为她是先皇后亲妹的缘故。娘娘可听清楚了皇后方才那些话？"

我莞然失笑："一个纯元皇后，够朱宜修坐稳一辈子的皇后宝座了。她才是朱宜修最大的胜算啊。"念及此，我不觉恨恶切齿，"只要她一日是纯元皇后的妹妹，本宫就一日也不能扳倒她！"

槿汐淡淡一笑，在我榻前坐下，拿了玉轮轻轻在我手上滚动摩挲，徐徐道："既然知己知彼，咱们就有出头制胜的日子。娘娘且容奴婢说句大不敬的话，除开前头的傅婕妤，宫中还有谁比娘娘更肖似纯元皇后呢。"

她的话说得极轻缓，然而我心头还是猛地一刺，仿佛整颗热辣滚烫的心在仙人掌刺堆里滚了一圈，那痛楚虽细，却半分亦挣扎不开。槿汐也不多语，只细心为我戴上一套纯金镶鸽子红宝石的护甲，仰脸看我道："奴婢出言无状，娘娘若生气，只管戴上护甲狠狠打奴婢的脸出气，奴婢自甘承受。"

我十指渐渐僵硬，抚着冰凉坚硬的护甲，良久不发一言。许是殿内的沉香熏得久了吧，那弥蒙如缕的白烟袅袅浮上了心头，浮得眼底微微发涩。我抑住鼻尖的酸涩，拉着槿汐道："你的意思我晓得了。"唇角牵起漠然的笑色，"如你所说，我既要再回紫奥城，必得是一个没有心的人。既然没有心……"我抚着自己的脸颊，"惟妙惟肖地做一个影子是下下之策，言行容貌相似也只是中策，否则皇上对傅婕妤之死也不会不足为惜了。若论上策嘛……"

唯有做自己，而又能勾起他对纯元的回忆，才是长久的存身之道。

槿汐低头思索片刻，拨一拨耳上的点翠坠子，低声在我耳边道："有件事娘娘不得不当心，今日皇后亲自探望皇子与帝姬，皇上在倒也罢了。只是若以后咱们一个不当心……"

"没有不当心的！"我打断槿汐，"咱们既回了这里，就只有事事当心，人心可怖甚于虎狼凶猛，孩子是我的命根子，我决不容任何人伤他们分毫！"

浣碧安静听着，忽而道："小姐既要保着帝姬和皇子，方才怎不告诉皇上那猫是人指使的，好让皇上彻查六宫，咱们也可借机引到昭阳殿去，叫她不得安生。"

是么？我莞尔不语。与其如此，我宁愿玄凌存下疑心，逢事便杯弓蛇影，也胜于只顾眼前痛快。然而，这话是不方便说开的，我只侧身道："我乏得很，浣碧来给我揉一揉吧。"

舊歡如夢

叁拾

　　小皇子的名字不日便定了下来。大周历来以水为尊，又常道"民心如水，既能载舟，亦能覆舟"，因而皇子的名字循例从"水"部，名为"予涵"。小帝姬的封号本容易取，不过是择吉祥美好的字眼就是，然而玄凌晓得胧月自小不在我身边养大，于女儿分上自觉亏欠，便叫我自己选一个封号。礼部选定的是"荣慧""娴懿""上仙"和"徽静"四个，玄凌笑吟吟傍在我身边，温然道："礼部拟了十个来，朕斟酌再三留了这四个，你自己喜欢哪个？"

　　彼时我已经能起身，披着一件浅妃红的长衫立在摇篮边望着一双儿女微笑，拿了一个小拨浪鼓逗他们玩耍，口中道："礼部自然挑好的字眼来凑，都是一样的。"

　　帝姬安静，只好奇看着拨浪鼓，眼珠子滴溜溜直转。予涵却不一样，小哥哥倒很想用手去抓，模样十分活泼可爱。我瞧着予涵，心底已然安心，这孩子一双眼睛如乌墨圆丸一般，并无一丝殊色。

我爱怜笑道："帝姬的性子沉静，倒是咱们这位皇子，只怕是顽皮的。"

"一动一静正好。朕倒觉得皇子要活泼开朗些好，想起予漓总是老气横秋、死气沉沉的，见了朕就像老鼠见猫一般。"

我回眸佯装嗔道："皇上自己要做严父罢了，不怪孩子害怕。"

"那么朕答允你，在他们面前只做慈父。"他笑，"你也正经想一想，给咱们帝姬择个名号才是。"

我如何舍得移开看这双孩子的目光，只道："皇上喜欢哪个？"

"朕觉得'上仙'二字甚好。"

"上仙帝姬？"我低低念了几遍，回身笑道，"徽静也尚好。只不过……"

他笑吟吟牵过我的手，抱我在膝上："只不过什么？"

我揉着额头，娇笑道："礼部定的封号不过如此罢了，再好又能好到哪里去。"

玄凌一个个读了几遍，不觉大笑："上仙？咱们的帝姬难道比不上神仙么？礼部一个个腐儒，当真是酸得紧了。"

我故意叹口气："左不过是位帝姬罢了，不拘叫个什么名字，好养活就行。"

玄凌抵在我的额头上："你这促狭妮子，明明自己对小帝姬疼爱得紧，还拿酸话来堵朕的嘴。"他吻一吻我的脸颊，轻悄道，"咱们自己的孩子自己起个名字就好，你且想个好的。"

月白色的乳烟缎攒珠绣鞋轻轻点着地上的一盆水红的秋杜鹃："皇上给涵儿定的名字甚好，涵者，沉养也，希望这孩儿将来懂得海纳百川、有容乃大的意思。"

玄凌颇有欣慰之色，自得道："朕为咱们皇子的名字费了五六天的工夫，才定下这个来。涵者，包罗万象，希望这孩子能不辜负朕的期望。"说罢，俯身慈爱地逗着予涵。

我心头突地一紧，隐约猜到些玄凌的心思，却也不好多说，只低头抚一抚帝姬娇柔的小脸。许是我的刻意吧，我的眼中看去，这两个孩子的眉眼颇有几分酷肖他们的父亲，皆是那样清嘉明和，有至真纯的眼神。

我不觉嫣然含笑，低低道："身无彩凤双飞翼，心有灵犀一点通。帝姬的封号便叫'灵犀'可好？"

"灵犀？灵犀！"他朗声念了几遍，蓦地抱起摇篮中的小帝姬高高举起，大笑道，"朕与你十年来心有灵犀，咱们的女儿就封为灵犀帝姬。"

玄凌这样高兴，窗外如血的枫色映在他的脸颊上愈加添了红润。近年来朝政固然忙碌，然而他亦夜夜笙歌佳人，又加之前些年误食五石散之故，昔年英挺的面庞上时时或有疲倦而苍白的影子。我几乎有一丝恍惚。这些日子留心看来，他是真心疼爱这双子女，怎么会不疼爱呢？他是真以为是他的孩子，是他盼望了许久的皇子和帝姬，是兆意祥瑞的龙凤双生。

心里忽然漫过一缕几乎不可知的冰冷的畏惧，如果……他知道这双孩子不是他的！我几乎是下意识地咬紧了嘴唇，生生把这一丝恐惧压了下去。不！永远没有如果！这，永远都是一个秘密。

秋光渐凉，连风吹过的余凉里都带着菊花清苦的气息。大殿内静得恍若一池透明无波的秋水，任时光无声如鸟羽翼，渐渐收拢安静。宫人们皆守在殿外，唯有浣碧侍立在鲛绡纱帷下垂首拨弄着紫铜镏金大鼎内的百合香。天气疏朗，殿内香烟袅袅飘忽不断，连眼前之景也蒙上了一层别样的柔和气息。

浣碧见玄凌抱了灵犀一晌，笑着迎上前道："皇上也抱累了，交由奴婢来吧。"浣碧一色莲青的衣裳，身姿楚楚。鬓边簪一枝半开含蕊的秋杜鹃，倒愈加显得她一张秀脸白皙如玉、娇如荷瓣。玄凌把灵犀交到她手中，不由得多看了两眼，道："这丫头跟了你许多年，倒是长得有几分像你了。"

我斜靠在美人榻上，抱过一个十香团花软枕，轻笑道："这话多年前皇上就说过了，说浣碧的眼睛长得像臣妾。"

玄凌哧地一笑，看着浣碧退下的身影道："从前只不过是有几分姿色罢了，纵使眼睛像你，也是个只知穿红着绿的丫头。如今年岁大了，与你在气韵上也有一二分相似了。"

我索性靠在枕上不起，似笑非笑看着玄凌道："皇上今日怎么了，对着臣妾一个侍女就这样没口价地称赞，没的叫人笑话。"

玄凌失笑，摩着我的肩道："做母亲的人了反而小气起来，她若不是你的近身侍女，朕还未必肯说这几句话——不过是见了浣碧想起胧月来，那孩子越来越大，样子倒有几分像你了。"

我扶一扶鬓后欲堕未堕的一支白玉珠钗，道："其实胧月是像皇上多些，与臣妾并不十分相像。"

玄凌凝眸于我，声音轻柔得如新绽的白棉："胧月的下巴很像你，隐隐有两分傲气。"

我心下微微刺痛，胧月这孩子——我缓缓道："胧月是天之骄女，从小在敬妃悉心照拂下长大，有两分傲气也是理所当然，臣妾却是自问并没有傲气。"

玄凌的手指绕着我散落在脖颈间的几缕碎发，手势温柔："你们母女虽都是傲气，胧月的傲气是因为金枝玉叶，是朕的掌上明珠。你却是身有傲骨才有傲气，有时候，朕对你的傲骨真是又爱又恨，无可奈何。"

他这一语很是真心的样子，我不觉伤感了，伏在他肩上。他的衣间袖上，隐隐还是龙涎香的气息，闻得久了，仿佛还是在旧日时光，初入紫奥城的那几年迷醉不知的日子。心下一酸，恍然抬头间见烟霞色的窗纱外旖旎一树红枫如泣血一般，离宫那年的情景如锥扎般扎入心底，我不忍去想，就势在玄凌肩上咬了一口，面向他时已是且娇且嗔的神色："臣妾也恨不得狠狠咬一口皇上才解恨呢。"

他不怒反笑，神色愈加柔情蜜意，轻轻抚着我的垂发道："朕是真心疼你。如今你有了三个孩子，除了胧月暂时养在敬妃处，这对新生儿只怕也让你分身不暇。"他停一停，"所以朕也是为难。你与胧月是骨肉相连，若一直由敬妃抚养，只怕你们母女情分上生疏得很。可若是接回柔仪殿你亲自带，一来这两个孩子已经够叫你操心；二来胧月和敬妃情同母女，这样生生分开了，胧月哭闹恼恨不算，敬妃也要伤心的；三来……"他的声音渐次低柔下去，透着无限宠溺，"这是最最要紧的，朕还想再给涵儿添个弟弟。"

我哧地笑一声，别转头道："皇上后宫佳丽虽无三千，数百还是有的，还怕没人给涵儿添好多弟弟么？别的不说，眼前沈淑媛也是快要生产的人了。眉姐姐福泽深厚，必能为皇上诞育麟儿。"

玄凌揽我揽得更紧，他的叹息如微笑落在耳边，一点凉一点暖："朕只要咱们的孩子。"

我一时无言，倒不知如何答允才是，良久，方轻若无声道："只是胧月她……"抬头见玄凌的眸色深沉如暗夜，倒映着我妃色锦绣的华衣，仿佛有一抹乌金流转。我晓得他心下转折为难并不亚于我。胧月是数位帝姬中最得玄凌欢心的，他断不肯叫她受委屈，也不肯叫我难过。

而我，心中更有另一重不安，危如累卵。敬妃……我微微沉吟，低头靠在他胸前："胧月总是臣妾的女儿啊！"

他点点头："也是。终究是你的女儿。"他停一停，"等胧月长大些再说吧。"

帝姬以"灵犀"为号，玄凌为她取了小字，名唤"韫欢"。我也颇为喜欢，笑向玄凌道："有谢道韫的咏絮之才，又可得欢喜天地，皇上疼灵犀是疼到骨子里去了。"

玄凌笑着拢我入怀："灵犀的母妃是朕后宫第一才女，做女儿的岂能太逊色了，比作谢道韫也不为过。"

我笑着去羞他的脸："皇上自卖自夸，真要把韫欢宠坏了。"停一停又拈起了针线缝百衲衣。缝百衲衣的碎布皆是槿汐亲去民间贫苦人家一家一家讨来的，又领着浣碧三蒸三曝而成，绝不假手旁人。民间传闻穿百衲衣的婴儿可平安长大、百毒不侵，也是讨个好养活的意思。我道："哪里求什么才高八斗、巾帼英豪呢，只盼韫欢能平安嫁作人妇就好。"

玄凌笑道:"这个心愿也着实容易,朕的女儿还怕嫁不到一位好驸马么。等朕来日好好给灵犀选一个她心仪的就是了。"

我低笑着啐了一口,道:"孩子连话都还不会说呢,皇上就尽想着凤台选婿的事了。"

玄凌抚着灵犀的小脸道:"你岂不知父母之爱子,则为之计深远。皇子自然要严加管教,至于帝姬,朕却是忍不住要娇养些了。"

玄凌的话说得平淡而诚恳,我不觉停下手中针线,缓缓看牢他,仿佛不这样,便不能平复我此刻复杂的心思。良久,他亦这样望着我,目光深邃而澄明。不是不感动的,仿佛,还在那些年岁里,棠梨宫春深似海,醉人的甜蜜仿若能将整个人淹没——那时,我们都还年轻。我微微一笑,起身去握他的手,温然道:"总在屋子里闷着也不好,外头秋高气爽的,咱们去瞧眉姐姐吧。"

玄凌挽过我的手,从紫檀架上取过一件云锦累珠披风搭在我肩上,一同漫步出去。

胧月的事每日总是悬心，加之敬妃的缘故，时日一长不免成了一桩极要紧的心事。我身子渐好，也常与来请安道喜的嫔妃应酬，如此过了十来日，未央宫日日门庭若市、热闹非凡。

趁着清闲，我好好思量了一番，向为我梳妆的槿汐道："等下去请敬妃来说话，就说几日没得空了，今日天气好，请她挪动玉步来柔仪殿一聚。"

槿汐用篦子细细篦着我的头发，淡淡笑道："娘娘终于下定决心了么？"见我但笑不语，又道，"若是敬妃娘娘带着胧月帝姬过来，只怕就不好说话了。"

我随意拨着梳妆匣中的步摇，拣了一支修翅玉鸾步摇簪上，轻描淡写道："我这几日总对敬妃淡淡的，她不可能觉察不到，自然明白我有话要单独对她说。"

敬妃来得很快，盏中的茶水还未凉下来，锦绣帘幕一闪，她娉婷的身影已然端庄伫立在面前。

我屏息，静静看着这个女子走到身前。敬妃出身望族，幼承庭训，软而轻盈的织金飞鸟染花长裙，清爽的攒心广玉兰花样上垂着疏疏的珍珠，若稍稍走得乱些，便会有簌簌的声响。然而她缓步行来，静如寒潭碧水，那是宫中女子的"莲步"，意韵姗姗，风姿袅娜。她走得一步也不错，恰如婷婷的荷凌波湖上，次第开放。

初次见她，她还是明哲保身的冯淑仪，安居紫奥城一隅，与所有人都若即若离。然而因着从前对华妃的恨意，因着她的妃位，更因着我与胧月，她也终于落到是非泥淖中来了。

走得近了，我才发觉她玲珑如蝉翼的鬓角微微蓬松，心下明白她得我邀请，必然急遽赶来。敬妃素来闲雅，于装束上也较寻常嫔妃简约些许，常常是六七分新的衣裳还穿在身上，连珠翠也简单大方，何况她与我是这样熟络了。而今她着正装而来，却在这简素随意中多了不少生疏。

我心下微凉，我与她，到底也是生分了。

待她走近，我已然微笑起身："难得今日有空，咱们姐妹好好说说话吧。"

敬妃含笑道："淑妃娘娘盛情相邀，我怎敢不到？"说罢瞧着我，"淑妃娘娘甫生育，又要应付种种礼仪琐事，只恨不能分身，我也不敢常来打扰。"

我凝眸睇她一眼，笑道："姐姐如今叫我娘娘，可见是真要生分了。我和姐姐是一样的人，'淑妃'不过奴才们嘴里叫一声，我如何当得起姐姐这句'娘娘'呢。"

敬妃微微有些不忍，拢好袖口，曼声道："纵然妹妹客气，到底尊卑还是在的。"她半是道喜半是感慨，"四妃之位虚悬十余年，到底是妹妹成了乾元朝第一位淑妃，可见皇上是真心疼妹妹——还破例准许保留封号，那可是贵妃才有的礼遇啊。"

我亲自斟了一盏茉莉花递到她面前，笑吟吟道："若论起品德资历来，姐姐难道做不得四妃之一么？何况……"茶香袅袅如雾，有着清逸怡人的温热芬芳，"何况那个'莞'字……"

敬妃怔然的瞬间，竟流露一丝浅浅的艳羡之色："那是个很好的封号。"她的手安静伏于膝上，白得与丝带上系着的一块羊脂缠花玉玦一般无二，"妹妹离宫那几年里，皇上偶然有一次说起，初见时妹妹于初杏新柳的上林苑中莞尔一笑，嫣然无方令三春失色……"

我淡淡一笑，手指划过平滑如肤的缎面裙幅，平静道："皇上过分赞誉了。年轻的时候，谁不是容色倾城、颠倒众生，否则如何能在宫中占一席之地呢？"

话一出口，殿中沉沉静了下来，都有了几分尴尬。

红颜未老恩先断，斜倚熏笼坐到明……并不是不知道那样的日子是怎样熬过的——红颜弹指老，刹那芳华而已，谁又能挽得住最好的年华呢？再好的皮相也总有朽败的一天，不过是眼睁睁看着君恩如流水，匆匆不回头而已。

紫奥城中的女人，不过就是这样的一生而已。

站在开头，就已经猜到了收梢。

四目相对的刹那，都有几分难堪，不约而同避了开去，只卷起帘栊看着窗外秋色如妆、澄明欲醉。

未央宫内地气和暖，刚入九月，宫中早已遍笼暖炉，走到哪里都是春意融融的温暖。加之玄凌嘱咐未央宫中务必花树要常开常新，因而所植诸如樱花、照水梅、吐舌丁香等皆为上品，还特命御苑花匠送来五色梅、折鹤兰、玉蝶洒金等奇花异草赏玩。因而眼下虽近初冬，未央宫内仍是繁花似锦、盛意无限，兼之这几日天气晴好，花树吸饱了明璨日光，愈加娇艳明媚。更有两株南诏进贡的名"夜落金钱"的花树，开金黄如稠的花朵，色泽艳烈如火鸟，每每入夜到清晨前，花朵缤纷落地，犹如地面遍撒金钱，令人惊叹不已。

侍奉在侧的人早被我打发了出去，敬妃的含珠亦远远陪侍在殿外。我缓缓地剥着手中一个蜜橘，偌大的柔仪殿，繁丽空寂得如一座空城，静得可以听见指甲掐破橘皮时汁水迸溅的声音。寂静里敬妃的声音缥缈如一抹淡淡的云烟："秋光沉醉竟胜春朝。"她随手拾过床边的一柄秋扇，"都深秋里了，淑妃妹妹身边怎么还放着扇子？瞧这做工精细，想是平日赏玩的。"

我瞟了那团扇一眼，生丝的白绢面，水墨画着个凭栏美人的侧脸，淡淡几笔，似工笔描绘的白牡丹花，清约可人。旁边题着两行簪花小楷，正是李易安的句子："此情无计可消除，才下眉头，却上心头。"那柄是白玉镂空刻花的，底部垂着一股杏子色的流苏，落在敬妃清雅素丽的衣袖上，隐隐显得单薄。

我微微一笑："哪里为着好看呢？不过是为了时时给自己提个醒罢了——秋扇见捐，连班婕妤绝世才情都不过落得个独守长信宫的下场，遑论咱们姐妹。"

敬妃微微变色，尴尬笑道："淑妃妹妹都说这样的话，可叫我们怎么好呢？"

"姐姐如何与我一样？"我微笑注目于她，"皇上给我这样高的位分荣宠，外人看来何尝不是花团锦簇、烈火烹油，然而姐姐心细如发，知道我已无娘家可靠，不过是风雨飘萍，如履薄冰而已。"

"皇上他……"

我的声音平静而冷冽："登高必跌重。如今我越是风光，来日一旦被谗言所害，必定摔得粉身碎骨、万劫不复。"我看着敬妃手中的团扇，轻轻道，"喜欢的时候便是出入君怀袖，动摇微风发；一旦不入眼了，便是弃捐箧笥中，恩情中道绝——不过和这秋扇一般罢了。"

敬妃微笑道："旁观者清，妹妹也听我说一句——皇上心里有妹妹，才会这样几年放不下。"

"那么……"我索性挑开了话头，"敬妃姐姐一向慧智，又对世事洞若观火，既然明知皇上对我还不算轻视，为何还要与我作对？"

敬妃的脸色在刹那变得雪白，沉默着低下头去，明晃晃的日影投在她左侧脸颊上愈见肌肤的透亮，如白瓷一般，几绺柔柔的碎发从高耸的螺髻底下垂落下来被冷汗腻在脖颈中，发髻上一只温润厚重的和田白玉凤凰口中衔着一长串绞了红蓝宝石的璎珞，几乎是纹丝不动。

而她此刻的心情，未必有这样平静。

须臾，她抬首牢牢看住我，神色败若死灰，静静道："你都知道了？"

"若要人不知，除非己莫为。姐姐历来沉稳，可是如今失算了。"我停一停，"槿汐与李长之事，便是姐姐告诉皇后的？"

她不语，只深深看了我一眼，神色无奈。我徐徐道："我一直在想，当日是谁走漏了风声闹出这样大的风波来。李长和槿汐都是谨慎的人，处处小心。唯一的破绽便是那一日那枚柳叶合心的缨络被你看出了是槿汐的手艺。当日在场之人除了我，唯有眉庄和你，眉庄自然不会在这些事上留心。而敬妃你，却在那些日子前时常出入皇后的凤仪宫。"

她的声音有些哑涩，手指紧紧蜷着手中的团扇柄骨，似要把它捏碎了一般，凄然笑道："淑妃冰雪聪明，既然都已知道，何必再来问我。"

"姐姐为何不否认？"

"如今你权势煊赫，圣眷隆重，自然有你的耳目灵通，我否认又有何用？"敬妃长叹一声，忽而一笑，"你知道了也好，免得我终日悬心为难，寝食不安。我这样害你，终是我对你不住。"

心下微微恻然，相交多年，敬妃终究不是恶人，我起身搭住她的肩膀，轻声道："姐姐不争圣宠，也甚少与人交恶，当年华妃独大之时亦可忍辱保身。今日种种，不过是为留住胧月在身边。"

敬妃深深凝视我，忽然低下头去，声音伤感如一钩惨淡的下弦月色："若无胧月，我余生再无任何欢愉乐趣。"她静静望着我，眼中有空茫的沉静和深深的寂寥，"你自侍奉皇上就圣宠优渥，即便失宠，皇上也不曾真正将你忘怀。你如何能明白那种隐没于深宫中日日徘徊寂寞的感觉。白日里，我是受皇上礼遇的妃子，而那礼遇也是客套的，并非真心实意。一到了晚上，你知道么？我的昀昭殿有一千三百二十六块砖石，其中三十一块已经有了细碎的裂纹。这每一块我都数过无数遍，否则，漫漫长夜我要如何度过？"她的声音软弱而寂寞，在这鲜亮的秋色里如同拂过的凉风一般飘忽，透出深深的自伤与疲惫，"其实一早就明白，我不过是皇上用来制衡华妃的一枚棋子罢了。华妃已死，我若不安分守礼，只怕连容身之地也没有了。"

我深深震动，明理克制如敬妃，亦有如此深重的无奈和沉痛。她从来不说，从来也不说，只把所有的遗恨抿成唇角永远得体的微笑。

她抬首望住我："当年你离宫时把胧月托付与我，我自然感激不尽。自我入宫，我族人不过视我为他们平步青云的捷径，我不能如他们所愿，他们自然连我的死活也不会顾及。我没有绝世姿容，更无子嗣可依。应允抚养胧月，一则是为自己寻个依靠，二则也可打发长日寂寞。可是……胧月这般可爱，在我心中，她已经和我的亲生女儿无异……"她的声音渐次低微下去，"我从没想到你还会回宫……"

神思有片刻的怔怔，我的回宫，何止是改变了自己的人生，连旁人的人生也无端被我打扰。然而她对胧月的爱护，真真让我感动。

我静一静神，轻轻道："姐姐方才说我耳目众多，才知晓姐姐出入皇后宫中之事。"我轻嘘，"姐姐岂知并非我有意留心姐姐行踪，而是皇后昭然明示与我。"

敬妃微微吃惊，随即释然苦笑："我早知皇后不是善与之辈，但她又何苦如此？"

我轻轻颔首："是否善与之辈我不知晓。我只告诉姐姐一句，若皇后娘娘真心为姐姐好，必然不会让任何人知晓姐姐曾在凤仪宫频频来往。可风声却明白无误传到柔仪殿——姐姐细想就是。"

她沉思，片刻悚然惊起："皇后是故意叫你知道，好叫咱们自相残杀！"

"姐姐聪慧。"我低低叹息一声，"胧月在姐姐膝下数年，皇后如何不知姐姐有多重视这孩子——而我身为胧月生母，回宫后必然要把女儿接回身边。只消稍稍在其间挑动，我与姐姐必定势成水火，到时鹬蚌相争……"

敬妃颓然叹息："那么，必定是皇后坐收渔利了……"她的面上微微露出一丝愧色，轻轻道，"我并不是有心害你。我不想你死，也不愿看你失宠，我只希望胧月能多在我身边几年，可是我瞧你这样疼这孩子，势必是要带在自己身边。到那时只怕她早忘了我这个养母了……"她垂下目光，"我不过是想借槿汐一事叫皇上觉得你不适合抚养帝姬……"

许是人的私心吧！我暗暗思量，若换作是我，也未必愿把自己的一重保障拱手让人，更何况是掌上明珠、心头娇肉呢。我平心静气地抿了一口茶水："然后由皇后开口，帝姬下降前都由敬妃抚养，不许我时时探望。"

她的沉默印证了我的猜想，她的声音如投石入水后的余音潺潺："你回宫之后炙手可热，皇后却久卧病榻，自然要设法弹压你。"她停一停，长叹不已，"我与皇后说定，只做这一次。只是唯这一次，我也已落入彀中，无论是借你之手扳倒我，或是借我之手扳倒你，皇后都是有益无害。"

我摇头，婉声道："姐姐未必没有想得周全，只是为了胧月才不得不冒险行事罢了。"我低低感慨，"慈母之心会叫人盲了眼睛、蒙了心智，只想护住自己的孩子最要紧。从前的悫妃大抵如是，以一死换皇长子的前程，落个冤枉了断，莫非姐姐也要学悫妃的糊涂么？"

她言及胧月，不免眷眷，泠然半晌，道："除了你，便是皇后，我没有旁的选择。"

"那么，"双手抚在心口，我仿佛要凭此极力安定自己的心，"请姐姐代我抚育胧月，直到帝姬下降。"

我的话极轻，然而字字有斟酌后的肯定与坚决。她闻言大震，仿佛是不能相信一般，双肩微微颤动，喃喃道："胧月是你的亲生女儿，你怎么肯？"

我深深欠身，恳切道："姐姐放心，并不是交易，只是请求。"我郑重其事，"韫欢与涵儿甫落人世，即便有乳娘与保姆，我也要精心照料，已是自顾不暇——姐姐不是不知道，涵儿是皇子。"

她点头："我晓得，多少人恨得眼睛出血只为你这位皇子。"

我唏嘘："更有一重道理，胧月视你如生母，我若强行把她养在身边，才是真真断了母女缘分了。"

敬妃道："胧月的性子的确有几分倔强。"

我颔首："她若在我身边，三个孩子，我实在不能照顾周全。"

敬妃的手心有冰冷潮腻的汗水，她牢牢握住我的手："我自然晓得你不是同我交换——我要谢你！嬛儿，多谢你！"

我反握她的手，温然道："除却姐姐，我实在想不出还有什么更好的去处能叫胧月身心愉悦。"

有晶莹的泪珠盈于她如鸦翅的睫毛上，摇摇欲坠："有你这句话，我必定拼尽全力爱护胧月。"

我微笑："姐姐对胧月早就拼尽全力，即便我这个生母也自叹弗如。"我缓一缓，"我一生所有，唯子女而已。姐姐肯为我照顾胧月，等于是帮我保全这三个孩子。"

敬妃的眼中闪过一丝难言的凄怆："能为人母亲自生养，乃是女子生平最大乐趣。我不怕推心置腹说与妹妹听，若从前能让我有一子半女，我便折寿三十年也是心甘情愿。"她的唇角凝住一朵哀色的花，"如今我已过生养的年岁，再也不做此痴想了——也终究是我无福罢了。"

我心下一动，徐徐步至妆台，取出一枚小小的扣合如意堆绣荷包，手工精巧华丽，一看便知非寻常妃嫔所有。我递至敬妃身边，道："姐姐且细闻闻这是什么？"我殷殷嘱咐，"只小小闻一口就好，断断不可多闻。"

她见我如此郑重，不免疑惑，轻轻放到鼻端一嗅，道："这是从前皇上独独赏给华妃的欢宜香，为御香局特为华妃所制。我曾在华妃宫中同住过一年，此香气味独特，我又闻得惯了，不会错的。"她眉眼间颇有疑色，不由得看我，"难道这香有什么不妥么？"

我不觉冷笑："华妃独得圣宠多年却在小产后再无生养，华妃蠢钝，难道姐姐也以为只是小产伤了身子么？"

她的眉心猝然一跳，倏地站起身子来，颤声道："难道这香里有……"

有短暂的沉默，寂静的殿宇中唯有她猝然站起时云鬓间珠玉迭撞的激烈声音，像是谁的心跳凌乱。

我低低吐出两字："麝香！"

敬妃久居深宫，自然知道麝香的厉害。她面色惨白如纸，身子微微摇晃："我曾与她同住一年，朝夕闻得此香，难不成……"

我把荷包扣到她的掌心，她的手指那样冷，像在雪窖里浸了很久，轻轻道："你自己去问大夫就是。"

她低呼一声，眼中有雪亮凄厉的目光："不！为何太医从不告诉我是因麝香之故不能生育？"

我平静望着她："一个太医不肯说，或许有他的私心；如果所有的太医都不说，姐姐就要思量了，是谁在他们后头不许他们说话。"我淡然道，"华妃死后，宓秀宫中一切事物都被清理干净，我费了许多周折才找到这个，姐姐尽可拿去宫外请大夫瞧一瞧是否有麝香。"

"当年华妃为引荐丽贵嫔侍奉皇上枕席，曾让她在宓秀宫中住过两三月。丽贵嫔得皇上钟爱却无所出，反而是别居他所不太得宠的曹琴默有了身孕——难怪！难怪！"她的眼睛血红，欲要沁出血来，喉中嘀嘀有声，牢牢捏住那个荷包，几乎要把它捏碎了一般，"你只告诉我，是谁？是谁！"

我从没见过这样的敬妃，她从来是从容恬淡的。然而，不得生育是她的永殇。

"当年我因小产失子也是深受麝香之苦。我原以为是有人在我平日所用的香料里动了手脚，却不想意外查出欢宜香之秘。我本可以不告诉姐姐，难得糊涂也未尝不是好事！只是今日她既要把我与姐姐逼到自相残杀的地步，我又何须再做忍耐！姐姐只想一想，当日是谁让姐姐与华妃同住宓秀宫？而我素来听闻，那一位入宫前便善知药理，更与安贵嫔有志同道合之处，喜爱调弄香料。"

敬妃怔怔良久，连连冷笑。她笑得那样淋漓，仿佛不曾受过这世间的苦难一般："她的主意是不是？好一个温良恭俭让的皇后，我从前真当看错了她！"

我按住她的手背，定定道："如今知道也为时未晚。"

她极力想要镇定下来，发颤的双手凌乱地理着衣襟上的米珠流苏，忽地手上一用劲，细碎的米珠粒子哗然散落于地。她在这样碎冰般硌心的声音中伏在我怀中痛哭。热泪落在我的皮肤上，像火烧火燎一般。

入宫十载，我从未见过敬妃如此失态地放声大哭，仿佛有无穷无尽的悲哀与恨意随着泪水薄发而出，如此绝望而哀恸。

这样的哭声，在紫奥城中永无断绝。

我未尝不曾这般绝望痛哭过，也唯有这般绝望之后，才能决然新生。

良久，她抬起头时已没有了泪意，像被野火烧过的焦土，全然没有温润恬和的气息。她的喉咙干涩哑然："我一早就为棋子——我只问你，皇上知道么？"

我略低一低头，终究恻然："没有，他从不知道。"

她柔美的下颌依稀还有风干的泪痕："但愿他不知道，否则这十六年的情分当真是一场笑话了。"

我心下寂寥而伤感：这句话，只说给华妃听吧。

她深深看着我："从前我只羡慕你盛年得宠，后来怜惜你屡遭变故。直到今日，我方对你心悦诚服。"

我愕然："姐姐何出此言？"

敬妃深深吸一口气："你早知她这么对你，却能忍耐至今。换作我在你这个年纪，必定熬不住。"

我淡然一笑："姐姐已然很好，我只看端妃姐姐罢了，况且在甘露寺礼佛数年到底也有些精心之法。"我握住她的指尖，"姐姐切勿冲动。"

　　敬妃的指尖在我的掌心冰凉着，似腊月里垂在檐下的冰锥，她戚然道：“心字头上一把刀，我真怕自己忍不住。”她眼底有黯然深沉的恨意，“怕只怕我来日见到她，会狠狠一掌掴上去。”

　　我莞尔：“若在当年，姐姐必定会这样做。只是如今，姐姐断然不会逞一时之快。何况，姐姐还要安心抚育胧月，看她嫁得如意郎君呢！”

　　她咬一咬唇，迸出一丝笑意：“我已经不是十七岁的冯若昭，即便是十七岁的冯若昭，也知道要看准了地方才一掌掴下去，以免扑空。”

　　我笑一笑：“宫中妃嫔无数，皇上当初选姐姐牵制华妃，未尝不是看中了姐姐这长处。”

　　她的面色哀戚如暗夜，唯有雪亮的恨意如透过乌云的月光，照彻她皎洁的脸庞。她盈然起身：“我先告辞，妹妹不必相送。”她停一停，“我想好好静一静。”

　　我端然坐着，道：“姐姐自便。”

　　敬妃转身，一步一步走得极缓，依旧是来时的莲步姗姗，分毫不错。然而我明白，以她此时的心境，要走好脚下每一步，何其艰难。秋阳明暖拂落，她终如一块寒冰，不能被温暖丝毫。

　　唯余长长一幅裙裾，在她身后逶迤如一道永不能弥合的伤口。

叁 贰 同心

　　数十盏明灯照亮端妃清雅的披香殿，我与端妃相对而坐，各自择了棋子对垒分明。眉庄身形渐显，只坐在一旁和采月挑选婴儿小鞋上要绣的花样，偶尔转头看一眼我与端妃的棋局。她淡淡道："你与敬妃挑明了？"

　　我"嗯"了一声，端妃笑起来："观棋不语真君子。"

　　眉庄哧地一笑："我本不是君子，何必学男子观棋不语。"

　　端妃执着棋子笑："我原瞧着你老实敦厚，却不知你已学得和淑妃一般油嘴滑舌了，当真如今只你一人有孕，皇上越发把你纵上了天。"

　　我笑道："姐姐说眉姐姐也就罢了，何必扯上我呢。"

　　端妃笑道："谁不知道皇上如今在后宫里只去三个地方，你的柔仪殿、徐贵嫔的空翠殿，还有便是她的莹心殿。你们都已知晓了结果，皇上只成日念叨着淑媛能再添一位皇子就好，燕窝雪蛤是流水样送进莹心殿去，还怕不足，只叫淑媛安心保胎要紧——只看着淑媛呢。"

　　眉庄头也不抬，似笑非笑道："姐姐心里和明镜一样——何尝是疼我，不过是看肚子里孩子的情面罢了。"

端妃的眉目在烛影下显得格外疏淡，似浅浅一抹竹影："别不知足，你只看景春殿那一位——听说得脸些的奴才都敢给她脸色瞧，和在冷宫有什么分别。"

眉庄轻轻一哼，头也不抬："姐姐心疼她，我却不心疼。先别说谁没熬过那样的日子，只怕落在她手里吃苦的人就不少。"

端妃笑道："我何尝心疼她，只不过心里总有个疑影儿——听胡昭仪话里话外的意思，总没下那样重的手。"

我心下一动，端妃一向剔透，不觉道："重不重的也是皇后手里的太医诊出来的。"

端妃微微凝神，托腮落了一子，缓缓道："正是如此……"

眉庄眉心拧起，嫌恶道："皇后……谁知她葫芦里卖什么药。皇上还可说是疼肚子里的孩子，皇后只当是疼我的命罢了。"

端妃轻轻一叹："我晓得你苦了那么些年心里总有疙瘩。只是现下既已有了孩子，那就什么也不要想，安安心心等着做母亲就是。"端妃停一停，"你只看我和敬妃，做梦都想要个自己的孩子，却始终不能如愿。"

端妃语气平淡，仿佛是在说旁人的事一般，然而内心的苦楚如何能向旁人说清。真正的痛苦，永不能溢于言表。

我执起一把小银剪子，剪去多余的灯芯，缓缓道："这样和她说白了，真不晓得对她是好事还是坏事，我夜里都睡不安稳。"

端妃微微蹙眉不语，倒是眉庄别过脸道："一辈子不知道，到死也是糊涂鬼，更便宜了旁人借刀杀人。"

我垂着眼道："你倒不骂我坏了心肠。"

眉庄怅然一叹："我倒盼着你我从来没有心肠。"

端妃轻轻抿了一口茶水："十余年前，自我知晓自己被灌了红花再不能生育那日起，我夜夜不能安睡，一闭上眼便是噩梦缠身，醒来连枕头被褥都被泪打湿了。一个女人若无端被剥夺了做母亲的权力，乃是世间大痛；若连报仇也不得，反而每日被仇人蒙蔽甚至为她所用，更是奇耻大痛。"她顿一顿，"情愿清醒，也断断不能糊涂。"

我点头，抬首望向昀昭殿的方向，不禁担忧："姐姐没瞧见昨日敬妃的样子，我真怕她会痛苦得发疯。"

烛影摇红，愈发映得端妃云鬟如雾，她沉稳道："她不会。她在宫里活了那么多年，许多事司空见惯。即便落在自己身上，到底她也过了能生育的年纪，再痛也不会死过去。"

眉庄霎然抬起头，眼中有异样的光芒，冷然道："我不知道敬妃如何想。但眼下若有人要害我的孩子，我必定杀她一千遍一万遍，叫她永世不能超生！"

眉庄自有孕以来，那股冷冽清疏之气淡化了不少，整个人皆被母性的安宁恬和气度笼罩，如一枚开蚌后的珍珠，熠熠有莹璨的温腴光华流转。

如今她说出这番话，足见她有多爱这孩子，哪怕她并不爱玄凌。

寂寂深宫，君王的情意并不足以维系终身，唯有孩子才是一生的依靠。

端妃气定神闲："要死要疯也不会到了这个时候才去。见多了生离死别，才晓得好好活着有多要紧，敬妃还有你的胧月呢。"她挽一挽绫珠广袖，"只是心里有了恨，她已不是从前的冯若昭了。"

眉庄择了一个"如意连枝"的图案，望着远处微微出神，道："她不是一个只有恨意的女人，她有胧月。"

端妃用玉搔头挠一挠头，温然看着我道："你把胧月交给敬妃抚养是个很好的决定，于人于己，皆大欢喜。"

"但愿吧。"眼前一跳一跳的烛火，仿佛一口浮游的气息，屡屡跳动不已，"强行把胧月带回我身边，只怕这孩子会恨我一辈子。我情愿慢慢来，不至于他日相见无地。"

端妃颔首道："确该如此，胧月那孩子是有几分气性的，勉强不来。"她淡淡一笑，"如今你也是三个孩子的母亲了，我却还总有些疑惑，以为还是你刚入宫那时候。"

我微微垂首，望住墙上自己的影子，看不清容颜是否依旧，只觉得侧影如剪，比当年清瘦了些许。人比黄花，其实连黄花也不如许多。

而一颗心，已是瘦到虚无了。

端妃神色有些恍惚，烛光熠熠，四处蔓延着一种秋夜萧索沉闷的气息，殿中翠织金绣的团花帷幕反射着沉甸甸的暗光，端妃忽而一笑，声音仿佛是从古旧的回忆中穿来，看着我道："方才看你的侧影，真的与傅婕好很像。"她道，"两年前，我曾与傅婕好同在上林苑下了一局棋。"

我安静看着她："姐姐很喜欢她？"

"不是，"她淡淡道，"我只是忆及你才肯与她说话下棋。"

我微笑："傅婕好真的那么像我么？"

"像你，也很像一位故人。"

我低头默默："我知道。"我转头看着窗棂上"六合同春"的花样，明明是吉祥欢喜的图样，心下却只觉黯然，"真的很像么？"

她点头："我没有读过书，却也知道咏雪词。傅婕好是'撒盐空中差可拟'，而你则是'未若柳絮因风起'，形似与神似之别而已。"

我想起前事种种，更是恻然："撒盐也好，柳絮也罢，终究只是像雪罢了。"

"我只是提点你一句，像雪并不算太坏的事——你自己细想去吧。"

我低头不语，只怔怔托腮仔细品味她话中深意。眉庄看我与端妃一眼，道："你们越发爱打哑谜了。"她停一停，"我只知道傅如吟入宫那一日，所见妃嫔无不色变。宫中纷传她像足了你，直疑心是你家姊妹。"

我讪笑："像我，也足以叫人害怕了吧。她自己可知道与我容貌相似？"

"皇上专宠如此，人言纷纷只怕捂上耳朵也躲不过，她怎会不知。"眉庄看了一眼端妃，静静道，"她恨极了像你，而像你，是她获宠的唯一资本，她不敢也不能舍弃。"

我念及五石散夺宠一事，心下警醒，低低道："所以……"

眉庄如何不晓我的意思："当日之事实在蹊跷，我总想不出五石散怎会神不知鬼不觉进了她宫里，她与皇上一同服食，终不会一无所知。"

端妃捻着手串上的祖母绿圆珠，沉吟着慢条斯理道："如若她也觉得时时有被人夺宠之虞，一心想要固宠，又不愿只凭容貌承恩于殿上，再有人从旁诱使，她必入瓮中。"

眉庄低低叹一口气，拍一拍我的手道："终究也是逝者了，个中情由如何，实在不必多加揣测，顾好自己才要紧。"

端妃安静抿唇，衔着笑意道："也是。如今淑妃你最该思量的是如何与敬妃联手，我太晓得她的脾气，未解此仇她势必不能罢休……"

"她不会冲动的，姐姐安心。"我笑盈盈望着端妃，"其实姐姐是最睿智的……"

端妃眼波盈盈，口中截然道："你也放心，我断断不会出手助你。"

我微微松一口气，沉静道："我也作此想，姐姐向来洞若观火，最能冷眼看清乱局。再者若让姐姐沾染了是非，来日我若有不虞，也怕无人说得上一句公道话了。"

这日天气晴爽，寒意却如一层冰凉的羽衣披覆于身了。我午睡醒来，和乳母一同哄睡了灵犀和予涵，正看槿汐和浣碧在后园里翻晒着冬日里要穿的大毛衣裳，外头阳光耀目，晒在冬衣上有股子蓬松的香味。

日影无声无息转移，我蓦然抬头，却见敬妃安静站在重重飞檐下仰望远远天际，却也不晓得是何时进来的，不觉笑道："姐姐怎么悄没声息就进来了，倒唬了我一跳。"

她的语气漫不经心，仿佛什么事都不曾发生过一般："也没什么，只觉得同样的日头，在柔仪殿看就是比在昀昭殿看舒服。"

其实昀昭殿并不富丽，唯一的好处只在日光充裕，即便到了冬日也暖意融融。"昀昭流霞"更是紫奥城胜景之一，独独赐敬妃所居，可见当年玄凌对敬妃的重视。

她转脸向我笑了笑："带我去看看韫欢和涵儿，好不好？"

我点头，我牵着她的手进去，锦绣堆褥中，灵犀和予涵一边一个安静睡着，乳母支颐在旁轻轻拍抚。

敬妃静静站在一旁，看着睡梦中孩子绯红的小脸，声音轻微得似柳梢溅起的涟漪："人人都说昀昭殿日光丰美仅逊于皇后的昭阳殿，都说当年华妃之下皇上最爱重的就是我。可是从那日我知道皇上不过是挟我以衡华妃之势起，我的心里便再没有见过阳光明媚的时候了。"她的声音仿佛不是自己的，神思荡漾在久远的过去之外，"和华妃同住一宫那些日子，我直到今日梦见还会惊醒过来，你想不出她那样一个人会弄出多少下作的手段来为难你。既然皇上的恩宠不可依靠，我只发疯一样想要个孩子，让往后的日子不那么孤苦无依。"她的手指微微发抖，"我总当是自己福薄，怨不得天，怨不得人。后来新人陆续进宫，皇上也不大理会我了，我只好断了念想。"

我握一握她的手指，柔声道："那已经是过去的事了。"

敬妃点头，鬓间饱满的白玉凤凰微微颤动："我总当是的。你离宫之后，我有了胧月。"她掖一掖孩子的被角，目光温柔得似能沁出水来，"她被送到我宫里时那么小，软软的一团。那天下着雨，送她来的内监不当心，半个襁褓都湿透了，胧月冻得直哭。他们又欺负靳娘是新来的乳母，给她吃的肘子里下了许多盐，害得靳娘都没有乳汁，饿着了胧月。我恨极了，抱着胧月在昀昭殿前动了宫规，把那起子奴才个个打断了腿，从此再无人敢轻视她半分。我要叫这宫里所有的人都知道，胧月帝姬并非没有生母爱护，在我冯若昭处，她便是昀昭殿的主人。"

我心下感动，要抚育废妃之女，还要教人不敢轻视，敬妃的确是煞费苦心。

睡梦中的灵犀或许是觉得热，不耐烦地转了转身子。敬妃小心翼翼抱她入怀，她的手势稳妥而娴熟，像一个小小的环，把灵犀牢牢拢在怀中。大约是觉得睡得舒服，灵犀嘟一嘟嘴，又沉沉睡去了。敬妃把灵犀放入小床中，凝视她小小的脸："那时胧月日夜哭个不休，非要人抱着才肯睡。

除了靳娘和含珠，我一个不信、一个不靠，只和淑媛一同陪着胧月，轮流去眠一眠。"她赧然一笑，"我这样说并非炫耀，妹妹可别吃心。胧月到底也不是我亲生的，若是亲生，或许要被我宠得不成样子了。"

我握着她的手，感泣道："姐姐把胧月教导得很好。"

敬妃神色复杂，附在我耳边道："当年为求生子，我日日服下无数苦药，甚至在宫里偷偷养了个'小相公'。"

我闻言色变，忙把平娘和钟娘遣了出去，按住敬妃道："姐姐可疯魔了，'小相公'乃是妖孽之物，向来为宫中所禁，若被皇上和皇后知晓，不治姐姐一个秽乱宫闱才怪。"

敬妃静一静，道："不过是个手脚会动的檀木娃娃，我只为求子之用。当时也是病急乱投医，一两月后想明白了，就叫人拿火焚掉了了事。"敬妃冷笑一声，"今日旧事重提并非说我当日昏聩，我爱子若命，谁害得我今生无望，我誓不与她善罢甘休。"

她手中"咯"地几声脆响，面上依依含笑，若无其事地松开手来，却是手指上戴着的几枚琉璃薄玉护甲被生生扼断在手里，零落掉在地上。

我拢一拢鬓边的珠花："姐姐既定了主意，就好办了。"

我挽着敬妃进了柔仪殿，重烧了暖炉，又叫小厨房炖了贝母乌鸡汤来一同用点心。浣碧服侍着我们吃了，又打发了几个小宫女换了瓶里的菊花。我斜坐着看她们忙碌说笑，也觉得有趣，正与敬妃闲话，玄凌已经进来，笑道："远远听见你这里语笑喧哗，好不热闹。"

我欠一欠身微笑："皇上可是被这热闹引来了。"敬妃见玄凌到了，当即起来行了一礼。

玄凌爱怜地拢一拢我，道："你在这里，朕怎么舍得不来呢。"又看敬妃："你本来就和淑妃交好，是该多走动。"

我笑着睨他一眼，柔声道："秋凉了，皇上一路过来必觉得冷，拿热毛巾焐把脸吧。小厨房里做了什锦蜜汤，很是清甜入口，皇上可要尝尝？"

玄凌道："正好渴了，你倒想着。说来也怪，明明朕有时想着你劝朕要雨露均沾，往别的宫里走走，可是无论到了哪里用什么点心汤水，总觉得你这里的最好。"说罢唤小允子捧了上来。

我婉转看了敬妃一眼，娇嗔道："敬妃姐姐在这里呢，皇上也不害臊！"

敬妃抿唇而笑："皇上说的也是实情。别说是皇上，连臣妾也惦记着淑妃妹妹这里好，无事也要来走上两三趟呢——只怕妹妹嫌烦。"

玄凌点头而笑："她怎么会烦。你把胧月带上，涵儿与灵犀都是她的弟妹，孩子们总在一起好。"

玄凌这话说得体贴而委婉，我亦感激。若说为我而叫胧月来，只怕敬妃吃心，而论手足之情，那是理所应当的。

我微一思索，索性把话挑明："方才臣妾与敬妃姐姐商量了，涵儿与灵犀都还小，少不得臣妾照顾，实在是无暇养育胧月了。只得再请敬妃姐姐辛苦几年，待得胧月来日出阁下降，臣妾再好好谢敬妃姐姐就是。"

玄凌不意我有此说，倒是愣了一愣，片刻扬唇笑道："甚好！你既与敬妃商议定了，朕也不用总是为难。左右昀昭殿与柔仪殿也不远，多走动就是了。"

敬妃见玄凌欣然应允，忙起身谢恩。玄凌抬手饮了一口什锦蜜汤，抿嘴道："的确不错。"又道，"这汤里有菊花，菊花性凉，你还在月子里可吃不得的。"

我颔首轻道："臣妾晓得，原就是预备下了给皇上的。皇上国事操劳，喝些清心下火的东西最好。"

他伸手刮一刮我的鼻子："还是你最有心。"有瞬间恍惚，仿佛还是那个人用双指夹一夹我的鼻子与我说笑，我几乎微微发怔。玄凌道："好好的怎么呆着，可是不舒服么？"

"臣妾没事……"我正欲说下去，却是内务府的内监到了，行礼道："启禀皇上，给徐贵嫔的封号已经拟好了，请皇上御笔亲选。"

玄凌道："朕看了一天的折子眼睛正酸。"说罢看我，"嬛嬛，这是拟给燕宜的封号，你读给朕听就是。"

我含笑应了，接过红纸一看，用金漆写着三个字，分别是"顺""恭""珍"。

我方念了一个"顺"字，玄凌微微颔首而笑，道："这个字倒不错。"

我方要赞成，心中一动，骤然想起往事，恰好撞见敬妃看我的目光，晓得她也已经想到了。果然敬妃轻轻咳了一声，道："皇上，先头华妃的谥号就是这个'顺'字，现在徐贵嫔用恐怕不吉。"

玄凌微微作色，道："不错，换过一个也就是了。"说罢向我道："再念。"

我曼声道："是个'恭'字。尊贤贵义曰恭，执事敬让曰恭。"

玄凌微微点头，"这字用来说燕宜很贴切。先放着，再念下一个。"

我恬和微笑，道："是个'珍'字。"

"哪个'珍'？"

"'珍珠'的'珍'。"我笑着扬了扬纸，"徐妹妹为皇上诞育了二皇子，皇上必然是爱如珍宝了，所以内务府定了这个字。"

玄凌轻轻一嗤："'珍'字甚好，可是用来对燕宜……虽然她辛苦为朕诞下了皇子，可是她在朕心中还算不得如珍如宝，这个字未免过誉了。"

我心头一怔，初次见到徐燕宜的情景蓦然浮上心头。一片郁郁青青的浓密翠色之中，她孤影而立，吟诵令人伤怀不已的《四张机》。鸳鸯织就欲双飞，她是真心爱慕着玄凌的啊，可是这份真心……

几乎是脱口而出的："'贞'字好不好？"

玄凌将疑惑的目光投向我："哪个'贞'？"

我娓娓道："清白守节曰贞，大虑克就曰贞。皇上觉得'珍珠'的'珍'过誉了，那么臣妾倒觉得同音的'贞'字就好。徐贵嫔入宫多年，皇上也说过宠幸不厚。而徐贵嫔一心一意为皇上诞育皇嗣，忠贞可嘉。不如就赏她这个'贞'字做封号，以全她对皇上的一片心意。"

敬妃微含赞许之色，玄凌笑着捋一捋我柔软的鬓发，道："既有出处又贴切，又有褒奖之意，朕还有什么可驳回的。"说着踢一踢底下跪着的那个小内监，道："淑妃娘娘的话可听明白了，去吧。"那小内监忙不迭磕了个头，恭恭敬敬去传旨了。

敬妃察言观色，笑吟吟起身道："臣妾想先去玉照宫向贞贵嫔讨喜，先告退了。"

玄凌挥一挥手，想了想，又道："你去告诉燕宜，说朕明日再去看她，叫她好好养着，朕要看她在册封礼上精精神神的。"

敬妃屈膝退下，顺手合了殿门。我见玄凌笑吟吟坐着喝蜜汤，不觉失笑："不过一盏蜜汤而已，皇上何至于高兴成这样。"

玄凌用力一拉，把我强拉到他膝上坐下，颇有几分感慨："蜜汤不过是入口甜，而你所言所行则是教朕入心而甜。"他握住我的手臂，拥我入怀，"你疼惜胧月自是母女之情，然而如此顾念敬妃与燕宜，朕实在欣慰。"

"胧月总是臣妾的女儿，臣妾不能不为她打算。"我温然道，"事事都勉强不得，臣妾总要以胧月为先。敬妃姐姐眷顾胧月良久，为人又忠厚爽朗，臣妾与她亲厚也是应该的。"

玄凌笑："你与贞贵嫔不甚往来，倒很喜欢她。大约她饱读诗书，你是喜欢这样的性子的。"

我低首，声音温柔："臣妾瞧她很爱重皇上，时时以皇上为重，臣妾很是感动。如今她几经辛苦才为皇上诞下二皇子……"

玄凌按住我的唇："正因如此，朕才特别赞许你。"他的声音微微低了下去，"这样苦心周全，着实难为你了。"

窗外天光渐渐暗了下来，余晖带着最后一抹橘色的流转霞光映照在玄凌面上，有奇异的贴心的色彩。这样的贴心，若是在数年前……

他的呢喃渐次低软下去："你一切安心，朕总教你如意即是。尚有一份惊喜，你必想不到……"

我良久无言，静静靠在他肩上。如何惊喜呢？我的日子永远是惊多于喜。远处最后一抹霞光被黑夜的温腻吞没，一轮弯月渐渐溢出银霜般的光华，唯有到夜幕浓黑时，方可知其璀璨华美。

叁叁　榮極

　　我这月子坐得一帆风顺、波平浪静，安陵容失宠已久，憔悴了不少，自然无暇顾及旁人，皇后按兵不动，连管文鸳也无所动作。一切都安静得出奇。

　　然而越安静，我越觉得不安。仿佛平静海底下汹涌着的暗潮，你不知道它什么时候会突然发作，叫人骨子里开始发慌。

　　温实初时常出入柔仪殿，请脉问安，照顾我与一双子女。

　　时光弹指而去。

　　乾元二十一年九月十六，追月长久之日，大吉。我与徐燕宜同行册封嘉礼。

　　天未亮我已起来，静静坐于窗台前，神色宁和而安静。奉旨前来梳髻的正是我册为贵嫔那时来侍奉的乔姑姑。她一见我，未语泪先落，颤巍巍道："老奴一生卑微，不想还有再能侍奉娘娘的福气。"

　　她依照礼制为我梳望仙九鬟髻，着意修饰，我感叹："姑姑的手真当是巧，九鬟望仙，鬖鬖有致，分毫不乱。"

乔姑姑道："老奴当年就说娘娘的额发生得高，福泽深厚是旁人不能比。如今果然不算老奴食言，娘娘是宫中四妃第一人不说，更诞下皇子与一双帝姬，旁人望尘莫及。"

说罢，由浣碧和品儿帮衬着，在发髻上簪上十六树簪钗。昔年流朱的笑语依然在耳畔："如今只是封贵嫔呢，小姐就嫌头上首饰重了，以后当了贵妃可怎么好呢？听说贵妃册封时光头上的钗子就有十六支呢。"

今日我荣极一时，流朱倩影笑语，却早已在紫奥城的刀光剑影中被侵蚀得魂销骨散了。

十六树簪钗所成的赤金缀玉冠，以双凤为首、紫晶为翅、翠羽为尾，赤金镂空金花银叶为座，嵌明珠、绿髓、白玉、珊瑚为缀，双凤口中衔下红宝长串挑珠牌，翡翠为华云，散落无限晶致华耀、珠辉明光。

槿汐为我穿上蹙金丝重绣九翟海棠祥云锦海吉服，腰系青绮带，用雪色小珠密绣海棠含蕊图案。四妃乃正一品位次，又因乾元朝以来尚未曾册过一位淑妃，因而册妃之礼异常隆重。我梳洗完毕，乘翟凤玉路车前往太庙行册封正礼，最后往昭阳殿参拜帝后，行大礼叩谢圣恩。

吉时，我跪于贞贵嫔徐氏身前，于庄严肃穆的太庙祠祭告，听司宫仪念过四六骈文的贺词，册封礼正副史丞相钟修梓和太傅黄文麒颁下十二页金册及金宝。淑妃所用的金册、金宝皆由礼部半月前就拟制好，交由专人打造，一早就由李长亲自送至太庙。我郑重接过，拿起金宝一看，金玺鸾钮，却是四个宝篆文大字：淑妃之宝。

"朕惟教始宫闱，端重肃雝之范，礼崇位号，实资翊赞之功，锡以纶言，光兹懿典。咨尔莞妃甄氏，丕昭淑惠，珩璜有则，持躬淑慎，秉性安和，臧嘉成性，著淑问于璇宫；敬慎持躬，树芳名于椒掖。朕仰承皇太后慈谕，以册印封尔为淑妃。尔其懋温恭尚祗，承夫嘉命，弥怀谦抑，庶永集夫繁禧。钦哉。"

册封使苍老而庄严的余音袅袅回荡在空旷而肃穆的太庙中。

我手握金宝，只感生冷而坚硬，光滑的印上未曾沾染朱砂，我缓缓印上自己的掌心。因着用力久了，如玉的掌心中赫然出现殷红的四个大字，更兼血气的上涌巩固，好似烙下了终身的痕迹。

小小一方印章，许得我无限荣耀，然而，并不是无可匹敌的荣耀。

我牢牢握于手心，领着贞贵嫔三呼"万岁"。

起身，看见身后的燕宜，穿着与我当年册贵嫔时相类的服制，她静默时微抿的神情，其实是有些像我的，这个与曾经的我有着同样真心的女子。我暗暗叹息，她还不晓得来日的苦痛深重。

方要出太庙，却见正殿门前明黄一轮闪耀如日光。金灿灿的日光就落在他身后，帝王之势拱得他气势如虹，恍若仙人。只见他遥遥向我伸出手来，我微微惊诧："皇上如何来了？"

他倒是寻常的样子，挽过我的手，又拉住同样惊愕的燕宜，笑道："朕等不及要见你们，与其在昭阳殿枯等，不如朕同你们一起去。"

燕宜又惊又喜，我稍稍镇定，含笑道："今日盛礼越发不能失了礼数，皇上请上轿辇，臣妾与贞妹妹随行就是。"

玄凌眉毛微轩，笑意进生："嬛嬛时时不忘却辇之德么？"

我笑意莹然："从前不敢忘的，如今更不敢忘。"

玄凌的眼角盈然而生温柔的回忆印记："当日泉露池新浴，你也是和我说了这般的话。"

那是在多久以前呢？记忆清晰地豁出时间的蒙昧尘埃，我还是笑语玲珑、不解世事的甄嬛，曾这样真心地期盼着他的真心。女儿家情怀，大抵如是吧。我轻轻道："皇上还记得？"

他携我的手，声音轻而如初雪，凉凉地一片片化落在颊上："朕永志不忘。"

我以微笑相答，然而永志不忘，是多久呢？我无心去想。

浣碧扶着我的手，身后槿汐与品儿牵起长长的裙幅，依序前往昭阳殿。

朱宜修照例是着为嫔妃行册封礼时的大袖紫金百凤礼服，华服年年如新，她的容颜却是一日老于一日了。裙幅下垂的线条如飘逸顺滑的流水，无一丝多余的褶皱，皇后依旧宝相庄严，如高踞云端神色慈蔼的神。她口中说的是年年如是的话，只是不同的人罢了。"淑妃甄氏、贞贵嫔徐氏得天所授，承兆内闱，望今后修德自持，和睦宫闱，勤谨奉上，绵延后嗣。"

我与燕宜低头三拜，恭谨答允："承教于皇后，不胜欣喜。"

抬头，见玄凌的明黄色缂金九龙缎袍，袍襈下端绣江牙海水纹，所谓"江山万里"，绵延不绝。再抬头，迎上他欣慰而温暖的笑容，期期凝望于我，心头骤然和暖而放心，唯有他这般笑意，才是我的存活之道。

礼毕，玄凌微微仰首，转脸看着皇后，和颜悦色道："淑妃一向聪颖明慧，善识大体，年来皇后身子总是不大好，也该好好将息。不如将协理六宫之权交与淑妃，宫中琐事皆由她打理就是，皇后以为如何？"

皇后笑容合度，几乎连眉毛也不动一动，笑如春风拂面："那自然是好的。只是臣妾虽然体弱，淑妃妹妹也要照料一双儿女，不日胧月帝姬也要接到柔仪殿抚养，只怕淑妃忙不过来，百上加斤。"

我垂首不语，玄凌笑意未减："朕已与淑妃商定，觉得胧月帝姬由敬妃抚养甚好，不必再挪动了。灵犀帝姬与予涵也由乳母照料，费不了淑妃多少工夫。"

皇后微微一惊，旋即笑道："倒是臣妾多虑了。"说罢笑看着我，声音愈发柔和："只是淑妃头次料理宫中事物，这些事说多不多、说少也不少，不免有些吃力，不如……"

我仰起脸，谦柔道："皇后娘娘体恤臣妾，所言极是。臣妾到底年轻，不如诸位姐姐阅历丰富。端妃姐姐最早入宫、敬妃姐姐曾协助皇后料理后宫之事多年，臣妾很愿意向两位姐姐讨教问询。"

玄凌甚是满意，揉一揉下颌，道："你肯如是就最好不过。"说罢看皇后："皇后还有什么话要嘱咐淑妃么？"

皇后的唇角抿过一丝意味深长的笑容，神色几乎没有任何破绽，笑容满面道："淑妃现是宫中妃嫔之首，既要勤勉于宫闱之事，也要好好侍奉皇上，再添几位皇子才是。"

我恭谨下拜，珠珑闪耀仍遮不住我的满面恳切："臣妾是皇后一手调教的，绝不敢辜负皇后的期望，必当竭尽全力。"

玄凌亲手搀我起来，微笑道："跪久了膝盖疼，起来吧。好好用着你的淑妃金宝，如今它可不只是一块冷冰冰的金块了。"他凝神想一想，"再传旨下去，端妃与敬妃的俸例视同夫人。"

我自然晓得玄凌的心思，自华妃进晳华夫人之后，玄凌再未肯册一位夫人，仿佛是避忌当年旧事，不愿再提。宫中诸女因从前玉厄夫人、晳华夫人皆不得善终，宁居妃位也不愿攀夫人之份。倒是玄凌此举，很有些两全其美的意思。

皇后起身更衣，笑色柔和，道："臣妾先去更衣，皇上与淑妃先去重华殿接受妃嫔叩拜吧，今儿也是灵犀帝姬与二皇子、三皇子的满月礼呢。"

玄凌微微颔首，与我自柔仪殿接回灵犀与予涵，贞贵嫔接过予沛，同至重华殿。重华殿早已装饰一新，远远便听得丝竹管弦之声热闹非凡。红纱飞扬，琉璃闪耀，彩灯舞动，香风不绝，连空气里都飘浮着令人眩晕不已的喜庆之气。

后宫妃嫔们早已悉数到齐，按位就座。眼见玄凌引着我与贞贵嫔进来，一一起身道贺。满殿盛装丽服的韶华女子，无论心底是否愿意，面上都是笑靥如花、顾盼生辉，明媚胜过几许上林春光。

玄凌与我并肩而立，贞贵嫔立于左次稍后一位，接受众人万千道贺。

添寿盘里诸妃所赠的金珠宝器越堆越高，直见要满溢了出来，不得不又换了一个。贞贵嫔含情举杯斟向玄凌，柔声道："郎情似酒热，妾谊如丝柔，酒热有时冷，丝柔无断绝。臣妾但愿皇上待淑妃姐姐与臣妾之心亦如丝柔无断绝，且请皇上饮尽此杯。"玄凌尽兴之至，如何不允。

我怀抱孩子盈盈立于高处，姿态端庄合宜。

虚悬十余年的四妃之位，我终于一日站上。

人人眼中我和玄凌都是一对璧人，只有我自己知道，其实不是的。哪怕是璧人，也是有了裂痕的玉璧。没有人知道，此时紫奥城外的那个人曾经对我怎样好，好到我有那样单纯而至真的快乐。这一世，他都成了我心底最深的隐秘，再也不会有人知道。

远远殿上，眉庄举杯向我微笑，敬妃、端妃、吕昭容皆是我的盟友，胡昭仪纵然得宠却已不能生育，安陵容早已失宠，连我的封妃大典亦不被允许观礼，祺嫔更不足为惧。而滟贵人，那个神情清冷如霜雪的女子，我心底微微叹息一声。

我掩袖痛饮，乾元后宫，自今日起，已不是一人独大的天下了。

两分之数，掎角之势，鹿死谁手，尚不知定数如何。

唇角，漫出了一缕无声无息的笑意。

叁 肆

却教移作上阳花

礼毕已近黄昏时分，丝竹声幽幽扬起欢颂之调，我与贞贵嫔各自回宫更衣，准备夜来的阖宫夜宴。

因夜宴多为宗亲内眷，也不必按品大妆，只雍容华贵即可。劳碌整日，予涵和灵犀赖在乳母怀中贪婪吮吸乳汁。我偷闲眠了一眠，又重新叫浣碧匀面梳妆，槿汐则将各府公卿送来的贺礼一一清点。

槿汐笑道："东西自是上好的，如今各府里忙不迭地要奉承娘娘，敢不挑最好的送来么？还怕娘娘看不上眼。"

我的双手浸在淘澄净了的玫瑰汁子里润手，赤金牙云盆里漾着红滟滟的香汁，愈加映得纤手明白如玉。浣碧拧了一把浸透了玉兰花汁的热毛巾给我敷脸，清洁的芬芳叫人身心松快。我闷在毛巾里道："槿汐眼光极佳，只拣你看得上眼的告诉本官。"

槿汐徐徐道："晋康翁主府送的是一套十二把的泥金真丝绡麋竹扇，奇在那竹骨触手生凉，跟玉似的。"

"胡昭仪事事不肯落人后，她的母亲自然也是一样的。"

槿汐又道："平阳王府送了一套翡翠珠链，颗颗翡翠珠浑圆通透，十分均匀，色泽又绿又润，做工和成色都是上上品。"

"九王哪有那个心思留心女儿家的东西，那是庄和德太妃肯费心。这样的好东西，想是先皇积年的赏赐。"我停一停，"稍后把本宫那串金丝香木嵌蝉玉数珠送去德太妃那里，就说本宫谢她的心意。"

槿汐答了声"是"，继续道："还有一双沛国公府送来的文犀辟毒箸是极好的，虽说银箸也能测毒，却远不及这个稀罕了。"

我撂下面上的毛巾，冷笑道："用毒之人最是狠毒无比，防不胜防，到底沛国公有心思。"

我蓦地想起一事，"可是沛国公孟家？"

槿汐点着礼品单子，转首笑道："除了他们家，哪还有别的？"

我微微沉吟："他家的小姐孟静娴，原是要指给六王的那一位，不知出嫁了么？"

小允子笑着上前道："这个奴才可知道。还没有呢，孟小姐一心思慕六王，死活都不愿出阁，至今还耽误着呢，都成老姑娘了。"

我心口提起，瞥一眼在旁拣选衣裳的浣碧，暗暗摇头。偏生浣碧耳尖听见了，为我拣过一袭暗朱色金罗蹙鸾华服在身上比一比，冷笑道："以为等成老姑娘便能嫁与六王了么？天下倾慕六王的女子那么多，王爷连她的眉毛鼻子都没看清过吧！"

小允子尚不知浣碧为何动气，不由得暗暗咋舌。我看一眼小允子："去打听清楚了么，皇后今日用什么首饰？"

小允子打一个千儿，道："打听了，纯用赤金。皇后已经更衣，准备着出门了。"

我澹然点头："那就好，本宫也无意和她在今日冲撞起来。"趁着浣碧为我更衣的间隙，我轻声道："方才为何动那么大气，说话也忒刻薄了些。"

浣碧别过头道："奴婢便看不得她这副样子，生怕人不知道她等着六王似的，叫王爷难堪。"

我轻叹一声："她也可怜，好好一个公侯小姐。"说罢更衣毕，只斜倚在贵妃榻上，套上海水玉护甲道："贺礼来来去去就这些东西，那些寻常玩意儿收起来留着赏人。"

品儿半蹲着为我佩腰带上的香囊，笑着凑趣说："别的也就罢了，只一样清河王送来的珊瑚手钏，奴婢瞧精致得不得了。"说着递过来打开，攒金丝海兽葡萄纹的缎盒，洁白的雪绢上静静一串殷红如血的珊瑚手钏，粒粒浑圆饱满，做九连玲珑状，宝光灼灼似要灼烧人的眼睛，微微一动便是流丽的红光游转。我刚一触目，心中一阵绞痛，拾在手中细细把玩。玄清，玄清，掌上珊瑚怜不得，却教移作上阳花，我怎会不懂得？怎能不懂得？

心中想着，手上已不自觉将它套在腕上，澹然道："起驾，咱们去重华殿。"

我被众人簇拥着徐徐步入重华殿内，皇后早已端坐在玄凌身旁，正红色绯罗蹙金刺五凤吉服，一色宫妆千叶攒金牡丹首饰，枝枝叶叶缠金绕赤，捧出颈上一朵硕大的赤金重瓣并蒂牡丹盘螭项圈，整个人似被黄金镀了淡淡一层光晕，中宫威仪，华贵夺目。我着次一色的玫瑰红蹙金双层广绫长尾鸾袍，通身只用蓝田脂玉装饰，轻灵中不失厚重。贞贵嫔用更浅一色的浅红蹙银线繁绣宫装，愈加显得只以碧玺点缀的她身姿飘逸。除此，在座嫔妃内眷皆不得穿红，连相近的橘粉之色亦不允许。

岐山王生性好色，近年来每每宫宴总不携正妃出席，身边相伴的皆是貌美如花的年轻侧妃，他亦深以此为傲。清河王与平阳王皆是孑然一身，各自饮酒而已。我的目光轻轻与他一触，旋即低头，笑盈盈向玄凌问安。

玄凌拉过我的手，神色亲厚，附在耳边低笑道："你穿什么都是最好看。"

我睨他一眼，掩唇低笑："皇上最会哄臣妾。"

说罢饮酒开宴，歌舞如云。觥筹交错，宴饮至尾，我已经觉得酒气上涌，满面皆是春色，一旁贞贵嫔更是不胜酒力，玉峨倾颓。我倚在玄凌身侧，轻声道："贞妹妹已然薄醉，皇上今晚可要好好照料妹妹。"

玄凌在衣袖中握住我的手，唇角还残留着"玫瑰醉"的嫣然之色，含笑低声："朕想去柔仪殿。"

我推一推他，婉声喁喁："贞妹妹产后快快，皇上且多陪陪她吧。天长地久……"我婉然看他一眼，声音越发柔腻，"臣妾不争一时。"

玄凌澹然一笑，侧首低低向贞贵嫔耳语几句。贞贵嫔颊生红晕，如绽放的月季，盈盈含笑。

眉庄因身子疲乏，晚宴至半的时候便告辞回了棠梨宫歇息，我一时放心不下，便想往棠梨宫去。

四帷金铃翠幄软轿已在外头候着，夜风一吹，只觉得两颊滚滚烫上来，头晕目眩，脚下也虚浮起来。骤然手臂一暖，只听一把清冷冷的声音笑道："那梨花白入口清甜，后劲却大。娘娘想是酒气上来了呢，还是走走好，坐轿越发要头晕了。"那声音虽清冷似冰珠，然而带着浓浓笑意，入耳又甜又滑，直教人想要沉溺下去。

我方要回头去看是谁，却听浣碧不咸不淡道："滟贵人安好。"

滟贵人穿着木兰青双绣缎裳，桂子绿齐胸瑞锦襦裙，一枚银丝盘曲而就的玲珑点翠草头虫镶珠银簪，十分素净淡雅。我见惯了她素日浓妆冷艳的姿态，乍然一见亦觉惊艳。然而心头一突，骤然想起旧事，不动声色推开她的手，道："滟贵人也要离席了么？"

她粲然一笑，露出贝齿分明："今日是娘娘的好日子，娘娘都要让爱于贞贵嫔，嫔妾怎能这样没眼色。早早回去抱我的团绒歇息便了。"

她说起"团绒"，我心下愈觉奇突，不由得暗暗定神，笑道："贵人的团绒极是可爱，不知长大了些没有？"

滟贵人浅笑盈盈："娘娘若有兴致，不如移步去嫔妾的绿霓居坐坐，只不知娘娘肯不肯赏脸？"她口中说笑，一双凤眼似一对黑曜宝石，暗暗流光溢彩，不胜妖媚。她停一停，道，"只是娘娘动辄无数人跟着，兴师动众，只怕把嫔妾的团绒给吓得不敢吭声了——团绒最妙便是它的叫声呢！"

我听她有意无意提起那夜之事，心下更不知她葫芦里卖的什么药，索性笑道："今晚夜色如醉，这样好的月色，不乘兴同游实在是辜负了。难得贵人有这样好的雅兴。"我转头吩咐小允子："不许跟着来，本宫去滟贵人处坐坐。浣碧来扶我。"

我向来言出必行，小允子他们自不敢相劝，浣碧素来不喜滟贵人，一径扶住我的手，三人依依前行。

绿霓居偏僻，原是玄凌意欲滟贵人避开后宫诸人才择了此处。太液芙蓉未央柳，此时芙蓉花皆已凋尽了，唯余柳色曳地纷纷，凝住时光里最后一抹苍绿。柳色愈翠，愈觉秋凉伤感，可以想见来日枝条光秃的荒芜景象。

皓月临空，浮光霭霭，行过水仙桥便到了芦雪榭，芦雪榭一带芦花正茂，在溶溶月下如雪如银。此处与绿霓居已经不远，周围寂寥无声，不见人影。朱缎镶着珍珠的绣鞋踏在被露水洇湿的甬道上，连着裙裾碰触的声音，沙沙轻响。面前一角太液池水被月光投注下温柔的颜色，泛着清淡的波光，岸边堤芦花纷扬似大朵的雪花，看得我心底渐起凉意。

不知甘露寺长河边，芦花是否依旧？

记忆纷叠的瞬间，喉头骤然一凉，一把银亮的薄锋小刃已无声无息贴在颈边。映着浣碧的大惊失色，滟贵人笑靥如花："娘娘别小瞧这把匕首，可是波斯进贡的珍品。从前嫔妾驯兽时被一头不知好歹的豹子所伤，嫔妾身子康复后做的第一件事便是潜入豹苑，偷偷割断了那头豹子的喉管。娘娘可也愿意试试？那豹子的血又热又腥，十分黏稠。娘娘是大美人，不知您的血是怎样的呢？可是冷冰冰没有温度的？"说罢娇媚地横一眼浣碧，"碧姑娘若不小心叫起来，我手里的匕首也会不小心割断淑妃娘娘的喉咙。"

浣碧的惊呼被生生吞进喉中，我怒极反笑，强逼着自己纹丝不动："何必吓唬浣碧，你千方百计把本宫骗到这里，又许浣碧一人跟着，自然有万全之策。何况这里偏僻，你根本不怕有人听见。"

她眼波欲横未横，似宛转的流波，轻轻"嗯"了一声："娘娘好聪明，所以嫔妾即便在这里失手杀了娘娘和您的侍女，而前头再走数百步便是交芦馆，嫔妾大可推到与您结怨已深的祺嫔身上去，嫔妾自担不了任何干系。"她"咯咯"一笑，"反正祺嫔有想杀娘娘的心也不是一日两日了，嫔妾只当成全她。"

匕首贴在喉头有冰冷的凉意，只消稍一用力便能要了我的性命。我逼迫自己静下心神，微微含笑："难道滟贵人与我不是结怨已深么？否则那日在永巷何必使团绒引了那么多猫来要本宫和腹中孩儿的性命，只算本宫命大罢了！"

"娘娘已经猜到了么？"她说话间香风细细，嫣然百媚，"娘娘耐心真好，既然一早猜到，还能隐忍嫔妾那么久，是嫔妾低估娘娘了。"

鬓边簪着一只硕大的白玉薄翅蝴蝶，风动，细细的触角相碰有玲玲的响动，我澹然望住她："不是你低估本宫，而是事情已然过去，本宫也不想为难你一片痴心——你已是皇上的宠妃，若因清河王而杀本宫，未免太不值得。"

她的神色微微一变，眸中的腾腾墨色愈加深沉，牢牢盯住我道："你知道了？"

我打量她周身碧青的衣衫，坦然回视着她："贵人终日只着青色衣衫，爱合欢花逾越自己性命，兼之有人告诉我，昔年你孤苦垂死之际，是他请太医来救的你。王爷慈悲心肠，安知自己救了一个蛇蝎女子，若王爷此时知晓，不知心下作何想法？"

我话音未止，浣碧神色倏然大变，怒道："最毒妇人心！难为王爷昔日苦心救你，你竟敢如此戕害小姐！"她霍地一口唾在滟贵人面上，"你如此蛇蝎心肠，也配喜欢王爷么？"

唾面乃是奇耻大辱，浣碧激愤之下不顾后果，一时自己也惊住了，顿时面色苍白，仓皇瞧着我。滟贵人若无其事拭去面上唾液，低笑一声："怎么方才你家小姐说我害她之时你不曾激怒，一说起王爷便如此情急？"她悠然扬眉，眼角生春，"碧姑娘只着碧色衣衫，碧色同于青色，不知是否与我同一缘故呢？"

浣碧满面晕红，大是羞赧，狠狠道："妖孽女子只会胡说八道！"

"我是妖孽，淑妃娘娘岂不成了妖孽之首？"她施施然靠近我，唇角扯出一丝狠决之意，"既有甘露寺的缘分，娘娘何必得陇望蜀、贪心不足，施媚重回皇上身边。果然娘娘眼中，天家富贵胜于他的倾心！"她眸中有雪亮的鄙弃与恨意，"嫔妾自识王爷，从未见他有如此真心欢悦的时刻，也从未见他这般伤心。从娘娘回宫那时嫔妾就开始疑心，直到那一日中秋家宴……"

"那天在树丛后偷听的人是你？"

"嫔妾留心王爷行踪已久，那一日又机缘巧合。"她横我一眼，"果然是你。"她瞥一眼浣碧，大为不屑，"你觉得我不配喜欢王爷，难道淑妃就配么？她空有如花皮囊，不过是无情无义之徒，尚不如御苑猛兽还有念旧之情！我杀了她，不过是教世间少一个无心之人罢了！"

"所以你在永巷中唆使群猫？"

她不以为意，仰起线条优美的脖子："王爷为你如此倾心牵挂，你竟为贪图富贵攀附皇上，还有了他的孩子。你所有倚仗不过是这个孩子罢了，我便要叫你没了这孩子，重受冷宫之苦，教你日日夜夜痛哭后悔！"

浣碧惊声低呼："你疯了，你若让这孩子没了，你便是杀了……"浣碧惶然住口，怒道："小姐当时有八个月的身孕，万一母子都保不住，可是三条人命！小姐若死了，王爷他……"浣碧喉中嗬嗬，双拳紧握，"那你便等于要了王爷的命！"

滟贵人微微一怔，眉间微有不忍之态，很快掩饰了下去，道："死了便一了百了，省得王爷再牵念这般无情之人。"天际云遮掩过金黄月轮，池边有菰叶菱角的清香四溢，浓光淡影，波光粼粼，笼罩在一片银色的光晕中。"清河王……"她的唇角因这个名字而有了温柔的弧度，眉眼亦有柔和的熠熠神采，"他虽是天潢贵胄，其实与我一样都是孤苦无依之人。这些年来，唯有他对我好，肯怜惜我。在御苑时人人对我呼喝打骂，驱之如兽，从来没有人把我当人……即便如今，宫中上下何人不视我为妖孽祸水，恨不得杀之而后快。唯有他……"她眼角有晶莹的光泽，似对月鲛人凝在腮边的明珠，"所以任何让他伤心的人，我必杀之而后快。"

"山有木兮木有枝，心悦君兮君不知。"我轻声道，"你杀了我，你为他所做的一切他都不知道，甚至你还要把一切推到祺嫔身上去，岂非白白为他做了那么多么？将来他恨也好、感激也好，都是对祺嫔而不是对你，你的一番心血岂不辜负？"我心下一沉，"而且你明知道的，杀了我，他会恨你一辈子！"

她唇角轻扬，眼底骤然闪过一丝凶光，右手不动，左手猛一用劲，把站在一旁的浣碧用力推了出去。浣碧大惊之下不觉惊呼，耳边的飒飒的风声刮过，一个黑影倏然跃来，衣袂轻扬间，已把浣碧牢牢接在怀中。

滟贵人轻笑一声："王爷可别抱错了人。"她倏地把手中匕首一抛，将我用力一推，推向那人怀中。我脚步一个趔趄，已被温暖的怀袖接住，熟悉的杜若气味扑面而来。我深深一怔，仰起头，以我落去惊悸的眼接纳了他清明简净的脸。一绺鬓发从碧玺金冠中逸出，更添一抹清逸风姿。他一手早已放开浣碧，扶住我道："没有事吧？"

他的语气温暖而关切，叫人如沐春风。我不敢贪恋这样的温暖，即刻站稳离开，欠身道："多谢王爷。"

滟贵人顺手折过一枝鹅黄的月季簪在鬓边，临水照花，意态闲雅："大家都是明眼人，娘娘何必再故作矜持。"她转首，面有戚戚之色，"原来不管她怎样对你，你都是这样真心待她好。"

浣碧微有呜咽之声，恨然道："王爷，她方才拿着匕首要杀小姐，连上次小姐在永巷早产，也是她唆使猫去撞小姐的肚子！"浣碧面色发青，惊惧之色未减，"王爷，她是疯子！"

玄清素来舒展的眉头遽然皱起："澜依！"他的口角利落而干脆，没有分毫感情的牵连。

叶澜依纤手微摆，卷着鬓边垂发："王爷不要生气！"她的语调凄苦如晦，笑靥却和鬓边月季一般明艳夺目，叫人为之神眩，"不到这一刻，我始终不能死心。"她停一停，"我早猜到，若我遣开淑妃身边一众宫人，王爷不能放心，势必会远远跟随。"

玄清怒气未减，双眉紧蹙，把我牢牢护在身后，掷地有声："你若伤她，我必然不顾昔日之谊。"

我望着他颀长的背影，知心长相重，如是情意，我除了珍重放在心间，别无他法。

月色如水，远处水红色的宫灯明明如遥远的星子，风吹着身旁的柳枝轻颤，月亮也仿佛有些悬悬欲坠。那样柔和的月光，各自默默，所有的情思都掩映在疏眉朗目间。

"她不想杀我。"我轻轻吐出几字，转脸看着玄清，"她若真要我的命，方才不会刀刃朝下，刀背抵着我的要害；在永巷之中，也不会只放一只猫来扑我。甚至，她可以下毒，不必这样明目张胆自己动手。投鼠忌器，你便是她的器。或者，她尚未恨我到要我的性命。"

浣碧皱眉嫌恶："不会！"

我看着滟贵人，心平气和："因为你知道，即便没有我，清也不会喜欢你。或者……"我微一沉吟，"你只有逼得自己死心，才肯好好在宫里活下去。"

玄清微微不忍，看着她道："其实皇兄很宠爱你。"

"很宠爱我么？"她清冷的神色在月光下有凛冽如冰的清醒，"我若不喜欢他，宠爱于我不过是囚牢束缚罢了。"她眸中有幽幽的情意，如不尽的春风缠绵着花朵，"王爷，你对人太好。你对我的这一点好或许只是你的怜悯，可是对于我，已是毕生不可得的温暖。"她眸光流转，似笑非笑地盯着浣碧，"我已经明白，王爷此生再不会爱护谁胜于淑妃。真是可怜！"她幽然一句叹息，不知是在叹自己，还是在叹旁人。

清风拂过，稀疏的花木摇得月影破碎，仿佛谁的心也跟着一起碎了。

浣碧身子一颤，默然望着湖水出神。"我不过试你一试罢了。"她轻笑，如三月清风拂动檐间风铃，听得人心襟荡曳，不免心意迟迟，"左不过从此以后，我也会尽心护着王爷倾心所护之人，就当报答昔年之恩吧。"

她只身离去，良久的静默，玄清看着我手上的珊瑚手钏，轻轻道："你戴上了。"

我轻轻"嗯"一声，月色如霜，照亮洁白的人心，愈加显得这手钏盈盈鲜红欲滴，像极了心口的朱砂痣。"这是唯一的念想。我能做的唯有如此，再多，便是逾越了你我的本分。"我停一停，平息胸腔内呼之欲出的留恋不舍，"要说的话从前皆已说尽，宫规森严，身份有别，告辞。"

我疾步离开，带动身边花枝簌簌，逃避开他所有的气息。

叁伍　暗香微度玉玲珑

　　浣碧扶着我急急回宫，甫踏入未央宫大门，望见柔仪殿前烛火通亮如白日，一颗心才怦怦地安定下来。浮生若斯，柔仪殿不啻一所华丽的拘禁之地，然而又何尝不是我的安身之所。

　　心绪如扇尚未收拢，却见小允子喜滋滋地迎了出来："娘娘可回来了，叫奴才好找。李公公来了呢。"

　　我微微蹙眉："本宫不过和浣碧往园子里逛逛醒醒酒，凭他什么事，难道候不得一刻么？这样急三火四的。"

　　小允子笑得合不拢嘴："还真是了不得的大事，娘娘知道了必定欢喜。"话音未落，却见一个身形娇小的女子直奔向我怀里，双膝一软跪了下去，再抬头已是满面珠泪，唤道："长姐——"

　　浣碧且惊且喜，低呼一声，道："三小姐！"

　　心下蓦地一软，忙将怀中女子一把拉起，几乎不能相信，面前长得如晓玉芙蓉一般的女子竟是阔别十年的玉娆。她身形长了许多，然而眉眼间濯濯神气，一双灵动含烟的妙目，与小时一般无二，更兼与她一照面，直如见了自己年少时的形貌一般。我喜不自胜，连连笑道："好，好——"话未说完，已忍不住落下泪来。

玉娆忙来擦我的泪，强笑道："一别十年，如今相见是高兴事儿，长姐怎么反而哭了呢？"说着止泪笑向浣碧，唤了句"碧姐姐"。

浣碧亦是含泪，打量着玉娆道："三小姐长了好些呢。"

李长在旁赔笑道："娘娘可别高兴坏了，二小姐也来了呢。"我举目望去，果见殿前廊下，玉姚垂手站立，默默垂泪不止。家中数年来变故无数，比之玉娆，我更心疼玉姚锦绣年华被管家辜负践踏如斯，以致今日依旧云英未嫁。

我忙上前拉住她手，尚未开口，她已哽咽难言。良久，才轻轻唤了句"长姐"。我仔细打量她，虽说入宫相见，也是一色半新不旧的秋香色流云纹褙子，眉眼低垂，神色凄苦。虽依旧是从前温柔静默的样子，人却更沉寂了许多，似失了一缕魂魄一般，整个人没有了生气，委顿得如深秋里的垂柳一般。

玉娆轻轻叹了一口气，道："自从管家……"

我按住玉姚的手，温和道："我都知道，只是苦了你了。"

玉姚眉心倏地一跳，头垂得更低下去，凄然道："长姐，我没有……"

我心下不忍，柔声哄道："都是过去的事了，咱们再不说了，好不好？"

她沉默下去，再不言语。

李长见彼此伤怀，忙上前笑道："皇上为娘娘高兴，特意请娘娘家人入宫相见，给娘娘一个惊喜。皇上还说了，请两位小姐安心在宫里住下，只当陪娘娘。"

我环顾四周，问道："怎不见本宫父母，他们可也来了？"

李长笑道："皇上已下旨召老大人和夫人回京，为着叫娘娘宽心，两位小姐日夜兼程先过来了，想必不出几日老大人和夫人也能到京了。"

我冷淡道："皇上的心意本宫心领了，只是本宫家父乃是罪臣，皇上虽然开恩召两位老人家回来，又有什么意思。倒叫他们奔波劳碌。"

李长小心翼翼赔笑道："皇上怎能不体贴娘娘的心意，虽没让老大人官复原职，却已叫人修缮了娘娘娘家从前的宅子，请老大人和夫人安心留在京里颐养天年。"

我点头不语，玉娆轻轻哼了一声，大是不屑，玉姚悄悄拉一拉她的袖子，暗暗摇头。

我静一静神，温然道："皇上此时在贞贵嫔处，你也不必去打扰了，本宫明日自会前去谢恩，你且退下吧。"

李长打了个千儿，笑道："是。还有一桩事——六王爷说娘娘今日册封之喜，旁的东西也就罢了，只把镂月开云馆上所有合欢花赠予娘娘。王爷说合欢花能安五脏、和心志、悦颜色，娘娘日日折来赏玩也好、熬粥补身也好，总不辜负了就是。"

我心下一动，随即明了，口中淡淡道："有劳王爷费心，你替本宫谢过王爷就是。"

玉娆轻轻一笑，如银铃一般，道："这位王爷心思倒也别致，不似寻常俗物只懂送些金啊玉的。"

李长挽了手中拂尘笑道："三小姐头一日进宫，不晓得咱们六王爷心思奇绝的地方多了去了，何止这一桩别致的呢。三小姐往后就知道了。"

我当下也不言语，只执了她二人的手进去，通宵夜话，互诉别情。

次日，我安排了玉娆住在未央宫偏殿的永宝堂；玉姚素日爱静，又不喜见人，便择了最偏僻的印月轩住。

这日起来，正巧眉庄携了采月过来，人未进门，先听得朗声笑道："听说姚儿和娆儿来了，淑妃好大的面子！"

我笑道："不过是皇上眷顾罢了。"

眉庄淡淡横我一眼，笑道："在我面前，何须说这些场面话儿。"

我淡淡一笑："皇上眼里是母凭子贵。"

眉庄轻嗤一声，转身见玉娆出来，不觉一怔，随即拉玉娆的手，连连点头:"多年不见,昔日的伶俐丫头出落成花朵似的美人儿了。"

玉娆含羞低了头,道:"眉姐姐。"

眉庄只作不见,笑吟吟道:"娆儿自幼就和你相像,如今越发是了。"

时光似一江春水东流而去,烙在眉眼间的唯有风霜的痕迹,再无少女时的清纯天真,仿佛一颗蕴藉的珍珠,一切都含蓄缄默了下去。看着玉娆,如看见自己昔日的影子。然而比之我当年,她又更多了一分坚毅和活泼,恰如灼灼耀眼的宝石,流光溢彩。

坐下吃了一会儿茶,眉庄似有心事,望着玉娆怔怔出了会子神,方道:"可去拜见过皇上了?"

玉娆闻言顿时蹙眉,深有嫌恶之状。我知她为昔日甄府变故和我出宫修行之事深怨玄凌,自是不肯去的,于是摇头道:"才安顿下来,也不忙着去谢恩。"

眉庄拈着茶盖,牢牢盯着我道:"我觉着……"她半天不语,只把目光做无意一般掠过玉娆,"说句不怕忌讳的话,娆儿怎么长得有几分傅如吟的品格?"

我心下一动已然明了,不觉震动,强笑道:"人有相似。你是怕皇上看了讨厌?"

玉娆好奇:"傅如吟是谁?"

眉庄微叹一声:"皇帝从前的宠妃,后来被太后赐死了。"

玉娆不屑地蹙眉:"姐姐从前是他的宠妃,后来被他害得家破人亡;傅如吟是他的宠妃,到头来也被赐死,可见做皇帝的宠妃可是天底下最倒霉的事。"

我微微横她一眼,示意她噤声。

眉庄眼眸间似拢了一抹淡淡的薄烟,点头道:"傅如吟之事惹了多大的风波,皇上瞧见了生气厌烦玉娆倒也罢了。只是到底是你妹妹,虽说容貌上似傅如吟多些,到底是更像你。皇后姐妹便是双双入宫……虽然皇上身边新得了一个荣更衣,然而不能不防着。"

我心中深以为然，愈加感念她的细心，便道："她们虽奉召入宫，到底也没有封诰，也不需特特地去谢恩了。"

玉娆一听，不觉笑浮两靥。我不觉看她，沉声道："喜怒不形于色方是闺阁女儿的修养，何况是在宫里。"

玉娆低头绞着衣带不语，倒是玉姚沉静些，安静答了句"是"。

眉庄拨着小手炉的盖子，低头沉吟道："既来了，不去拜见帝后也罢，太后那里总是要走一走的，也不好太失了规矩。"

我颇为难，踌躇道："若说厌恶傅如吟者，宫中莫过于太后。我怕……"

她想一想："太后不是不明理之人，傅如吟是傅如吟，玉娆是玉娆，总不能混为一谈。眼下咱们就一同去，若太后心里真有什么，说说笑笑也能解些。"

我瞧一瞧玉姚和玉娆，随手抚摸着香炉上细腻的花纹，深以为然："还是姐姐想得周全。只是她们装束也太清简些，只怕失礼，若要梳妆更衣起来，只怕再得叫姐姐等半个时辰。"

眉庄起身从彩婴戏双连瓶中折了一枝紫菊簪在鬓边，蕊寒香冷的花朵愈加衬得她容色柔和如清波，施施然笑道："家常衣裳才好，别落了刻意，只叫太后知道有这两个人就好。"她语重心长道，"你才册封，两个妹妹又这样出挑，小心叫人捉你的把柄。"

我颔首赞道："若论稳妥，唯你而已。"

于是我挽住眉庄同行，领着玉姚和玉娆往太后宫中去。太后才念了佛经在与庄和德太妃说话，见我与眉庄进来请安，不由得笑道："今儿倒很热闹，只你身后两个俊丫头看着眼生，倒不像是寻常的命妇夫人。"

眉庄笑吟吟道："太后好眼力，是淑妃娘家的两位妹妹，奉旨进内来陪伴淑妃。"

太后神清气爽，兴头颇盛，道："自先帝几个帝姬出嫁，许久没眼生的姑娘家在哀家跟前转转，且上来仔细瞧瞧。"

　　我悄悄推一推玉姚，两人依次上前，我只笑道："臣妾的妹子年幼，左右不懂规矩，还请太后教诲。"

　　太后拉着玉姚的手细瞧一回，见她拘谨的模样，不免怜惜："可怜见儿的，长得甚好，只是瞧着身子骨儿不足，得叫淑妃好好调理着。"

　　庄和德太妃亦笑着凑趣："可不是，二小姐好文气秀静。"玉姚依言谢过，垂首站在一旁。

　　太后含笑转首，只拉着玉娆的手看，笑向太妃道："只看这手就细白如玉，真真好皮肉，模样就更不必说了。"说罢看玉娆的脸。

　　玉娆不骄不怯，依礼伶伶俐俐唤了句"太后"。太后兴致勃勃，然而一见玉娆的脸，刹那面色一白，只怔了片刻，转脸去看太妃。

　　太妃亦怔了一怔，送到嘴边的茶盏亦停住了，颇有惊诧之意，旋即笑道："果真好俊的模样，连咱们太后也看住了呢。"

　　太后有片刻的失神，凝神细看着玉娆的脸庞，然而很快笑起来："当真好模样儿，很明快活泼，不像娇生惯养的孩子。"太后微微叹息，"巴山蜀水凄凉地，倒磨练出个美人儿来。"

　　玉娆闻言敛容，轻轻道："多谢太后怜惜。"

　　太后微微点头，转脸向太妃道："咱们家的孩子到底天真娇贵些，可知孩子们幼时只读书识字也不成，要多多历练才好。"

　　太妃手伏在膝上，身子微微前倾，赔笑道："太后说笑了，豪门千金轻易连大门也出不得，何况咱们宫里的金枝玉叶，哪里来的历练呢？"

　　太后轻轻叹息了一声，靠在手边弹花软枕上，望着案几上一盆白玉雕琢的百合花微微出神，道："话虽这样说，然而她们姐妹到底是不同的。"

　　我隐隐有些猜到，也不便点破，口中笑道："太后这话说得很是，妹妹比之臣妾小时可沉稳多了。"

　　太后含笑向我，又叫孙姑姑赏了盘蜜橘在我面前，道："哀家虽不知你小时情景，然而看你如今，可想当初也不会逊色。"说罢停一停，摘下手上一只温润剔透的翡翠镯子笼在玉娆腕上，那镯子水头极好，通体翠绿，盈盈似一汪碧水，十分通透。

太妃笑盈盈道："还不快谢太后，这可是她多年的爱物了。"

玉娆忙谢了恩，太后悠悠道："凭什么好东西也要看给谁用。这孩子很好，红酥手遇翡翠镯，总不算辱没了这镯子。"说罢看之不足，又叫孙姑姑取了一对事事如意簪来，向玉姚道："身子太单薄了，装束也清淡，只给你润色妆奁吧。"

眉庄与我皆不意太后会如此喜爱玉娆，目光相触时皆有意外之喜，一颗心稍稍放了下来。眉庄半靠在椅子上，拢着杏子红的团锦臂帛笑道："难得太后这样喜欢这对姐妹花，不如为她们在京中择个婆家可好？日后也好和淑妃常常见面。"

太妃有些讶然，道："还没婆家么？"

眉庄道："淑妃爱妹心切，哪里舍得把她们嫁在巴蜀呢。"

太后闻言不觉失笑："好！好！咱们这对天聋地哑的老婆子没旁的本事，保媒说亲却是最好的。"

太妃连连颔首，笑道："正是。如今咱们正好放出眼光来挑挑。"

我剥了个蜜橘递到太后手中，接口道："如今淑和帝姬已经长成，虽说还要留两三年，可是总要挑起来了。不如太后先过个瘾，拿了玉娆试试手吧。"

太后一手指着我，掌不住笑道："什么淑妃，竟越发猴儿嘴了。明明心疼她妹妹，却说得哀家不肯上心似的。"说罢一径对玉娆说："得空便来哀家宫里坐坐说话，平日除了你姐姐宫里，淑媛、敬妃、贞贵嫔处也可去走走。"她微一踌躇，到底还是嘱咐了一句，"皇帝政事繁忙，见面又是一番行礼规矩的麻烦得紧，无事就不必让她们到跟前去了。"

后宫品级次序表

皇后

正一品：贵妃、淑妃、德妃、贤妃

从一品：夫人

正二品：妃

从二品：昭仪、昭媛、昭容、淑仪、淑媛、淑容、修仪、修媛、修容

正三品：贵嫔

从三品：婕妤

正四品：容华

从四品：婉仪、芳仪、芬仪、德仪、顺仪

正五品：嫔

从五品：小仪、小媛、良媛、良娣

正六品：贵人

从六品：才人、美人

正七品：常在、娘子

从七品：选侍

正八品：采女

从八品：更衣

图书在版编目（CIP）数据

甄嬛传.4 / 流潋紫著. -- 北京：作家出版社，2020.1
（2025.10重印）

ISBN 978-7-5212-0844-3

Ⅰ.①甄…　Ⅱ.①流…　Ⅲ.①长篇小说-中国-当代
Ⅳ.①I247.5

中国版本图书馆 CIP 数据核字（2019）第 287580 号

甄嬛传.4

作　　　者：流潋紫
书 法 字：严　忠
责任编辑：袁艺方　卓尔文
装帧设计：孙惟静
出版发行：作家出版社有限公司
社　　　址：北京农展馆南里 10 号　　　邮　　编：100125
电话传真：86-10-65067186（发行中心及邮购部）
　　　　　　86-10-65004079（总编室）
E-mail: zuojia@zuojia.net.cn
http://www.zuojiachubanshe.com
印　　　刷：中煤（北京）印务有限公司
成品尺寸：150×218
字　　　数：316 千
印　　　张：23.75
版　　　次：2020 年 8 月第 1 版
印　　　次：2025 年 10 月第 9 次印刷
ISBN 978-7-5212-0844-3
定　　　价：50.00 元